SŒURS DES ONDES

EVA WAGENDORFER

SŒURS DES ONDES

roman

Traduit de l'allemand par Brice Germain

Robert Laffont

Titre original : DIE RADIOSCHWESTERN

ISBN 978-2-221-26650-2
(édition originale : ISBN 978-3-328-10796-5, Penguin Verlag, Munich)
Dépôt légal : mai 2025
Éditions Robert Laffont – 92, avenue de France, 75013 Paris
info@lisez.com

Pour Henning

« Francfort-sur-le-Main sur fréquence 467. Francfort-sur-le-Main sur fréquence… »

(Chuchotements.)

(Acteur, tourné en arrière :) « Comment ? – Non ! Hors de question, dehors… – (À voix haute :) Francfort-sur-le-Main sur… – Mais qu'est-ce qu'elle veut, la conteuse d'histoires ? Les enfants dorment depuis longtemps. – Je ne peux pas pour l'instant, nom de nom… »

Début de :
Magie sur la station. Essai de grotesque radiophonique, de Hans Flesch.

Diffusion de la première pièce radiophonique allemande le 24 octobre 1924, à 20 h 30, sur la station de Francfort.

PROLOGUE

Francfort, janvier 1926

Nouvelles radiophoniques, 1926 :

« La New-Yorkaise Gertrude Ederle, fille de migrant allemand, devient la première femme à traverser la Manche à la nage. »

Elle devint sourde au cours des années qui suivirent, car l'eau salée avait rongé ses tympans déjà abîmés. Quelque temps plus tard, une blessure à la colonne vertébrale la paralysa temporairement. Gertrude Ederle se battit pour revenir à la vie, elle réapprit à marcher et à nager, et finit par donner des cours de natation aux enfants sourds.

Un flocon de neige atterrit directement dans l'œil de Gesa Westhof et lui fit battre des paupières. L'espace d'un instant, les contours des immeubles et des passants se brouillèrent, et elle n'entendit plus que le bruit du trafic autour d'elle. Le son rauque d'un klaxon retentit. Puis elle cligna à nouveau des yeux et sa vue redevint claire. Elle se tenait debout à la station de bus devant la gare de Francfort, au milieu des rafales de neige, et attendait, une valise à la main. Après les quatre heures passées à étouffer dans l'air vicié du train de Bielefeld, le vent glacial s'immisçait en elle jusqu'aux os. Lorsqu'il se mit effrontément à soulever son manteau dans un tourbillon, elle traversa la rue et alla s'abriter sous l'auvent protecteur d'un salon de coiffure.

Toutes les places étaient occupées à l'intérieur. Une lumière douce emplissait les vitres immenses et débordait sur le trottoir. Gesa observa une coiffeuse qui réalisait une mise en plis sur une cliente aux cheveux bruns. Elle isolait les mèches avec habileté entre le peigne et ses doigts, puis les fixait avec des pinces. La femme à côté d'elle se faisait faire une manucure. Une jeune employée, portant comme sa collègue une blouse blanche par-dessus ses vêtements, lui limait les ongles et les polissait avec application jusqu'à ce qu'ils brillent.

Une autre dame était en train de payer au comptoir. Elle rangea son porte-monnaie dans son sac à main, enfila ses gants en cuir et quitta le salon. Une vague de chaleur et de senteurs enivrantes déferla sur Gesa dès que la porte s'ouvrit.

« Si ton tendre fait un faux pas, ma chère enfant, ne t'en fais pas. Ce n'est pas si grave d'être séparée, un de perdu, dix de retrouvés. » Elle entendit les accords entraînants d'une nouvelle rengaine à la mode. Jusqu'à ce que la porte de la boutique se referme dans un léger tintement de clochette.

Gesa chercha des yeux un gramophone. Elle scruta l'autre côté de la vitre et aperçut un poste récepteur radio sur une petite table. Sa respiration s'accéléra. Ici, dans la grande ville de Francfort, il y avait donc réellement un salon de coiffure où le programme radiophonique divertissait la clientèle. Comme s'il n'y avait rien de plus naturel au monde que se faire couper les cheveux en écoutant de la musique ou les informations. C'était absolument merveilleux ! Et si moderne ! La radio n'était pas seulement allumée chez soi, entre ses quatre murs, mais en public. Bien que la qualité de la diffusion laissât à désirer et que la chanson fût parasitée par des grésillements et autres crépitements, toutes les dames du salon étaient charmées. Leurs pointes de pieds qui battaient la cadence le prouvaient. Cela faisait partie du quotidien et apportait de la joie, sans avoir à changer de disque en permanence ou à se demander quoi écouter ensuite. C'était la tâche de ces messieurs-dames de Radio Francfort.

Un large sourire se dessina sur le visage de Gesa. Apparemment, elle s'était un peu trop approchée de la vitrine, car le verre s'embua sous son souffle chaud, et toutes les femmes se tournèrent vers elle. Elle fit un pas en arrière. Son embarras n'altéra pas son vif enthousiasme. Elle était au bon endroit, elle en était certaine.

« Bientôt, vous entendrez aussi ma voix à la radio », murmura-t-elle, le sourire toujours aux lèvres, à l'adresse des dames qui la regardaient d'un air amusé.

Gesa Westhof ne souhaitait rien tant que d'obtenir un poste à la radio. Elle était tout feu tout flamme pour ce nouveau média, elle voulait, non, elle *devait* en faire partie. C'était la raison pour laquelle

elle était venue à Francfort. Être ainsi accueillie à son arrivée par une joyeuse ritournelle, à la radio, ne pouvait qu'être un signe du destin.

Tout, elle tenterait absolument tout pour se faire une place dans le monde de la radio. Gesa voulait être là dès le départ, elle voulait voir, entendre, vivre ce moment où la radio s'imposerait aussi à Francfort. Rien qu'au cours des deux dernières années, alors que les transmissions en étaient encore à leurs balbutiements mais atteignaient de plus en plus de monde, la magie propre aux sons qui passaient sur les ondes était devenue évidente.

En retournant à la station de bus sous la neige, elle s'imagina son avenir.

Les appareils s'amélioreraient, les émissions se diversifieraient et un jour chaque foyer aurait son poste récepteur. Et elle, l'actrice radiophonique Gesa Westhof, divertirait plus de personnes que les théâtres et les cinémas réunis. Par le simple charme des voix, la radio créerait des mondes dans lesquels pourraient se perdre les auditeurs de tout âge.

Le bus s'arrêta devant Gesa dans un grincement de freins. Elle laissa descendre les passagers puis elle se fraya un chemin dans l'allée, portant sa valise en bouclier, jusqu'à une place libre.

Elle n'avait pas les moyens d'habiter son propre appartement à Francfort. Pas encore. D'ici là, elle logerait dans une pension à Offenbach. Sûrement pas pour très longtemps.

Le véhicule se mit en mouvement par à-coups. Ses vitres étaient couvertes de buée. De son index ganté, Gesa y traça un rond et regarda dehors dans la lumière tombante de cette fin d'après-midi. L'omnibus traversa la place de la gare, descendit vers le fleuve et franchit le Wilhelmsbrücke. Sur une rive du Main, Gesa vit le chantier naval du port Ouest ; d'élégantes villas bordaient le large quai qui lui faisait face. Le bus abandonna la ville derrière lui et poursuivit sa route vers Offenbach, aux allures bien plus champêtres. Une petite flaque se forma aux pieds de Gesa à mesure que la neige fondait sur ses chaussures.

Comme elle commençait à avoir chaud, elle retira les gants qu'elle avait elle-même tricotés et enleva son écharpe. Puis elle sortit de son sac à main deux articles de journaux froissés. Elle déplia le premier et lissa le papier. Cela faisait un an et demi qu'elle l'emportait partout. En haut de la page trônait la photo d'une famille. Les parents étaient assis sur un canapé, deux petites filles en robe à fleurs dansaient sur le tapis du salon et un adolescent était à genoux sur le sol. Ses yeux fixaient le poste de radio posé sur une petite table. Le texte, que Gesa connaissait par cœur, disait : *Soirée détente à Londres. La* Wireless, *comme on appelle là-bas l'appareil de radiodiffusion, offre une variété de divertissements plus large que tout autre loisir. La famille entière se rassemble en fin de journée devant le poste, et de temps à autre des exercices de danse sont proposés en musique. Les plus petits trouvent leur bonheur à 17 h 30 lors de l'heure des enfants, puis vient le tour des chansons, des informations ou de l'orchestre de la* Wireless. *Les prévisions météorologiques du jour sont également très utiles au quotidien…*

Gesa reposa l'article d'un air songeur. Dès 1924, la majorité des Britanniques avait eu accès à une radio. La BBC émettait de Londres depuis 1922.

Ce qui était encore un doux rêve en Allemagne avait fasciné Gesa dès la première heure. Elle replia le papier avec soin et examina l'autre. La photo sur cet article venait de Manchester. Elle montrait une foule qui s'était rassemblée sur une place de la ville pour manifester. Tous étaient salariés de divers journaux. Du 3 au 13 mai 1926, les employés de la presse écrite en Angleterre avaient cessé le travail pour soutenir les mineurs qui réclamaient une augmentation de salaire et une amélioration de leurs conditions de travail. Durant ces dix jours, la popularité de la radio, qui était déjà très appréciée, était montée en flèche et avait définitivement détrôné le journal de son statut de source d'information numéro un. Un véritable événement historique. Tout le monde avait pu voir la marche du temps en action.

Comme toujours, un frisson parcourut Gesa dès que son regard se posa sur cette image. Il ne faisait aucun doute que l'Allemagne connaîtrait la même évolution. L'avenir appartenait à la radio. L'article avait été l'élément déclencheur pour Gesa : si elle voulait prendre le risque, c'était maintenant qu'elle devait le faire. Il lui avait fallu jusqu'à la fin de l'année pour tout organiser, et désormais elle était ici. Livrée à elle-même pour la première fois à vingt-quatre ans. Une pensée libératrice qui ne l'angoissait pas le moins du monde ; au contraire, elle illustrait simplement sa joie à l'idée de ce qui l'attendait à Francfort. Gesa prenait son avenir en main. Elle ne reculait pas devant les défis qu'elle allait devoir affronter. Elle connaissait son objectif, et elle allait trouver la voie qui la mènerait là où elle voulait être : à la radio.

GESA

Francfort, avril 1927

Nouvelles radiophoniques, 1927 :

« Hildegard Kwandt, originaire de Prusse-Orientale, est la première femme couronnée Miss Germany au palais des Sports de Berlin. »

Les candidates malheureuses manifestèrent leur mécontentement avec une telle véhémence qu'un journal rapportant l'événement réclama que les jeunes femmes soient, à l'avenir, également jugées sur leur personnalité. Hildegard Kwandt saisit l'opportunité du moment, elle participa à des défilés de mode, devint mannequin et voyagea à travers les États-Unis d'Amérique. Elle conserva toute sa vie un coffre rempli de souvenirs de son élection à Miss Germany.

Une affiche des Tiller Girls était accrochée dans le magasin au coin de la Karlsplatz. Les danseuses aux longues jambes se ressemblaient toutes comme deux gouttes d'eau avec leurs cheveux noirs et leur coupe à la garçonne, leur costume court et, bien sûr, la pose qu'elles adoptaient. La troupe anglaise se produisait en ce moment au Théâtre Schumann, en face de la gare principale. Gesa Westhof doutait fort que la clientèle de ce magasin ait de quoi acheter des billets pour assister à des représentations de cette revue, mais sa propriétaire, Frau Zurcher, avait tout de même la gentillesse de lui faire de la publicité. Gesa aurait bien aimé, elle aussi, assister à ce spectacle, seulement elle était un peu ric-rac ce mois-ci.

Au-dessus de l'entrée, sur la façade à la peinture écaillée, de vieilles lettres noires démodées annonçaient : *Produits coloniaux Zurcher.* À dire vrai, ça ne correspondait plus à la réalité. Durement éprouvée par la guerre et la crise économique, la famille avait dû réduire son activité, comme aimait toujours à le rappeler la gérante des années après, en toutes occasions. Au lieu de denrées exotiques et d'épicerie fine, il n'y avait plus qu'un débit de café où l'on pouvait aussi s'acheter un casse-croûte et un journal. Frau Zurcher avait installé en vitrine deux tables hautes où les produits pouvaient être consommés tout de suite.

« Y a pas de chaise, avait-elle un jour expliqué à Gesa qui était une de ses clientes régulières. Pas folle, la guêpe. Les gens, ils boivent leur café debout, et après ils s'en vont. Comme ça, je vends plus, beaucoup plus, et puis les casse-pieds restent pas trop longtemps ici. »

C'était une femme étonnamment petite et trapue, approchant la soixantaine, aux cheveux gris qu'elle tirait en arrière en un chignon bas austère.

Constamment vêtue de sa blouse tablier, elle était l'âme de ce magasin. Ses nombreuses pattes-d'oie au coin des yeux montraient qu'elle n'était pas aussi bourrue qu'elle en avait l'air.

Ce matin-là, Gesa acheta deux petits pains aux raisins que Frau Zurcher glissa dans un sac en papier. Dans le porte-revues contre le mur, il y avait divers journaux et revues de la capitale, en plus de l'inévitable quotidien *Frankfurter Nachrichten.* Gesa prit un magazine. En couverture, une jeune femme assise sur le sable, en maillot de bain et chaussures à talons, tenait un bouquet de fleurs dans ses mains. Une composition aventureuse, pensa Gesa. L'image avait pour légende : *La vie en plein air est lancée. Portrait de la gagnante d'un concours de beauté en maillot de bain.*

Gesa feuilleta le magazine. Page trois, un long article illustré par des photographies relatait la visite du président français Gaston Doumergue au roi George V, à Londres.

« Si tu veux lire, il faut payer, ma p'tite, lui rappela Frau Zurcher. Tu dois bien avoir vingt Pfennig qui traînent pour la feuille de chou. »

Gesa acheta aussi le magazine et rebroussa chemin vers l'appartement de son petit ami, qui habitait dans la ruelle voisine.

La femme célibataire au rez-de-chaussée avait ouvert une fenêtre et observait le manège de la rue, en robe de chambre.

« Alors, elle a encore passé la nuit chez l'écrivain, la demoiselle ? » lança-t-elle d'un air provocant en voyant Gesa approcher. Elle retira une épingle à cheveux de ses boucles qu'elle laissait sécher, et la coinça sur le mégot de la cigarette qu'elle était en train de fumer. Les quelques bouffées supplémentaires qu'elle réussissait ainsi à grappiller avaient coloré, au fil du temps, la peau et le duvet qui bordaient ses lèvres d'une teinte jaune orangé. Assurément, l'abus de tabac ne rendait pas plus beau.

« Bonjour. Quel superbe soleil, aujourd'hui, n'est-ce pas ? »

Gesa n'avait pas l'intention de laisser quiconque gâcher sa bonne humeur.

Une fois arrivée en haut, elle constata que son ami était sorti du lit et était assis en sous-vêtements à la table, en train d'écrire.

« *Le rouge à lèvres Khasana rend toutes les femmes plus jeunes, plus fraîches, plus belles.* »

Il roulait les yeux au ciel tandis qu'il déclamait, ce qui fit rire Gesa. Quand Willi s'énervait, elle avait toujours l'impression de voir un petit garçon bouder.

« Pour qui me prennent ces gens, au juste, à me demander un texte publicitaire pour du maquillage féminin ? » s'écria-t-il en jetant son crayon sur la table.

Afin de pouvoir être utilisé jusqu'au bout, le crayon était enfoncé dans un fourreau en métal qui se détacha sous le choc et tomba par terre dans un bruit de ferraille.

Gesa le ramassa et répara l'instrument.

« Parce que ça blesse ta dignité d'écrivain d'accepter un contrat publicitaire ? »

Elle esquiva en ricanant une boule de papier froissé que Willi avait lancée dans sa direction. Lui aussi se mit à sourire.

« Ce n'est pas foncièrement condamnable de travailler pour de l'argent, tu sais ? La plupart d'entre nous n'ont pas le choix. »

Elle passa tendrement la main dans ses cheveux, puis se rappela qu'elle-même devait se rendre au travail à présent. Et elle en était très heureuse. Elle se réjouissait chaque jour de faire partie du cercle fermé des gens de radio en charge de la Radiodiffusion du Sud-Ouest. Et aujourd'hui tout particulièrement car c'était la première répétition d'une toute nouvelle pièce radiophonique.

« Ce n'est pas un ami qui t'a recommandé à Khasana ? Ils paient bien, c'est déjà ça.

— Ce genre de choses ne m'intéresse pas.

— Ça devrait, pourtant. Regarde, dit-elle en tournant les pages du *Berliner Illustrierte.* Rien qu'ici on compte trois annonces pour Khasana. Une pour du cold-cream, une autre pour de la poudre, et encore une pour du fard à joues. La société investit de grosses sommes dans la publicité, d'autres contrats vont sûrement suivre. »

D'humeur joyeuse, Gesa rendit le crayon à papier à son ami. Au lieu de continuer à écrire, il commença par s'allumer une cigarette, inspira profondément et expira la fumée dans des volutes épaisses qui restèrent en suspens dans l'air, entre eux deux. Où auraient-elles bien pu s'échapper, de toute façon, dans ce cagibi minuscule ? Un lit étroit occupait la majeure partie de la pièce, puis il y avait une petite table sous la fenêtre, à laquelle Willi travaillait, et une seule chaise, sur laquelle il était assis. Dans le coin se dressait une armoire dont le vernis ocre jaune qui s'écaillait laissait entrevoir qu'elle avait été rouge autrefois, et bleu ciel encore avant. L'homme de lettres en devenir ne pouvait pas s'offrir mieux que ce logement, et Gesa le soupçonnait de prendre un certain plaisir à cultiver l'aura du poète sans le sou. Son désintérêt ostensible pour l'argent permettait de cacher ses origines modestes, supposait-elle, et elle le comprenait totalement. Willi avait grandi dans la pauvreté et avait fui très tôt les murs étroits de l'appartement familial, fermement décidé à vivre sa propre vie. Gesa l'admirait pour tout ce qu'il avait accompli jusque-là. Au fond, vouloir devenir écrivain en ayant été élevé à ce point dans la misère tenait presque de l'arrogance. Tout le monde savait pourtant que cet art ne permettait pas de nourrir son homme, à moins de faire partie des plus grands.

Gesa voulait suivre la même voie et réaliser elle aussi ce qu'elle désirait le plus au monde. Willi ne cessait de la pousser dans ce sens ; ils se donnaient mutuellement de la force. Dans ce contexte, elle comprenait tout à fait pourquoi il ne voulait pas partager ses quatre murs avec d'autres. Cela aurait marqué une régression. Il concentrait son énergie à se faire une place en tant qu'auteur. De même qu'elle mettait tout en œuvre pour devenir une voix connue de la radio. Assez connue pour lui permettre d'être indépendante financièrement. Ne pas pouvoir disposer librement de sa propre vie était le pire cauchemar de Gesa.

« Quand on veut devenir quelque chose, il faut être prêt à faire des sacrifices, disait toujours Willi. Mais nous, Gesa, on va y arriver. On est des fonceurs, pas des geignards. J'ai tout de suite vu ça en toi. Tu vas vivre ta vie et, quand je le pourrai, je serai là pour te soutenir, ma chérie. On est faits l'un pour l'autre. »

Ils traversaient en ce moment une période absolument palpitante où de nombreuses opportunités s'offraient à eux, non seulement pour les hommes mais aussi – ce qui constituait une première – pour les femmes. Du moins celles qui avaient une certaine confiance en elles, comme Gesa : elle ne demandait ni plus ni moins qu'une place à part entière dans la société, un emploi à la radio – auquel elle pouvait prétendre aussi bien que ses collègues masculins.

Willi était un homme passionné qui vivait et aimait comme il le souhaitait. Au-delà du fait qu'elle le trouvait délicieusement excentrique, Gesa avait l'impression qu'il la comprenait. Deux sensations qui lui avaient manqué jusque-là dans sa vie.

Cependant, elle se demandait parfois si son petit ami fixait correctement ses priorités. Il avait emprunté de l'argent à Gesa le mois précédent pour pouvoir payer le loyer. Et voilà qu'il se moquait d'un petit boulot qui remplirait son porte-monnaie continuellement vide et, qui plus est, offrait la perspective d'autres contrats s'il se débrouillait bien.

« Je travaille sur une nouvelle œuvre qui me fera percer, j'en suis sûr. J'ai des choses à dire au monde. Les slogans publicitaires superficiels étouffent ma créativité. Tu comprends ce que je veux dire ? »

Il accompagnait ses paroles de grands gestes fébriles des deux mains, et elle poussa un soupir.

Une fois que Willi eut écrasé sa cigarette dans le cendrier débordant, Gesa s'assit sur ses genoux et lui passa les bras autour du cou.

« Je comprends très bien. Mais tant que tu n'as pas d'éditeur, tu vas devoir faire des compromis. Après tout, tu ne peux pas vivre d'amour et d'eau fraîche, même si je me plie en quatre pour te fournir l'un des deux en quantité. Je suis sûre que tu n'auras aucun mal à trouver un texte court pour Khasana. Avec le talent que tu as, tu auras fini en moins de deux, et tu pourras te replonger dans le travail qui te tient à cœur, la conscience tranquille. »

Il l'embrassa. Ses lèvres sentaient le tabac. Elles s'étaient d'abord posées comme une plume sur les siennes, puis elles devinrent plus entreprenantes et éveillèrent en Gesa une sensation de béatitude. Finalement, il la repoussa.

« Très bien. Qu'est-ce que je ferais sans toi, ma petite bien-aimée si pragmatique ? Tout artiste devrait avoir un être terre à terre à ses côtés, c'est on ne peut plus utile. »

Elle contempla ses yeux bleu acier qui formaient un contraste charmant avec ses cheveux noirs, et contribuaient fortement à l'attractivité de Willi. Ne remarquait-il pas que ses paroles étaient blessantes ? Elle aussi se trouvait créative, voyait en elle-même quelqu'un qui se passionnait pour l'art, la culture et la littérature. Pourquoi disait-il qu'elle était terre à terre ?

« C'est mon pragmatisme qui m'a menée là où je suis aujourd'hui, dit Gesa avec détermination. Tu as oublié que j'ai décroché un rôle dans la grande pièce radiophonique ? On pourra m'entendre aux côtés d'éminents comédiens. Une première étape vers la notoriété.

— Hmm. Formidable, chérie. »

Elle entendit à sa voix qu'elle avait perdu son attention. Ses pensées tournaient sans doute autour de la prochaine scène de son roman, comme toujours. Ou peut-être réfléchissait-il à un moyen de se débarrasser au plus vite de son contrat publicitaire. Mais elle n'avait pas besoin de son approbation. Elle n'avait besoin de personne pour se donner satisfaction – et pour l'obtenir par le travail, comme elle le faisait à Radio Francfort.

Voilà un peu plus d'un an que Gesa et Willi étaient en couple ; ils s'étaient rencontrés peu après qu'elle s'était installée à Francfort. Une jeune femme de la campagne qui plongeait tête baissée dans l'océan tumultueux de la grande ville, fascinée par la vie nocturne, la scène artistique et toutes les possibilités qu'elle offrait. La voix de Willi l'arracha à ses pensées.

« Laisse-moi travailler, maintenant, mon trésor. »

Il serra les lèvres, comme chaque fois qu'il se concentrait.

« Je dois y aller, de toute façon. »

Gesa attrapa son manteau et l'enfila par-dessus la robe chasuble qu'elle s'était offerte à peine une semaine plus tôt. Le haut tricoté dessinant des rayures verticales à la dernière mode, avec la taille basse et la jupe à hauteur de genou, serait sa seule acquisition de ce printemps, elle devait faire des économies. Puis elle coiffa d'un chapeau ses cheveux auburn ondulés et sortit.

L'appartement de Willi n'était pas très éloigné de l'Elbestrasse. Dix minutes plus tard, Gesa se tenait déjà devant le bâtiment de six étages qui abritait l'administration de Radio Francfort. D'innombrables fenêtres, corniches et balcons ornaient la façade de la SÜWRAG, la Radiodiffusion du Sud-Ouest.

La station avait été mise en service au printemps, trois ans auparavant, devenant la quatrième société radiophonique d'Allemagne. Faute de locaux suffisants, les différents départements étaient répartis dans plusieurs endroits du centre-ville. À côté du bureau administratif se trouvait le studio qui émettait depuis l'étage le plus élevé du service des chèques postaux de Francfort, au cinquième. Gesa se rendait à l'Elbestrasse pour son bulletin de paie ou – comme c'était le cas aujourd'hui – pour rendre visite à son amie Inge. Elle grimpa l'escalier jusqu'aux bureaux et frappa à une porte derrière laquelle on entendait le cliquetis d'une machine à écrire. Le staccato régulier se tut au moment où elle passa la tête par l'entrebâillement de la porte ; la secrétaire à son bureau lui fit signe d'entrer et tendit trois doigts en l'air.

Comme toujours quand Gesa voyait son amie durant sa journée de travail, elle ne put s'empêcher de sourire. Ses cheveux blonds tirés sans pitié en arrière pour dégager son visage, le corsage fermé jusqu'au dernier bouton et la jupe couvrant largement les genoux, Inge Jacobs incarnait remarquablement la fille de bureau exemplaire. Mais le soir, quand elles sortaient ensemble, elle se transformait en une jeune femme différente, lumineuse. Cependant, ni Gesa ni Inge n'y voyaient de contradiction. Pour toutes les deux, leur emploi à la station était le fruit d'un travail acharné. Une tâche qu'elles accomplissaient avec fierté. Toutefois, contrairement à Gesa qui, en tant qu'actrice radiophonique, était exactement là où elle voulait être, Inge rêvait de devenir chanteuse. Elle se produisait dans des bars et des cafés, infatigable, et espérant toujours être découverte un jour. Les chances que cela arrive étaient loin d'être nulles. Berlin n'était pas la seule ville animée par une vie nocturne flamboyante : à Francfort aussi, il y avait quantité de clubs de jazz, de bars, de salles de danse et de music-halls. Les bons chanteurs étaient recherchés. Après des années de privations, les gens étaient avides de divertissements. Tout le monde sortait avec plaisir, dansait le charleston ou le lindy hop. D'autant plus quand des musiciens de talent montaient sur les planches et enflammaient la piste.

Inge Jacobs travaillait pour Albert Bronnen, le jeune directeur de la station de radio. Gesa attendit dans le vestibule que son amie, avec qui elle partageait un appartement dans la vieille ville, redescende quelques minutes plus tard. Elles s'assirent toutes les deux sur le banc près de la colonne d'affiches, de l'autre côté de la rue.

« Je suis vraiment épuisée aujourd'hui, dit Inge en bâillant, comme pour illustrer ses propos. Trois prestations cette semaine, et encore une ce soir. Ça use, quand tu ajoutes à ça les journées de travail. »

Gesa examina avec inquiétude le visage pâle de son amie.

« Tu ne crois pas que tu te surmènes un peu ?

— Je ne sais pas. J'ai l'impression de ne pas vraiment avancer.

— Qu'est-ce que tu veux dire ?

— Des tours de chant mal payés, voire pas payés du tout, devant des inconnus dans des petits bars. Ça ne mène nulle part. Il faut peut-être que je m'y prenne autrement. »

Inge rongea l'ongle de son pouce d'un air songeur, puis elle planta ses yeux dans ceux de Gesa.

« Prends Dora, par exemple – tu sais, Dora Waldschmidt…

— La fille qui chante dans le chœur de la radio ?

— Exactement. Elle a des horaires fixes avec le chœur. Et les répétitions en plus de ça. Jusqu'à présent elle était payée en fonction du temps passé sur chaque projet, mais je viens de taper le contrat que Bronnen lui a proposé, et il est nettement mieux que le précédent. »

Elle se tut.

« C'est vraiment ce que tu veux, Inge ? Chanter dans le chœur ? Je croyais que tu te voyais plutôt faire une carrière solo. »

La secrétaire leva les yeux au ciel et poussa un soupir qui semblait venir du plus profond d'elle-même.

« Bien sûr. Rien ne me ferait plus plaisir que d'être enfin découverte. Mais cette simple phrase avec ce passif m'énerve déjà. Je dois être découverte. Bon sang ! Pourquoi ? Et par qui ? Si j'étais un peu plus raisonnable… Ce serait tellement plus pratique que j'abandonne mes rêves de grandeur et que je fasse partie d'un ensemble… »

Elle s'interrompit.

Gesa posa son bras autour de ses épaules.

« Ce n'est pas toi. Inge Jacobs n'est pas une chanteuse de chorale, c'est la star. Tu n'as pas besoin d'autres voix autour de toi car la tienne est absolument unique. Et ne t'avise jamais de penser le contraire.

Imagine une de ces affiches sous verre sur les façades des grandes salles de concert : *Ce soir : Inge Jacobs et son orchestre* ; en dessous, une photo de toi dans une robe de soirée à couper le souffle, et un autocollant en travers de l'image, qui annonce : *Complet.* C'est à ça que tu dois penser. Pas à ce stupide chœur de radio.

— Merci. »

Gesa remarqua qu'Inge avait les épaules crispées. Il était rare qu'elle montre la moindre faille. Elle avait les nerfs solides, d'habitude.

« Il arrive à tout le monde d'avoir des doutes, dit Gesa d'une voix douce. Mais il ne faut pas te laisser déstabiliser. »

Inge secoua la tête.

« C'est déjà passé. Ne t'inquiète pas pour moi. Un petit moment où je m'apitoie sur mon sort, rien de plus. Heureusement que tu es là. »

Bien sûr, il n'était pas facile de chanter soir après soir dans le vague espoir que la bonne personne puisse se trouver dans le public, prête à dégainer un contrat pour une maison de disques. Mais Inge avait tout ce qu'il fallait pour faire un tabac, Gesa en était certaine. Elle n'aurait pas encouragé son amie dans son projet si elle n'avait pas été sincèrement convaincue de son talent.

« Pourquoi le nouveau directeur donne un poste permanent à Dora Waldschmidt, au juste ? Ce n'est pas normal. Le vieux n'aurait pas fait ça.

— Tout nouveau, tout beau, Herr Bronnen s'agite et veut faire du neuf. »

Telle était l'opinion d'Inge sur le jeune directeur de la station qui avait pris ses fonctions quelques mois auparavant seulement. Son prédécesseur ne s'était pas spécialement illustré par son enthousiasme pour les idées neuves. C'était sans doute une des raisons pour lesquelles une nouvelle tête occupait son poste depuis peu. Radio Francfort n'était pas une station de radio quelconque, sans ambition : elle concurrençait celle de la capitale, à la première place du pays. Il ne fallait pas marquer le pas. La SÜWRAG avait besoin d'idées que n'avait pas encore eues Radio Berlin, et de quelqu'un qui soit prêt à prendre des risques. Albert Bronnen avait plaisir à fourrer son nez dans l'ensemble des services de la station, des comptes-rendus sportifs aux informations en passant par l'orchestre de la radio. Et il aimait mettre la main à la pâte dans la production des pièces radiophoniques. Gesa n'avait pas encore eu beaucoup affaire à lui jusqu'ici, mais cela allait changer à partir d'aujourd'hui. Elle trouvait ses points de vue intéressants.

« Tu as encore passé la nuit chez Willi ? »

Inge changea de sujet en lui lançant un clin d'œil grivois, puis elle ajouta :

« Je me fais du souci quand tu ne rentres pas à la maison, tu sais.

— Oui, maman. »

Gesa sourit d'un air narquois. Elle vivait en sous-location chez Inge et son frère Rolf. De ce qui n'était au début qu'un arrangement profitable aux deux parties était née une amitié indéfectible entre les deux jeunes femmes.

« Je voulais juste passer te dire bonjour avant d'aller au studio. Aujourd'hui, c'est le grand jour. »

À l'idée de ce qui l'attendait, Gesa sentit la joie se déployer dans son ventre. Le simple mot « studio » lui causait des picotements.

« Willi t'a souhaité bonne chance ? »

Gesa secoua la tête.

« En ce moment, il est accaparé par son manuscrit. Et un contrat publicitaire. Il cherche des slogans pour Khasana. Il n'a pas la tête à penser au reste.

— Si tu veux mon avis, c'est vraiment un fumiste, Gesa, et il ne te mérite pas. Il t'a remboursé ton argent ?

— Il fallait qu'il se concentre quand je suis partie. »

Inge leva les yeux au ciel.

« Évidemment. Parce que ses griffonnages sont plus importants que ton métier. Rappelle-moi un peu : qui a un revenu régulier ? Monsieur l'écrivain ou toi ?

— C'est un artiste.

— Mais tu en es une aussi, ma chère. Une actrice.

— De pièces radiophoniques, précisa Gesa.

— C'est la même chose. Tu te glisses dans un rôle que tu dois incarner de manière crédible pour captiver le public. Tu divertis les gens, tu leur offres l'occasion de fuir un instant leur morne existence pour d'autres univers, et d'oublier leur quotidien. Et contrairement aux comédiens sur scène, ta voix est l'unique moyen à ta disposition pour y parvenir. Si ça, ce n'est pas de l'art, alors je ne sais pas ce que c'est. »

Vu sous cet angle, ce qu'elle faisait semblait effectivement épatant. Mais Gesa n'avait pas besoin d'être convaincue, son métier était pour elle l'accomplissement de tous ses rêves. Qui l'eût cru ? Gesa Westhof, fille de bonne famille, d'un petit village dans la forêt de Teutobourg, faisait quelque chose qui n'avait aucun rapport avec la bonne tenue du foyer. Et par-dessus le marché, elle était payée pour cela.

« Et *elle*, elle sera là, aujourd'hui ? » demanda Inge.

Gesa acquiesça d'un signe de tête.

« Aujourd'hui, je vais enfin la rencontrer. On va faire une lecture rapide du script, et demain on commencera les répétitions proprement dites.

— Eh bien, je suis curieuse de savoir si cette femme est aussi exceptionnelle que tu l'imagines.

— J'en suis sûre. »

Inge consulta sa montre.

« Désolée mais je vais devoir y retourner. Une dernière chose : tu as déjà entendu parler de la nouvelle recrue ?

— Non.

— Elle s'appelle Margot Mikola, elle a été embauchée comme violoncelliste à l'orchestre de la radio. Sur la recommandation expresse de Horst Sachs lui-même, paraît-il.

— Le directeur musical engage une femme pour l'orchestre d'hommes de Bienefeld ? La pauvre ne va pas avoir la partie belle avec lui. Elle me fait presque un peu de peine. Bienefeld va s'acharner sur elle et la harceler, pour la seule raison que c'est une femme. Qui joue sans doute deux fois mieux que ses musiciens, sinon elle n'aurait jamais obtenu ce poste. Tu crois qu'elle arrivera à faire face ?

— Ne t'inquiète pas. J'ai déjà rencontré Margot, elle fait une excellente impression. On va sûrement bien s'entendre avec elle.

— J'aimerais la rencontrer aussi. »

Inge sourit d'un air satisfait.

« Je m'en suis doutée. Après tout, on doit se serrer les coudes entre filles. C'est pour ça que je l'ai invitée ce soir.

— Ses premiers jours seront peut-être plus faciles si elle sent qu'elle n'est pas seule. Je me souviens très bien de mon arrivée dans cette ville que je ne connaissais pas. Et quelle chance j'ai eue de t'avoir rencontrée tout de suite. Tout est allé de mieux en mieux pour moi, après.

— Oh, oui ! approuva Inge en défroissant sa jupe. Mais il faut vraiment que j'y aille maintenant. Et tu devrais te dépêcher, toi aussi, il ne faudrait pas que tu arrives en retard, un jour comme celui-ci. »

Les deux amies se saluèrent, et Gesa prit place dans un omnibus qui l'emmena du quartier de la gare au centre-ville, jusqu'au service des chèques postaux. Elle monta au dernier étage et entra dans le vestibule qui donnait accès à de petits studios d'enregistrement ainsi qu'à une loge modeste qui, la plupart du temps, ne répondait pas aux attentes des comédiens renommés. Gesa supposait qu'il serait bientôt nécessaire que Radio Francfort fasse construire son propre bâtiment. Les distances incommodes entre les différents services en ville ainsi que les centres émetteurs provisoires ne pouvaient pas s'inscrire dans la durée pour un média en plein essor. Pas s'ils avaient de grandes ambitions.

Gesa arriva essoufflée, ôta son manteau d'un geste et l'accrocha au portemanteau, ainsi que son chapeau cloche beige qui allait avec tout. Puis elle entra dans la salle de répétition avec son papier peint aux motifs floraux démodés. La pièce servait par ailleurs de lieu de stockage pour tous les accessoires qui ne tenaient pas dans l'armoire du vestibule, autrement dit les objets très grands, par exemple une porte avec son cadre qui servait à produire des bruits tels que des grincements de gonds ou des claquements de porte. Et les voix « maison », comme Gesa, pouvaient y rester pendant les pauses. La loge était réservée aux stars.

Certains de ses collègues étaient déjà présents : Peter Nagel, Ernst Gehring, les frère et sœur Kai et Harro Hoppe, ainsi qu'Annegret Meyer. Ils avaient rassemblé un méli-mélo de chaises et de fauteuils de toutes sortes qu'ils avaient installés en cercle. Dès que Gesa prit place à côté d'Ernst, la porte s'ouvrit d'un coup et le directeur de la station entra d'un pas résolu, suivi par une femme et un homme.

« Le gratin arrive », murmura Ernst, un acteur expérimenté mais qui n'avait malheureusement pas connu beaucoup de succès sur les planches de Francfort ; en revanche, il avait été une voix de la première heure à la radio. Il portait des lunettes rondes aux branches fines et dorées, et ses cheveux étaient séparés par une raie parfaitement tracée. Ce jeune célibataire sans hobby passait l'essentiel de son temps à la station. Il lui arrivait à l'occasion de lire les nouvelles ou le courrier des lecteurs, mais il s'investissait principalement dans les pièces radiophoniques. En plus de cela, il lançait les disques du programme musical qui représentait une grande partie du temps de diffusion. Gesa le considérait comme une sorte d'ami paternel.

« Messieurs-dames, bonjour, les salua le directeur. C'est une grande joie pour moi de commencer aujourd'hui avec vous un projet tout à fait unique. Une pièce policière radiophonique en huit épisodes, une production ambitieuse sur toute la soirée et absolument sans précédent. Nous avons réussi à faire venir dans notre équipe deux grands noms que je n'ai sans doute nul besoin de vous présenter. Frau Simonetti, Herr Conrad, je vous remercie d'avoir accepté de nous rejoindre dans cette aventure. »

Toute l'assistance applaudit. Les battements de cœur de Gesa accélérèrent. Elle se trouvait dans la même pièce que Carla Simonetti, la grande actrice à qui elle vouait une admiration sans bornes. Cela faisait des semaines qu'elle attendait cette rencontre avec impatience. Sans réfléchir davantage, elle bondit de sa chaise et se précipita vers la comédienne.

« Frau Simonetti, quel honneur ! Je suis folle de joie de pouvoir travailler avec vous. »

Elle saisit la main de son interlocutrice et la serra avec enthousiasme, jusqu'à ce qu'Albert Bronnen l'interrompe avec un sourire amusé :

« Merci, Fräulein Westhof, pour cet accueil extraordinairement chaleureux. »

Confuse, Gesa relâcha la main de Carla Simonetti. De près, l'actrice paraissait plus élégante encore que sur scène. Son long cou, son nez fin et les arcs délicats de ses sourcils, divinement dessinés étaient la perfection même. Il est vrai que Gesa l'avait imaginée plus grande, mais cela n'entamait pas le moins du monde son admiration. Vêtue à la dernière mode, la coupe sophistiquée de ses cheveux noirs brillants ne dépassant pas son menton, rien ne semblait lui donner d'âge, telle une statue. Jamais Gesa n'aurait deviné en la voyant qu'elle avait à peu près quarante-cinq ans.

Carla réagit d'un bref hochement de tête, passa devant elle et prit place sur un fauteuil capitonné dans un mouvement gracieux, comme s'il s'agissait d'un trône. Gesa sentit la gêne monter en elle comme des aigreurs d'estomac.

« Moi aussi, je me réjouis de notre projet commun », dit Theodor Conrad pour lui venir en aide, et il serra à son tour la main de Gesa. L'acteur était connu non seulement pour ses rôles au théâtre mais aussi dans des productions cinématographiques et, bien qu'il eût sans doute dix ans de moins que Carla Simonetti, c'était déjà un vieux de la vieille. Il dépassait Gesa d'une tête et, quand il sourit, ses yeux clairs dégagèrent une chaleur étonnante. Ce qui changea brutalement lorsque Carla Simonetti le rappela à l'ordre d'un :

« Oui, bon, c'est bien, Theo, viens t'asseoir maintenant. »

Il pinça les lèvres et invita Gesa à passer devant lui d'un geste courtois.

Le seul qui resta debout fut le directeur. Albert Bronnen, qui n'avait pas trente ans, distribuait les scripts du premier épisode de *L'Inspecteur Feldmann et l'Affaire Aurora* d'un air grave et professionnel avec ses pommettes hautes, ses sourcils épais et droits, son regard déterminé. Certes, Gesa l'avait déjà rencontré, mais elle était tout de même surprise qu'il ait retenu son nom. Après tout, s'il occupait déjà la fonction de directeur d'une station à un si jeune âge, c'est qu'il devait disposer de qualités exceptionnelles – et une bonne mémoire en faisait sans aucun doute partie. Il avait pris possession de son poste quatre mois auparavant et était pour ainsi dire le nouveau à la station. Jusqu'à maintenant, en tout cas, puisque ce qualificatif revenait à présent à la violoncelliste Margot dont Inge avait parlé plus tôt dans la journée. Gesa saisit son script et effleura de ses doigts ceux d'Albert Bronnen ; leurs regards se croisèrent un instant.

Theodor Conrad interpréterait l'enquêteur dans la pièce, et cela lui allait merveilleusement bien. Avec sa voix grave, que son public aimait tant sur scène, il saurait donner à son personnage un caractère à la fois sérieux et séduisant. À sa manière de se tenir sur son siège, détendu, dans un costume de ville à carreaux taillé sur mesure, une jambe croisée négligemment sur l'autre, Gesa crut deviner un air légèrement amusé. Il était sans doute habitué pour ses répétitions à un cadre un peu moins fabriqué de bric et de broc. Gesa aperçut avec embarras le cendrier rempli à ras bord qui n'allait pas se vider tout seul, mais personne ne semblait se sentir concerné. Sur l'assiette posée à côté, les biscuits, devenus durs, étaient parcourus par une fourmi affairée. Qu'est-ce que Herr Conrad allait en penser ?

Carla Simonetti jouait la femme de la victime, la riche épouse d'un industriel, qui était évidemment le rôle principal féminin. Et Gesa avait obtenu celui de sa gouvernante. Par bonheur, son texte était assez volumineux. Elle s'en rendit compte en feuilletant rapidement le script une première fois.

« Formidable », murmura Ernst Gehring à côté d'elle.

Elle le regarda en haussant les sourcils.

« Un minuscule rôle, expliqua-t-il tout bas. Le chauffeur Laurenz. »

Puis il tourna les pages.

« Ah, non, attends. J'ai quand même droit au pasteur aussi.

— Et n'oublie pas les bruits de fond auxquels nous participons tous ensemble. »

Gesa savait ce qui le gênait. Tandis que les acteurs principaux percevaient un cachet généreux, les seconds rôles étaient moins bien rémunérés. C'est pourquoi la plupart de ses collègues cherchaient du travail en dehors de leur activité pour la station, dans les théâtres de Francfort et même parfois au cinéma.

Gesa, en revanche, se concentrait sur sa carrière à la radio. Elle avait la chance de disposer de ressources financières que ses parents lui avaient léguées. Rien de mirobolant, du moins plus maintenant. Mais elle se contentait de peu et vivait humblement. Sa tante avait réduit sensiblement l'héritage de Gesa ces dix dernières années. Mais elle ne voulait pas y penser pour l'instant. Elle préférait se concentrer sur ce qui l'attendait. Elle était persuadée que le temps viendrait bientôt, où on lui confierait un rôle principal.

Juste après son arrivée à Francfort, Gesa avait commencé comme serveuse dans un café. C'est là qu'elle avait fait la connaissance d'Inge. Une rencontre décisive qui lui avait non seulement offert un logement et une amie fidèle, mais lui avait également ouvert les portes de la radio qu'elle convoitait tant. Comme si la Providence l'avait voulu ainsi, se disait-elle parfois, car Inge lui avait déniché son premier emploi à la station, un poste polyvalent où on pouvait faire appel à elle pour toutes sortes de tâches.

Frau Simonetti tira avec grâce une cigarette de son étui doré, la fixa sur un fume-cigarette doré lui aussi et attendit que le directeur lui donne du feu. Les Hoppe dégainèrent également leurs briquets mais Albert Bronnen fut plus rapide.

Puis elle feuilleta les pages de son script et le referma dans un claquement sec.

« Cette femme riche, pourquoi s'appelle-t-elle Frieda ? Ça ne lui va pas du tout. Il lui faut un nom de plus haute tenue, quelque chose d'élégant, Helena, par exemple. »

Albert Bronnen se racla la gorge.

« Il s'agit à l'origine d'une femme de chambre qui a mis le grappin sur l'industriel.

— Ah. Et quel âge a-t-elle à peu près ?

— Au moment où son époux est assassiné, un peu moins de quarante ans. »

Bronnen montra du doigt une annotation dans la marge.

« Et comment croyez-vous que je vais pouvoir jouer une femme d'un âge aussi avancé ? Il faudrait que je modifie ma voix pour paraître plus vieille. »

Gesa vit du coin de l'œil Theodor Conrad esquisser un sourire. Tous les autres étaient plongés dans l'étude de leur texte mais attendaient avec une impatience certaine la réponse de Herr Bronnen.

« Vous avez un tel talent d'actrice que cela ne devrait poser aucun problème, chère Madame. L'auditeur ne vous voit pas et vous pouvez tout jouer avec votre voix experte, comme sur un instrument bien accordé. »

Un sourire discret récompensa sa diplomatie.

Les comédiens passèrent le reste de la matinée à se familiariser avec leurs rôles. Après une courte pause déjeuner que certains passèrent dans la salle de répétition avec des tartines, d'autres à fumer sur l'espèce de terrasse de toit, et les deux acteurs principaux dans leur loge, on lut les premières scènes.

« Plongeons-nous directement dans l'ambiance, proposa le directeur, et faisons comme si nous étions à l'antenne. »

Il fit signe à Annegret Meyer.

« Je sais que vous avez un double rôle : la secrétaire de la victime, ainsi que Frau von Abt, une dame de la haute société. Elles doivent bien entendu être distinctes à l'oreille. C'est pour cette raison que je vous ai choisie, parce que je sais que vous en êtes capable, Frau Meyer. »

Annegret sourit d'un air flatté. Et Gesa se demanda d'où Herr Bronnen tenait ses informations. C'était exact, en effet, Annegret Meyer était une sorte de magicienne vocale. Elle pouvait imiter à la perfection toutes les intonations possibles, non seulement les dialectes régionaux mais encore diverses particularités, du ton nasillard de la bourgeoise distinguée au jargon du gamin des rues. De toute évidence le chef s'était renseigné, ce qui, aux yeux de Gesa, suffisait à le placer bien au-dessus de son prédécesseur.

La qualité de la pièce, les répétitions et sans doute la représentation à l'antenne ne pouvaient qu'être convaincantes si le metteur en scène était aussi investi et méticuleux.

« Dites-moi, comment voyez-vous ça, Herr Bronnen ? demanda Annegret en contrefaisant sa voix.

— Exactement ainsi, c'est tout à fait ce qu'il faut pour la secrétaire.

— Et en ce qui concerne Frau von Abt, je peux m'exprimer avec une élégance toute particulière, à votre convenance. »

Elle avait dit ces derniers mots d'une voix soyeuse qui fit réagir Carla Simonetti, laquelle écarquilla les yeux ; même Herr Conrad parut surpris. Petite et trapue, avec un toupet démodé planté sur le front qui se balançait en tous sens dès qu'elle bougeait la tête, Annegret n'impressionnait pas à première vue, mais cela changeait du tout au tout dès qu'elle ouvrait la bouche.

Le cœur de Gesa battait à tout rompre. Elle adorait ce genre de moments. Ils plaçaient ensemble les pièces d'un puzzle fait de voix et de bruits qui formaient peu à peu une image dans la tête des auditeurs, et elle faisait partie de ces acrobates du son dont le jeu commun créait cette magie. Admirative, elle posa sur Annegret un regard rayonnant, puis elle se tourna vers Ernst et Peter qui ne purent s'empêcher d'applaudir leur collègue. Albert Bronnen souriait lui aussi. Elle vit dans ses yeux le même enthousiasme qui brûlait en elle.

Les comédiens s'installèrent en cercle, comme si un microphone trônait au centre. Ils s'efforçaient, à la lecture, de faire le moins de bruit possible en tournant les pages. Personne, devant son poste, ne pourrait les imaginer mangeant au restaurant ou examinant une scène de crime si on entendait au milieu d'une phrase le papier se froisser.

« Très bien, Fräulein Westhof, complimenta le directeur après la lecture de Gesa. Quand il est précisé dans cette scène : *La gouvernante appelle le chauffeur derrière elle*, je suggère que vous vous tourniez réellement, que vous vous éloigniez donc du microphone pour parler derrière vous. Et ce dès maintenant, afin que le geste soit naturel pour vous. »

C'était une proposition très intéressante qui apporterait encore plus de réalisme par la suite.

Lorsque Albert Bronnen mit fin aux répétitions, Gesa fut surprise de constater qu'il était déjà dix-huit heures passées.

« Vous semblez contente, Fräulein Westhof ? demanda le directeur de la station.

— Oh, c'était une journée épatante. La pièce est passionnante, ce sera un succès, ça ne fait aucun doute, et je suis très heureuse de pouvoir faire partie de cette équipe.

— Tant mieux. »

Il la salua d'un signe de tête et s'apprêta à partir.

« Herr Bronnen… C'était qui, alors ? Je veux dire, qui a assassiné l'industriel ? »

Certains de ses collègues qui rassemblaient encore leurs affaires s'arrêtèrent un instant et tendirent l'oreille.

« Oui, c'est vrai, dit Ernst Gehring qui prit le cendrier débordant et le vida dans la poubelle dans un coin de la pièce. Ce serait vraiment intéressant de le savoir. »

Albert Bronnen afficha un sourire malicieux.

« C'est bien pour ça que je ne vous révèle encore rien. L'identité du tueur restera un mystère jusqu'à la fin. Pour être tout à fait honnête, je ne la connais pas moi-même. L'auteur de la pièce tient à garder secret le personnage qui se cache derrière ce crime. Nous ne l'apprendrons qu'à la réception du script du dernier épisode. De cette manière, la production sera captivante pour nous tous jusqu'au bout.

— Et ainsi, nous sommes assurés que personne n'en dira trop à la presse, ajouta Theodor Conrad avant de féliciter Albert Bronnen d'une tape sur l'épaule. Astucieux, monsieur le directeur. »

En rentrant chez elle, Gesa rumina sur cette façon de faire inhabituelle. N'était-il pas étrange que les acteurs ne connaissent pas le dénouement de la production ? Néanmoins, il est vrai qu'elle n'avait encore jamais participé à une pièce policière radiophonique d'une telle envergure. Peut-être était-ce l'usage. Son expérience se limitait à quelques pièces qui, du reste, étaient courtes du temps du prédécesseur d'Albert Bronnen. Certaines avaient duré une demi-heure à l'antenne, d'autres, une heure entière, mais elles ne se déroulaient jamais en plusieurs épisodes. Gesa se souvenait très bien de la première fois qu'elle avait eu l'occasion de lire un petit rôle. Son cœur avait battu si fort dans sa poitrine qu'elle avait craint qu'il ne s'entende au microphone. Elle n'avait eu que deux lignes à lire, mais elle avait fini aussi essoufflée que si elle avait gravi une montagne. Et son euphorie n'y avait pas été pour rien.

« Je crois que tu viens d'attraper le virus de l'actrice », l'avait taquinée Ernst Gehring qui avait bien interprété le sourire radieux sur le visage de Gesa.

Le nouveau directeur de la station comptait apparemment captiver les auditeurs sur plusieurs semaines, et pour cela, il fallait maintenir le suspense. C'est pourquoi il avait choisi une intrigue policière. Huit épisodes représentaient une durée colossale, il était parfaitement compréhensible que Bronnen ne veuille pas risquer que le nom du meurtrier fuite avant la fin. Emplie de joie à l'idée de cette nouvelle aventure radiophonique, Gesa parcourut la vieille ville avec entrain.

GESA

Nouvelles radiophoniques, 1927 :

« Vera Menchik, une jeune Tchèque vivant en Angleterre, devient la première championne du monde d'échecs féminins. »

Au cours des années qui suivirent, elle fut invitée à d'importants tournois internationaux. Au départ, elle n'était pas prise au sérieux par ses collègues masculins. Jusqu'à ce qu'elle batte de nombreux maîtres d'échecs. Elle défendit avec succès son titre de championne du monde chaque année jusqu'à sa mort. Vera Menchik fut tuée avec sa sœur et sa mère en 1944 lors d'un bombardement qui détruisit leur maison à Londres.

Le trajet à pied de la station à la Ziegelgasse, à un jet de pierre de la place Liebfrauenberg, ne durait qu'une dizaine de minutes. Peu après dix-huit heures trente, Gesa monta l'escalier d'un vieil immeuble d'habitation jusqu'au deuxième étage. Inge et Rolf Jacobs avaient hérité l'appartement de leurs parents. Grâce au loyer payé par Gesa, ils pouvaient garder leur bien immobilier, ce qui n'aurait pas été possible avec le salaire de secrétaire d'Inge et les maigres revenus d'ouvrier maçon de Rolf. Après s'être rencontrées dans le café où Gesa servait des gâteaux et où Inge chantait l'après-midi pour divertir les clients, elles avaient rapidement compris à quel point il serait avantageux pour elles d'emménager ensemble. Gesa n'avait eu aucun remords à abandonner la pension miteuse à Offenbach, où la chambre coûtait plus cher que chez Inge, au cœur de la vieille ville.

Son logement disposait d'une cuisine spacieuse et d'une salle de bains avec toilettes. Dans la plupart des appartements, il n'y avait qu'un lavabo au mur et des toilettes communes sur le palier ou dehors, dans l'arrière-cour. Gesa s'estimait heureuse. Les meubles étaient simples mais en bon état. Depuis, elle considérait davantage le frère et la sœur comme une famille de substitution que comme ses propriétaires, et Inge était devenue sa meilleure amie. Les trois jeunes gens se retrouvaient de temps en temps dans la cuisine pour partager un repas ou une bière après le travail, mais respectaient également la sphère privée de chacun.

Les ruelles étroites de la vieille ville, bordées de hauts bâtiments, étaient constamment plongées dans l'ombre. Gesa devait toujours allumer une lampe, que le soleil brille ou non, même en pleine journée. En ce début de soirée, plus aucun rai de lumière ne passait par la fenêtre. Elle se changea rapidement et enfila une robe vert sombre descendant jusqu'aux genoux, qu'elle avait rallongée en cousant un tissu drapé sur l'ourlet pour lui donner un air plus moderne.

Sa tenue était assortie à ses yeux qui, selon la lumière, oscillaient entre le bleu pétrole et le vert.

« Ça te va à ravir, et si je n'avais pas su, j'aurais pu croire que tu t'étais acheté une nouvelle robe. J'aimerais tellement me débrouiller aussi bien que toi avec du fil et une aiguille », entendit-elle Inge dire depuis sa porte.

Elle était appuyée contre le chambranle, un verre à la main, les lèvres maquillées d'une couleur sombre, les yeux aussi. L'étoffe noire de sa robe à franges créait un contraste saisissant avec ses boucles blondes coupées à la garçonne. Inge était belle et jouait volontiers les femmes fatales. Uniquement dans sa vie privée, cela va de soi. Au bureau, elle veillait toujours à paraître sage et bien rangée. Quand elle sortait, elle n'en avait plus rien à faire.

« Merci, c'est vrai que ça rend bien. La robe chasuble de ce matin a fait un trou dans mon budget, plus question d'acheter de nouveaux vêtements pour le moment. Mais je voulais investir dans de la qualité que je peux porter au travail. Ça fait bonne impression.

— Quand il s'agit de ta carrière, tu ne laisses rien au hasard.

— Je ne peux pas me le permettre, Inge. Tu sais à quel point il est important pour moi d'obtenir rapidement de plus grands rôles pour gagner davantage. C'est seulement quand je pourrai voler de mes propres ailes que je me sentirai en sécurité. »

Gesa montra du doigt une enveloppe sur le lit.

« Et ceci me rappelle que je ne dois pas relâcher mes efforts.

— Qu'est-ce que c'est ? demanda Inge.

— Une lettre de ma tante. »

Gesa sentit une pression sur sa poitrine. Elle s'assit au bord du lit et passa délicatement la main sur le papier tout en essayant de réprimer le tremblement de ses doigts.

« Depuis que tu vis ici, tu n'as encore jamais reçu de courrier.

— Justement. Ce changement ne me dit rien qui vaille. »

Inge fronça les sourcils d'un air soucieux, et posa son verre sur la table de chevet. Elle s'assit à côté de Gesa et appuya son épaule contre celle de son amie.

« Que s'est-il passé ? Ta tante est malade ? »

Gesa secoua la tête, puis avala sa salive.

« Non, ce n'est pas le problème. On ne s'entend pas très bien et j'avais espéré qu'elle ne me retrouverait pas.

— Comment ça ? Tu as fugué de chez toi ? Gesa Westhof, tu ne peux pas garder un truc pareil pour toi et ne pas m'en parler.

— N'importe quoi. Je ne suis plus une gamine. À vingt-cinq ans on ne fugue pas, on déménage.

— Si tu ne lui as pas dit où tu allais, comment a-t-elle trouvé ton adresse ? Après plus d'un an ?

— J'aimerais bien le savoir aussi. Bref, n'en parlons plus. »

Gesa déchira la lettre en deux en se mordant la lèvre inférieure.

« Dans ce cas, je ferais bien de te changer les idées. Tu es prête ? Je te rappelle qu'on doit d'abord passer au café de la place de la Hauptwache, c'est là qu'on s'est donné rendez-vous, Margot et moi. »

Les stores rayés rouge et blanc des arcs en plein cintre de l'ancienne Garde principale de Francfort venaient d'être relevés lorsque toutes deux pénétrèrent dans le café. C'était un lieu de rencontre particulièrement apprécié des cinéphiles, des amateurs de théâtre, et idéal pour les rendez-vous de toutes sortes. La vie y battait son plein, en journée comme en soirée, et un brouhaha remplissait l'espace. Elles durent attendre un moment avant qu'une table se libère, et à peine venaient-elles de s'asseoir que Margot apparut.

La musicienne devait avoir leur âge, estima Gesa, ou était peut-être un peu plus jeune. Grande et mince, elle avait des hanches étroites et des cheveux bruns qui tombaient trop sur ses épaules pour être encore à la mode. Ses yeux marron renfermaient une pointe de rêve, de mélancolie, ce que Gesa trouva d'emblée intéressant.

« Ça va et ça vient comme dans un moulin, ici, remarqua Margot en désignant les clients autour d'elle. Le village de mon enfance dans l'Eifel compte probablement moins d'habitants qu'il n'y a de gens dans cette brasserie.

— Il va falloir t'y habituer, dit Inge, qui croisa les jambes et but une gorgée de café. Attends de connaître la vraie vie nocturne de cette ville.

— Qui d'autre nous rejoint ? demanda Margot.

— Ce soir, nous ne sommes que toutes les trois, répondit Inge en regardant sa montre. Et on va bientôt devoir aller à l'Erebos Bar, sinon je vais arriver en retard.

— Seulement nous trois ? »

Gesa, originaire elle aussi de la campagne, comprenait pourquoi Margot répétait la question avec tant d'étonnement. Elles n'avaient pas grandi de la même façon que les filles de la ville, pleines d'assurance. Il n'était pas convenable pour des jeunes femmes de fréquenter des cafés sans chaperons ou sans être accompagnées par des hommes, ni de sortir seules dans des bars et des bastringues.

« Moi aussi, j'ai dû m'habituer à cette nouvelle liberté, tu sais. Et il m'a fallu un moment avant de ne plus être rongée par l'impression de faire quelque chose de déplacé.

— Toi non plus, tu n'es pas d'ici ?

— Non. Inge est la seule fille de la ville à cette table. Mais cela fait déjà quelque temps que je vis à Francfort. Tu vas voir, bientôt tu sauras profiter de ton indépendance. »

Le regard de Margot exprimait un peu plus que le simple doute que lui inspiraient ces paroles, une sorte de nostalgie que Gesa avait déjà remarquée auparavant et dont elle n'osait demander la raison profonde.

« J'ai encore du mal à vraiment imaginer. Et puis je suis ici pour travailler.

— Nous aussi, intervint Inge avec un clin d'œil espiègle. Mais il n'y a pas de mal à s'amuser un peu. »

Gesa ne comprenait que trop bien Margot. Elle adressa à sa nouvelle collègue un sourire rassurant.

« Qu'est-ce qui t'a amenée à Francfort ? »

Margot hésita un peu, puis répondit :

« L'engagement à long terme dans l'orchestre radiophonique. Pas un musicien qui doit vivre de son art ne dirait non à une chose pareille. C'est une chance inouïe pour moi. Je dois bien m'appliquer dans mon travail, mieux que les hommes, j'en ai bien conscience. Le chef d'orchestre n'a pas l'air de m'apprécier.

— Bienvenue au club, dit Gesa en lui donnant une tape amicale sur l'épaule. Nous autres, les filles, on est des bêtes curieuses à la station. On n'est pas nombreuses, et celles qui veulent réussir doivent se surpasser dans leurs tâches.

— Ce n'est pas juste, remarqua Inge. Je pourrais vous citer sur-le-champ une série d'hommes qui ne sont pas franchement des lumières, si vous voyez ce que je veux dire, et qui pourtant sont solidement accrochés à leurs postes et gagnent nettement plus que ce qu'on pourrait jamais espérer, peu importe à quel point on est bonnes dans notre travail.

— Ma mère est tombée enceinte six fois et n'a encore jamais quitté notre village. Elle m'a toujours encouragée à essayer. "Margot, ce serait une honte que tu n'exploites pas ton talent", elle me disait. "N'importe qui peut avoir des enfants, mais les gens qui savent mener leur vie comme ils l'entendent se comptent sur les doigts d'une main." Cette chance-là s'offre à nous. Moi, en tout cas, je la saisirai.

— C'est aussi mon point de vue. Pourquoi n'aurait-on pas le droit de réaliser nos rêves ? Et je remarque bien que nous ne manquons pas d'ambition à nous trois. »

Inge s'interrompit un instant pour boire une gorgée de café. Elle regarda alentour et poursuivit :

« Imaginez un peu : on se retrouve ici dans un an tout juste. Qu'est-ce qu'on pourrait se raconter ? Pour ma part, je vous parlerai de mon contrat bien payé avec une maison de disques. Et de mon concert à guichets fermés à Berlin. »

Gesa ne put s'empêcher de sourire. Inge avait donc adopté la vision de l'affiche de concert barrée d'un panneau indiquant *Complet.*

« Pourquoi Berlin ?

— Parce que c'est la capitale et tous ceux qui ont réussi chantent là-bas. À toi maintenant. »

Ce qu'elle aurait accompli en un an ? Gesa n'avait aucune difficulté à répondre à cette question. Jour après jour, ses pensées ne tournaient autour de rien d'autre.

« On me confiera des rôles principaux à la radio et je serai une comédienne connue. »

Deux paires d'yeux se tournèrent ensuite vers Margot. Elle se tortillait sur sa chaise.

« Je dois avouer que je n'ai pas encore très bien réfléchi à ce que je voudrais faire. Nous, les musiciens, on progresse petit à petit, d'un contrat à l'autre. Il n'y a pas beaucoup de postes fixes. À moins, justement, de jouer dans un orchestre, et je ne connais pas d'autre femme qui le fasse.

— Eh bien, voilà, tu as ta réponse. »

Gesa se pencha sur la table d'un air conspirateur et ajouta :

« Nous nous sommes battues pour avoir notre place à Radio Francfort, et nous n'allons pas seulement la garder, nous allons la faire évoluer. Alors ?

— Alors… Dans un an, peut-être que l'orchestre radiophonique aura un tout autre format. Et je serai la première violoncelliste dans un grand orchestre symphonique à la radio », dit Margot d'une voix résolue.

Derrière cette phrase se cachait un fantasme qui restait encore utopique. Car ce qui était décrit jusqu'ici comme un orchestre radiophonique n'était qu'une petite formation, un orchestre de chambre, tout au plus. Le directeur, tel que Gesa se l'imaginait, souhaiterait sans doute tôt ou tard le développer en un véritable orchestre symphonique. Qui, une fois de plus, exigerait de plus grandes salles pour les répétitions et les enregistrements. Salles qui n'existaient pas encore…

Le rêve de Margot était donc très ambitieux : il ne pourrait se réaliser que s'il correspondait aux attentes d'Albert Bronnen, et présupposait en outre un nouveau bâtiment pour la station. Mais pourquoi pas ?

« La première violoncelliste dans un orchestre symphonique, murmura Gesa d'une voix admirative. Un projet magnifique.

— Et moi, qui serai une chanteuse connue, je me produirai avec vous, renchérit Inge.

— Ce qui est dit est dit. »

Toutes trois trinquèrent au-dessus de la table avec leurs tasses de café, et Gesa se rendit compte qu'elles étaient toutes légèrement à bout de souffle.

« Je suis on ne peut plus sérieuse, dit Inge. On peut obtenir tout ce qu'on veut. Notre temps est venu. »

Les deux autres acquiescèrent d'un hochement de tête solennel et Gesa se jura de garder pour toujours ce moment en mémoire.

« Bien. Comme ça, nous sommes toutes d'accord. »

Inge changea de sujet :

« Tu es mariée ? »

Elle jeta un coup d'œil aux doigts de Margot, dépourvus d'anneau. Cette dernière ôta vite ses mains de la table et se mit à frotter ses genoux. Elle portait une robe bleu sombre toute simple, qui ne présentait qu'un petit ornement sur le décolleté, une délicate broderie ajourée.

« Non. Je vis seule. Par chance, j'ai pu être hébergée ici par des membres de ma famille, ça économise le loyer.

— Bien. Si nous voulons progresser, il est préférable de ne pas avoir d'attaches aux pieds. De ne pas traîner derrière nous un poids mort dans la famille, un mari par exemple.

— Inge ! »

Gesa se mit à rire. Elle pensa à Willi, et au fait qu'elle ne le considérerait jamais comme un poids mort.

« Comment peux-tu dire des choses pareilles ? À t'écouter parler, on pourrait croire que tu n'as pas de cœur.

— J'en ai un. Mais j'ai également un projet. Nous trois, nous allons nous serrer les coudes, c'est d'accord ?

— Bien sûr », entonnèrent-elles d'une seule voix.

Bien qu'elle ne connût pas encore très bien Margot, Gesa sut instinctivement qu'elle était la plus réservée d'entre elles. Margot paraissait soulagée d'avoir noué des amitiés aussi vite. Si elles lui laissaient un peu de temps, elle leur confierait sans doute ce secret qu'elle semblait cacher. Après avoir vidé leurs tasses et une fois que le serveur eut débarrassé, Margot demanda :

« Où est l'Erebos Bar ?

— Pas loin d'ici, on peut y aller à pied. »

Gesa souffla à l'idée de ne pas avoir à consommer encore quelque chose. Il serait tentant et si simple de se laisser aller dans le tourbillon du café de l'ancienne Garde principale et de commander une boisson après l'autre. Mais à moins d'être invitée par un cavalier, le porte-monnaie en aurait vite souffert. Et elles avaient insisté à l'instant sur le fait qu'elles seules avaient en main leur destin, leurs finances et leur carrière, elles devaient donc gérer sérieusement leur budget.

De la Hauptwache, elles rejoignirent en quelques pas le début de la Grosse Eschenheimer Strasse dans laquelle bars, salons de thé et cafés dansants semblaient se succéder sans fin. Une fois le soleil couché, le choix paraissait illimité. Les gens étaient installés autour d'une table en terrasse et profitaient de la douceur vespérale, ou flânaient sur les trottoirs, en habits élégants, en direction de l'Eschenheimer Turm, la tour qui se dressait au bout de cette rue de plaisirs. L'Erebos Bar était au sous-sol d'une vieille maison étroite. Cela allait bien à Erebos, le dieu grec des ténèbres, dont le visage aux traits modernes resplendissait au-dessus de l'entrée. Il n'y avait pas grand monde à l'intérieur ; Gesa supposa que c'était lié au beau temps et au fait qu'il était encore tôt. Neuf heures n'avaient même pas sonné. Pourtant Inge avait insisté pour venir ici sans tarder.

Le bar consistait en une unique pièce, en longueur, à laquelle on accédait par le côté étroit en empruntant un escalier en colimaçon métallique aux marches raides, qui s'enfonçait sous le niveau de la rue en tournant comme un ver. Il y avait un comptoir en étain bordé de tabourets et de nombreuses tables rondes puis, dans la deuxième moitié de la pièce, la scène et une petite piste de danse.

Gesa n'avait encore jamais remarqué à quel point l'intérieur était miteux. L'absence de l'épaisse fumée de cigarettes, qui allait dans quelques heures effacer tous les contours, permettait au regard de distinguer librement les taches de moisissure sur les murs. Dans l'air planait une odeur aigrelette d'alcool renversé. Que pouvait bien penser Margot ? Regrettait-elle d'avoir accepté de venir ?

Inge rejoignit d'un pas furtif l'homme efflanqué qui nettoyait les verres derrière le comptoir – avec un torchon si sale que Gesa douta qu'il vienne à bout de son projet – et déposa un bref baiser sur sa joue.

« Salut Fred, je ne suis pas en retard, j'imagine ? »

Elle montra du doigt les trois seules tables occupées.

« Il n'y aura pas plus de monde ?

— Tous les soirs, c'est pareil, tant que l'aut' est ouvert, là-haut. Les clients vont arriver. L'café d'à côté ferme bientôt, ils vont tous s'entasser ici, t'vas voir. »

Il s'interrompit un instant pour l'examiner de haut en bas.

« T'es drôlement mignonne, ma p'tite. Si tu chantes pas trop faux et qu'tu r'mues un peu ton pétard, j'suis sûr qu'tu vas casser la baraque. »

Il adressa un large sourire à Inge comme s'il pensait lui avoir fait un compliment.

« Merci, Fred. Voici mes amies : Gesa, que tu connais déjà, et Margot, elle est nouvelle en ville. »

Le barman se débarrassa du torchon et leur serra la main de ses doigts froids et humides. Il avait un visage oblong avec un front haut et de grands yeux enfoncés dans leurs orbites. C'était loin d'être un canon de beauté, mais il les salua chaleureusement, servit à chacune un verre de bière et fit un signe de tête en direction de la scène.

« Vous pouvez avoir la table habituelle, comme ça vous s'rez bien placées pour voir Inge. »

« J'ai raté quelque chose ? De quoi parlait cet homme ? chuchota Margot à Gesa, une fois qu'elles furent installées.

— Fred est le patron de l'Erebos Bar. Il est toujours à la recherche de nouveaux talents – sûrement parce qu'ils coûtent moins cher que des artistes confirmés. Et Inge va passer sur scène.

— Elle est vraiment chanteuse ?

— Et quelle chanteuse ! Ce qu'elle a dit tout à l'heure au café, à propos des concerts à Berlin, elle le pense très sérieusement. En tout cas, elle a tout ce qu'il faut pour y arriver. » La voix de Gesa trahissait une sincère admiration. « Ce soir, elle passe avant le groupe de jazz qui est annoncé dehors sur le tableau. Elle a un talent incroyable, il faut absolument qu'un de ces producteurs de disques l'entende. Inge saute sur la moindre occasion de se faire connaître. La voilà qui arrive. »

Dans le faible faisceau lumineux d'un unique projecteur, Inge s'approcha du microphone, plongeant dans l'obscurité le pianiste placé derrière elle. Ses cheveux brillaient telle une tiare de lumière, se réfléchissant sur sa peau blanche comme le lait. De plus en plus de monde venait s'engouffrer dans cette cave. Les jambes de pantalon et les pans de jupe étaient la première chose que l'on voyait d'en bas, quand les clients descendaient l'escalier en colimaçon. Puis ils apparaissaient une fois passé le dernier tournant et avaient une vue directe sur la scène. Gesa remarqua un groupe de six personnes, constitué de trois couples, qui s'assirent à une table pour quatre. Il n'y en avait pas de plus grandes mais cela ne semblait pas les gêner de se serrer un peu. Les dames gloussaient car les genoux des uns et des autres se touchaient sous le plateau en bois.

La voix claire d'Inge s'éleva, imposant aussitôt le silence et emplissant Gesa de fierté pour son amie.

Pourquoi une femme ne pourrait-elle avoir de liaison ? Même Fritzi Massary n'aurait pu interpréter la chanson à un rythme aussi endiablé. Pourtant ce ne fut pas cette rengaine provocante qui toucha le cœur de Gesa, mais le deuxième morceau : *Someone to Watch Over Me.*

La mélodie se glissait dans les moindres recoins de la pièce, comme si Inge prenait tout le public dans ses bras en une étreinte de velours. Gesa vit les musiciens de l'ensemble de jazz regarder, bouche bée, la jeune chanteuse. Margot semblait retenir son souffle, et lorsque la musique se tut, un tonnerre d'applaudissements éclata.

« Sensationnel ! » s'écria Margot. Elle s'était levée d'un bond en renversant sa chaise. « Cette fille-là sait chanter, c'est incroyable ! »

On ne leur laissa malheureusement pas le temps de savourer ce moment en suspens qui suivait la chanson, car le groupe enchaîna avec son shimmy-blues sur un tempo effréné, et les clients envahirent aussitôt le bar et la piste de danse comme un seul homme. Il faisait de plus en plus chaud. Lorsque Inge revint, elle dut se frayer un chemin entre les couples qui se pressaient devant la scène.

« Tu es une véritable artiste ! » Margot leva les bras avec peine au milieu de la foule, puis les baissa et félicita Inge d'une petite tape sur l'épaule, d'un air un peu gêné. Elle ne cachait pas son enthousiasme.

La serveuse, une jeune fille avec un serre-tête et des jambes maigres dans une robe trop grande, vint à leur table et leur apporta une bouteille de mousseux sur un plateau.

« De la part du monsieur au bar, expliqua-t-elle à Inge, le vioque au gros ventre et au costume chic. » Elle s'arrêta un instant, le temps qu'Inge hoche la tête, puis elle remplit trois verres. « À toi de voir si tu acceptes ou pas, hein ? » ajouta-t-elle brièvement avant de repartir.

Inge leva son verre en direction de l'homme qui, en réponse, lui montra le tabouret de bar vide à côté de lui.

« Je ne sais pas trop, murmura Gesa. Il a cinquante ans largement passés et son alliance brille jusqu'ici. On n'a pas besoin de son mousseux, on peut s'en commander un nous-mêmes.

— Il est peut-être du métier.

— Du métier des dragueurs, c'est sûr.

— Gesa, tu es toujours tellement cynique. Je vais juste faire un saut, le remercier et voir s'il travaille dans la musique ou non.

— Tu n'es pas obligée de faire ça.

— Je sais. » Le sourire aux lèvres et le verre à la main, Inge se faufila à travers la foule et s'assit à côté de l'homme dans un geste savamment provocateur.

« Tchin, dit Gesa en trinquant avec Margot. Apparemment, le reste est pour nous.

— Eh bien, soit. Santé ! »

Toutes les deux observèrent de loin Fred s'occuper personnellement du client bien en chair, l'air affairé, et leur apporter une deuxième bouteille. Elles virent aussi la main de l'inconnu se poser d'abord sur le bras d'Inge, puis s'aventurer sur son dos avant de glisser enfin sur sa cuisse. Gesa remarqua à la crispation de ses épaules que son amie était mal à l'aise. Tout ce qu'elle avait à faire était de se lever et partir. Pourquoi restait-elle assise ?

« Mais qu'est-ce qu'il fait ? s'écria Margot.

— Ça suffit. Viens ! »

Gesa se dirigea d'un pas résolu vers le bar où le client venait de prendre la main d'Inge pour la poser sur son entrejambe.

« On y va !

— Gesa ? Pourquoi ? Il est encore tôt. » Inge retira ses doigts d'un geste vif.

« Margot et moi aimerions aller ailleurs.

— Mais je passe un si bon moment avec Ottokar.

— Non, je ne crois pas. Et s'il veut passer un bon moment, il n'a qu'à s'adresser à la dame, là-bas, c'est une vraie professionnelle. »

Sur ces mots, Gesa pointa du doigt une rousse adossée au bar qui sirotait un cocktail, et dont le profond décolleté en dévoilait davantage qu'il n'en cachait. Elle fit descendre son amie du tabouret et lui prit fermement le bras.

« Mademoiselle, je ne vous permets pas ! » s'emporta l'inconnu.

Fred se pencha par-dessus le comptoir et glissa à l'oreille d'Inge : « Oh, p'tite, si tu fais toujours des manières, t'arriveras jamais à rien. Bois donc encore un p'tit godet avec ce gentil monsieur. C'est bon pour les affaires et ça décoince. »

Gesa sentit les muscles dans le bras d'Inge se raidir.

« Il ne veut pas se contenter de boire un verre avec toi, tu le sais très bien.

— Il dit qu'il travaille pour Odeon, chuchota Inge.

— Ça, alors, quelle coïncidence ! intervint Margot. C'est ce que ce filou de Fred a dû lui souffler. C'est la première fois que je viens ici, c'est vrai, mais je vois très bien comment les choses se passent. Une jolie chanteuse inconnue rencontre le soi-disant patron d'une maison de disques qui lui commande des boissons chères et promet de faire d'elle une star en échange de quelques faveurs. Si tu ne vois pas clair dans son jeu… » Puis elle tourna les talons et s'éloigna.

« Il n'y a rien à ajouter. » Gesa lâcha le bras d'Inge et suivit Margot qui montait l'escalier pour regagner la Grosse Eschenheimer Strasse. L'air froid de la nuit fit du bien à ses joues brûlantes.

Elles entendirent derrière elles des talons claquer sur les marches métalliques.

« Attendez ! » La chevelure blonde d'Inge apparut. « Qu'est-ce que ça veut dire ? Vous alliez me laisser toute seule ici ?

— Tu es grande. Si tu aimes fourrer ta main dans le pantalon de parfaits inconnus, surtout ne te gêne pas pour nous. » Gesa recommença à marcher vers l'ancienne Garde principale, mais elle s'arrêta brusquement au bout de trois pas et se retourna. « Bien sûr que non ! On aurait simplement pris un peu l'air dehors, puis on t'aurait sortie de là.

— Mais si jamais il travaille vraiment pour…

— Bon sang, Inge ! Ouvre les yeux ! Il est autant producteur de disques que Fred sert du vrai champagne. Tout ça, ce ne sont que de vulgaires imitations, tu ne le vois donc pas ? Ce n'est pas parce que tu espères que quelque chose est vrai que ce sera forcément le cas. »

Margot ajouta d'une voix plus douce que Gesa qui s'était laissé emporter par la colère :

« Et même s'il est vraiment à la recherche de nouveaux talents, il est inacceptable que tu doives accéder à ses désirs pour qu'il s'intéresse à ta musique. Tu n'as pas besoin de ça. Tu chantes divinement, Inge, crois-moi, je m'y connais. Et un jour quelqu'un t'écoutera, quelqu'un qui saura vraiment de quoi il parle et qui te proposera un contrat sans aucune contrepartie. »

Inge répondit par un profond soupir sceptique. Elle croisa les bras sur sa poitrine et envoya un caillou au loin d'un coup de pied.

« D'ici là, les poules auront des dents… »

Des larmes brillaient dans ses yeux à la lumière des réverbères. L'une d'entre elles coula le long de sa joue et laissa une trace noire sur son passage.

« Merde. Et voilà que je saccage mon maquillage, maintenant.

— Qu'est-ce que c'est que cette attitude ? » Gesa posa ses bras sur les épaules de ses amies tandis qu'elles descendaient la rue ensemble. « Tu vas réussir ta vie. On va toutes les trois réussir notre vie ! Je serai une comédienne à succès à la radio, Margot sera la première femme violoncelliste dans un orchestre philarmonique, et toi, tu deviendras une chanteuse célèbre dans le monde entier. C'est ce que nous avons décidé, et c'est ce que nous nous répéterons toujours, d'accord ? »

Aucune des trois n'avait envie d'entrer dans un autre bar, alors Gesa et Inge prirent congé de Margot sous la grande horloge de la station de tramways.

Une fois chez elle, Gesa eut beaucoup de mal à trouver le sommeil. Il s'était passé trop de choses ce jour-là. Sa joie débordante d'avoir rencontré Carla Simonetti s'était évanouie brusquement dès qu'elle avait trouvé la lettre de tante Cläre. Le simple fait de penser à ce moment où elle avait ouvert la boîte aux lettres et reconnu l'écriture sur l'enveloppe était pour elle comme un coup de poing dans le ventre. Seul le chant d'Inge avait pu l'en distraire un bref instant. Le cours malheureux qu'avait pris la soirée rappela à Gesa cette situation cruelle et vieille comme le monde. On essayait de suivre son propre chemin mais on tombait constamment sur des personnes qui s'immisçaient dans notre vie et voulaient imposer leur propre volonté. Comme si celle-ci valait mieux que les autres.

Gesa n'avait aucune envie de se soumettre. Il était dangereux d'entrer dans une dépendance vis-à-vis d'une autre personne, homme ou femme. Si Inge n'y prenait pas garde, elle pourrait se faire avoir par un soi-disant bienfaiteur qui abuserait d'elle en lui faisant miroiter une prétendue carrière dans la chanson. Margot, la gentillesse incarnée, qui était à sa place parmi elles comme si elles étaient amies depuis toujours, n'avait pas fini de s'étonner des difficultés qu'elle rencontrerait dans l'orchestre radiophonique saturé d'*ego* mâles. Jamais elle ne serait acceptée dans le groupe, elle y serait tout au plus tolérée. Et elle devrait toujours être deux fois meilleure que ses collègues masculins.

Concernant son propre avenir, maintenant que tante Cläre l'avait retrouvée, ce n'était plus qu'une question de temps avant que le passé étende ses tentacules jusqu'à Gesa et essaie de l'écraser. Il n'était pas toujours simple de rester confiante. Elle était terrassée par l'angoisse qui l'enfonçait dans son oreiller, tel un cauchemar lourd comme du plomb. Dès qu'elle fermait les yeux, les mots de sa tante lui réapparaissaient, écrits avec tant de fiel.

Jamais elle ne voudrait vieillir ainsi.

Lorsque les oiseaux entamèrent leur concert matinal dans les platanes, Gesa put enfin s'endormir.

ALBERT

Nouvelles radiophoniques, 1927 : « L'Américaine Dorothy Arzner réalise son premier film après avoir travaillé jusqu'alors comme monteuse. »

Dans les premières années de gloire de Hollywood, à l'époque du grand bouleversement du passage du cinéma muet au parlant, Dorothy Arzner fut la première femme à tourner un film parlant. Elle fut également la première – et pendant longtemps la seule – femme à intégrer la Directors Guild of America.

Albert Bronnen observait par la fenêtre de son bureau un dirigeable publicitaire pour une marque de chocolat qui glissait dans le ciel sans nuages au-dessus de la vieille ville. Le contraste entre l'engin volant moderne et les maisons à colombages centenaires le fascinait. Il se dit qu'il lui faudrait se renseigner sur ce que coûterait la location d'un zeppelin publicitaire pour *L'Inspecteur Feldmann et l'Affaire Aurora*. Il pourrait naviguer sur la mer urbaine le jour du premier épisode. Avec l'inscription *Soirée mortelle sur Radio Francfort.* Il se l'imaginait déjà : des lettres noires sur fond blanc. Avec peut-être aussi l'image d'un pistolet ou d'un couteau. En rouge. Et dans tous les cas les noms des acteurs principaux, en caractères énormes. Cela éveillerait l'attention, bien plus qu'une note ridicule dans le programme. Tout le monde avait le nez en l'air quand un de ces appareils élégants apparaissait. On ne saurait sous-estimer le pouvoir de la publicité, Albert en revenait toujours à cette conclusion.

Il était encore adolescent le jour où il était monté avec son père à bord du zeppelin *Viktoria-Luise* pour Hambourg. Il avait été impressionné par le rembourrage des fauteuils dans la cabine joliment meublée. Mais plus encore par la vue imprenable sur les maisons, les champs et les rivières qui paraissaient tous si minuscules à une telle altitude. Dès cet instant, à quatorze ans, Albert avait décidé de toujours garder les yeux grands ouverts et d'observer le monde sous tous les angles possibles que lui offraient la nature et la technique, car il y avait tant à découvrir. C'était pour lui un privilège de vivre dans une époque de mutation. La radio, le téléphone, l'aviation, le design – tout était en évolution. Des esprits brillants pouvaient accomplir de grandes choses. Il voulait être l'un d'eux et se dépasser.

C'est pour cela qu'il s'était jeté avec une telle ferveur dans ses nouvelles fonctions de directeur de la SÜWRAG. Sous le toit de la station, il combinait information et divertissement pour le plaisir des auditeurs. Ce qui n'était pas simple car il fallait composer avec le conseil d'administration, qui avait toujours son mot à dire sur tout, et bien entendu la concurrence des journalistes de presse de Francfort, qui fouinaient partout pour être les premiers à rapporter une information.

Il se leva de son bureau, s'approcha de la fenêtre et suivit la trajectoire du dirigeable. Celui-ci changea de cap et prit la direction du quartier de Sachsenhausen.

Les coups de sa secrétaire à la porte l'arrachèrent à ses pensées. Le premier jour, Albert avait constaté à son grand soulagement que ce n'était pas une espèce de dragon comme il en avait eu à Berlin, mais un visage lumineux qui souriait le matin quand il entrait dans la pièce. Inge Jacobs fredonnait des mélodies quand elle travaillait, tapait tout le courrier sans faute et maîtrisait parfaitement le secrétariat.

« Herr Bienefeld est là.

— Merci, Fräulein Jacobs. Faites-le entrer, s'il vous plaît. »

Albert se rapprocha de son bureau, un meuble imposant en palissandre avec un revêtement en cuir.

« Ça ne va pas se passer comme ça, je vous le dis tout de suite ! » Le chef de l'orchestre radiophonique entra avec fracas, sans saluer. Furieux comme il l'était, il ne manquait plus qu'il frappât du poing sur la table.

« Bonjour, Herr Bienefeld. Que puis-je pour vous ? Prenez place, je vous en prie.

— Je préfère rester debout !

— Vous permettez que je m'assoie, en revanche ? » Albert s'installa confortablement dans son fauteuil de bureau avec un sourire. Il avait appris que le calme était la meilleure façon d'accueillir un homme en colère.

« C'est à moi, en tant que chef d'orchestre, qu'il appartient de choisir de nouveaux musiciens. Comment Sachs ose-t-il m'imposer cette petite chose tombée du nid, comme si j'étais son homme à tout faire ?

— Je suppose que vous voulez parler de Fräulein Mikola, la jeune violoncelliste ? Ses compétences ne répondent pas à vos attentes ? Je trouve son jeu admirable.

— Ce dont elle est capable ou non n'est pas le sujet. C'est une femme et elle n'a rien à faire dans mon orchestre. Sa place est à la maison, à s'occuper du foyer, au lieu de minauder devant mes musiciens. » Les pointes de la moustache argentée d'Ewald Bienefeld, dont les yeux avaient la même couleur, se mirent à frémir.

Albert réprima un soupir. Il jeta un dernier regard discret par la fenêtre mais le zeppelin avait disparu.

« Je suis obligé de vous contredire. Le choix de nouveaux musiciens relève du maître de chapelle. Et c'est encore Herr Sachs qui occupe actuellement cette fonction. J'ai bien conscience qu'il est très inhabituel d'avoir à la fois un maître de chapelle et un chef d'orchestre dans un orchestre radiophonique, mais les circonstances sont ce qu'elles sont. Herr Sachs ne gère plus que la partie administrative car il doit se préserver depuis son attaque cardiaque, je n'ai pas besoin de vous le rappeler. Dans six mois, il quittera totalement son travail et alors les deux fonctions vous reviendront. Il faudra donc attendre encore un peu pour voir disparaître ce type de chevauchement de compétences qui est parfois source de tension.

— Je ne vais certainement pas pouvoir supporter cette dame pendant six mois.

— Pourtant, vous n'avez pas le choix. Et même par la suite, vous ne pourrez pas simplement virer quelqu'un au gré de vos envies, c'est *moi* qui vous le dis tout de suite. Car je suis encore là, et en dernière instance le conseil d'administration peut poser son veto. Je vous prierai maintenant de vous ressaisir et d'aborder les choses avec professionnalisme. Une excellente musicienne ne peut qu'enrichir votre formation. »

Les traits de Bienefeld se mirent à rougir, de la base du cou jusqu'à son front dégarni en passant par ses joues. Il explosait sans doute intérieurement de devoir se faire rappeler à l'ordre par ce jeune blanc-bec derrière son bureau. Albert constatait régulièrement que les hommes âgés se croyaient terriblement importants et ne souffraient pas qu'on puisse avoir une autre opinion que la leur. Brosser Bienefeld dans le sens du poil pour le calmer serait une grossière erreur. Il se comportait comme un râleur despotique, et Albert n'avait pas l'intention de le conforter dans son attitude en lui faisant des concessions.

Les nombreux et divers collaborateurs qui travaillaient à la station, y compris ces messieurs du conseil d'administration, lui évoquaient parfois un tas de poules dans une basse-cour. Bien entendu, Albert se garderait bien de parler à qui que ce soit de sa comparaison irrespectueuse, mais il prenait plaisir à se l'imaginer. Chacun gonflait les plumes, cherchait à attirer l'attention et prenait son œuf pour la chose la plus importante au monde.

Sa tâche de directeur était de faire caqueter l'ensemble du poulailler en harmonie. Cette image le fit sourire.

« Je suis sûr que nous allons apprendre à bien nous entendre, s'empressa-t-il de dire avant que Bienefeld s'énerve davantage. Par exemple, nous pourrions profiter de la production de la nouvelle pièce policière radiophonique pour monter ensemble quelque chose d'extraordinaire, qu'en pensez-vous ? Si chacun s'investit pleinement, ce sera sans doute un succès grandiose. Succès qui reposera en grande partie sur notre orchestre radiophonique sous votre direction. » Cette fois, un peu de flatterie ne pouvait pas faire de mal.

Les pointes de moustache cessèrent de frémir. « C'est justement la deuxième raison pour laquelle je souhaitais m'entretenir avec vous, Herr Bronnen. Je me suis permis de composer une petite pièce qui conviendrait parfaitement comme générique à *L'Inspecteur Feldmann et l'Affaire Aurora.* »

Albert pianota sur le sous-main noir du bureau. « Herr Sachs a déjà choisi quelque chose pour cela mais une composition originale ajouterait, il est vrai, une touche particulière. Si cela vous convient, je passerai cet après-midi pendant les répétitions de l'orchestre et j'écouterai votre proposition. »

Le chef prit congé, l'humeur adoucie par cette concession. Aussitôt, le téléphone se mit à sonner et ne sembla plus vouloir s'arrêter. Ce ne fut qu'à la pause déjeuner qu'Albert eut le loisir de s'intéresser à l'objet qui était recouvert d'un morceau de tissu, telle l'œuvre d'un artiste, sur le buffet adossé au mur.

Il retira l'étoffe avec précaution, parcourut du bout des doigts le curieux appareil fait de bobines, de fils et de boutons, et resta de longues minutes à l'observer sans un mot. Cet enregistreur à ruban d'acier ne permettrait pas de réaliser le rêve d'Albert, il n'était pas assez bon pour cela, ou son projet était trop ambitieux. Cependant il représentait en quelque sorte une motivation, une inspiration quotidienne de voir un jour, peut-être, son souhait s'accomplir. La respiration d'Albert s'accéléra. Les pensées tourbillonnaient dans sa tête, développaient des scénarios à la réalisation desquels il travaillait sans relâche. Il serait le directeur de radio qui élèverait sa station à un niveau supérieur, la ferait entrer dans l'ère moderne.

Il sortit en souriant de la poche intérieure de sa veste une lettre arrivée avec le courrier du matin. Il prit enfin le temps de la savourer en détail. Elle venait de Herr Curt Stille, un scientifique de Dresde avec qui Albert entretenait un contact étroit depuis un certain temps. Son invention, une fois au point, ferait avancer la vision du directeur d'un grand pas. Au lieu de diffuser en direct les pièces radiophoniques, il voulait enregistrer chaque épisode et les diffuser plus tard, après s'être assuré qu'ils ne comportaient pas d'erreur et qu'il en était satisfait. Mais l'amélioration de la qualité n'était pas le seul avantage : Albert serait par ailleurs en mesure de rediffuser le programme sans devoir à nouveau faire appel à l'ensemble au complet. Les comédiens très occupés comme Frau Simonetti et

Herr Conrad n'étaient libres qu'une seule fois. Tout l'investissement qu'ils consacraient à *L'Inspecteur Feldmann et l'Affaire Aurora* s'achevait après la diffusion de l'épisode. Quel gâchis de talent ! Il devrait pourtant être possible de conserver les pièces radiophoniques à l'avenir. Personne n'y était parvenu jusqu'à présent car il n'existait aucun engin approprié pour cela. Mais Herr Stille avait conçu une bande magnétique, et Albert était convaincu que cet appareil allait représenter l'avancée qu'il attendait. Il aurait voulu répondre tout de suite à la lettre ou – encore mieux – se rendre lui-même à Dresde où il pourrait suivre les travaux de cet homme par-dessus son épaule.

Malheureusement, il était une fois de plus pressé par le temps. Un coup d'œil à l'horloge lui révéla qu'il devait se rendre au plus vite aux répétitions de *L'Inspecteur Feldmann.*

Dehors, il sauta sur son vélo qu'il avait posé contre un lampadaire dans la précipitation, ce matin-là, et roula dans la Senckenbergerstrasse jusqu'au service des chèques postaux.

Dans le cadre de son emploi précédent, à Berlin, il avait eu son propre chauffeur. Pourtant, là-bas aussi, les débuts de la radio avaient été extrêmement timides. Albert se rappelait ce moment excitant en octobre, quatre ans auparavant, quand ils avaient pour la première fois émis sur les ondes.

La longue antenne sur le toit de la maison Vox, à proximité de la Potsdamer Platz, avait alors diffusé l'émission jusqu'à l'hôtel Esplanade, dans la Bellevuestrasse. Fixée à un barreau, elle avait été étendue au-dessus des bâtiments telle une immense corde à linge. Cependant, sa taille n'avait pas été suffisante pour atteindre un niveau d'efficacité correct. Ce qui n'avait pas le moins du monde écorné leur enthousiasme d'avoir réussi une première transmission sur une portée de quatre cents mètres. Albert ressentait encore cette joie irrépressible des débuts chaque fois qu'il pénétrait dans un studio. Les microphones, les casques, l'atmosphère, et même l'odeur – c'était presque magique.

Ils avaient été des pionniers à l'époque, tous. Walter Krutschke, dont la voix avait été la première à parcourir les ondes. Et Alfred Braun, qui avait occupé tellement de fonctions qu'Albert lui-même était incapable de toutes les énumérer : scénariste, réalisateur, technicien et, bien entendu, grâce à sa voix théâtrale, un des présentateurs préférés des auditeurs.

Les premières années, la plupart des employés étaient novices en tout, ce qui avait valu à Albert sa vaste expérience dans le domaine de la radio, lui permettant de se hisser au poste de directeur de la station de Francfort. Tandis que Radio Berlin occupait désormais plusieurs étages de la maison Vox et qu'elle était la première station d'Allemagne, Radio Francfort cavalait, bon an, mal an, derrière elle. Mais Albert était prêt à changer cela. Non seulement avec des grands noms du théâtre et un programme innovant, mais avant tout avec son projet visionnaire d'enregistrer les émissions. Il allait hisser la qualité à un niveau supérieur.

Il sauta dans le paternoster du service des chèques postaux, à bout de souffle, et monta à l'étage de la station où il était déjà attendu avec impatience dans la salle de répétition.

« Elle n'est pas encore arrivée », siffla entre ses dents Peter Nagel, qui n'était pas seulement comédien dans cette pièce mais officiait aussi en tant qu'assistant d'Albert. Il pressait un porte-bloc en bois contre sa poitrine et ne cachait pas sa consternation, qu'il exprimait en écarquillant davantage ses yeux déjà grands et ronds.

« Je suppose que vous parlez de Frau Simonetti ?

— Évidemment. Herr Conrad a été ponctuel et doit repartir dans deux heures car il a une répétition au théâtre. Tout le monde est prêt et Madame ne se montre pas. Cela fait tout de même trois jours de suite que nous devons l'attendre. Je ne vois vraiment pas comment nous allons pouvoir tenir le plan de travail à ce rythme. »

Albert posa la main sur l'épaule de son collègue pour l'apaiser et l'entraîna en direction de la salle de répétition.

« Ça va aller, Herr Nagel. On va commencer par une scène où Frau Simonetti n'apparaît pas. »

Tout se déroula sans heurts ; ils avançaient plus vite que prévu, et Albert finit par proposer à Gesa Westhof de prendre le rôle de Simonetti en son absence.

« Bonne idée, approuva Theodor Conrad. Il ne me reste plus qu'une demi-heure et ce serait bien que nous puissions jouer la scène dans laquelle l'inspecteur Feldmann interroge l'épouse de l'industriel pour la première fois. »

À la grande surprise d'Albert, Gesa s'acquitta parfaitement de sa tâche. Elle sut trouver d'emblée la bonne tessiture et se révéla aussi crédible que si elle avait déjà lu le rôle plusieurs fois. Le fait qu'elle puisse s'adapter si vite à quelque chose de nouveau témoignait d'un réel talent. Des acteurs plus expérimentés ne s'étaient pas montrés aussi bons en pareille occasion. Cela faisait du bien de pouvoir répéter rapidement et sans problème. Même Theodor Conrad complimenta sa collègue. L'ensemble était tellement plongé dans la scène que personne ne remarqua l'arrivée de Carla Simonetti. En revanche, tout le monde se retourna quand elle claqua la porte.

Elle entra d'un pas majestueux, une étole de renard blanche sur les épaules ; après l'avoir négligemment jetée sur une chaise, elle libéra un à un ses doigts des gants parfaitement assortis, tout en fixant Gesa Westhof d'un regard glaçant.

« Comme c'est mignon. La petite souris croit qu'elle peut me remplacer. »

La jeune comédienne devint rouge écarlate.

« Mais non », balbutia-t-elle.

Albert intervint :

« Comme vous n'étiez pas là, Fräulein Westhof nous a fait l'amabilité de lire votre rôle. La séance de répétition touche bientôt à sa fin, Herr Conrad doit partir…

— Je vois. Ce cher Theo. Toujours plusieurs fers au feu, à ce que je vois ? l'interrompit Carla Simonetti. Tu es un homme très demandé.

— Et toi, Carla ? Qu'as-tu comme excuse pour arriver avec presque deux heures de retard ? Des raisons professionnelles ? »

Theodor Conrad se leva et enfila sa veste, qu'il avait retirée dans la ferveur de la répétition. Sur son visage très expressif, tout le monde pouvait lire un air réprobateur qu'il ne cachait nullement.

« Jamais, enfin jamais je n'aurais… » commença Gesa.

Carla Simonetti brandit aussitôt un index autoritaire et lui coupa la parole :

« Je me fiche totalement de ce que vous auriez fait ou pas. Jouer l'admiratrice par-devant, mais en réalité faire ses petites manigances pour me mettre sur la touche : je connais ce genre de filles. »

Albert s'interposa d'une voix calme :

« Votre collègue n'a fait que suivre mes instructions. Je l'ai chargée de lire le rôle de la femme de l'industriel parce que nous ne pouvons tout simplement pas nous permettre de rester assis là à vous attendre. Je suis désolé de devoir me montrer aussi franc, mais Radio Francfort n'est pas un riche studio de cinéma, c'est une jeune station qui se bat pour défendre sa place sur le marché. Chaque jour compte pour nous, chaque répétition, chaque heure. Je dois pouvoir me fier à mes acteurs, j'ai besoin qu'ils soient ponctuels et qu'ils donnent le meilleur d'eux-mêmes. »

Carla Simonetti planta les mains sur ses hanches. L'espace d'un instant, elle parut vouloir rétorquer quelque chose, mais elle saisit finalement un script.

« Bien. N'en parlons plus et allons-y.

— Désolé, nous avons fini pour aujourd'hui. Mais nous pouvons tout à fait reprendre sur cette scène demain matin, avec plaisir.

— Comme vous voulez, Herr Bronnen. »

Simonetti fit claquer le script sur la table, attrapa étole et gants, et quitta la salle en trombe, non sans jeter auparavant un regard assassin à Gesa.

Albert se mordilla la lèvre inférieure, regarda la pièce se vider peu à peu et espéra du fond du cœur que la diva apparaîtrait à l'heure le lendemain. Il ne leur restait plus beaucoup de répétitions avant la diffusion sur les ondes. Bien sûr, il avait déjà entendu parler des caprices de l'actrice. Ses retards étaient de notoriété publique. Cependant, comme il l'avait dit, Radio Francfort ne disposait pas de capacités financières suffisantes pour les dispenser de respecter les horaires des répétitions. Gesa Westhof se débrouillait aussi bien dans le rôle principal que Simonetti, mais malheureusement son nom n'avait pas le même pouvoir d'attraction sur le public. Il devait maintenir sa star dans de bonnes dispositions, seulement il ne pouvait pas se permettre de traitement de faveur. Ce serait si agréable de pouvoir un jour se concentrer sur la production d'une pièce au lieu de devoir dorloter tel ou tel comédien. Mais du temps où il travaillait à Berlin, déjà, il savait que cela faisait partie du métier.

En sortant, il vit Gesa Westhof immobile devant la fenêtre. Pâle, l'air profondément affectée, elle fixait la rue à ses pieds, où Carla Simonetti montait dans une voiture après avoir signé un autographe à un admirateur. Gesa n'était pas responsable de la saute d'humeur de la diva, il devait le dire à la jeune comédienne. Mais Albert était pressé, il était attendu à la répétition de l'orchestre radiophonique pour écouter la composition originale de Bienefeld. Et pour dissiper tout malaise éventuel auprès des musiciens.

C'est qu'il ne fallait pas que Margot Mikola quitte le navire. Des talents comme elle n'étaient pas faciles à trouver, elle relevait nettement le niveau de jeu de l'orchestre. Il allait sans dire que Horst Sachs ne l'avait pas engagée sur un coup de tête, il était allé l'écouter auparavant avec Albert dans une bijouterie où Margot Mikola jouait pour la clientèle. Elle avait attiré l'attention de Herr Sachs lorsqu'il s'y était rendu quelque temps plus tôt pour acheter un cadeau de mariage à son épouse.

Même Albert avait aussitôt reconnu ses aptitudes exceptionnelles, bien qu'il ne fût pas musicien. Si seulement Bienefeld n'était pas un tel petit-bourgeois à l'esprit étriqué, il ne pourrait que le reconnaître et s'estimer heureux de compter un talent pareil dans sa formation. Elle était bien meilleure que les autres musiciens, mais c'étaient tous des hommes qui jouaient ensemble depuis des années.

Si jamais la composition du chef d'orchestre n'était pas trop mauvaise, Albert accepterait de la choisir comme musique d'introduction pour la pièce policière radiophonique. Tout était affaire de diplomatie.

Il fut surpris de voir installée au fond de la salle de répétition sa secrétaire, Inge Jacobs, qui pourtant ne travaillait pas cet après-midi-là.

« Vous êtes ici pour soutenir Fräulein Mikola ? lui chuchota-t-il.

— Je suis ici tout d'abord parce que je suis passionnée de musique. Mais si vous voulez dire que Bienefeld s'acharne sur Margot sans raison et qu'il la démolit devant ces messieurs, alors vous avez raison.

Vous allez bientôt vous en rendre compte par vous-même. »

En effet, le chef d'orchestre interrompit la pièce et hurla en direction de la violoncelliste un « non » qui fit sursauter les deux spectateurs. Puis il aperçut Albert Bronnen et afficha aussitôt un grand sourire.

« Ah, monsieur le directeur, je suis heureux de vous voir. »

Il fit jouer à l'orchestre sa propre composition. L'instrumentation aussi théâtrale que limpide s'accordait parfaitement à la pièce policière, et Albert n'eut pas besoin de jouer la comédie lorsqu'il accepta avec enthousiasme la proposition du chef d'orchestre. *La Danse mortelle du voile* d'Ewald Bienefeld – ils devaient encore discuter du titre – devenait ainsi le générique de la pièce radiophonique dont la première partie serait diffusée sur les ondes à peine une semaine plus tard. Satisfait, Albert resta encore un peu pour écouter la répétition. Il adorait quand toutes les pièces du puzzle commençaient peu à peu à s'assembler pour former une image de la production.

À la fin de sa longue journée de travail, il pédala jusqu'à la boucherie Das Rote Haus, une échoppe couverte de l'époque médiévale, et s'acheta deux petits pains de viande hachée. Des voix joyeuses s'échappaient de la taverne à cidre voisine. Albert hésita un bref instant, mais préféra rentrer chez lui. Il voulait répondre enfin à la lettre de Herr Stille.

GESA

Nouvelles radiophoniques, 1927 :

« Agnes Karll, fondatrice et directrice de l'Organisation professionnelle des infirmières allemandes, est morte. »

Agnes Karll, fille d'un propriétaire terrien, œuvra pour l'uniformisation de la profession d'infirmière. Elle offrait aux membres de son association des propositions d'emploi, une assurance et une protection juridique, chose révolutionnaire à l'époque dans le domaine des métiers de femmes. En outre, elle lutta pour instaurer une formation de trois ans en soins infirmiers.

Gesa appuya le combiné du téléphone public du bureau de poste contre son oreille.

Jusqu'à présent, elle s'était débrouillée pour ne jamais appeler sa tante, mais ce jour-là la mauvaise conscience avait pris le dessus. Dans sa lettre, tante Clăre s'était plainte de douleurs, avait fait allusion à une maladie, mais Gesa supposait que ce n'était qu'un moyen de parvenir à ses fins. Comme toujours, tante Cläre usait de toutes sortes de stratagèmes pour la manipuler. Il avait fallu des années à Gesa avant qu'elle comprenne que la personne la plus importante pour Cläre Westhof était elle-même, et nulle autre. Sa nièce n'était qu'un fardeau qu'elle devait traîner sa vie durant.

« Je déploie les grands moyens, oui, qu'est-ce que je peux faire d'autre ? Tu ne donnes jamais de nouvelles sinon. Tu t'enfuis en douce, après tout ce que j'ai fait pour toi. Sans moi, tu te serais retrouvée à la rue, tes parents t'ont laissé tomber du jour au lendemain.

— Ils n'ont laissé tomber personne, ils sont morts.

— Parce qu'ils étaient inconscients. Tout le monde savait à quel point la grippe espagnole était contagieuse, mais il a fallu que ta mère persuade mon pauvre frère de partir dans des missions de sauvetage risquées, et c'est comme ça que je me suis retrouvée avec une mioche qui n'était pas la mienne et que j'ai eu la lourde tâche d'élever. Comme si je n'avais rien espéré de mieux dans la vie. Partir sans un mot, Gesa : comment peut-on manquer de cœur à ce point ? Je suis arrivée à un âge où je suis en droit d'attendre que ma bonté soit récompensée, que, pour une fois, tu t'occupes aussi de moi de temps en temps. Mais non. Toi, petite garce égoïste, tu disparais sans te soucier de rien. Tu es bien comme ta chère mère. Quelle poisse mon frère a eue. Sans elle, il serait encore parmi nous. »

Gesa attendit, les yeux fermés, que le flot de paroles se tarisse à l'autre bout du fil. Elle avait dû écouter tant de fois ces reproches, tante Cläre les répétait encore et encore, en boucle. Comme si c'était la faute de Gesa si elle avait perdu sa famille. Il valait mieux ne pas commenter ces plaintes. La seule chose qu'elle n'avait jamais critiqué, c'était l'argent que les parents avaient légué à leur fille et dont la tante se servait généreusement en tant que tutrice. Le jour des vingt et un ans de Gesa, quand elle avait enfin eu accès à son héritage, elle avait pu constater que la somme de départ avait déjà été sérieusement amputée. Là encore, tante Cläre avait préféré ne pas s'exprimer.

« Comment m'as-tu retrouvée ? demanda Gesa. Où as-tu obtenu mon adresse ?

— Tu croyais peut-être qu'on vivait de l'autre côté de la lune ? Que tu pouvais disparaître en ville comme par enchantement ? Alors tu n'aurais dû raconter à personne où tu allais. Tu ne pouvais pas le garder pour toi, c'est ça, hein ? Tu voulais frimer devant Lotte. Après tout, ça ne m'étonne pas. Tu t'es toujours crue mieux que les autres. »

La main de Gesa tremblait, elle serrait le combiné et clignait des yeux pour réprimer ses larmes. L'amie qu'elle connaissait depuis la maternelle, la seule personne à qui elle s'était confiée – Lotte –, l'avait trahie. Combien de fois elles avaient rêvé ensemble d'un avenir bien loin du contrôle familial permanent, d'une vie qu'elles mèneraient en toute liberté. Gesa réfléchit un instant. Tante Cläre avait dû faire des pieds et des mains pour que Lotte en arrive à lui raconter qu'elle était partie à Francfort. Pourquoi ? Avait-elle besoin d'argent ? Ou y avait-il encore une raison ?

« Quelqu'un d'autre sait où je suis ?

— Pas pour l'instant. » La menace qui résonnait clairement dans ces mots fit frissonner Gesa. Mais elle n'allait pas se laisser impressionner.

« Je te serais reconnaissante que ça reste ainsi, dit-elle avec fermeté. Mais même si ce n'est pas le cas, je ne retournerai jamais chez vous, peu importe ce que toi ou quelqu'un d'autre pourriez faire. Je ne me laisserai plus intimider. Bon vent, tante Cläre. »

Elle reposa le combiné sur son socle, le souffle court, et s'accrocha un bref instant à l'étagère sur laquelle l'annuaire était posé.

« Dites, Mad'moiselle, je peux maintenant ? Ça fait un quart d'heure qu'j'attends », gronda une voix impatiente derrière elle. C'était celle d'une vieille dame aux cheveux blancs bouclés, avec des fausses cerises sur le chapeau, qui tapait le sol de sa canne.

« Bien sûr. Je vous prie de m'excuser. »

Gesa libéra la place, fit quelques pas et s'arrêta de nouveau, au milieu des gens qui affluaient autour d'elle vers les guichets. Elle triturait l'anse de son sac à main, l'esprit ailleurs. Personne ne pouvait disparaître dans la nature sans laisser de trace, et dès l'instant où elle avait fait part de ses projets à Lotte, elle aurait dû s'attendre à être un jour démasquée. Elle avait volontairement laissé le contrôle de sa vie lui échapper. En parler avait été stupide. Mais peut-être n'était-ce pas une si mauvaise chose que tante Cläre soit maintenant au courant. Plus de jeu de cache-cache désormais. Gesa l'avait-elle inconsciemment souhaité ? Elle secoua la tête. Non, elle avait compté sur la discrétion totale de son amie car elles étaient intimement liées l'une à l'autre.

À l'avenir, elle n'attendrait plus aucune loyauté. De personne. Et elle y réfléchirait à deux fois avant d'accorder sa confiance à quelqu'un.

Elle respira profondément, sortit dans la rue et se mit en route vers la Henninger Stube, où Willi devait déjà l'attendre. Il saurait lui changer les idées. Le troquet était en face de la gare principale, non loin de l'appartement de Willi, et était l'endroit préféré de celui-ci. En raison de l'exiguïté de ses quatre murs, non seulement il y prenait tous ses repas, mais il y venait aussi pour écrire, boire et retrouver des amis. C'était sans doute une des raisons de ses difficultés financières constantes.

Il était assis à sa table habituelle devant un verre de bière vide, les jambes croisées, et griffonnait quelque chose à la hâte dans un carnet posé sur ses genoux. Derrière ses tireuses à bière, Herr Weimer, le patron, salua Gesa d'un signe jovial de la main et montra Willi du doigt. Dès qu'elle fut installée, il lui apporta un verre de la citronnade maison que Gesa aimait tant.

« Eh, l'amie ! Il écrit encore comme un fou aujourd'hui, lui dit-il, et il fit un clin d'œil en direction de Willi qui s'arrêta enfin et leva la tête de son carnet.

— Ah, tu es déjà là, très bien. »

Willi avait appelé à la station et avait prié Inge de prévenir Gesa qu'il devait absolument la voir après le travail. Elle se demanda ce qu'il pouvait bien y avoir d'aussi important. Ces dernières semaines, ils s'étaient un peu moins vus que d'habitude. Willi mettait cela sur le compte de son manuscrit en cours.

Il ne voulait pas être dérangé pour mieux travailler, ce que Gesa comprenait.

Le sentiment écrasant qui l'accablait depuis son coup de téléphone à tante Cläre s'évanouit totalement et fit place à une agréable touche de nervosité, comme souvent quand elle était auprès de Willi. Il était vraiment unique, avait un esprit libre, différent de tous les autres hommes que Gesa connaissait.

« Pourquoi voulais-tu me voir ? demanda-t-elle avec un sourire. Je croyais que tu étais occupé.

— Et je le suis. Mais il faut que je te parle de quelque chose que je ne peux vraiment pas reporter plus longtemps car le temps presse. »

Gesa respira profondément. Elle sirota une gorgée de sa citronnade et reposa le verre sur la table, s'assit bien droite et regarda Willi dans les yeux. Ils semblaient plus bleus que d'habitude. Les rayons de soleil qui traversaient les hautes fenêtres les faisaient briller. Il ôta une mèche de cheveux de son front. Allait-il lui proposer de partir en voyage avec lui ? Elle savait qu'il envisageait de passer l'été au bord de la Méditerranée, pour se laisser inspirer par la vie méridionale. Occupait-elle une place si importante dans sa vie qu'il ne puisse envisager ce séjour sans elle ? De tels projets devaient se préparer. Impatiente, elle ne savait où poser son regard, entre ses yeux et ses lèvres.

« Alors, je ne sais pas vraiment quelle est la meilleure manière de te dire ça, donc je vais faire court : nous ne pouvons plus nous voir, Gesa, parce que je me suis fiancé hier. »

Elle cligna des yeux ; il lui fallut un moment avant de pouvoir répondre.

« Pardon ? Tu es… Nous sommes en couple depuis plus d'un an.

— Et nous avons passé un chouette moment. Admets-le, tu as apprécié les nuits dans ma petite chambre autant que moi. Mais il était clair pour nous deux que notre liaison n'avait aucun avenir. »

Le naturel de Willi blessait plus encore le cœur de Gesa que les piques haineuses de tante Cläre. Ses mots claquaient comme des gifles. Elle eut beaucoup de mal à ne pas perdre contenance.

« Tu as rencontré une autre femme pendant que tu étais avec moi ? »

Il balaya cette question avec mépris d'un geste de la main.

« Tout est allé très vite. Pour être exact, c'est arrivé dans les deux dernières semaines. Tu étais toujours occupée avec tes répétitions à la station, et je me suis senti seul, je sortais souvent avec Johannes – tu vois ? Il est auteur, lui aussi. La fiancée en question se trouve être sa sœur, Henriette. L'amour au premier regard, qu'est-ce que je peux dire ? Quand c'est la bonne, on le sait tout de suite. »

Gesa se sentit mal. Elle avait l'impression qu'elle allait vomir la citronnade si elle ne quittait pas immédiatement le troquet. Elle ne pouvait supporter la présence de Willi une seconde de plus.

« Mais dis quelque chose ! Tu me comprends, n'est-ce pas ? Henriette vient d'une famille d'écrivains, on a tellement de choses en commun. Elle écrit aussi, tu vois ? Bref, ça ne pourrait pas être mieux. »

Gesa se leva lentement, en se retenant au dossier de sa chaise pour ne pas vaciller. Puis elle se retourna, gardant le silence, et sortit. Elle ne pouvait pas parler pour l'instant. Elle traversa la place de la gare, prit la direction de l'hôtel de ville et se laissa absorber par les ruelles du quartier historique. Elle ne savait pas où elle allait. Tout ce qu'elle voulait, c'était maintenir une distance aussi grande que possible entre elle et Willi. Comment avait-elle pu se tromper à ce point sur son compte ? Il avait qualifié leur amour de « chouette moment ». Et de « liaison ». La connaissance du genre humain n'était à l'évidence pas la grande force de Gesa ; c'était la deuxième fois qu'elle en faisait l'expérience aujourd'hui.

Son ami Johannes. Bien sûr qu'elle le connaissait. C'était un auteur reconnu, tout comme son père et son grand-père. Une vieille lignée d'écrivains, pour ainsi dire. Un bon parti, cette Henriette : une union avec elle ouvrirait à Willi Steffel, l'écrivaillon inconnu et sans ressources, toutes les portes du monde de la littérature. L'amour au premier regard. Elle n'était pas dupe !

Une amie d'enfance qui la trahissait. Un amant qui la quittait par calcul pour une opportunité de carrière. Le monde était-il subitement devenu fou ?

Gesa sortit de la Goldhutgässchen et se retrouva sur la petite place Fünffingerplätzchen. À bout de souffle, elle s'adossa contre le mur incliné, d'un autre âge, de la maison Zur wilden Frau, et resta un instant dans l'ombre, sans faire de bruit. Des chemins tortueux menaient de tous les coins de la ville à cette place pavée au centre de laquelle se trouvait une pompe à eau manuelle. Gesa regarda une jeune mère remplir un seau d'eau. Une petite fille s'accrochait à sa jupe. Le seau dans une main et l'enfant dans l'autre, elle disparut dans une maison à colombages délabrée de la Drachengässchen. Une odeur de saucisses cuites se répandit dans l'air. Gesa se sentait toujours mal.

Elle devait se reprendre. Il y avait une nouvelle répétition le lendemain matin, et elle voulait donner le meilleur d'elle-même. En réalité, elle n'avait pas de temps à perdre dans des drames personnels. Si seulement la trahison de Willi ne lui avait pas brisé le cœur à ce point.

« Je t'ai toujours dit que c'était un opportuniste. Un vrai salaud ! » jurait Inge à la maison tandis que Gesa pleurait toutes les larmes de son corps sur la table de la cuisine. C'était réconfortant de voir son amie cuisiner pour elle, même si elle serait incapable d'avaler la moindre bouchée de ces œufs brouillés.

« Ce raté trompe son monde et guette la moindre occasion car lui-même n'arrive à rien. Ce n'est sûrement pas un artiste. Et encore moins un vrai homme avec un minimum de valeurs, comme tu le mérites pourtant. Mais ton amour pour lui t'aveuglait, tu n'as pas voulu le voir. Est-ce qu'il t'a rendu l'argent qu'il te doit ? »

Gesa secoua la tête en se mouchant. L'argent était la dernière chose à laquelle elle pensait à cet instant.

Rolf entra dans la cuisine. De trois ans plus jeune que sa sœur, grand, les épaules larges et les cheveux filasse, c'était un garçon extrêmement taciturne. En un regard il saisit la situation, mais ne dit rien.

« D'abord tu te laves les mains, le gronda Inge alors qu'il la rejoignait près du fourneau. Et le visage. Non mais, tu t'es vu ?

— Il faisait chaud aujourd'hui, et il y avait de la poussière sur le chantier.

— Eh bien, comme ça, ce n'est pas possible. Vraiment. Tu prends un bain avant de t'asseoir à table avec nous.

— Mais on n'a pas d'eau chaude.

— Alors utilise de l'eau froide, ça lave aussi bien. Prends ton temps et frotte bien ; Gesa et moi, on a encore des choses à se dire. »

Sur ces mots, Inge le poussa hors de la cuisine et ferma vigoureusement la porte.

« Tu le traites comme si c'était encore un petit garçon.

— C'est ce qu'il est pour moi. Vingt et un ans et encore un gamin. D'abord il a voulu travailler dans un journal, puis dans une banque, et maintenant il veut devenir maçon parce qu'il ne veut pas moisir derrière un bureau. Comme si nous avions les moyens de nous permettre ces hésitations permanentes. Rolf doit prendre sur lui et achever une formation une fois pour toutes. Ce n'est pas plus mal que nos parents ne puissent pas le voir passer sa vie à flâner. »

Gesa savait que leur père était déjà âgé quand il les avait eus tous les deux, et qu'il était mort quatre ans auparavant. La mère, bien plus jeune, n'avait pas survécu à l'accouchement de Rolf.

« Oui, parfois ça a du bon de ne pas avoir à se justifier auprès de quelqu'un.

— Une circonstance cruelle qui nous lie toutes les deux, pas vrai ? Tu ne m'as jamais raconté comment tes parents sont morts, d'ailleurs. »

Gesa déglutit. Après une telle journée, elle ne désirait rien d'autre que se glisser dans son lit et s'enfouir sous une couverture. La dernière chose qu'elle souhaitait était de révéler une part intime de son histoire. Mais il n'aurait pas été poli de refuser de répondre à une question directe, et Inge était toujours franche à propos de ses propres affaires.

« Mon père était médecin et avait un cabinet à la campagne. Ma mère et lui ont attrapé la grippe espagnole. Ils sont morts quand j'avais quinze ans.

— Et tu t'es retrouvée chez ta tante.

— Qui m'a traitée comme si j'étais une enfant en bas âge et un poids mort sur ses épaules alors que je lui donnais un coup de main dès que je pouvais. À vingt et un ans, j'ai voulu partir, mais elle a insisté pour que je reste et que je m'occupe d'elle. C'est une femme dure, sans cœur. »

Inge servit les œufs et les pommes de terre sautées dans trois assiettes et gratta la poêle jusqu'à ce qu'il n'en reste rien. « Je comprends. Au bout d'un moment, tu en as eu marre, tu t'es enfuie, et maintenant elle t'a retrouvée et elle te rend la vie infernale.

— C'est à peu près ça.

— Et puis ce débauché de Willi Steffel par-dessus le marché. Quelle journée horrible. Il nous faut plus qu'un modeste dîner pour la faire passer. »

Elle grimpa sur un tabouret en bois et poussa la planche à laver qui était appuyée contre le mur, sur le placard de la cuisine. Elle avait caché derrière une bouteille d'eau-de-vie de grain.

« N'en parle pas à Rolf, sinon elle sera vidée en un rien de temps. »

La première gorgée brûla la gorge de Gesa, la deuxième, un peu moins. Inge les servit une troisième fois et trinqua avec elle.

« On ne va pas se laisser abattre par les mecs, Gesa, on se le promet, tu es d'accord ? »

Elles approuvèrent toutes les deux d'un signe de tête grave. Lorsque Rolf rentra, propre comme un sou neuf et dégageant une bonne odeur de savon, Gesa poussa son assiette vers lui et se réfugia dans sa chambre. La boule dans sa gorge menaçait de l'étouffer. Elle ouvrit la fenêtre et pencha la tête dehors. Elle aurait voulu crier, hurler aussi fort qu'elle le pouvait, mais cela aurait effrayé les piétons sur les trottoirs, et sans doute aussi les locataires des appartements en face de leur immeuble. C'est pourquoi elle se tut, se coucha dans son lit et ne retint plus ses larmes. Aux premières lueurs du jour, le sommeil finit par avoir le dernier mot.

MARGOT

Nouvelles radiophoniques, 1927 :

« La chanteuse d'opérette Rita Georg interprète Sonja à la première du *Tsarévitch* de Franz Léhar, donnée au Deutsche Künstlertheater de Berlin. »

Rita Georg avait été découverte par Léhar lui-même. Elle n'avait pas les mêmes capacités vocales que d'autres chanteuses de l'époque, ce qui ne l'empêcha pas de faire carrière en Allemagne, en France et aux Pays-Bas. Elle fut emprisonnée en Hollande par les nazis en 1943. Après sa libération, elle émigra au Canada, où elle mourut en 1973.

Margot disposa les éléments du rasoir de sûreté de gauche à droite devant elle, sur la table de la cuisine, vissa le couvercle sur le peigne et vérifia l'appareil. Puis elle le rangea dans la boîte avec une pochette de lames.

Elle frotta ses yeux fatigués. Tous les jours, après sa journée à la station, elle travaillait aussi à la maison pour gagner un peu plus d'argent. Sa cousine Gerda, chez qui elle habitait, pliait les emballages en carton et les faisait passer à sa fille de huit ans. La petite Elfriede enduisait les étiquettes de colle Pelikanol et les collait sur les couvercles des boîtes. Concentrée sur sa tâche, elle laissait dépasser le bout de sa langue qui brillait entre ses lèvres. Margot aimait l'odeur d'amande amère de la colle à papier. Elle lui rappelait les bricolages de son enfance. La colle forte en amidon de pomme de terre était posée devant Elfriede, qui plongeait avec adresse son pinceau dans la boîte métallique ronde, et en appliquait toujours la quantité exacte. Une fois les rasoirs assemblés dans leur emballage, ils étaient empilés dans de plus grands cartons près de la porte d'entrée. Le lendemain matin, Paule, le fils de Gerda, les apportait devant l'école avec le chariot à ridelles, et les donnait à Frau Volk, la sous-traitante, qui les échangeait contre de nouvelles pièces à monter. Gerda vivait avec sa famille dans une maison modeste un peu à l'écart de la ville, à Ginnheim. Ils avaient pris leur dîner à la table sur laquelle ils travaillaient à cet instant. Le mari de Gerda, Erwin Friese, avait ensuite filé au bistro boire une bière avec ses collègues. Une odeur d'oignon cuit stagnait dans l'air, et le poêle rempli de bois dégageait une telle chaleur qu'on laissait la fenêtre légèrement entrouverte. Dehors, une grive musicienne gazouillait son doux chant. Margot aurait pu se passer sans problème de ce travail supplémentaire après ses longues séances de répétition, mais elle prenait plaisir à passer un peu de temps avec sa cousine et ses enfants. Ils parlaient de choses et d'autres, et chacun racontait comment s'était passée sa journée. Évidemment, les histoires de Margot étaient les plus captivantes. Pour Paule et Elfriede, leur tante qui travaillait à la radio était une vraie vedette. C'est pourquoi elle préférait taire les malveillances d'Ewald Bienefeld. Cela ne profiterait à personne qu'elle commence à se plaindre. Elle se sentait en sécurité ici, dans cette petite pièce douillette ; les soucis devaient rester dehors.

Le tic-tac de l'horloge accrochée au mur et le robinet qui gouttait lui donnaient une sensation agréable de foyer chaleureux. Malgré le long chemin qu'elle devait parcourir tous les matins à vélo, elle considérait ce logement en banlieue comme une heureuse circonstance. Tout d'abord, elle ne dérangeait personne quand elle s'exerçait au violoncelle – cela aurait sans doute posé problème dans un appartement –, et puis elle n'avait de toute façon pas envie de vivre parquée dans la vieille ville au milieu d'autres immeubles. Les attroupements, les enchevêtrements de rues et le bruit de la circulation n'étaient pas du goût de Margot.

Malheureusement, elle devait s'attendre à ce que même la vie en banlieue ne reste plus paisible très longtemps. Sur les coteaux de Ginnheim, un gigantesque lotissement était en train de s'élever dans le cadre du projet Nouveau Francfort. Il devait s'appeler le *Panorama,* un nom qui semblait tout indiqué. Les bâtiments à trois étages étaient tous pareils et Margot trouvait que leurs toits plats leur donnaient un air de boîtes à chaussures. Il devait y en avoir cent en tout.

Ces habitations aux équipements modernes et haut de gamme étaient inabordables. Le mari de Gerda était plombier. Son patron avait décroché un contrat sur le chantier du lotissement, c'est pourquoi Erwin pouvait venir déjeuner à la maison en ce moment.

« Erwin dit que les cuisines dans ces maisons sont minuscules, expliqua Gerda. Elles ont peut-être tous les gadgets possibles et imaginables, mais il n'y a même plus de place pour une table. Les meubles sont tous tellement imbriqués les uns contre les autres que deux personnes ne peuvent pas se croiser sans se marcher sur les pieds.

— Pas de table ? Mais où mangent les gens, alors ?

— Dans une salle à manger exprès, figure-toi. Ils doivent tout apporter là-bas, puis tout rapporter en cuisine. »

Margot regarda autour d'elle. La table de la cuisine était assez grande pour accueillir six personnes, et Gerda l'utilisait aussi bien comme plan de travail pour cuisiner que pour le petit boulot du soir. À côté de l'évier et du poêle à bois, il y avait un large buffet à trois portes avec une partie supérieure, ainsi qu'une chaise longue élimée sur laquelle Erwin faisait un petit somme après le repas. Des jouets d'enfants traînaient dans un coin et, sous la fenêtre, trônait une machine à coudre à pédale, car Gerda, entre autres choses, effectuait également des travaux de couture. La famille vivait presque vingt-quatre heures sur vingt-quatre dans la grande cuisine. La cousine suivit le regard de Margot.

« Ce sont des drôles d'habitations, tu sais. Ils n'ont plus de pièce commune. Comme si on retirait son âme à une maison. Ce ne serait vraiment pas mon truc. J'aime avoir tout le monde autour de moi.

Pas vrai, mon petit chat ? » Elle poussa vers Elfriede une nouvelle boîte montée.

Gerda était enceinte de son troisième enfant ; le travail à domicile était la seule manière qu'elle avait d'apporter des revenus à la famille.

« Je ne dirais pas non à une de leurs salles de bains, par contre. Avec W.-C. et baignoire, tu imagines ? Plus de toilettes dehors. Ça serait pas mal. Et ils ont tous un chauffage central au charbon. Il n'y aura sûrement que des bourgeois propres sur eux qui pourront emménager, les gens normaux n'ont pas les moyens de s'offrir ça. »

La nuit était tombée à présent. « Je m'arrête là pour aujourd'hui. Demain, je dois arriver tôt à la station. » Margot tendit le dernier emballage rempli à Paule, qui le rangea avec les autres.

« Moi aussi, je suis fatigué. » Il bâilla.

« Pas moi. » Cela ne surprit personne, Elfriede était un vrai oiseau de nuit qui, si cela ne tenait qu'à elle, n'irait jamais au lit.

Depuis que Margot habitait chez eux, la petite fille partageait une chambre étroite avec son frère, ce qui était régulièrement source de frictions. Les murs n'étaient pas épais et tout s'entendait dans la maison. Margot avait alors mauvaise conscience car c'était à cause d'elle si les enfants étaient les uns sur les autres. Cependant, elle était sincèrement reconnaissante envers sa famille d'accepter de l'héberger. Elle devait économiser le moindre Pfennig.

Après s'être lavée dans la cuvette en céramique blanche et changée pour la nuit, elle détacha sa barrette en écaille et brossa ses cheveux. Elle se regarda d'un air grave dans le miroir accroché au mur, puis sourit pour se donner du courage. Elle s'assit sur le bord du lit et sortit une photographie de son sac à main. Un petit garçon y était représenté. Il se tenait à côté d'un cheval à bascule bien plus grand que lui, portait des culottes courtes et une veste boutonnée jusqu'au cou. Margot savait qu'elle était rouge car c'était elle qui l'avait tricotée. Elle effleura délicatement du doigt le cliché abîmé. Comme chaque soir, les larmes lui montèrent aux yeux. Elle se laissa glisser sur le côté, tira la couverture jusqu'à son menton et pressa la photo contre sa poitrine. Elle s'endormit dans cette position.

Le lendemain matin, elle fit un bout de trajet avec Paule et Elfriede jusqu'à ce que leurs chemins se séparent et que les enfants prennent la direction de l'école. Elle les regarda un instant descendre la colline avec leurs cartables marron sur le dos. Ils contenaient des ardoises auxquelles étaient fermement noués une éponge en toile de jute et un chiffon qui se balançaient sur le côté du sac. Un des mi-bas d'Elfriede avait glissé et dessinait des plis sur sa cheville. Le ciel était couvert ce jour-là, et Margot espérait qu'il ne pleuvrait pas avant qu'elle ait atteint la station. Le sellier de son village avait fixé des lanières en cuir sur son étui à violoncelle afin qu'elle puisse porter l'instrument comme un sac à dos. En voyant cela, ses collègues de l'orchestre radiophonique avaient haussé leurs sourcils d'hommes mais n'avaient fait aucun commentaire.

« Tout ce qui sort de leur train-train quotidien est forcément exotique pour eux, avait expliqué Inge. Quand il m'arrive de porter un pantalon au lieu d'une jupe, ils s'indignent entre eux à voix basse. Ils vont bien finir par s'habituer à voir une femme à vélo qui porte un violoncelle sur le dos. »

Ce matin-là, Margot récolta de nouveau des regards curieux lorsqu'elle gara sa bicyclette sur le râtelier à vélos de l'entrée de derrière. Elle avait de la chance d'avoir encore de la place. Les employés du service des chèques postaux l'utilisaient également, et certains jours le support métallique devait bien soutenir le poids d'une vingtaine de bicyclettes. La bécane du directeur était déjà là elle aussi. Ce modèle, qui avait déjà une longue vie derrière lui et dont la peinture noire s'écaillait par endroits, était coincé entre deux engins plus modernes. Le fait qu'Albert Bronnen se rende au travail à vélo le rendait sympathique aux yeux de Margot. Ewald Bienefeld venait en voiture, tout comme le chef de chœur.

L'entrée de derrière se trouvait dans une cour étroite où étaient également entreposées les poubelles pour tous les étages. Un bel homme aux sourcils épais et aux cheveux bouclés fumait une cigarette à côté de la porte. Il portait un tricot losangé sans manches, une chemise, une cravate, et des knickers venaient parfaire cette apparence élégante et sportive.

« Respect, dit-il avec un sourire narquois. Vous êtes sacrément habile pour vous garer aussi vite avec cet énorme truc sur le dos.

— Une fois qu'on a appris comment faire, ça ne s'oublie pas. »

Il jeta son mégot de cigarette par terre et l'écrasa de la pointe du pied, puis il tendit la main à Margot.

« Friedrich Milanski, présentateur du journal. Je m'occupe aussi du sport et de la culture. Et je suis un sémillant reporter.

— Margot Mikola, nouvelle recrue à l'orchestre radiophonique.

— Je sais. » Son sourire s'élargit encore plus, laissant apparaître deux fossettes sur ses joues. Absolument irrésistibles. « Certains collègues ne parlent que de ça. Puis-je vous aider ?

— Non, merci. Si justement les collègues en question vous voient porter mon violoncelle, ça les fera jacasser de plus belle.

— Vous avez tout à fait raison. »

Il tint la porte ouverte pour lui laisser le passage, puis tous deux entrèrent dans l'ascenseur. Deux personnes et un étui à violoncelle suffisaient à remplir le paternoster ; ils durent se rapprocher l'un de l'autre. Comme Margot ne voulait pas fixer son vis-à-vis, elle préféra baisser les yeux.

« Cela fait déjà deux ans que je travaille ici, mais nous n'avons encore jamais eu une pièce radiophonique aussi importante que celle que Herr Bronnen est en train de monter. J'imagine que vous avez énormément de répétitions. L'orchestre a une grosse part à jouer. »

Sa voix était grave, puissante et avait un timbre qui évoquait du chocolat noir pour Margot. Elle aurait pu l'écouter pendant des heures : rien d'étonnant à ce qu'on l'ait chargé de présenter les informations.

« C'est vrai. Herr Bienefeld a composé lui-même la mélodie de la pièce et attache beaucoup d'importance à ce qu'on l'interprète exactement telle qu'il se la représente. »

Il jeta un coup d'œil à sa montre.

« Je suis bientôt à l'antenne pour donner les brèves, mais ensuite j'aurai du temps. Vous croyez qu'il serait possible que j'assiste à la répétition ? »

Il verrait alors Bienefeld l'incendier, et montrer qu'il n'était jamais content de ce qu'elle faisait. Margot leva la tête et vit une paire d'yeux bleu-gris-vert qui la fixait avec gravité. La lèvre supérieure de Friedrich Milanski avait une vigueur intéressante qui conférait à son visage une certaine sensibilité, et elle décida qu'elle n'avait pas à avoir honte devant lui.

« Bien sûr. Vous pouvez passer, avec plaisir. »

Il hocha la tête avec satisfaction.

« Bien, à plus tard alors. »

Il frôla avec précaution l'étui à violoncelle et sauta du paternoster. Margot y resta jusqu'à l'étage suivant. La salle de répétition était tout en haut de l'immeuble, à côté de la salle de repos. Son acoustique était déplorable et un courant d'air s'infiltrait à travers les grandes fenêtres à l'étanchéité inexistante. Elles donnaient accès à une partie plate du toit, où quelqu'un avait disposé trois cagettes à fruits vides qui servaient de tabourets pendant les pauses. Elles étaient alignées contre une grande cheminée en briques, à l'abri du vent. Une vieille boîte de conserve était posée par terre, devant : ce qui avait un jour contenu de la soupe de tomate, à en juger par l'étiquette défraîchie, était maintenant rempli à ras bord de mégots de cigarettes.

Les musiciens posaient leurs étuis, manteaux, chapeaux et sacs au fond de la salle tout en longueur. Margot se demanda comment ils pourraient tous tenir, lors de l'enregistrement, dans le studio qui était nettement plus petit. Elle salua les autres et s'assit à sa place.

Herr Bienefeld apparut à l'heure, et de bonne humeur.

« Messieurs, nous allons commencer par *La Danse mortelle du voile,* puis nous reprendrons les autres morceaux de l'épisode 1. Autrement dit l'*intermezzo,* qui revient à trois reprises, et la musique de fond que nous jouerons une fois pour soutenir l'action. Tout le monde a sorti les bonnes partitions, peut-être même vous, Fräulein Mikola ? »

Il tapa la baguette sur son pupitre et donna le signal du départ, sans attendre de réponse.

Passé la moitié de *La Danse mortelle du voile,* il s'interrompit et apostropha Margot : « Qu'est-ce que vous croyez faire ? » Elle considéra cela comme une question rhétorique et préféra ne pas répondre. « Je ne tolère pas que vous dominiez le *crescendo* avec votre violoncelle ! Veuillez vous réfréner, je vous prie. Encore une fois ! Page 3, cinquième mesure ! »

Bienefeld avait donné l'ordre, par gestes, de souligner l'intensité. Margot n'avait fait que suivre ses indications. Il aurait été vain de protester, de toute façon, car s'il avait envie de trouver un cheveu dans la soupe, il le trouverait, elle le savait, depuis le temps.

« Non ! Non ! Non ! Vous avez du mal à comprendre ? »

Elle n'avait aucune idée de ce qui lui était reproché à présent, mais la colère commençait à bouillir en elle.

Les collègues baissaient les yeux d'un air gêné sur leurs partitions, et rentraient tous la tête dans les épaules. Margot vit du coin de l'œil la porte s'ouvrir sans un bruit et Friedrich Milanski entrer à pas de loup. Précisément à cet instant. Elle ferma les paupières quelques secondes et respira profondément.

« Encore une fois ! »

Lorsque Bienefeld fit arrêter l'orchestre au même endroit pour la troisième fois, Margot bondit d'indignation.

« Vous êtes la seule à n'avoir aucune idée de la manière de jouer cette pièce, Fräulein Mikola ! Tous les autres ont compris.

— Cela pourrait peut-être m'aider si vous me disiez concrètement ce qui ne vous plaît pas et comment je pourrais vous satisfaire ? »

Elle s'efforçait de rester calme.

« Voilà que vous vous montrez insolente, en plus ? Je ne vous permets pas ! Ce n'est pas mon problème si vous ne comprenez rien à rien !

— Et moi, je ne vous permets pas de traiter Fräulein Mikola de manière aussi irrespectueuse. Bien sûr que c'est votre problème de diriger de manière claire vos musiciens. Si vous n'arrivez pas à communiquer correctement, votre place n'est pas au pupitre d'un orchestre. » La voix tranchante d'Albert Bronnen fit tomber un silence de mort dans la salle.

Il avait dû entrer discrètement, dans le sillon du présentateur. Au vu de tous, le visage d'Ewald Bienefeld prit une teinte rouge inquiétante. Retenait-il son souffle ?

« Monsieur le directeur », lâcha-t-il. Rien d'autre.

Le cœur de Margot battait jusque dans son cou. Elle aurait préféré qu'Albert Bronnen ne soit pas intervenu. Si son intention avait été louable, elle craignait en réalité qu'il n'ait fait qu'envenimer la situation. Bienefeld avait été humilié devant tout le monde – à cause d'elle.

« Fräulein Mikola, auriez-vous l'extrême amabilité d'accentuer un peu moins le *crescendo* dans les premières mesures, je vous prie ? » La voix de Bienefeld semblait forcée.

Elle acquiesça d'un hochement de tête. Cette fois, le chef n'interrompit pas le morceau et, les dernières notes jouées, il pinça les lèvres jusqu'à ce que sa bouche ne forme plus qu'un mince trait sous sa moustache, puis il tourna la page de sa partition d'un geste sec.

La fin de la répétition se déroula sans heurts. Probablement parce que le directeur resta jusqu'au bout. Il ne partit qu'une fois que les musiciens eurent commencé à remballer leurs affaires.

« On dirait bien que vous avez fait les yeux doux à Herr Bronnen, je me trompe ? siffla Ewald Bienefeld à Margot. N'allez pas croire qu'il va venir à votre secours à chaque fois. »

Sur ces mots, il sortit en trombe de la salle, ses feuilles de partition coincées sous le bras.

Friedrich Milanski, qui était adossé contre le mur près de la porte, les bras croisés, jeta un regard noir au chef d'orchestre et bondit de sa place lorsque Margot s'avança vers lui.

« Je vous ai trouvée épatante. »

Elle se sentit brusquement épuisée. Cela lui avait coûté beaucoup d'énergie de garder son calme au lieu de se défendre alors qu'on la traitait de façon aussi injuste. Et, en plus de cela, d'assurer musicalement une bonne performance. Mais elle avait réussi. Pour cette fois.

« Merci. »

Elle porta son instrument en direction de l'ascenseur, et passa devant l'un des studios, où on diffusait à cet instant des rengaines et des chansons populaires. Un collègue qui faisait aussi partie de la distribution de la pièce lançait des disques. Margot crut se rappeler qu'il s'appelait Peter Nagel. Elle le voyait à travers la vitre changer les 78 tours sur le plateau tout en parlant au micro, probablement pour donner le titre et l'interprète.

Depuis qu'elle travaillait à Radio Francfort, elle avait remarqué que de nombreux employés exerçaient plusieurs fonctions différentes. Et qu'une grande partie du programme quotidien était assurée par la diffusion de disques. À cela s'ajoutaient les morceaux interprétés en direct par l'orchestre et le chœur, les pièces radiophoniques, les informations, les reportages sportifs et culturels, qui apportaient un peu plus de variété et d'épaisseur au programme.

La famille de la cousine de Margot ne possédait pas de poste de radio. Certes, les appareils dans les magasins spécialisés avaient commencé à être un peu plus abordables, mais les trente-six marks que coûtait par exemple le récepteur Audion à l'époque, auxquels il fallait ajouter les vingt-quatre marks de redevance annuelle, représentaient encore trop d'argent pour les Friese.

Friedrich Milanski descendit avec Margot et l'accompagna jusqu'à la sortie.

« Vous êtes libre maintenant ? demanda-t-il, plein d'espoir.

— Oui. Demain, nous serons à l'antenne avec le premier épisode de la pièce policière radiophonique. Vous venez d'assister à la générale. C'est pour ça que nous en avons déjà fini pour aujourd'hui.

— Je ne reprends l'antenne que dans une demi-heure. Cela vous dirait, une petite promenade ? »

Margot s'accrocha à son étui. Elle réfléchit un instant et préféra être tout à fait franche avec lui.

« Merci beaucoup, Herr Milanski. Je suis heureuse qu'il y ait aussi des hommes parmi mes collègues à la station, qui me traitent avec gentillesse et qui ne me voient pas comme une insolente usurpatrice. Mais l'accès de colère de Herr Bienefeld m'a épuisée. J'aimerais donc bien rentrer chez moi et me reposer, de manière à être suffisamment requinquée demain pour pouvoir le supporter. »

Elle attacha le violoncelle sur son dos.

« Je peux comprendre. Le vieux grincheux est connu pour son sale caractère, mais il est allé beaucoup trop loin. On fera cette promenade une autre fois, peut-être ?

— Oui, bien sûr. Au revoir. »

Elle poussa son vélo vers la rue, elle voulait partir au plus vite.

« Bonne chance pour demain ! » lui cria-t-il.

Margot pédalait le plus rapidement possible, laissant la sueur couler sur son visage. Comme toujours, elle choisit de passer le long de la Palmeraie, et comme chaque jour elle se dit qu'il fallait absolument qu'elle la visite bientôt. Les serres immenses, avec leurs structures d'acier et de verre de presque soixante ans, dans lesquelles des palmiers et des papillons trouvaient un climat adapté, lui rappelaient dans leur splendeur une époque révolue depuis longtemps. L'air devait être chaud et moite à l'intérieur, et avoir une agréable odeur de terre. Et peut-être aussi était-ce silencieux là-bas. Elle s'imagina, assise sur un banc, sous d'énormes feuilles épaisses, en train de se réchauffer aux rayons de soleil qui traversaient le toit de verre. Même quand la rue grimpait, Margot ne ralentissait pas son rythme. Les immeubles à plusieurs étages du centre-ville rapetissaient et n'étaient plus collés les uns aux autres. Plus elle s'éloignait du cœur de la ville, plus ils avaient un aspect délabré. Sur la Ginnheimer Landstrasse, Margot longea beaucoup de verdure, de grands platanes, des bouleaux et même quelques prairies esseulées. Sur les coteaux de Ginnheim, en pédalant jusqu'au *Panorama*, elle manqua perdre son souffle. Mais elle voulait se dépenser le plus possible, être au bout de ses forces quand elle arriverait à la maison, puis se coucher dans son lit et dormir. Gerda serait sans doute chez elle, mais pas le reste de la famille. Elle aspirait tant à être seule.

Après s'être défoulée sur son vélo et avoir parcouru la distance habituelle en un temps record, elle trouva soudain stupide l'idée de se coucher au beau milieu de la journée. Au lieu de cela, elle alla dans sa chambre, disposa sa chaise correctement, rapprocha le pupitre et commença à s'exercer. Au bout de quelques minutes, elle s'interrompit en plein morceau et laissa retomber l'archet. Pourquoi ce Friedrich Milanski était-il aussi aimable avec elle ? La dernière chose que désirait Margot était l'intérêt d'un homme. Tout ce qu'elle voulait, c'était être tranquille, travailler et gagner de l'argent. Elle se remit à jouer, s'arrêta encore et regarda par la fenêtre. Dehors, les bouleaux fleurissaient. Leurs longues branches souples se balançaient dans le vent et lui rappelaient les arbres au bord du ruisseau. Chez elle.

Comme la veille, elle sortit la photo de son sac et la contempla avec tendresse. Il valait tous les sacrifices du monde, toutes les humiliations, toutes les peines. La prochaine fois que Bienefeld pousserait les hauts cris, elle penserait à Egon. Avec son image dans le cœur, elle supporterait bien plus facilement les injures d'un vieil homme frustré.

INGE

Nouvelles radiophoniques, 1927 :

« Miina Sillanpää devient la première femme ministre sociale-démocrate de Finlande. »

En 1907, la sociale-démocrate fut élue avec dix-huit autres femmes au premier Parlement de Finlande. Miina Sillanpää grandit dans un milieu modeste, dut travailler dès son enfance dans une usine de coton et fut par la suite employée de maison. Elle s'engagea au cours de sa carrière pour défendre des causes sociales et en particulier les droits des femmes et des enfants.

Si Inge pouvait en décider ainsi, les journées compteraient davantage que vingt-quatre heures. Comment pourrait-elle faire tout ce qu'elle avait prévu ? Le temps était un problème qui grandissait à vue d'œil. À presque vingt-cinq ans, elle n'avait toujours pas réussi à se faire une place dans le monde de la musique alors qu'elle s'y essayait inlassablement depuis trois ans. Devenir chanteuse était son rêve le plus cher, pour lequel elle était prête à tout donner. Hélas, absolument personne ne connaissait Inge Jacobs. L'horloge tournait. Il y avait des jours où elle aurait voulu se retirer du monde, se terrer dans un coin et se lamenter pendant des heures en pensant à toutes ces chanteuses moins douées qui signaient des contrats avec des maisons de disques alors qu'elle restait dans l'ombre.

Et puis il y avait des jours comme celui-ci, où elle bouillonnait d'énergie. Aujourd'hui, elle arriverait à se rapprocher un peu plus de son objectif, elle en était sûre. Inge vérifia l'heure à l'horloge du clocher sur son chemin, tandis qu'elle se hâtait de se rendre au studio. Dans quarante minutes, elle devrait reprendre sa place derrière la machine à écrire au secrétariat de Herr Bronnen. Si elle se dépêchait, elle pourrait assister à un quart d'heure de répétition, pas plus. Devait-elle marcher plus vite ? Cela ferait peut-être vingt minutes. Ses chaussures frottaient son talon, il était hors de question qu'elle coure. Rien qu'en marchant elle risquait déjà de se faire une ampoule.

Elle arriva au moment même où les membres du chœur de la radio s'engouffraient dans la salle de répétition. Leur participation à la pièce *L'Inspecteur Feldmann et l'Affaire Aurora* était anecdotique, mais une diffusion de pot-pourri était prévue pour l'après-midi, où ils devaient interpréter diverses chansons. Inge agita la main en voyant Dora Waldschmidt qui, aussitôt, fouilla fébrilement dans son sac à main pour en sortir un bout de papier chiffonné. Dora était une soprano diplômée, de dix ans l'aînée d'Inge, et dont la stature de 1,80 mètre faisait forte impression. Elle portait une longue robe sombre qui ondulait sur ses jambes quand elle marchait et la faisait paraître plus grande encore.

« Tu leur as vraiment parlé de moi ? lança Inge, le souffle court, lorsque Dora lui donna le papier.

— Bien sûr, une promesse est une promesse. » Elle arrangea la coiffure d'Inge qui avait souffert de sa marche rapide. « Tu peux te présenter ce soir pour faire un essai. Voici l'adresse. Demande Herr Paschke, c'est le patron, il est au courant. » Elle serra le bras d'Inge. « Il faut que j'y aille, Schäfer arrive. Bonne chance. »

Elle se dépêcha ensuite de rejoindre la salle de répétition, Inge murmurant un « Merci beaucoup » dans son sillage, et le chef de chœur approcha d'un pas rapide.

« Bonjour, Herr Schäfer, dit Inge d'une voix forte, un large sourire sur le visage.

— Bonjour, euh…

— Fräulein Jacobs. Inge Jacobs, du secrétariat de Herr Bronnen. »

Heureusement qu'elle s'était appliqué du fard à joues avant de venir. Une teinte discrète et fraîche qui se mariait bien à sa peau pâle.

Curt Schäfer s'arrêta un instant.

« Vraiment ? Comment se fait-il que nous ne nous connaissions pas encore ?

— Parce que vous venez rarement dans le bâtiment administratif et que, quand vous le faites, c'est uniquement pour parler au directeur. Vous passez toujours devant moi et ma machine à écrire sans nous voir. »

Il portait un costume élégant avec un fédora à large bord ainsi qu'une écharpe qu'il semblait avoir jetée négligemment autour de son cou en marchant, mais

Inge savait très bien que c'était savamment étudié. Schäfer était un homme coquet qui, à un peu plus de quarante ans, avait encore des cheveux noir bleuté éclatants sans le moindre reflet gris. Il était beau garçon et en avait pleinement conscience. Il ne se trouvait pas une femme dans le chœur auprès de qui il n'avait pas tenté sa chance. Dora se plaignait régulièrement des mains baladeuses du chef de chœur et du fait qu'il se prenait pour le centre du monde.

Qui sait, se dit Inge, peut-être n'était-ce pas tout à fait faux. Il avait des contacts dans le monde de la musique, il connaissait des chanteurs et des producteurs. Il avait assurément plus de vitamine B qu'elle, et elle n'avait aucun scrupule à flirter un peu avec lui en sachant tout cela.

Il l'examina de haut en bas.

« Quelle négligence de ma part. Eh bien, la prochaine fois, il est certain que je passerai un peu de temps au secrétariat avant de rendre visite à Herr Bronnen. Auprès de vous et de votre machine à écrire. Qu'est-ce que vous faites ici, d'ailleurs ?

— Je suis en pause et j'aimerais assister à la répétition, si vous m'y autorisez. En tant que chanteuse, j'admire beaucoup votre travail. »

Il ne fit aucun commentaire sur la dernière information et l'invita à entrer. Ce faisant, il posa sa main tout en bas de son dos et l'accompagna jusqu'à une chaise sur le côté.

Certes, Inge ne put rester que le temps de trois chansons, mais elle eut l'impression que Curt Schäfer menait un spectacle spécialement pour elle. Il dirigeait en faisant de larges gestes, allait et venait à grandes enjambées devant ses chanteurs et ne cessait de jeter des coups d'œil vers elle. Lorsqu'elle dut partir, elle le salua d'un signe de la main et il esquissa une révérence.

Le cœur battant, elle retourna au travail en courant et arriva tout juste.

Elle déplia le bout de papier que Dora lui avait donné et lut l'adresse. Oui, aujourd'hui était une bonne journée. Inge avait espéré pouvoir enfin attirer l'attention du chef de chœur de la radio. Bien entendu, il l'avait déjà vue à plusieurs reprises, et elle ne le croyait pas quand il prétendait ne l'avoir jamais remarquée. Mais elle entrait dans son jeu pour lui plaire.

Plus tard dans la soirée, elle se rendit seule à l'adresse indiquée. Elle était bien trop nerveuse pour manger quoi que ce soit et ne put empêcher son ventre de crier famine lorsqu'elle descendit l'escalier. Afin de se montrer à son avantage, elle avait opté pour une robe noire sobre, pas trop courte, décolletée sans excès. Elle avait bien sûr appliqué le rouge à lèvres sombre qu'elle portait toujours quand elle chantait : il lui servait à la fois de porte-bonheur et d'image de marque. Elle ne dit ni à Gesa, ni à son frère ce qu'elle avait prévu ce soir-là. Inge était un peu superstitieuse et ne voulait pas crier victoire trop tôt.

Elle ne cessa de balancer son pied dans le tramway, incapable de tenir en place. Il était primordial pour la jeune femme de faire bonne impression. Dora lui avait expliqué qu'un artiste qui chantait une fois par semaine chez Herr Paschke avait arrêté de manière impromptue. Donner des représentations régulières était la meilleure chose qui puisse lui arriver. Pouvoir se produire à des dates précises. Avoir des spectateurs qui viendraient exprès pour elle car ils auraient entendu dire qu'on pouvait écouter Inge Jacobs au Palastcafé. Cela pourrait lui permettre de gagner en popularité, d'être connue dans tout Francfort. Les producteurs lui accorderaient enfin leur attention. Au moins, ils sauraient où la trouver. Des chances comme celle-ci ne s'offraient pas souvent. Tous les chanteurs rêvaient de décrocher des engagements réguliers. Si elle n'avait pas conclu récemment un contrat d'exclusivité qui la liait à Herr Bronnen, Dora aurait sans aucun doute saisi elle-même cette opportunité. C'était extrêmement honorable de sa part de recommander Inge, rien ne l'y obligeait.

Le Palastcafé ne se trouvait pas directement dans le quartier des divertissements de Francfort, mais il était dans le centre-ville. Et il n'avait rien de comparable avec l'Erebos Bar. Son aspect extérieur était déjà bien plus engageant : les vitres étincelaient de propreté, et l'entrée était ornée de part et d'autre de deux buis dans des pots en terre cuite. À l'intérieur, la décoration était de bon goût, l'établissement était fréquenté par un autre type de clients, plus distingués. Le niveau des musiciens serait certainement plus élevé aussi. Un frisson d'excitation parcourut le dos d'Inge. Elle voulait à tout prix faire partie de leur monde, elle le ressentit jusqu'au bout des doigts en se dirigeant d'un pas résolu vers l'homme qui l'attendait déjà.

« Bonjour, Fräulein Jacobs, Dora m'a annoncé votre venue », la salua Herr Paschke. Il se tenait à côté d'une vitrine dans laquelle de petits délices sucrés étaient exposés sur trois plaques de verre. Inge aperçut des éclairs, des pâtisseries nappées de glaçage et bien entendu des Frankfurter Franz, ces gâteaux lourds fourrés à la crème au beurre censés rappeler la forme d'une couronne impériale. Le chef appela d'un geste de la main un serveur sur le point d'apporter des boissons, et essuya avec une serviette quelques gouttes du café qui avait débordé sur le plateau. « Toujours faire attention à ce genre de détail », dit-il à voix basse à son employé, sans se montrer désagréable.

À l'inverse de Fred, Herr Paschke avait les cheveux lavés et portait un véritable costume. Inge estima qu'il devait avoir une petite cinquantaine d'années. Il avait les mains soignées, les ongles courts et limés. Dora avait raconté qu'il venait en réalité de Wiesbaden et avait acheté le café avec l'intention d'en faire un lieu privilégié où l'on viendrait profiter de bons repas et de divertissements de qualité. On disait de lui qu'il avait été cuisinier dans une autre vie. Inge pouvait très bien l'imaginer derrière les fourneaux. Sa silhouette imposante laissait supposer que ce devait être un épicurien. Elle trouvait agréable l'aura de droiture de ce patron de café.

« C'est très gentil de votre part de bien vouloir m'écouter. » Paraissait-elle à bout de souffle ? Inge serra le poing derrière son dos et enfonça ses ongles dans la paume de sa main. La douleur la ramenait toujours dans le moment présent et la calmait ; cela fonctionna une fois de plus.

« Je vous en prie. Venez. » Il traversa le café et elle le suivit au milieu des rangées de tables aux pieds finement ouvragés, autour desquelles étaient assis des clients aux tenues élégantes. La piste de danse était délimitée par un revêtement différent du reste de la salle. La scène était surélevée et spacieuse. Inge ne savait pas d'où le Palastcafé tenait son nom mais, comparé à l'Erebos Bar et ses murs couverts de taches de moisissure, c'était effectivement un palais, sans aucun doute. Herr Paschke l'avait aménagé avec goût tout en gardant une certaine mesure. Un choix ingénieux, songea Inge, qui devait permettre à de nombreuses personnes de s'y sentir à leur aise.

Une porte à côté de la scène menait aux pièces auxquelles les clients n'avaient pas accès.

« C'est la loge des artistes, expliqua Herr Paschke en l'invitant à entrer dans une pièce meublée de miroirs, de sièges et d'une table de maquillage avec éclairage intégré. Nous n'avons pas que des chanteurs qui viennent se produire ici, il y a aussi des chansonniers, de petits orchestres, des auteurs qui viennent faire une lecture. Tout le monde peut déposer ses affaires là-dedans et se faire une beauté avant de monter sur scène. »

Il s'assit dans un fauteuil et regarda sa montre.

« Bien, allez-y.

— Ici ? Sans accompagnement ? Comme ça ?

— Bien sûr. Si vous savez chanter, vous n'avez pas besoin de fioritures pour me convaincre. »

Inge avala sa salive et serra de nouveau le poing dans son dos. Elle ne s'était pas attendue à cela. Normalement, il y avait au moins un pianiste pour l'accompagner. Mais elle pouvait aussi bien l'imaginer. Elle ferma les yeux, et dans sa tête résonnèrent les premières mesures de *Someone to Watch Over Me*. La chanson préférée de Gesa. Inge oublia la présence du patron de l'établissement et commença à chanter. À la moitié de la chanson, une fois bien concentrée, elle rouvrit les yeux et regarda le visage de Herr Paschke. Il paraissait ému et l'écoutait avec fascination. Lorsqu'elle eut fini, il se racla la gorge.

« Vous êtes toujours libre le jeudi soir ? Les collègues plus connus passent le week-end mais, si vous êtes d'accord, je vous programme de vingt et une heures à vingt-deux heures. Nous verrons ensuite si vous parvenez à attirer du public. »

Inge crut éclater de joie.

« Oui, je peux m'arranger », dit-elle en se maîtrisant avec peine.

Ils discutèrent un peu du cachet, se mirent d'accord, et Herr Paschke se leva et lui tendit la main. Inge la serra.

« Alors je vous souhaite la bienvenue au Palastcafé, Fräulein Jacobs. » Il montra du doigt le miroir de la loge dans le dos d'Inge. « Vous n'avez pas besoin de vous pincer, si vous êtes nerveuse. Je me suis laissé dire par certains artistes que respirer par le ventre fait des miracles. »

Il l'accompagna dehors. Une fois sur le trottoir, sous un réverbère, elle regarda les marques de ses ongles dans la paume de sa main et ne put s'empêcher de rire. Oui, cette journée avait été absolument exceptionnelle. Elle mourait d'impatience de tout raconter à Gesa. Celle-ci allait être terriblement fière d'elle pour avoir réussi à s'extirper de cet affreux Erebos Bar. Toute seule. Bon, d'accord, avec l'aide de Dora. Il était arrivé à cette dernière de chanter à l'occasion chez Herr Paschke, et elle ne disait que du bien de lui. Bien entendu, sa collègue préférait son poste au chœur de la radio, mais ce n'était pas un travail pour Inge. Elle se voyait comme une artiste solo. Dans le chœur, Dora n'était qu'une voix parmi d'autres. Et personne ne la voyait. Une petite partie inconnue d'un grand tout. Ce n'était pas ce que voulait Inge. Elle voulait qu'on la voie. Et elle voulait aussi voir les yeux, les visages tournés vers elle, et découvrir les effets de sa voix sur eux. Comme elle avait pu le remarquer à l'instant sur les traits de Herr Paschke. Il n'aurait pas pu lui faire de meilleur compliment que lui montrer, comme il le fit, l'émotion qu'elle faisait naître en lui.

Lorsqu'elle monta dans le tramway, Inge eut l'impression d'être quelqu'un d'autre. Quelqu'un qui s'était rapproché d'un grand pas de son objectif le plus cher.

« Je n'arrive vraiment pas à y croire. C'est un immense pas en avant, Inge. Même Claire Waldoff s'est déjà produite au Palastcafé, et ce n'est qu'au Schumann qu'elle fait cet honneur en temps normal. Je suis si fière de toi. »

Gesa ne s'était toujours pas calmée le lendemain, et souriait à l'envi aux côtés d'Inge. Elles se tenaient contre la colonne publicitaire dans l'Elbestrasse, face au bâtiment administratif, et Inge fumait une cigarette rapide avant d'entrer. Il tombait une petite bruine et elle avait relevé le col de son manteau.

« Évidemment, ce qui me manquera le plus chez Fred, c'est son mousseux haut de gamme, mais peut-être que les serveurs du Palastcafé ont aussi quelques bonnes bouteilles à proposer. »

Inge gloussa. Elle était reconnaissante à son amie de ne pas parler des messieurs qui offraient cette piquette. Elle espérait également ne plus être confrontée à cette situation.

Une élégante Opel Laubfrosch bordeaux à deux places s'arrêta à leur hauteur, et Curt Schäfer en sortit. Il jeta son trench-coat couleur sable sur ses épaules, sans glisser ses bras dans les manches, se dirigea vers elles et souleva son chapeau pour les saluer.

« Bonjour, Mesdames. » Il adressa un clin d'œil complice à Inge. « Eh bien, qui aurait cru que nous nous reverrions si vite ? »

Elle afficha un sourire.

« Vous voulez voir Herr Bronnen ?

— Je suis son premier rendez-vous aujourd'hui. » Il lui tendit le bras. « Voulez-vous monter avec moi ?

— Avec plaisir, je dois y aller de toute façon. À plus tard, Gesa. Et merde si on ne se voit plus avant la diffusion. »

Inge prit le bras du chef de chœur. En traversant la rue, elle se tourna une dernière fois vers son amie qui levait les yeux au ciel d'un air réprobateur.

Tout le monde savait à la station que Curt Schäfer était marié mais qu'il y attachait peu d'importance quand il s'agissait de faire la cour à ses collègues féminines. Étonnamment, Inge se rendit compte que cela ne la dérangeait pas. Elle trouvait au chef de chœur un charme surprenant, et il était même d'une beauté troublante avec ses cheveux noirs et sa fossette au menton. Il aurait facilement pu passer pour une star de cinéma. La conscience de son pouvoir de séduction lui conférait une confiance en lui manifeste qui le rendait extrêmement attirant aux yeux d'Inge.

« Alors, qu'est-ce que vous avez fait de beau hier soir ? lui demanda-t-il en chemin.

— J'avais une audition au Palastcafé et j'ai obtenu un engagement.

— Voyez-vous ça, mais vous êtes donc réellement une petite chanteuse ? J'espère que vous ne nourrissez pas l'espoir d'intégrer le chœur radiophonique. Je n'ai pas de place disponible pour l'instant, et Herr Bronnen serait sûrement furieux que je lui fauche sa secrétaire. »

Inge s'arrêta de marcher et leva les yeux vers lui.

« Absolument pas, Herr Schäfer. J'ai d'autres projets. Mais si vous êtes libre jeudi soir, je suis sur scène de neuf heures à dix heures. »

Ce fut elle, cette fois, qui lui lança un clin d'œil ; cela lui valut un large sourire du chef de chœur qui dévoila ses dents parfaitement blanches.

GESA

Nouvelles radiophoniques, 1927 :

« La jeune Norvégienne Sonja Henie, âgée d'à peine quatorze ans, remporte le titre de championne du monde de patinage artistique. »

Sa victoire fut considérée comme une erreur des juges, en majorité norvégiens. À l'issue de cette compétition, sa concurrente Herma Jaros-Szabo mit un terme à sa carrière. Pour la jeune Norvégienne, ce fut le début d'un parcours remarquable qui lui offrit de très nombreux titres ainsi que des contrats à Hollywood.

Ce vendredi soir, à dix-huit heures précises, l'excitation joyeuse qui submergeait Gesa était devenue presque insoutenable. Elle se tenait avec Carla Simonetti devant le microphone du studio et attendait le départ. Les deux femmes jouaient dès la première scène de la pièce policière, et leurs voix seraient diffusées aux auditeurs simultanément. Dans les maisons et les appartements, les salons et les foyers, aux familles nombreuses et aux personnes seules. À tous ceux qui s'étaient rassemblés chez eux devant leur poste de radio pour se divertir en écoutant Radio Francfort. Gesa ne put s'empêcher de penser à la photo de Londres sur l'article de journal qu'elle portait aujourd'hui encore sur elle, dans son sac à main. La ville sur le Main rattrapait son retard. Grâce aux idées ambitieuses d'Albert Bronnen. Elle sourit. Lors des dernières répétitions, l'humeur de Frau Simonetti s'était un peu améliorée, et elle s'était toujours montrée ponctuelle depuis l'incident. En revanche il ne fallait pas lui parler de Gesa, ce qui n'altérait pas l'admiration de la jeune femme pour elle. C'était toujours un honneur de travailler avec son idole.

À leurs pieds avaient été posées des dalles en pierre qu'elles allaient piétiner dans quelques instants pour conférer à leur jeu plus de crédibilité encore. Ernst Gehring avait pris position derrière elles, à côté de la porte amovible qu'il allait bientôt ouvrir et fermer. Pour simuler un bruit de pluie, on avait préparé une plaque en verre au fond d'une bassine ainsi qu'un arrosoir à pommeau rempli d'eau.

Gesa examina l'orchestre dans le deuxième studio, séparé du sien par une vitre. Les musiciens étaient assis les uns contre les autres, serrés au point qu'elle se demanda comment ils pouvaient jouer dans un espace aussi petit. Margot répondit à son regard. Elles s'encouragèrent mutuellement d'un signe de tête. Savoir son amie proche d'elle calma un peu les nerfs en pelote de Gesa. Puis la diffusion commença.

Les cordes entonnèrent les premières mesures du générique. Le morceau passa légèrement en sourdine afin qu'Albert Bronnen puisse annoncer personnellement le programme sur la musique de fond.

« Mesdames et Messieurs, Radio Francfort présente Carla Simonetti et Theodor Conrad dans *L'Inspecteur Feldmann et l'Affaire Aurora*, une pièce policière radiophonique en huit épisodes, de H. P. Michaelis. Épisode 1 : *Petits poissons.* »

La musique s'amplifia et Gesa fut impressionnée par Margot. Elle maîtrisait parfaitement son violoncelle et jouait de toute son âme.

Puis vint le moment de la première scène avec Carla Simonetti et Gesa. Dans l'histoire, l'épouse de l'industriel, Frieda Winterstein, revenait de ses achats avec sa gouvernante, Magda Klein, et montait avec elle les cinq marches en marbre de l'entrée de sa villa. Le téléphone sonnait et elles devaient presser le pas toutes les deux.

Dès que la mélodie de l'orchestre se tut, la sonnerie discrète d'un appareil téléphonique retentit, comme si elle s'élevait à travers une porte fermée. Gesa et Frau Simonetti firent claquer leurs pieds sur les dalles pour donner l'illusion qu'elles montaient l'escalier à la hâte. Afin qu'on puisse encore mieux les entendre, les dalles avaient été recouvertes d'une fine couche de sable qui, au contact des semelles en cuir des chaussures, renforçait le réalisme des bruits.

« Eh bien, allez-y, Magda, ouvrez, commença Carla Simonetti.

— Un instant, Frau Winterstein, je dois encore trouver la clé. Ah, la voilà, répondit Gesa.

— Mais dépêchez-vous donc ! »

Ernst Gehring fit cliqueter un trousseau de clés. Puis il ouvrit la porte et la referma bruyamment. Gesa piétina alors d'autres carreaux plus lisses, sans sable, comme si elle courait à l'intérieur de la maison fictive.

« Résidence Winterstein, qui est à l'appareil ? » annonça-t-elle au téléphone dans son rôle de gouvernante.

Une fois les premières phrases derrière elle, le trac de Gesa s'évanouit. Elle ne tenait pas son script trop près du microphone, comme Albert Bronnen le lui avait appris, et déclamait son texte avec assurance. Elle le connaissait presque par cœur à présent, de toute façon.

Lorsqu'elle remarqua que chaque minute de sa prestation se déroulait parfaitement, elle commença à se sentir à l'aise dans le studio. Le directeur l'avait en effet fait répéter jusqu'à ce qu'elle maîtrise son rôle les yeux fermés. Les feuilles du script étaient tournées sans le moindre bruit. Sa voix paraissait bonne, profonde et ferme. Gesa ne ressentait plus ce mal au cœur lié à l'excitation, et elle ne tremblait plus non plus. Elle se permettait même de profiter de la pièce à présent. L'épouse de l'industriel et sa gouvernante découvrirent le cadavre dans la mare aux poissons, appelèrent la police, et l'inspecteur Feldmann fit son apparition. Gesa n'avait plus de texte pour le moment. Elle laissa à Theodor Conrad sa place au microphone. Celui-ci la salua d'un signe de tête admiratif en prenant la suite.

L'épisode 1 sembla passer en un instant bien qu'il durât une heure entière, ce qui avait toujours paru long à Gesa lors des répétitions. L'orchestre joua de nouveau le générique et Albert Bronnen lut la liste des acteurs. Lorsqu'il dit : « Le personnage de Magda Klein était interprété par Gesa Westhof », elle faillit laisser échapper un cri de joie. Dès que les canaux furent clos, les applaudissements éclatèrent dans le studio.

« Toutes mes félicitations, cria le directeur pour se faire entendre. Ce fut une réussite totale, je remercie chacun de vous. Cependant, il s'agit de ne pas nous reposer sur nos lauriers mais de continuer ainsi. Nous nous retrouvons demain matin pour les premières répétitions de l'épisode 2. Dans une semaine, jour pour jour, nous serons de nouveau à l'antenne, il y a énormément à faire. »

Gesa fit signe à Margot qu'elle l'attendait dehors.

« La vache, c'était extra ! » lança la violoncelliste avec enthousiasme. Dans le vestibule, elles se jetèrent dans les bras l'une de l'autre. Se réjouir ensemble d'un succès était un sentiment que Gesa n'avait encore jamais connu, mais elle pourrait s'y habituer avec grand plaisir.

« Je ne crois pas pouvoir me contenter de rentrer chez moi maintenant et de monter des rasoirs de sûreté. »

Gesa ne comprit pas bien ce que son amie voulait dire avec cette histoire de rasoirs, mais elle ressentait la même chose. Il n'était pas question qu'elles reprennent aussi vite leurs petites habitudes.

« Viens, Margot, je sais ce qu'on va faire.

— Quelque chose de bien ?

— Je crois que ça va te plaire.

— Mais il ne faut pas que ce soit trop cher. »

L'espace d'un instant, le visage de Margot redevint sérieux.

« Ne crains rien, ce à quoi je pense ne coûte rien. »

GESA

Nouvelles radiophoniques, 1927 :

« L'auteure britannique de romans d'amour à succès Mary Barbara Hamilton épouse le capitaine Alexander George McQuorquodale. »

Âgée de vingt-cinq ans à l'époque, elle acquit par la suite une renommée mondiale sous le nom de Barbara Cartland, vendit plus d'un milliard de livres et devint la grand-mère par alliance de Diana, princesse de Galles.

Certains collègues décidèrent de célébrer dans un bar la réussite de la première diffusion et voulurent les convaincre de se joindre à eux, mais les deux jeunes femmes n'avaient pas du tout envie d'une fête un peu trop arrosée. Margot laissa son instrument au studio pour la nuit, comme les autres musiciens, car ils en auraient de toute façon besoin le lendemain matin et qu'il n'y avait aucune chance qu'ils travaillent d'ici là.

« C'est moi qui conduis, décréta Gesa tout de go en lui prenant son vélo des mains. Installe-toi à l'arrière. »

Elles gloussèrent comme des écolières dans les virages de la vieille ville, traversèrent le parc de Gallus, passèrent devant le monument aux morts et continuèrent jusqu'à la rivière, non loin de l'Untermainbrücke, un des ponts de la ville.

« On est arrivées. » Gesa gara le vélo sur le quai du Bas-Main, et remit en ordre ses cheveux ébouriffés par le souffle du trajet.

« Où ?

— À la Nice. »

Margot regarda autour d'elle sans comprendre. « Comment ça ? Et ne devrait-on pas dire “à Nice”, si tu parles bien de la ville ? »

Elles traversèrent la rue et descendirent l'escalier du quai pour entrer dans un vaste parc qui s'étendait le long de la rive du Main. Des palmiers et des bananiers étaient serrés les uns contre les autres dans des pots gigantesques, et toutes sortes de plantes exotiques poussaient de part et d'autre du chemin. Les innombrables fleurs avaient fermé leurs capitules depuis que le soleil s'était couché. Malgré tout, les parterres aménagés restaient d'une luxuriance impressionnante.

« On n'est pourtant qu'en avril, dit Margot, stupéfaite. On se croirait en été ici.

— Les Francfortois appellent cette partie de la rive nord du Main la Nice, parce qu'il y fait toujours beaucoup plus doux qu'ailleurs. Ne me demande pas d'explications plus précises mais, comme tu peux le voir, il y a ici des plantes qui ne poussent que dans le Sud habituellement. »

Les réverbères désuets aux jolies fioritures éclairaient le soir crépusculaire. De nombreux promeneurs marchaient encore dans le parc. Certains flânaient, bras dessus, bras dessous. Un jeune homme blond et une petite brune menue étaient assis sur un banc et s'embrassaient avec passion. Ils avaient très certainement oublié tout ce qui les entourait.

« Ce que ça doit être bien, l'amour. » Margot soupira.

« Quand on trouve le bon. » Alors qu'elle était parvenue à refouler la tromperie de Willi pour se concentrer sur la pièce radiophonique, Gesa devait maintenant dominer la tristesse qui était brusquement remontée en elle comme des aigreurs d'estomac. Après la diffusion réussie de l'émission, elle n'avait aucune envie de se laisser gâcher la soirée, mais on ne peut pas réprimer les sentiments indéfiniment. Ils menaient leur propre vie au moment où on en avait le moins besoin.

« Qu'est-ce que c'est que ça, devant ?

— Je voulais te le montrer, viens. »

Elles marchèrent jusqu'à la partie ouest de la Nice.

« Permets-moi de te présenter la piscine Mosler, le plus grand bassin de natation fluvial d'Allemagne. Jeunes ou vieux, qu'on aime battre des records ou faire la planche, tout le monde trouve son bonheur ici. Et on peut même manger un morceau. Hors saison, tout est démonté. Il y a quelques jours, j'ai vu qu'ils réinstallaient les pontons qui délimitent les bassins et sur lesquels est construit le café flottant. Ils n'ont pas encore terminé, mais le bateau restaurant a de nouveau accosté. Et les kayaks et les barques en location sont déjà dans l'eau. » Gesa respira profondément. « Je trouve cet endroit absolument merveilleux. On est comme dans un autre monde. »

Margot écarquilla les yeux. Trois bassins s'étendaient le long du quai. Ils étaient bordés de pontons qui les faisaient paraître plus grands encore. Comme si la terre embrassait des portions de rivière. Les baigneurs pouvaient marcher dessus et faire ainsi tout le tour de ces bassins remplis de l'eau du Main. À côté de nombreuses cabines, un plongeoir se dressait dans le ciel. Il y avait aussi un toboggan à moitié achevé qui semblait terriblement rapide. Derrière, une immense plate-forme flottante était encore en construction, mais on y avait déjà installé des chaises longues et des tables de ping-pong. Et, encore plus loin derrière, un café-glacier avait été édifié sur l'eau.

« Le site n'ouvre que dans deux semaines, malheureusement on ne peut pas encore entrer. » Gesa montra du doigt un banc sur la promenade et elles s'y assirent. « Mais on peut profiter de la vue ici et s'imaginer goûter la douceur d'une soirée d'été.

— Incroyable. Je n'avais jamais vu une chose pareille, s'émerveilla Margot. C'est comme des vacances au paradis. Du moins, telles que je me les imagine, je ne suis encore jamais allée nulle part.

— C'est géant, n'est-ce pas ? Je me disais bien que ça allait te plaire. Quand j'ai vu ça pour la première fois, moi aussi j'ai été bouche bée. » Gesa se mit à rire. « À vrai dire, l'été dernier, il n'y a pas une minute que je n'ai pas passée ici. En bas, sur une de ces chaises longues, on a vraiment l'impression d'être au bord de la mer. Enfin, j'imagine. Je ne suis jamais allée sur une vraie plage.

— Ce genre de choses n'existe pas à la campagne. J'ai appris à nager dans un étang de pêche. Un bateau restaurant. Un café-glacier sur la rivière. Ce n'étaient que des rêves pour moi, quand j'étais enfant.

— C'est pour ça que je voulais te montrer cet endroit. J'avais l'impression que tu n'avais pas encore tout à fait pris tes marques à Francfort. Cela va peut-être t'aider à te faire à la vie ici. » Gesa sortit de son sac deux parts de quatre-quarts qu'elle avait enveloppées dans du papier sulfurisé ce matin-là. « Je n'ai pas de café, hélas, mais je peux fournir les gâteaux. »

Margot sourit d'un air espiègle et fouilla à son tour dans son sac à main. « Et moi je peux proposer une pomme. Et j'ai encore une demi-bouteille de tisane de cynorrhodon froide. » Elle dévissa le couvercle de la bouteille en acier, qui servait également de gobelet, versa la boisson et la tendit à Gesa. « À la tienne. »

Les deux jeunes femmes trinquèrent et savourèrent l'air du soir tandis qu'elles mangeaient de bon appétit la nourriture qu'elles avaient apportée. L'eau du Main clapotait doucement contre la consolidation des berges et créait une ambiance paisible.

« Tu vas mieux ? » demanda Margot à un moment, d'une voix timide.

Gesa avala la dernière bouchée de gâteau. Elle savait à quoi son amie faisait allusion ; elle n'avait pas seulement pleuré sur l'épaule d'Inge, elle en avait aussi parlé à Margot.

« Être quittée fait mal, surtout aussi froidement, sans qu'on s'y attende. Il faudra du temps. Même si Inge dit que je devrais être chaque jour un peu plus soulagée que Willi ne parasite plus le soleil dans mon cœur. Très sincèrement, je dois dire que je n'ai pas vu le soleil depuis bien longtemps. Mais après l'émission d'aujourd'hui, j'ai l'impression que les nuages pourraient bien se retirer peu à peu. Et toi ? Comment tu t'en sors avec l'horrible Bienefeld ? On appelle ça une ordure fière de son odeur, chez nous. »

Margot grimaça.

« La description lui correspond parfaitement. Ça n'évoluera plus. La seule chose à faire, c'est me parer d'une solide carapace. Il est tellement ancré dans ses certitudes qu'il ne changera pas.

— C'est grave. »

Gesa se tut. Au bout de quelques minutes, elle changea de sujet.

« Tu as un petit ami, Margot ? Ou peut-être un fiancé qui partage ta vie ?

— Il y a eu quelqu'un. Cela remonte à loin déjà.

— Il t'a quittée, lui aussi ? »

Margot laissa tomber la pomme à moitié mangée sur ses genoux et son regard se perdit dans le lointain.

« Oui, il m'a quittée. »

Elle n'en dit pas plus. Elles restèrent assises en silence et regardèrent couler la rivière. Le crépuscule céda la place à l'obscurité, le ciel s'illumina de plus en plus d'étoiles dont les reflets dansaient sur l'eau, et les réverbères de la rive plongèrent les deux femmes dans une lumière jaune sans chaleur.

« Je vais tenir bon. Pour ma famille. »

Gesa jeta un regard en coin à Margot.

« Qu'est-ce que tu veux dire ?

— J'envoie une grande partie de mon salaire à la maison, chez mes parents. Il est absolument indispensable que ma famille ne manque de rien. Je dois dire que je suis… » Elle hésita. « Enfin… oh, il est déjà tard et je commence à avoir froid. Partons, tu veux bien ? Je n'aime pas traverser Francfort la nuit, seule, sur mon vélo. »

Elles revinrent à l'Untermainbrücke et Gesa se demanda si elle n'aurait pas dû insister. Margot avait été sur le point de lui confier quelque chose de très personnel, et elle était un peu déçue qu'elle se fût ravisée.

« Alors on se revoit demain à la station », dit Gesa au moment où il leur fallut se séparer. Elle pouvait rentrer chez elle à pied, Margot avait une plus longue route à parcourir. « Tu sais, si tu veux me parler, je ne suis pas une commère, je sais garder des secrets.

— Merci, Gesa. Je n'avais aucun doute là-dessus. »

De retour chez elle, Gesa fut accueillie par une Inge survoltée.

« Où est-ce que tu étais passée ? »

Elle montra du doigt le poste de radio dans le salon, pour lequel ils s'étaient cotisés tous les trois, parce qu'il n'était pas possible qu'elles ne suivent pas leur propre programme en travaillant à la radio, Inge et Gesa étaient d'accord sur ce point.

« Rolf et moi avons tout écouté. La pièce est vraiment palpitante, et tu étais phénoménale. Meilleure que Simonetti ! J'ai tellement hâte de connaître la suite. Je suis sûre qu'il y a plein d'auditeurs, dehors, qui se réjouissent déjà à l'idée de découvrir l'épisode 2. »

Inge serra son amie dans ses bras et lui tapa dans le dos. Une sensation de chaleur parcourut Gesa. Cette réaction exaltée faisait du bien.

« Merci. Ton avis compte beaucoup pour moi. Où est Rolf ?

— Sorti depuis longtemps. Mais attends, j'ai préparé une bouteille de mousseux, on va l'ouvrir maintenant. Si ce succès n'est pas une raison valable de trinquer, alors je ne vois pas à quelle occasion on peut le faire. »

Gesa était fatiguée en réalité, mais elle ne put résister à la joie communicative d'Inge. Elles trinquèrent toutes les deux.

« À Gesa Westhof, la star de la pièce *L'Inspecteur Feldmann et l'Affaire Aurora.*

— À Inge Jacobs, l'étoile montante du Palastcafé. »

Évidemment elles vidèrent toute la bouteille, car même avec un bouchon le gaz trouverait le moyen de s'échapper, et ç'aurait été une honte de ne pas savourer le doux breuvage tant qu'il était bien frais et pétillant.

GESA

Nouvelles radiophoniques, 1927 :

« La célèbre actrice allemande Agnes Sorma est morte en Amérique. »

Elle monta sur les planches de son pays, la Silésie, dès l'âge de treize ans. Elle se produisit dans de nombreuses villes et était vénérée par le jeune Thomas Mann. Agnes Sorma épousa un comte italien avec lequel elle eut un fils. Durant la Première Guerre mondiale, elle officia comme infirmière tout en étant actrice dans un théâtre du front. Plus tard, elle rejoignit son fils qui possédait une ferme dans l'Arizona.

Le lendemain matin, Gesa se réveilla avec la gorge sèche et une épouvantable migraine. Cela ne s'arrangea pas lorsqu'elle plongea son visage dans la bassine remplie d'eau glacée. Elle n'avait pas l'habitude de boire au-delà du raisonnable et elle en payait le prix. Le trajet en bus jusqu'à son travail lui causa des vertiges. Plus tard, à la station, le texte du nouveau script se brouilla sous ses yeux. Il était difficile de se concentrer mais elle luttait de toutes ses forces.

Ernst Gehring et Peter Nagel semblaient eux aussi avoir mal aux cheveux. La veille, tous deux s'étaient portés volontaires pour rassembler autant de collègues que possible pour célébrer la première au troquet. Toutefois, contrairement à Gesa, ils avaient moins de texte et pouvaient rester en retrait ; personne ne ferait attention à leur gueule de bois.

« Vous n'avez pas la tête à ce que vous faites, aujourd'hui, critiqua Carla Simonetti lorsque Gesa fit pour la troisième fois une erreur au même endroit.

— Je suis désolée.

— Qui peut faire la fête peut aussi travailler, la sermonna Frau Simonetti en citant avec un plaisir malsain un proverbe que Gesa n'avait aucune envie d'entendre ce jour-là.

— Je fais de mon mieux. »

Cela ne suffit pas à la célèbre actrice. Elle insista pour répéter une autre scène dans laquelle Gesa n'apparaissait pas, la ridiculisant ainsi devant tous ses collègues.

« Nous reprendrons avec votre texte plus tard, Fräulein Westhof. Buvez d'abord une tasse de café, puis allez aider Herr Gehring et Herr Nagel à rassembler les accessoires nécessaires pour les bruits de fond. » Albert Bronnen ne paraissait pas très satisfait non plus du déroulé chaotique de la répétition, mais il adressa tout de même un sourire discret à Gesa, malgré sa voix sévère. Il donnait toujours l'impression de quelqu'un de pondéré, d'inébranlable, ayant tout sous contrôle.

Comme il devait être difficile de diriger une station tout en réservant suffisamment d'énergie pour la pièce radiophonique ! D'autant plus que les séances de travail étaient centrées sur une certaine personne qui voulait en permanence être félicitée et courtisée. Gesa tourna la tête vers Carla Simonetti, les paupières mi-closes. Ce jour-là, elle sentit son admiration pour la Mimin s'estomper. Qu'y avait-il de mal à être aimable ? Devait-on forcément se montrer revêche quand on était célèbre ? Theodor Conrad avait un comportement tout à fait correct avec ses partenaires. Pour une raison inconnue, la diva avait dès le départ eu une dent contre sa jeune collègue. Pourtant Gesa avait espéré pouvoir la convaincre par son travail. Tous ses efforts furent vains. Et aujourd'hui, alors que pour une fois elle ne pouvait exploiter son potentiel au maximum, elle était frappée par la méchanceté de Carla Simonetti.

La joie mauvaise de la star lui brûlait littéralement la nuque lorsqu'elle sortit de la pièce en suivant ses deux collègues. Peter Nagel, qu'on ne pouvait plus croiser sans son porte-bloc, lui dit de manière laconique : « Laisse-la, elle va redescendre sur terre », avant de lire la liste des objets dont ils auraient besoin pour les bruits de l'épisode 2. Plus personne ne pensait au café, et Gesa n'en avait pas envie de toute façon.

La majeure partie des accessoires était entreposée dans une espèce d'armoire monstrueuse peinte en noir, qui se dressait dans le vestibule entre la salle de répétition et l'un des studios. Elle atteignait même le plafond, et Ernst Gehring était contraint de monter sur un tabouret en bois pour accéder au casier le plus haut. Lorsqu'il se hissa sur la pointe des pieds, ses bretelles se tendirent au point que Gesa craignit que les fermoirs ne sautent. Elle préféra faire un petit pas de côté, par précaution. Ernst sortait les objets que Peter énumérait et les passait à Gesa, qui eut bientôt les bras chargés de petites pièces et ustensiles divers. Un tuyau d'arrosage auquel était fixé un entonnoir métallique était enroulé autour de son cou, et un sac plein de matériaux variés comme du papier ou du tissu pendait à son poignet.

« À quoi vont nous servir ces sacs ? demanda-t-elle alors qu'Ernst les chargeait sur le bras qu'elle avait tendu.

— Ils contiennent du foin, ça permet de reproduire les bruits de pas sur l'herbe. »

Sa voix sonnait de nouveau creux à mesure qu'il fouillait dans les profondeurs de l'armoire.

Elle réussit à coincer un des sacs sous son bras.

« Je ne peux plus tenir ces panneaux en bois, ils sont trop lourds pour moi.

— Donne. » Peter les lui prit des mains. « Ce sont des échantillons d'un poseur de parquet. Mince alors, ça pèse un âne mort. Ça suffit pour l'instant, Ernst, on ne peut vraiment rien prendre de plus. »

Ils traînèrent ensemble leur butin dans la salle de répétition, le plus discrètement possible pour ne pas déranger les autres.

« Je ne peux pas rester plus longtemps aujourd'hui, annonça Carla Simonetti au moment où ils entrèrent dans la pièce. De toute façon, nous devons faire les scènes avec la gouvernante demain, quand la petite aura cuvé son vin.

— Mais je ne vous permets pas ! s'exclama Gesa, indignée. Je ne suis pas ivre et je n'ai sûrement pas besoin de cuver. »

Simonetti leva les yeux au ciel, attrapa son sac à main et glissa à l'oreille de Gesa en partant : « Apparemment, boire du café n'a servi à rien. Vous avez toujours l'haleine bien chargée. »

Avant que Gesa puisse de nouveau protester, Albert Bronnen frappa dans ses mains.

« Bien, Mesdames, Messieurs. On continue. Nous lisons la scène dans laquelle la gouvernante va voir l'inspecteur au commissariat pour débiner sa patronne. Étant donné l'ambiance du jour, je pense que ça ne présentera aucune difficulté. Fräulein Westhof, laissez les accessoires à vos collègues.

— Avec plaisir », dit Gesa d'une voix claire et distincte, puis elle chassa de la main quelques brins de paille qui s'étaient échappés du sac.

Elle prit place à côté de Theodor Conrad. Comme toujours, il était habillé élégamment dans son costume de ville gris irréprochable avec cravate. Elle feuilleta le script et fit voler d'un souffle une mèche de cheveux égarée sur son front, mais qui retomba au même endroit avec obstination.

« Je reconnais qu'elle se comporte parfois comme un terrier hargneux, lui susurra-t-il. Carla n'est pas facile, elle jappe volontiers. Mais même si vous n'en avez sans doute pas l'impression, elle a le cœur au bon endroit.

— Dans la glacière ? »

Il étouffa un rire.

Travailler avec lui était un véritable plaisir. Gesa profitait de la vaste expérience de Theodor Conrad, qu'il partageait avec elle de bon gré, sans jouer au professeur pontifiant. Il insufflait une véritable personnalité au rôle de l'inspecteur Feldmann. Avec sa voix riche en nuances, il était la star de l'émission. Pas Carla Simonetti, Gesa en était sûre à présent. La nervosité qu'elle éprouvait constamment en présence de Simonetti disparut avec Theodor Conrad. En même temps que ses maux de tête.

« Vous voyez, tout marche merveilleusement bien », la félicita-t-il à la fin de la répétition. L'acteur n'était pas allé fêter la première avec les collègues, la veille. De manière générale, il restait discret sur sa vie privée. Il faisait son travail mais ne cherchait pas à nouer de nouvelles amitiés, cela frappa Gesa. Cette attitude précipitait Peter Nagel au bord du désespoir. À ce qu'elle avait compris, il aurait adoré avoir un contact plus rapproché avec son célèbre confrère.

« Puis-je vous donner un conseil ? »

La voix de Theodor Conrad arracha Gesa à ses pensées. Le directeur et la plupart des autres acteurs étaient déjà partis. Maintenant qu'ils ne dérangeaient plus personne, Peter et Ernst triaient les accessoires en fonction des bruits dont ils auraient besoin dans certaines scènes. Ils seraient utilisés dès le lendemain – il faudrait aussi faire des essais pour l'ambiance sonore.

« Bien sûr, Herr Conrad.

— Restez le plus possible loin de Carla.

— Pourquoi ? »

Il soupira.

« Je ne sais pas si c'est à moi qu'il revient d'en parler… Carla et moi nous connaissons depuis plus de quinze ans. Pas spécialement bien, mais nos chemins se sont souvent croisés dans le cadre professionnel. À ses débuts, elle était extrêmement courtisée par tout le monde, en raison de sa beauté extraordinaire et de son talent. Mais avec le temps elle doit admettre que même elle ne possède pas la jeunesse éternelle. Cela la rend malade. De nouvelles actrices prometteuses sont aussi douées qu'elle, plus jeunes et même plus belles parfois. Je crains que, dans votre collaboration à cette production, Fräulein Westhof, vous ne lui rappeliez chaque jour ce triste constat. »

Gesa essayait en vain d'enfiler son manteau. Theodor Conrad le lui prit des mains et l'aida à le mettre.

« Merci. Vous voulez dire que Frau Simonetti se sent menacée par moi ? »

Une grimace tordit le visage de Conrad.

« Si vous voulez, oui.

— Mais je suis une parfaite inconnue et je n'ai pas la moindre ambition de faire de la scène ou du cinéma. Je veux seulement être comédienne de pièces radiophoniques. Faire mon travail correctement. Et j'admire Frau Simonetti.

— Hmm, oui, nous l'avons tous bien compris. Hélas, dans notre branche, il y a de nombreuses starlettes montantes qui, sous couvert d'une prétendue admiration, souhaitent uniquement profiter du succès de la personne qu'elles flattent. Je suppose que ce n'est pas votre cas. Mais n'en veuillez pas à Carla si elle se montre méfiante. »

Chez elle, une fois dans son lit, Gesa repensa longuement à ces paroles. Theodor Conrad voulait-il l'inviter à se montrer plus compréhensive envers Carla Simonetti ? Ce serait absurde car l'actrice n'en avait pas besoin et elle n'obtiendrait pas cette faveur de Gesa. Elle se résolut fermement à ne pas commettre la moindre erreur le lendemain, mais à montrer à tous à quel point elle était professionnelle.

On frappa doucement à sa porte et Inge glissa la tête par l'entrebâillement.

« Tu dors déjà ?

— Non.

— C'est vrai que tu as encore une répétition demain ? J'ai entendu Bronnen en parler. »

Gesa se redressa dans son lit.

« Oui. Ces prochains temps, il n'y aura quasiment pas un jour de libre car les huit épisodes sont diffusés coup sur coup à une semaine d'intervalle.

— Mais travailler même le dimanche ?

— Seulement deux petites heures, ça va. »

Inge lui sourit.

« Tu es complètement mordue, n'est-ce pas ? Dors bien. »

En réalité, Gesa avait une légère appréhension à propos de la répétition suivante. Elle commençait à deux heures de l'après-midi et promettait d'être riche. D'après le script, l'épouse de l'industriel, *alias* Carla Simonetti, faisait désormais partie de la liste des principaux suspects ; après tout, c'était l'unique héritière. Mais on découvrait ensuite que la gouvernante, jouée par Gesa, avait eu une liaison avec la victime. Les deux comédiennes n'éprouveraient aucune difficulté à reproduire l'atmosphère conflictuelle qu'exigeait le scénario.

Simonetti était apparue à la répétition avec une boîte de chocolats et deux bouteilles de vin, un rouge et un blanc. Un admirateur lui avait offert tout ça dehors, devant la station, et elle poussait les hauts cris en se demandant pourquoi on tenait tant à lui offrir du chocolat et de l'alcool.

« Je donne vraiment l'impression d'être portée sur la boisson ? D'aimer les sucreries ? Est-ce que j'ai l'air grosse ? » Elle glissa ses deux mains le long de ses hanches étroites, particulièrement mises en valeur dans sa robe de soie crème. Les hommes présents protestèrent bruyamment. « Je ne sais pas ce qui est passé par la tête de ce type… »

Albert Bronnen, le seul à ne pas avoir levé les yeux vers elle, le nez plongé dans le script, murmura :

« Il s'est probablement demandé comment il pourrait vous faire plaisir. Honte à lui.

— Oh. » Carla Simonetti le regarda. « Oui. Bon. Possible. Malgré tout, je n'ai pas envie de ces cadeaux, je vais les laisser ici. Fräulein Westhof saura sans doute quoi faire du vin. » Elle se leva de son fauteuil et ouvrit son script à son tour.

Tous les acteurs avaient pris l'habitude de répéter debout, comme s'ils se tenaient devant le microphone. À l'exception des toutes premières lectures qui se faisaient assis.

Carla Simonetti attaqua son texte :

« Qu'est-ce qui vous prend d'aller voir l'inspecteur pour m'accuser, Magda ? »

Et Gesa répondit :

« Frau Winterstein, je n'ai fait que dire la vérité. Que vous et votre mari avez eu une dispute le jour du meurtre parce qu'il voulait vous quitter. »

Le dialogue s'échauffait, Gesa se plongeait avec ferveur dans son rôle. Elle sentait qu'elle se débrouillait bien dans sa prestation. Elle tenait le script d'une main, gesticulait de l'autre sans s'en rendre compte et lut : « Votre mari a vu clair dans votre jeu, il m'a raconté que… » À cet instant, elle heurta la boîte de chocolats négligemment abandonnée sur un siège, qui glissa et renversa à son tour la bouteille posée à côté. Le vin rouge, précisément. Pour parfaire cette réaction en chaîne, la bouteille tomba par terre, si brutalement qu'elle éclata malgré la faible hauteur, et un jet se répandit sur les chaussures de Carla Simonetti, trempa ses bas de soie délicats et tacha de rouge sombre le cuir clair. Gesa, stupéfaite, demeura pétrifiée par la peur. Une pluie de petites gouttes éclaboussa la soie crème de la robe. Étonnamment, personne ne s'aperçut de rien à part Carla Simonetti.

« Oh, mon Dieu », laissa échapper Gesa dans un souffle. Elle eut l'impression d'être au bord de l'évanouissement. « Je suis terriblement désolée. Je ne sais pas comment c'est arrivé.

— C'est parce que vous êtes une dilettante ! cria l'actrice. Et malveillante, en plus ! Ça ne va pas s'arrêter là ! »

Elle jeta son script aux pieds de Gesa et sortit de la pièce en trombe.

« Je n'ai jamais voulu…

— Fräulein Westhof, restez ici. »

Albert Bronnen se mit en travers de son chemin alors qu'elle s'apprêtait à courir après Carla Simonetti.

Gesa le fixa avec des yeux écarquillés. Les pensées se bousculaient dans sa tête. Tout s'était passé en un éclair. L'instant d'avant, elle interprétait le rôle de Magda, y éprouvait du plaisir, et maintenant cette catastrophe.

« Mais elle croit que c'était intentionnel ! » Elle se tourna vers ses collègues, en respirant difficilement. « Ce n'est pas vrai.

— On le sait, dit Ernst Gehring. Au fond, c'est un petit peu sa faute. Quand on pose une bouteille pleine sur un fauteuil rembourré, il ne faut pas s'étonner si elle tombe.

— Sa robe, elle est fichue. Ses chaussures aussi.

— Calmez-vous, Fräulein Westhof. Frau Simonetti a besoin d'un peu de temps, puis elle se rendra compte que tout ça n'était qu'un malheureux accident. » Le directeur lui adressa un regard compatissant dans lequel Gesa lut qu'il ne croyait pas lui-même à ce qu'il disait. « Restons-en là pour aujourd'hui. Rentrez chez vous. Je vous souhaite un bon dimanche à tous. »

Sur ces mots, il quitta la pièce en toute hâte. Il essayait sans doute de rattraper sa star pour arrondir les angles, et ne voulait pas qu'elle croise de nouveau Gesa au risque que la situation empire. En plus de cela, ils perdaient un jour de répétition.

Ernst Gehring lui tapa amicalement l'épaule.

« Ne te casse pas la tête, Gesa. Demain matin, tout aura de nouveau changé. »

Le lundi, ni Carla Simonetti, ni Albert Bronnen ne se montrèrent à la répétition. Ce qui était inhabituel car le directeur n'était jamais en retard. Après un quart d'heure d'attente, Gesa fut demandée au téléphone.

« Tu dois venir tout de suite à l'administration », lui dit Inge au bout du fil. Elle semblait inquiète. Elle ajouta en baissant la voix : « Dis, Gesa, qu'est-ce qui se passe au juste ? »

Le cœur battant à tout rompre et l'estomac noué, Gesa lâcha le combiné, sortit et courut directement à la station, sans prendre de manteau, pour monter dans le premier tramway en direction de l'Elbestrasse. La voiture affichait une publicité gigantesque pour *Les bas Bemberg en soie Bemberg – Authenticité garantie par son estampille dorée* qui rappelait à Gesa son terrible accident de la veille avec le vin rouge. Comme si elle avait pu l'oublier.

Un véhicule de sport Mercedes S flambant neuve, qui semblait prête à participer à des courses automobiles, était garé juste devant l'entrée du bâtiment administratif. Gesa n'avait encore jamais vu d'automobile aussi chère ici.

Elle monta les marches quatre à quatre et frappa à la porte du bureau d'Inge. Le visage de son amie en disait long.

« Attention, tu vas assister à une représentation de théâtre dans les règles de l'art », annonça-t-elle d'une voix sourde, et elle conduisit Gesa directement dans le bureau du directeur, où Carla Simonetti était assise sur une chaise, les yeux embués de larmes. Un homme se tenait à ses côtés, que Gesa ne connaissait pas. Et puis Albert Bronnen.

« C'est donc vous, la fameuse Fräulein Westhof », la salua sèchement l'inconnu.

Il portait un costume à fines rayures et aux épaulettes renforcées qui le faisaient paraître très large, et n'avait pas ôté son chapeau. Il devait avoir dans les soixante ans mais s'habillait comme un homme bien plus jeune. Était-ce le compagnon de Carla Simonetti ? La Mimin n'était pas mariée, du moins la presse à sensation n'en parlait pas.

« Bonjour. S'il s'agit de ma maladresse d'hier, je vous présente encore une fois mes plus plates excuses. Bien entendu, je prends à ma charge les frais de nettoyage de la robe.

— Elle était taillée sur mesure. En soie de mûrier. Elle est fichue, on ne peut plus la nettoyer. Les chaussures aussi sont bonnes à jeter, et je ne parle même pas des bas, je ne veux pas paraître mesquine. »

La voix de Carla Simonetti vibrait comme si elle rapportait la mort d'un parent proche. Elle pressa un mouchoir sur son nez. L'homme posa une main sur son épaule, qu'elle-même recouvrit de sa main, et ils restèrent ainsi sans bouger, comme s'ils se recueillaient sur cette disparition. Gesa comprit ce qu'Inge avait voulu dire. Que se passait-il ici, en réalité ?

« Alors je vais tout vous rembourser », lança-t-elle.

L'homme renifla avec dédain.

« Vous n'en avez certainement pas les moyens.

— Mais l'idée est louable, intervint le directeur. Après tout, il ne s'agit que d'un accident bien regrettable sans intention de nuire. Fräulein Westhof s'efforce de trouver un moyen de réparer, vous devez lui accorder cela. »

Frau Simonetti laissa tomber son mouchoir sur son genou.

« Je n'en suis pas si sûre, voyez-vous. J'ai eu à plusieurs reprises l'impression que ma collègue aurait bien aimé prendre *ma* place, et hier, ce n'était pas la première fois qu'elle se montrait désagréable avec moi. Je ne pense pas pouvoir continuer à travailler dans ces conditions.

— Carla ! » L'inconnu fit mine d'être sous le choc. « Je t'en prie, ne dis pas une chose pareille. En tant que star de la pièce, ce serait une catastrophe si, toi, tu… »

Il s'interrompit. Puis fixa Gesa.

« Vous êtes renvoyée », lui annonça-t-il d'un ton sans appel qui la fit tressaillir.

Même Albert Bronnen parut surpris.

« Mais, Herr Ehlers, ce ne sera pas nécessaire.

— Je crains que si. »

Carla Simonetti passa outre la contestation du directeur.

« Un petit second rôle est vite remplacé, ne vous inquiétez pas, Herr Bronnen. Personne ne le remarquera, si celle-ci s'en va.

— Vous ne pouvez pas renvoyer comme ça une de mes actrices. »

Herr Ehlers bomba le torse.

« Si, je le peux. En tant que membre du conseil d'administration, je représente les intérêts de la station et… »

Aux mots *conseil d'administration*, Gesa décrocha de la conversation. C'était donc ça. Carla Simonetti était à tu et à toi avec un gros poisson dont la parole avait plus de poids que celle d'Albert Bronnen. Elle avait sans doute simplement attendu qu'une occasion se présente pour se débarrasser de Gesa. Les mots de Theodor Conrad lui revinrent à l'esprit : sa collègue plus âgée voyait en elle une menace. Tandis que Herr Ehlers parlait et parlait, elle ne l'entendait plus que de très loin. Elle dut prendre sur elle pour ne pas éclater en sanglots. Frau Simonetti ne verrait pas une seule de ses larmes, se jura Gesa, qui clignait de l'œil avec résolution.

Virée pour une maladresse. Cette comédie de la diva était absurde, et indigne d'une actrice professionnelle. En réalité, Gesa aurait dû l'applaudir, réclamer un bis pour cette farce. Mais sa bonne éducation le lui interdisait. Et sa fierté.

Elle baissa les yeux sur la pointe de ses pieds, parvint à garder son sang-froid et accepta d'un signe de tête.

« Je comprends. Au revoir. » Les mots sortirent difficilement de sa bouche, elle ne pouvait faire autrement avec la boule dans sa gorge.

À l'extérieur, au secrétariat, Inge bondit de sa chaise pour se précipiter vers elle, mais Gesa l'arrêta d'un geste de la main. Elle était incapable d'expliquer quoi que ce soit, et voulait simplement être seule.

Là encore, elle erra à travers Francfort, le cœur brisé. Cette fois, la douleur n'était pas la même. La tromperie de Willi lui avait fait mal. La fin de sa carrière d'actrice radiophonique lui faisait presque perdre la raison. Tout ce pour quoi elle s'était battue âprement, ce dont elle avait rêvé et était reconnaissante chaque jour ne pouvait tout de même pas lui être arraché sur le coup de tête d'une seule personne.

Sans réfléchir très longtemps, Gesa se rendit au bord de la rivière et marcha dans la Nice où, seulement quelques jours auparavant, elle avait célébré la réussite du premier épisode avec Margot. Elle s'assit sur un banc à côté d'un bananier aux branches retombantes. Les feuilles épaisses touchaient délicatement son bras, comme pour la calmer. Dans un soupir, Gesa posa les mains sur le lainage noir de sa jupe et renversa la tête en arrière. Puis elle ferma les yeux, inspira lentement par le nez et expira par la bouche. Une fois, deux fois, trois fois. Des larmes coulèrent le long de ses tempes et disparurent dans ses cheveux.

Gesa continua à respirer de cette manière jusqu'à ce que les pleurs finissent par se tarir. Alors seulement elle ouvrit les yeux et les leva, en clignant des paupières, sur un ciel couvert. C'était agréable de sentir le bois du banc dans son dos et les graviers du chemin sous ses pieds. Rien ne bougeait. Les gens autour d'elle ne lui prêtaient même pas attention. Elle était simplement assise là, essayant de ne pas se laisser écraser par le poids sur sa poitrine. Ce qu'elle allait devenir, comment elle allait payer le loyer et subvenir à ses besoins, elle était incapable d'y penser pour le moment. Elle devait attendre que la douleur s'atténue.

Lorsque ses doigts furent glacés et que le vent la fit frissonner, Gesa se rendit enfin compte que, dans la précipitation, elle avait laissé son manteau dans la salle de repos. Le soir commençait à tomber, cela faisait des heures qu'elle était assise sur ce banc. Les autres avaient probablement répété sans elle et tout le monde était déjà au courant. Au moins, Gesa ne croiserait plus personne en allant chercher son manteau, car il le lui fallait absolument. Elle se mit en route vers le service des chèques postaux en grelottant, les bras serrés contre sa poitrine, prit l'entrée de service et emprunta le paternoster pour monter. Ernst Gehring passait des disques dans le studio mais était trop occupé pour voir Gesa se glisser rapidement à l'intérieur.

Une sorte de mélancolie la submergea, comme si elle n'était pas revenue ici depuis une éternité, et elle lutta à nouveau contre les larmes. Elle attrapa son manteau en reniflant, resta un instant indécise et regarda une dernière fois son poste de travail qu'elle aimait tant. La boîte de chocolats et la bouteille de vin blanc étaient encore là et n'avaient pas été ouvertes. Le vin rouge, épongé jusqu'à la dernière goutte, n'avait laissé aucune trace sur le sol, comme si rien ne s'était passé.

Dans un dernier mouvement de révolte, Gesa se saisit de la précieuse bouteille ainsi que des chocolats, fit un détour par la petite cuisine et ouvrit le vin. Puis elle entra dans la salle de répétition vide de l'orchestre et accéda au toit par la fenêtre. Elle s'assit sur une des cagettes à fruits. À l'abri du vent, le dos contre la cheminée, son manteau la réchauffait. Et l'alcool n'allait pas tarder à faire de même de l'intérieur. Gesa prit une grande gorgée directement au goulot et frissonna. Il n'était pas particulièrement bon mais suffisamment pour accomplir sa tâche : engourdir ses sens et chasser sa douleur, au moins un petit moment. Tour à tour, elle mangeait un chocolat et buvait une gorgée. La vue n'offrait pas de beau coucher de soleil, le jour tombait sur les toits de Francfort de manière banale. Les lumières s'allumaient peu à peu dans les rues et les maisons.

L'effet grisant de l'alcool s'insinuait lentement en elle et, comme elle l'avait espéré, le poids sur son âme commença à s'alléger. En revanche, certaines pensées se mirent à la hanter. Elle se sentait chez elle maintenant, à Francfort, plus qu'elle ne l'aurait imaginé, et ne voulait pas déménager à nouveau. Toutefois, si elle envisageait de continuer à travailler dans la radio, elle devrait aller à Berlin, à la station concurrente. Certes, il existait depuis deux ans une antenne de la SÜWRAG à Cassel, mais Gesa se doutait que ce devait être une véritable terre brûlée. Personne ne l'embaucherait là-bas après qu'on l'eut flanquée à la porte à Francfort. Il n'était même pas certain qu'elle soit engagée à Radio Berlin. On s'y bousculait encore plus pour décrocher un des postes tant convoités, mais le besoin de jeunes actrices inconnues avait certainement ses limites.

Avait-elle la poisse ? Aurait-elle dû rester chez sa tante et se contenter de la place qui lui avait été réservée dans le monde ? Le destin lui en voulait-il ? Tout cela était horrible. Elle but une nouvelle gorgée à la bouteille et sentit, en même temps qu'une brusque poussée d'apitoiement sur elle-même, les larmes lui monter de nouveau aux yeux. Alors elle s'autorisa à pleurer. Elle en avait le droit. Personne ne la regardait. Cette idée de prendre sur soi en permanence ne menait à rien.

Secouée par les sanglots, Gesa chercha un mouchoir dans son sac et se moucha. Elle se leva de la cagette à fruits et se rapprocha du bord du toit d'un pas mal assuré afin de mieux voir les lumières de la ville, maintenant que la nuit était tombée.

Au moment même où elle commençait à se pencher, une voix la fit sursauter.

« Fräulein Westhof, restez où vous êtes ! Attendez, j'arrive tout de suite ! »

Avant qu'elle puisse se retourner – le vin réduisait sa capacité de réaction –, deux mains l'agrippèrent à la taille et la tirèrent avec fermeté en arrière, bien loin du rebord. Gesa tourna la tête.

« Herr Bronnen ! » Vacillait-elle ? « Salut. Qu'est-ce que vous faites ici ?

— Je pourrais vous poser la même question.

— Je fais mes adieux. Mes adieux à mon rêve que la cruelle Carla Simonetti a anéanti. Le monstre sans cœur.

— Avez-vous bu ? »

Sa question était superflue, Gesa remarqua elle-même qu'elle balbutiait un peu. Elle montra la bouteille de vin presque vide.

« Le cadeau dont Frau Simonetti ne voulait pas. J'ai aussi mangé les chocolats. Tous. Elle n'aimait pas ça non plus. »

Albert Bronnen tenait toujours Gesa fermement ; il la guida jusqu'à une cagette à fruits. Gesa s'y laissa tomber sans élégance, puis il en tira une autre qu'il approcha tout près de la première et s'y installa, en collant son épaule contre la sienne. Voulait-il lui éviter de tomber ? Ou l'empêcher de s'enfuir ? Et où irait-elle, je vous prie ? Ils se trouvaient sur le toit d'un immeuble. Pourquoi ne la laissait-il pas seule ? Avoir de la compagnie était la dernière chose dont elle avait envie à cet instant. Surtout la sienne.

« Ce n'est pas une solution, je vous assure, dit Albert Bronnen.

— Pourquoi pas ? Ce ne sont que des chocolats dont personne ne voulait et un vin beaucoup trop moelleux. Ça va encore me donner des maux de tête. Même ça, je n'y ai plus droit ?

— Je ne parle pas de ça. »

Il désigna du doigt le bord du toit, mais elle ne comprit pas.

Le directeur sortit un étui à cigarettes de la poche intérieure de sa veste.

« Vous fumez ?

— Aujourd'hui, oui. »

Après leur avoir donné du feu à tous les deux, il dit en baissant la voix :

« Je suis absolument désolé de ce qui est arrivé. Herr Ehlers siège au conseil d'administration. Il avait simplement sollicité une brève entrevue, je ne savais pas qu'il allait venir avec Frau Simonetti ni ce que tous deux avaient en tête.

— Alors vous aussi, vous vous êtes fait rouler, pas seulement moi ? Ce que c'est vache ! »

Gesa envoya valser d'une pichenette le mégot de cigarette dans l'obscurité, et posa sa tête, sans réfléchir, sur l'épaule d'Albert Bronnen. Le tissu de sa veste était rugueux contre sa joue, mais il sentait bon et était apaisant d'une certaine façon.

« Je partage votre avis. Un comportement absolument pas professionnel de la part de notre collègue. Soit dit entre nous.

— Pourtant, l'épisode 1 a fait un véritable tabac, et j'aurais tellement aimé continuer à travailler sur cette pièce. L'auteur sait écrire, il n'y a pas de doute. Chaque scène est captivante et riche en rebondissements, et à la fin de l'épisode même les acteurs brûlent d'envie de connaître la suite.

— Je suis tout à fait d'accord avec vous. Herr Michaelis a annoncé qu'il souhaiterait assister à une des prochaines répétitions car il aimerait voir comment les acteurs travaillent sur sa pièce. »

Elle sentit qu'il tournait la tête mais sans s'écarter d'elle.

« Oh, bon sang, qu'est-ce que j'aurais aimé le rencontrer. »

Tous les deux se turent un moment, puis l'alcool délia la langue de Gesa qui ressentit le besoin de partager ce qu'elle pensait.

« Vous savez, Herr Bronnen, c'est formidable qu'on diffuse plein de musique sur l'antenne. C'est vrai, je suppose que les gens aiment bien se laisser bercer par ce flot continu, toute la journée. Mais cette grande pièce policière radiophonique, c'est d'un autre niveau. Comme du théâtre à la maison. Quelque chose qui rive les auditeurs à leurs postes, qu'ils ont hâte d'écouter. Je parie que certains vont organiser leur agenda de la semaine en fonction, parce que c'est tellement captivant qu'ils ne voudront surtout pas rater l'émission. »

Lorsqu'il répondit, elle entendit au son de sa voix qu'il souriait.

« Dès le début j'ai senti votre enthousiasme, Fräulein Westhof. On le remarque tout de suite chez vous.

— Quel dommage qu'on n'ait qu'un seul essai à chaque fois.

— Qu'est-ce que vous voulez dire ?

— Eh bien, je parle de notre prestation, les bruits de fond, tous ces efforts, ces investissements. Ce ne serait pas un progrès extraordinaire si on pouvait l'enregistrer à l'avance ? Avec un Dictaphone ou quelque chose de ce genre. Ainsi, on pourrait s'assurer que tout est parfait avant la diffusion. Comme la musique sur un 78 tours : là non plus, il n'y a pas de défaut. Je sais bien que ce n'est pas possible mais ce serait tellement plus pratique, on pourrait même le passer plusieurs fois à l'antenne. Quand on voudrait. J'y ai souvent réfléchi. On déploie des moyens énormes, tout ça pour une seule diffusion. Sur scène, les comédiens reprennent leur programme plusieurs fois de suite. Évidemment, ça n'a pas de sens à la radio. Il faudrait qu'on puisse conserver notre pièce pour la rediffuser à un autre moment. Simplement en appuyant sur un bouton. Mais ce sont des idées en l'air… »

Elle s'entendit elle-même jacasser et se tut.

Les muscles dans son bras se raidirent et Gesa leva la tête. Il l'examinait d'un regard extrêmement étrange, comme s'il la voyait pour la première fois telle qu'elle était. Ou bien ce n'était que le fruit de son imagination, car l'alcool jouait de mauvais tours à son cerveau.

Dans la faible lueur du soir, ses pommettes paraissaient encore plus saillantes. Albert Bronnen était terriblement beau. Un mélange d'intellectuel et de rebelle. Quelles pensées idiotes traînaient dans sa tête ? Il fallait qu'elle se lève et qu'elle s'en aille.

Mais Gesa restait figée, son visage à quelques centimètres seulement de celui d'Albert Bronnen.

« C'est vraiment ce que vous pensez ? »

Il sourit, ce qui était rare et le rendait encore plus attirant.

Elle dut se concentrer.

« C'était juste une idée comme ça.

— Une très bonne idée. Que seuls ceux dont le cœur bat pour la radio peuvent avoir. »

Gesa reconnaissait que c'étaient de bien belles paroles, mais cela ne changeait rien au fait que sa carrière dans cette même radio était finie avant même d'avoir vraiment commencé. D'un seul coup, le vin blanc lui donna la migraine. Elle s'écarta un peu de lui, jeta un dernier regard sur les toits de Francfort dans le ciel du soir et se leva lentement de sa cagette.

« Qu'est-ce que vous comptez faire ? » La voix d'Albert Bronnen paraissait en alerte. Il se leva à son tour. « S'il vous plaît, ne vous approchez pas plus du bord.

— Vous ne pensez tout de même pas sérieusement que je pourrais me faire du mal ? » Elle cligna des yeux, se sentant brusquement émue. « Vous êtes un homme bien, Herr Bronnen. Je vous souhaite le meilleur et beaucoup de succès à Radio Francfort. »

Il valait mieux disparaître au plus vite avant qu'elle se jette à son cou. Elle se dirigea d'un pas gauche et incertain vers la fenêtre qu'elle avait empruntée quelque temps auparavant.

« Attendez, lui lança-t-il. Demain, la répétition n'est prévue que l'après-midi. À partir de quinze heures. Soyez à l'heure. Et bien reposée. »

Gesa se figea.

« Ne me faites pas de blague.

— Jamais je ne me le permettrais sur un sujet aussi important. De toute façon nous n'avons pas le temps pour ça non plus, la montre de *L'Inspecteur Feldmann* continue de tourner.

— J'ai été licenciée.

— Et je vous réembauche. Voilà.

— C'est possible, ça ? »

Elle se tourna vers lui.

Son sourire devint un large rictus de jeune garçon goguenard et envoya une décharge d'émotions dans le corps de Gesa, qu'elle mit bien entendu sur le compte de l'alcool.

« Ça, j'en fais mon affaire. »

ALBERT

Nouvelles radiophoniques, 1927 :

« La politicienne Olga Rudel-Zeynek devient présidente du Bundesrat en Autriche. »

Ce fut la première femme dans l'histoire moderne à diriger un parlement d'État. Olga Rudel-Zeynek fut réélue deux fois, jusqu'à ce que le Bundesrat soit dissous en 1934. Après la guerre, elle se battit pour que les femmes fassent usage de leur droit de vote dans la vie politique.

Ne s'était-il pas un peu trop avancé ? Comme Gesa sur le toit de l'immeuble ? Cette image hantait toujours l'esprit d'Albert. Il avait réellement craint qu'elle veuille s'ôter la vie. Lorsqu'il l'avait vu debout au bord du vide, il avait pris brusquement conscience de toute la violence de l'intrigue de Carla Simonetti. Sur un coup de tête, elle anéantissait l'avenir professionnel de quelqu'un d'autre. Que ce soit de la vanité blessée, la peur de la concurrence ou une simple aversion, rien ne justifiait un tel comportement

– c'était tout bonnement abject. Albert avait depuis toujours l'injustice en horreur. Pas seulement envers lui mais aussi envers les autres. Ceux qui n'arrivaient pas à atteindre leurs objectifs à la loyale ne méritaient pas de réussir. Après sa discussion avec Gesa, il avait décidé, de manière aussi spontanée que catégorique, de ne pas la laisser partir. Il ne se séparerait pas de Gesa Westhof.

Sa casquette plate vissée sur la tête à cause du vent, Albert fendait l'obscurité du soir sur son vélo, en direction de Sachsenhausen, le quartier de Francfort où il habitait. Cependant, au lieu de rentrer chez lui, il bifurqua dans une rue sur la rive sud du Main où de splendides villas se succédaient. Il s'arrêta devant une bâtisse particulièrement imposante, pourvue de deux encorbellements et recouverte d'une peinture d'un blanc immaculé. Sa bicyclette jurait curieusement à côté de l'avancée à colonnes qui couvrait l'entrée de la maison. Ici vivait Hans-Hermann Velbert, le président du conseil d'administration de la SÜWRAG, qui avait fait venir en personne le jeune directeur à Francfort.

Albert se demanda un instant ce qu'il faisait ici. N'était-ce vraiment que pour Gesa ? Ou aussi à cause de son propre orgueil blessé ? Parce qu'il ne pouvait admettre qu'on le manipule de cette façon, dans sa fonction de directeur de station ? S'il tolérait qu'une actrice de pièces radiophoniques passe insidieusement au-dessus de lui, lui dame le pion en faisant les yeux doux à un membre du conseil d'administration, il pouvait tout de suite rendre son tablier. Chaque employé devait comprendre que c'était Albert qui prenait les décisions à la station, sans remettre en cause son autorité. Voilà, ni plus ni moins, ce dont il voulait s'assurer ce soir.

Au moment où il gravit les marches, la porte de la villa s'ouvrit et Herr Velbert apparut sur le seuil en même temps qu'un petit homme d'âge moyen portant des lunettes à monture d'écaille. Tous deux se saluèrent une dernière fois d'une poignée de main chaleureuse.

« Bronnen, ça, c'est une surprise. Vous voulez entrer ? » Le maître de maison ouvrit grand la porte dans un geste convivial. Albert ôta sa casquette lorsque l'invité passa devant lui ; ce dernier lui rendit son salut et s'en alla à pied. Aucune voiture ne l'attendait, pas même un taxi, ce qui était tout à fait inhabituel dans ce quartier.

« Merci beaucoup, Herr Velbert, c'est très aimable à vous de m'accueillir à une heure aussi tardive, sans même avoir été prévenu de ma visite. Je ne voudrais pas abuser de votre temps.

— Entrez déjà dans mon doux foyer, nous verrons ensuite. »

Hans-Hermann Velbert était un homme d'affaires, en plus de son statut de président du conseil d'administration. Albert savait pas mal de choses sur lui, car il s'était informé avant leur première rencontre, durant la période où ils se jaugeaient mutuellement. Le courant était tout de suite passé entre les deux hommes, ce qui avait rapidement mené à la signature d'un contrat. Velbert avait étudié le droit, se passionnait pour la technologie des hautes fréquences et était en outre membre d'une loge maçonnique.

Une personnalité complexe dont le cœur, comme celui d'Albert, battait presque exclusivement pour le média naissant qu'était la radio. L'homme mince aux yeux clairs et aux cheveux blonds, qui commençait à se dégarnir à l'approche de la soixantaine, accompagna son invité dans son bureau situé dans l'encorbellement du rez-de-chaussée.

« Alors, vous l'avez reconnu ? demanda-t-il.

— Votre visiteur ? Non, qui était-ce donc ?

— Herr Lacroix, le roi de la soupe. »

Albert secoua la tête et Herr Velbert développa :

« Eugen Lacroix a une fabrique de produits fins non loin d'ici, dans le Niederrad. Du foie gras aux truffes, de la soupe à la queue de bœuf, des mets délicats y sont produits en gros. À présent, il aimerait se lancer dans le commerce de la tortue.

— Pardon ?

— Il importe des tortues congelées et en fait des soupes. Il en profite pour vendre en même temps des petits bols de porcelaine assortis. Des accessoires tout à fait inutiles si vous voulez mon avis, très snobs, mais des articles que s'arrachent tous ceux qui en ont les moyens. Sa production tourne à plein régime. Quand le vent est favorable, j'ai parfois même l'impression de renifler l'odeur de soupe de Niederrad jusqu'ici. » Il s'interrompit un instant pour rire. « Nous avons invité Herr Lacroix à dîner. Ma femme a passé la journée à se demander ce qu'elle pourrait bien lui servir, car sa réputation de fin gourmet le précède, bien évidemment. »

Au lieu de s'asseoir derrière son bureau, Herr Velbert s'installa dans un des deux fauteuils modernes de la pièce et invita Albert à prendre place dans l'autre. Ces meubles étaient constitués d'une armature en tubes de métal sur lesquels étaient tendues d'épaisses bandes de cuir noir qui formaient à la fois l'assise, le dossier et les accoudoirs. Bien qu'il n'eût pas l'air très confortable, Albert fut surpris de se sentir aussi bien dans ce siège. Il se balança un peu.

« Des fauteuils club, expliqua Herr Velbert. Tout neufs. La table en verre également. Alors, dites-moi, Herr Bronnen, qu'est-ce qui vous amène chez moi ce soir ? »

Avant qu'il puisse répondre, un employé de maison apparut et leur demanda ce qu'ils souhaitaient boire. Hans-Hermann Velbert commanda une bière, un choix qu'Albert trouva très simple au regard des meubles dernier cri dont s'entourait son hôte. Il prit la même chose.

« Il s'agit d'une affaire à la station, pour laquelle je demande votre soutien. Herr Ehlers est venu me voir aujourd'hui, accompagné de Carla Simonetti, et a licencié l'une des actrices de notre pièce radiophonique en cours.

— Ouh là ! » Le maître de maison, surpris, haussa les sourcils. Pourvu qu'il n'ait pas encore eu vent de cette affaire. « Et pour quelle raison ? »

La servante apporta les boissons et quitta la pièce en silence.

« Eh bien, Fräulein Westhof – c'est le nom de l'actrice renvoyée – a été un peu maladroite et a renversé une bouteille de vin. Que Frau Simonetti avait toutefois imprudemment posée avec toutes sortes d'autres choses sur un siège rembourré. La bouteille est tombée, et le vin rouge a éclaboussé la tenue de Frau Simonetti.

— Bon sang. J'ai déjà entendu parler du tempérament de Frau Simonetti. On ne peut pas dire qu'elle ait une patience d'ange. Elle a dû entrer dans une colère épouvantable ?

— Pas seulement. Comme elle refuse de continuer à travailler avec sa collègue, Herr Ehlers a mis Fräulein Westhof à la porte sans autre forme de procès et sans me consulter, moi, ni qui que ce soit d'autre. Bien entendu, je sais qu'il dispose de certains pouvoirs en tant que membre du conseil d'administration, mais cette ingérence va trop loin. Gesa Westhof est une comédienne extrêmement talentueuse, promise à un grand avenir – à condition qu'on ne la mette pas sur la touche par des moyens injustes. Et je trouve inacceptable qu'on sape de cette manière mon autorité de directeur de la station. Peut-être devrais-je laisser ma place à Herr Ehlers, s'il se met à prendre des décisions de directeur ? »

Herr Velbert planta ses coudes sur les accoudoirs, joignit ses mains par le bout des doigts qu'il posa sur ses lèvres en dévisageant Albert.

« Doucement, attendez un peu. Je suppose que cette Fräulein Westhof est jeune et plutôt jolie à regarder ? Autant qu'elle est ambitieuse et motivée ? Quelqu'un qui ne fait pas vraiment fondre le cœur d'une diva vieillissante ? »

Que pouvait-il répondre à ça ? Herr Velbert avait parfaitement saisi la situation. Albert se dandina sur son fauteuil en haussant les épaules, avant d'ajouter :

« Avez-vous lu les critiques sur la première partie de *L'Inspecteur Feldmann et l'Affaire Aurora* ?

— La presse est unanime, ils trouvent tous non seulement que l'inspecteur mène son enquête avec brio, mais que la pièce est passionnante et la mise en scène, captivante. Pour être honnête, je pensais que c'était la raison de votre présence aujourd'hui. Recueillir des félicitations bien méritées.

— Je n'ai rien contre, bien entendu, mais il ne s'agit pas de ça. Nous devons notre succès à chacun de nos collaborateurs, pas uniquement aux stars. Si Fräulein Westhof est renvoyée et remplacée par quelqu'un d'autre, ça ne passera pas inaperçu. En premier lieu pour les critiques. On va poser des questions. » Albert sortit son atout. « Lors de mon poste précédent à la station de radio de Berlin, on plaçait toujours l'équipe unie au premier plan. Je crois que si cela marchait aussi bien, c'était parce que nous allions tous dans le même sens. Et quand parfois il y avait des accrochages, on s'arrangeait entre nous sans devoir forcément faire partir quelqu'un. »

Il savait que l'objectif déclaré de Hans-Hermann Velbert était de se hisser au plus vite au même niveau que Radio Berlin. La station de Francfort devait marcher aussi bien que celle de la capitale.

Velbert desserra sa cravate et ouvrit le premier bouton de sa chemise. Il considérait à l'évidence que l'entrevue était d'ordre privé. Était-ce bon signe ?

« Qu'est-ce que vous proposez, Herr Bronnen ?

— Que vous reveniez sur la décision de Herr Ehlers et que Fräulein Westhof soit réembauchée sur-le-champ. Ce n'est pas seulement une bonne comédienne, elle a aussi l'oreille pour les bruitages de qualité. Ce n'est pas le cas de tout le monde.

— Mais Simonetti ne peut pas nous abandonner non plus. Elle et Conrad sont tout de même les chevaux qui tirent la série.

— Dans ce cas, nous allons lui tenir la bride. »

Un distributeur de cigarettes en acajou était posé sur la table en verre entre eux deux. Velbert tourna la roue sur le côté jusqu'à ce qu'une cigarette tombe dans le réceptacle. Il leva les yeux vers Albert en l'interrogeant du regard ; celui-ci déclina poliment la proposition en secouant la tête.

« Et comment comptez-vous vous y prendre, monsieur le directeur ? »

Albert l'expliqua à son chef avec grand plaisir.

Il était tard lorsqu'il rentra chez lui et qu'il put enfin s'enfoncer dans ses oreillers et mettre un terme à cette longue journée. Pourtant, il eut du mal à trouver le sommeil. Il dut se forcer à détendre ses épaules et à relâcher les muscles dans ses jambes. Cela prit du temps. Il se surprenait sans cesse à avoir la nuque contractée à cause de tout ce qui lui passait par la tête. Sa rencontre avec Gesa Westhof sur le toit l'avait bouleversé bien plus qu'il n'avait voulu se l'avouer.

Avait-elle vraiment eu l'intention de sauter ? Il n'en était plus tout à fait sûr à présent. La voir ainsi au bord du toit lui avait causé une belle frayeur. Mais il était possible aussi qu'elle n'ait fait que marcher au hasard, un peu éméchée, et qu'il ait mal interprété la situation. À vrai dire, Gesa n'était pas du tout du genre à commettre un acte désespéré. C'était du moins le sentiment d'Albert. En même temps, il ne la connaissait pour ainsi dire pas. Même si, depuis leur conversation sur le toit, il l'appelait par son prénom dans ses pensées car elle était subitement devenue plus proche de lui, davantage Gesa que Fräulein Westhof. Jamais il n'aurait imaginé qu'elle fût à ce point passionnée par la radio. Le fait qu'elle réfléchisse à un moyen d'améliorer la qualité de diffusion était surprenant. Toutefois, ce qui le stupéfiait davantage encore était qu'elle avait les mêmes idées que lui. Quelle tristesse ce serait de la perdre. Des personnes comme Gesa Westhof ne se trouvaient pas à tous les coins de rue.

Il croisait les doigts pour que son projet aboutisse car, concrètement, Albert ne pouvait se permettre de consacrer trop d'énergie à régler ces dissensions. Le temps pressait et il voulait aussi livrer un épisode 2 de qualité. Non, il ne voulait pas, il allait livrer un épisode 2 de qualité.

Il finit malgré tout par s'endormir. Comme toujours, la fenêtre ouverte. C'est la raison pour laquelle il ne vivait pas dans la vieille ville mais en bordure de Sachsenhausen. Près du centre mais assez éloigné pour que l'air frais de la nuit lui parvienne sans rien apporter d'autre que le relâchement.

« Fräulein Jacobs, veuillez vous rendre à Niederrad, je vous prie, et faites préparer un panier garni chez Lacroix. Il me le faut cet après-midi à la répétition de la pièce. »

La secrétaire laissa tomber son crayon à papier sur son bureau et considéra son chef d'un regard grave. La gaieté qu'elle affichait d'habitude à son travail était totalement inexistante et elle n'avait encore fredonné aucune chansonnette aujourd'hui.

« Comme vous voulez, Herr Bronnen. »

Il se tenait dans le cadre de la porte de son bureau, les mains chargées d'une pile de papiers qu'il devait parcourir au plus vite. Il hésita un instant, mais finit par demander :

« Quelque chose ne va pas, Fräulein Jacobs ? »

Elle serra les lèvres et enfila son manteau. Puis elle prit son parapluie. Il pleuvait des cordes. Était-ce parce qu'elle ne se réjouissait pas de devoir ressortir ? Pourtant le tramway s'arrêtait juste en face du bâtiment, elle ne finirait certainement pas trempée.

« Tout va bien.

— Je n'en ai pas l'impression. »

Elle planta une main sur sa hanche.

« Vous savez, j'habite avec Gesa Westhof, et je l'ai entendue pleurer toute la nuit. Au début elle n'a rien voulu dire, puis elle m'a raconté ce qui s'est passé hier. Gesa est complètement au bout du rouleau. »

C'était donc cela. Albert jeta un coup d'œil à sa montre.

« Je comprends. Mais dans ce cas vous avez dû savoir aussi que j'ai demandé à Fräulein Westhof de se présenter aujourd'hui à la répétition.

— Oui, Herr Bronnen. »

Elle n'en dit pas plus. Cela ne permit pas à Albert de découvrir si Inge Jacobs ne le croyait pas, si elle était fâchée, triste, ou simplement fatiguée car elle non plus n'avait pas dû beaucoup dormir. Quoi qu'il en soit, il n'avait pas l'intention d'en discuter avec elle. Il prenait ses décisions seul et n'avait pas besoin de se justifier auprès de sa secrétaire.

Lorsqu'elle posa un peu plus tard le panier garni sur son bureau, il fut impressionné. Une corbeille en osier recouverte de papier de soie doré renfermait des produits raffinés qui auraient même convaincu des gourmets confirmés. Albert reconnut l'inévitable soupe à la queue de bœuf et quelques mets à base de truffes, entremêlés de fruits frais, des raisins, des bananes et même un ananas. Il n'aurait jamais pu transporter le panier sur son vélo jusqu'à la station, alors il s'y rendit exceptionnellement en taxi.

Lorsqu'il arriva au service des chèques postaux, la pluie s'était arrêtée et Carla Simonetti était en train de descendre d'une voiture.

Albert repensa au moyen qu'il avait trouvé de sauver l'emploi de Gesa et afficha aussitôt un sourire aussi charmant que factice.

« Frau Simonetti, bien le bonjour. Auriez-vous éventuellement quelques minutes pendant que votre chauffeur est encore là ? »

Il hissa le panier garni hors du taxi et le montra à la diva.

« Avec les salutations de Hans-Hermann Velbert, je vous transmets ce témoignage de sa profonde estime. »

Les yeux de l'actrice se dilatèrent.

« Des délices de Lacroix offerts par le président du conseil d'administration en personne ?

— Herr Velbert regrette l'incident avec Gesa Westhof et les désagréments que vous avez dû subir.

— Il en a eu connaissance ? »

Le sourire d'Albert s'élargit un peu plus.

« Bien sûr. Le président et moi-même sommes en contact étroit, il s'intéresse à tout ce qui se passe à la station. »

Elle fit un geste de la main en direction de la voiture qui attendait toujours.

« Posez-le à l'intérieur. Mon chauffeur le rapportera à la maison. Et transmettez à Herr Velbert mes remerciements les plus chaleureux. Il est bon de savoir qu'il s'inquiète du sort de ses employés.

— En effet. De tous ses employés. Il a également beaucoup de respect pour le travail de Fräulein Westhof, et n'aimerait pas renoncer à elle. C'est pourquoi il insiste vraiment pour que la situation trouve une issue favorable afin que les répétitions puissent se poursuivre rapidement et sans encombre avec l'ensemble au complet. »

Les sourcils de l'actrice s'étant aussitôt dressés, il s'empressa de continuer.

« Herr Velbert va faire confectionner un nouveau modèle de votre robe dans le salon de couture de Marie Latz. C'est l'adresse que fréquente son épouse pour sa garde-robe. Et il vous invite à un cocktail donné à sa villa où sera notamment présent Herr Lacroix en personne, parmi d'autres éminentes personnalités de la haute société de Francfort. Il compte sur votre bonté d'âme pour pardonner à Fräulein Westhof sa maladresse. »

Carla Simonetti se pencha à l'intérieur de la voiture et parla au chauffeur, puis elle ferma la portière. Comme toujours, elle était vêtue avec une grande élégance. Ce jour-là, elle portait un ensemble robe et manteau bleu-gris avec un chapeau cloche assorti ainsi que des chaussures à talons avec bride. Les pointes de ses cheveux noirs brillants s'échappaient de son chapeau. Ils se tenaient sur le trottoir devant l'entrée principale du service des chèques postaux ; les passants qui l'empruntaient devaient les contourner.

« Je vous ai mal jugé, Herr Bronnen. Je pensais que vous auriez moins d'assurance. Au temps pour moi. Vous êtes extrêmement méthodique et calculateur. » Elle croisa les bras sur la poitrine dans une posture qui seyait peu à une dame. « Vous avez convaincu le président du conseil d'administration de la SÜWRAG de passer outre le licenciement décidé par Georg Ehlers et de reprendre cette Gesa Westhof. Et pour m'amadouer afin que je ne quitte pas le navire, vous sortez l'artillerie lourde. Mets raffinés, salon de couture et une invitation pour laquelle certaines actrices seraient prêtes à faire n'importe quoi. »

Elle le fixa. Albert ne dit rien, soutint son regard et attendit.

« Très bien. Votre stratégie fonctionne. Remerciez le patron de ma part et faites-lui savoir que j'accepte son invitation. J'espère qu'elle en vaut la peine, Herr Bronnen. Je parle évidemment de la petite Westhof. Il ne faudrait pas qu'elle finisse par nuire à votre carrière. »

Sur ces mots, elle le laissa planté là et se dirigea vers la station, la tête haute. Il frissonna, et ce n'était pas dû à la pluie qui venait de reprendre.

Gesa l'attendait dans le vestibule, en haut, à côté de l'armoire à accessoires.

« Vous vous êtes cachée ici ? »

Il la suivit, amusé, lorsqu'elle l'entraîna dans la petite cuisine.

« Frau Simonetti vient de passer en trombe devant moi et elle a émis un drôle de bruit. Çomme un cheval qui renâcle. Si vous préférez que je reparte…

— Certainement pas, l'interrompit-il. Maintenant que j'ai tout arrangé pour vous, vous n'allez pas flancher. Vous entrez là-dedans et vous me faites du bon travail, Fräulein Westhof. Vous me devez bien ça. »

Son visage devint cramoisi et elle hocha la tête avec vigueur.

« Je vous remercie de tout cœur d'être intervenu en ma faveur. Je ne sais pas comment vous vous êtes débrouillé, mais jamais je n'oublierai que vous m'avez permis de retrouver ma place. »

L'espace d'un instant, il craignit qu'elle ne se jette à son cou. Ce serait inconvenant ici, dans la station, où des collègues passaient constamment. Il y avait toujours quelqu'un pour épier quelque chose, voilà un fait établi qu'Albert avait eu l'occasion d'apprendre dans sa carrière. Qui plus est, il n'était pas du genre à s'abandonner aux effusions excessives. Certains aimaient le contact, gratifiaient les uns de tapes dans le dos, posaient leur bras sur les épaules des autres. Curt Schäfer était l'un de ceux-là. Albert se sentait très vite mal à l'aise dans ces situations, c'est pourquoi il dispensait les contacts physiques avec parcimonie. Il constata avec soulagement que Gesa lui tendait simplement la main. Il la serra avec plaisir. En même temps, pour être tout à fait honnête, il n'aurait peut-être rien eu contre le fait que Gesa Westhof lui tombe dans les bras.

« Alors, c'est parti, entrez dans la salle de répétition. J'arrive tout de suite. »

Il lui fallait encore une minute pour se recueillir et se concentrer sur ce qu'il attendait de lui-même et de ses acteurs aujourd'hui.

Les épaules tendues, les yeux ouverts droit devant lui, il commença à passer en revue le déroulé de la séance. Avec le deuxième épisode, ils allaient encore surpasser la prestation du premier. Et pour l'une de ses actrices, il était sûr à cent pour cent qu'elle s'adonnerait à son travail avec la même ferveur que lui.

GESA

Nouvelles radiophoniques, 1927 :

« L'Américaine Victoria Woodhull est morte à Tewkesbury, Angleterre, à l'âge très honorable de 88 ans. »

Victoria Woodhull était une femme moderne aux idées radicales et très en avance sur son temps. Elle défendit plusieurs causes, parmi lesquelles l'égalité des droits pour les femmes et pour les Afro-Américains ainsi que l'amour libre. Elle exerça différents métiers, comme médium et éditrice de presse ou encore agent de change à Wall Street. En 1872, elle fut même la première femme à briguer la fonction de président des États-Unis d'Amérique.

Les montagnes russes émotionnelles des dernières heures et des derniers jours exigeaient leur tribut.

Son licenciement brutal et son rengagement tout aussi subit, mais également sa séparation d'avec Willi, pesaient sur son âme. Gesa avait l'impression d'être un tonneau qu'on remplissait sans cesse bien qu'il fût déjà plein à ras bord. Elle allait soit éclater, soit déborder, soit se changer en une petite chose misérable dégoulinante de larmes. C'était à cette dernière option qu'elle aspirait. Se terrer quelque part, à l'écart du monde, et lécher ses blessures. Toutefois, il valait mieux qu'elle bannisse bien vite de telles pensées si elle voulait garder son emploi. Elle n'avait pas le droit de laisser des coups au cœur ou une collègue insupportable décider du sort de son poste à la radio. Elle avait travaillé trop dur pour cela.

Le visage que Gesa vit dans le miroir au-dessus du lavabo des toilettes de la station avait l'air épuisé. Avait-elle des poches sous les yeux ? Ou pouvait-elle encore les qualifier de renflements anodins ? Elle rafraîchit sa peau avec de l'eau glacée et ne remarqua aucune différence. Les soucis, les sanglots et un sommeil presque inexistant ne garantissaient pas vraiment un teint éclatant. Mais elle allait afficher un sourire et se rendre dans la salle de répétition, comme elle l'avait promis à Herr Bronnen. Elle allait leur montrer à tous à quel point elle était tenace.

Comme elle s'y attendait, les regards de ses collègues se posèrent sur elle avec curiosité. Gesa ressentit à nouveau le soulagement indescriptible qui l'avait submergée lorsque le directeur lui avait parlé de son rengagement, elle qui avait passé la moitié de la nuit précédente à pleurer et à parler à Inge de ses peurs. En gardant à l'esprit ce sentiment positif d'avoir échappé à une catastrophe, elle réussit à participer à la séance en restant concentrée.

Gesa observa avec attention Theodor Conrad et Carla Simonetti tandis qu'ils répétaient une scène ensemble. Elle réprima l'envie de se ronger les ongles.

Elle était littéralement captivée par le jeu des deux comédiens expérimentés.

« Monsieur l'inspecteur, je ne sais pas pourquoi vous voulez revoir la lettre mais, je vous en prie, faites, lut Frau Simonetti, et elle tritura une feuille de papier de manière bien audible.

— Parce que c'est un faux, très chère, et de mauvaise facture en plus », fut la réponse de Herr Conrad, ou plus exactement celle de l'inspecteur.

Il froissa le bout de papier devant lui, à la hauteur où devrait se tenir le microphone par la suite. Avec le temps, les acteurs avaient de plus en plus de facilité à lire et à penser aux bruits de fond tout à la fois. Gesa trouvait d'ailleurs utile d'accompagner le texte des véritables bruits qui seraient utilisés. Le dialogue entre l'inspecteur Feldmann et Frau Winterstein augmenta en intensité jusqu'à devenir un échange musclé au cours duquel il apparaissait clairement qu'elle était pour lui le suspect numéro un. À la fin de la scène, un silence total régnait dans la salle car toutes les personnes présentes étaient encore sous le choc du jeu des deux acteurs.

« Grandiose ! les félicita Albert Bronnen lorsque la tension se relâcha. Excellent. Si nous reproduisons la même chose vendredi, les gens chez eux ne pourront pas tenir en place. Ils vont sauter de leurs sièges et courir jusqu'à leur poste de radio pour être au plus près de l'action. » Il frappa dans le creux de sa main le script qu'il avait enroulé. « Voilà exactement ce que je veux. Du suspense. Du divertissement. Jusqu'à ce qu'on oublie tout autour de soi. »

Il se tourna tout de go vers Gesa.

« Avez-vous remarqué comme Frau Simonetti a joué des différentes tessitures de sa voix ? Elle a parfaitement exprimé les sentiments de l'épouse de l'industriel. »

Gesa approuva d'un signe de tête.

« Nous continuons page 12 : le chauffeur Laurenz, l'inspecteur et Frau von Abt. » Il se tourna vers Carla Simonetti avec un sourire désarmant. « Ce serait très aimable à vous si, pendant ce temps, vous pouviez lire votre prochaine scène avec Fräulein Westhof et lui montrer comment elle peut apporter encore plus d'émotion en modulant légèrement sa voix. »

Les deux femmes se retirèrent au fond de la salle de répétition, Gesa avec une boule dans la gorge. Comment était-elle censée explorer toutes les facettes de sa voix si elle était incapable de produire le moindre son en présence de la diva ?

« Vous est-il désagréable de travailler avec moi ? » demanda l'actrice.

Gesa soumit les manches de son chemisier à un examen détaillé et en retira du bout des doigts une peluche imaginaire avant de regarder son interlocutrice dans les yeux.

« Pourquoi ? À cause de ma maladresse avec la bouteille de vin ? Mon licenciement ? Ou la récupération de mon poste ? Ou parce que vous pensez sans doute maintenant que j'ai une histoire avec Herr Bronnen simplement parce qu'il a intercédé en ma faveur ? »

Un ton de bravade assumé résonnait dans ses paroles. Frau Simonetti fronça ses sourcils parfaitement épilés, puis un sourire se dessina sur son visage.

« Je vais prendre ça pour un oui. »

Elles parlaient à voix basse pour que personne n'entende leur conversation.

« Si vous voulez. Moi aussi j'ai une question à vous poser. Va-t-on arriver à travailler ensemble, toutes les deux, ou a-t-on un problème ? »

Étonnamment, le sourire de Carla Simonetti s'élargit un peu plus, et Gesa crut même y déceler un soupçon de bienveillance. Mais elle pouvait très bien se tromper.

« Je suis une professionnelle, Fräulein Westhof. Tant qu'il est clair pour vous que vous n'obtiendrez rien de moi, ou par moi – dans le cadre de votre carrière, j'entends –, je peux tout à fait travailler normalement avec vous. Après tout, on n'a pas à apprécier ses collègues pour livrer une bonne prestation. »

Cette franchise confinait à l'effronterie. Gesa se mordit les lèvres pour ne pas laisser échapper un commentaire trop vif. Mais comme Carla Simonetti se montrait calme, elle prit également sur elle.

« C'est aussi mon avis.

— En outre, et vous l'apprendrez sans doute aussi, il est très rare que les choses ne présentent que des inconvénients dans la vie. Dans presque toutes les situations se cache un avantage, pour peu que l'on se montre malin. Et vous me semblez l'être. »

Était-ce un compliment ? Gesa commençait à ne plus savoir quoi penser. À ce moment-là, Carla Simonetti ouvrit son script et lut le premier paragraphe. Si elle espérait déstabiliser sa collègue inexpérimentée par son assurance inébranlable, elle se trompait lourdement. Gesa ravala ses incertitudes, prit une profonde inspiration et s'appliqua à donner du relief à ses paroles.

« Pas mal, dit Frau Simonetti. Mais si à la fin de votre phrase vous montez légèrement dans les aigus, cela renforcera l'effet que vous voulez donner. » Elle prit le script des mains de Gesa et sortit un crayon à papier. « Là, pour que vous n'oubliiez pas, on va tracer un petit crochet au-dessus de la dernière syllabe, comme ça. Regardez. » Elle lui montra cette fois son propre texte. « J'ai fait la même chose partout sur mes lignes. Pas dès le début, mais après quelques passages je suis à peu près sûre de la manière dont je veux porter le texte, et je me sers de ces petits signes.

— Comme vos propres notes de musique sur une partition ? »

Frau Simonetti la regarda avec surprise.

« Oui, exactement. Alors, dans cette scène, la gouvernante est effroyablement sous pression, elle est nerveuse, agitée, et, vers la fin, elle a vraiment peur que Frau Winterstein découvre qu'elle a dérobé de l'argent en douce. Comment pourriez-vous accentuer telle et telle partie du dialogue pour que le public entende au son de votre voix le changement de son état d'âme ? Revoyons les phrases ensemble, et quand une version nous plaira, nous apporterons les marques correspondantes. De cette manière vous ne l'oublierez plus et vous vous sentirez plus confiante le soir de la diffusion. »

Elles passèrent le quart d'heure suivant, concentrées sur leur script. À un moment, un rire leur échappa même à toutes les deux. Gesa aperçut du coin de l'œil Albert Bronnen en train de les observer.

Il avait sur le visage une expression d'intense satisfaction personnelle. Elle dut reconnaître elle-même que cette séance de travail avec Frau Simonetti était très instructive. Et comme elle s'en sortait bien et qu'elle acceptait l'aide de l'actrice plus expérimentée, l'aversion de Carla Simonetti envers Gesa paraissait s'apaiser un tout petit peu. Cette femme était décidément mystérieuse. Et versatile car, lorsqu'elles se saluèrent avant de partir, elle dit : « Ne vous méprenez pas. Travailler ensemble ne fait pas de nous des amies, loin de là. »

Après la répétition, Albert attendit Gesa à l'extérieur, dans le vestibule.

« Je peux vous parler un instant ?

— Bien sûr. »

Ils firent quelques pas dans le couloir, à l'opposé de l'ascenseur. Il tenait sa veste dans les mains et avait retroussé les manches de sa chemise. De sa chevelure soigneusement peignée en arrière, quelques mèches noires s'étaient échappées et tombaient sur son front, indisciplinées, à cause d'un épi à la base de ses cheveux.

« Je voulais vous poser une question à laquelle je ne cesse de penser. Qu'auriez-vous fait si je n'étais pas venu par hasard, quand vous étiez sur le toit et que vous pestiez sur votre sort ?

— Que voulez-vous dire ? »

Il s'assura qu'aucun de leurs collègues ne se trouvait dans les parages. Lorsqu'il fut certain que personne ne les écoutait, il dit à voix basse :

« Vous étiez sacrément près du bord du toit. »

Elle commença à comprendre.

« Herr Bronnen, êtes-vous sérieusement en train d'insinuer que j'aurais eu l'intention de… »

Elle n'arrivait pas à le dire. Mais il faisait déjà marche arrière de toute façon, soudain gêné d'avoir posé cette question.

« Non, pas du tout. »

Gesa fronça les sourcils.

« Est-ce que vous me prenez pour une candidate au suicide ?

— En réalité, non. Mais j'ai tout de même été effrayé de vous trouver si proche du bord. »

Elle chassa ses doutes d'un geste de la main.

« Je vous assure que je ne me ferais jamais de mal par désespoir. »

Lui avait-il rendu son poste uniquement parce qu'il croyait qu'elle pourrait faire une bêtise ? Et pas parce qu'il était convaincu de ses compétences ? S'il y avait bien quelque chose que Gesa refusait, c'était la pitié.

« Ne parlons plus de ça. Oubliez que j'ai abordé ce sujet. Comment la répétition s'est-elle passée avec Frau Simonetti ? Il m'a semblé que vous aviez réussi à vous entendre, toutes les deux.

— J'ai beaucoup à apprendre d'elle. »

Gesa s'efforça d'en finir le plus rapidement possible avec cette discussion car elle était terriblement gênée que son chef puisse penser qu'elle ait vraiment voulu sauter du toit.

Elle se rendit aussi vite qu'elle le put dans l'Elbestrasse, et attendit devant le bâtiment administratif qu'Inge sorte. Son amie apparut à dix-sept heures précises, son sac sous le bras et le chapeau à la main. Gesa avait retrouvé son calme entre-temps. Au fond, c'était gentil de la part du directeur de s'inquiéter pour elle. Elle lui était très reconnaissante de l'avoir défendue avec succès. Peu importaient les motivations qui l'avaient poussé à le faire, tout ce qui comptait pour Gesa, c'était d'avoir récupéré son poste.

« En voilà, une surprise ! Tu es venue me chercher ? »

Avant que Gesa puisse répondre, elle entendit derrière elle la voix de Theodor Conrad.

« Fräulein Westhof, pourquoi ne pas avoir dit que vous vouliez aller à l'administration ? Je vous aurais emmenée en voiture. Mais vous avez de toute façon été plus rapide que moi, apparemment. »

Elle se retourna.

« Merci beaucoup, Herr Conrad. Le tramway arrivait à la station au moment où je sortais de l'immeuble, je n'ai eu qu'à sauter dedans.

— Si vous vouliez passer au bureau, il n'y a plus personne. Herr Bronnen est rentré chez lui directement après la répétition, s'immisça Inge. Mais si je peux vous aider, je remonterai avec vous avec plaisir, Herr Conrad. »

Elle lui adressa un sourire qui parut un peu trop large au goût de Gesa. Et de l'acteur aussi, manifestement, car il répondit aussitôt :

« Ce n'est pas nécessaire, merci. Je reviendrai demain matin, ça ira. » Et, en se tournant vers Gesa : « Je peux peut-être vous raccompagner chez vous ? Ma voiture est au coin de la rue. Il n'a pas été facile de dégoter une place.

— Ce serait drôlement chic, répondit Inge à la place de Gesa. Vous savez, nous habitons ensemble toutes les deux, et je serais heureuse de ne pas avoir à marcher. Mes nouvelles chaussures me font mal aux pieds, vous voyez ? »

Elle se pencha en avant, posa sa main sur la bride et la fit glisser lentement le long du mollet jusqu'à l'ourlet de sa jupe. Le geste était provocant, et Gesa leva les yeux au ciel. Pourquoi fallait-il qu'Inge flirte toujours avec tous les hommes ?

Theodor Conrad avait apparemment remarqué la réprobation de Gesa car il sourit d'un air amusé et lui proposa son bras. Il ignora galamment l'exhibition des jambes d'Inge et dit :

« Dans ce cas, venez avec moi. Toutes les deux. »

Il s'était garé au coin de la Moselstrasse, derrière l'espace du Théâtre Schumann, et leur ouvrit la porte d'une Adler Standard vert olive au toit marron. Le véhicule était flambant neuf, on aurait dit qu'il venait tout juste d'aller le chercher à l'usine.

La production d'Adler était basée à Francfort, dans la Gutleutstrasse, qui était parallèle à la rivière et passait par le port de l'Ouest avant de quitter la ville. Les ingénieurs avaient réussi leur coup avec la Standard 6. Elle ressemblait à la tant convoitée Chrysler, construite en Amérique, et se vendait très bien. Gesa s'étonna toutefois qu'un comédien tel que Theodor Conrad ait choisi cette voiture locale plutôt qu'opté pour un modèle plus chic. Mais il semblait être fou de son automobile ; il essuya même le tableau de bord avec sa manche avant de démarrer, alors qu'on n'y voyait pas le moindre grain de poussière. Gesa ne put s'empêcher de sourire. Son engouement pour cette voiture donnait à son collègue des allures d'adolescent.

« Depuis quand avez-vous l'Adler ?

— Je l'ai récupérée hier. Je veux partir à Berlin avec, ce week-end, pour voir comment elle se tient sur la route. Et rendre visite à des amis. Je ne parcourrais évidemment pas une telle distance pour le simple plaisir de conduire…

— Évidemment.

— Ne seriez-vous pas en train de me taquiner, par hasard, Fräulein Westhof ? »

Était-ce le cas ? Elle-même surprise de son attitude, Gesa acquiesça d'un hochement de tête. Il y avait encore une semaine, elle aurait eu beaucoup trop de respect pour le célèbre acteur pour avoir ne serait-ce qu'une conversation légère avec lui.

« Le travail à la station vous fait du bien, constata Theodor Conrad, comme s'il pouvait lire dans ses pensées. Vous étiez plutôt timide au début. Je n'aurais pas imaginé que vous sauriez rebondir après la scène avec Simonetti.

— Pour être honnête, Herr Conrad, le mérite en revient en grande partie à Herr Bronnen et à Frau Simonetti. Tout à l'heure, nous avons répété ensemble de manière tout à fait normale.

— Je vous disais bien qu'elle n'était pas si mauvaise que ça. » Un courant d'air soufflait par la fenêtre ouverte et Gesa retenait son petit chapeau sur sa tête. Theodor Conrad avait ôté le sien et l'avait posé sur la banquette arrière à côté d'Inge. Il avait même desserré sa cravate, ce qui donnait presque un air négligé à cet homme habituellement si élégant.

« Vous m'avez aussi conseillé de ne pas me mettre en travers de son chemin, parce qu'elle pourrait me croire opportuniste.

— Hmm. Et vous retenez toujours tout, comme ça ? »

Gesa haussa les épaules. Bien sûr – du moins quand c'était important.

« Je serais curieux de savoir ce que Bronnen a promis à Carla pour qu'elle rentre les griffes », se demanda-t-il d'un air songeur.

Elle se tourna vers lui, et le vent lui souffla les cheveux dans le visage.

« Qu'est-ce que vous voulez dire par là ?

— Vous croyez sérieusement qu'une diva comme notre chère collègue avalerait la pilule sans rien dire si le directeur ne tenait pas compte de ses souhaits ? S'il rejetait sa demande ? Et qu'elle répéterait ensuite gentiment avec vous ? » Il éclata de rire. « Elle est douée mais même les talents d'actrice de Carla se heurteraient à ses limites si c'était le cas. Non, non. Elle a obtenu quelque chose pour se calmer.

— Mon Dieu, comme c'est gênant. Et tout est à cause de moi. Si je n'avais pas été aussi maladroite…

— … elle aurait trouvé un autre prétexte pour se débarrasser de vous, l'interrompit-il. Voyez-vous, Fräulein Westhof, je peux vous assurer, d'après mes nombreuses années d'expérience, qu'une fosse à serpents est un endroit beaucoup plus chaleureux qu'une troupe de théâtre. À mon avis, c'est très bien que cet accrochage ait eu lieu dès le départ. Herr Bronnen a montré à Frau Simonetti que c'était lui qui portait la culotte. Il le fallait, sinon il serait resté un empoté aux yeux de tout le monde. Son coup de poker lui aura certainement rapporté je ne sais quel petit avantage et lui aura aussi permis de sauver la face. Les répétitions peuvent reprendre tranquillement leur cours. »

Il s'arrêta devant l'appartement de la Ziegelgasse.

Gesa soupira.

« Tout ça me met tout de même très mal à l'aise. On va sûrement faire des messes basses sur moi.

— Si vous êtes sensible aux rumeurs, alors vous n'êtes pas à votre place dans notre métier. Il va falloir vous endurcir, c'est un conseil qui vous servira. Mais gardez aussi cette aura positive et fraîche, et je suis sûr que vous aurez une belle carrière. »

Gesa regarda son collègue dans les yeux d'un air pensif.

« Merci beaucoup. »

Une fois qu'elle et Inge furent sorties, elle s'arrêta à nouveau.

« Merci pour tout, Herr Conrad. À demain. »

Elle ferma ensuite la portière et suivit son amie dans le couloir sombre puis dans la cage d'escalier.

Elle pensait sincèrement ce qu'elle avait dit. Le comédien confirmé n'était pas obligé de leur proposer de les raccompagner. Il n'était pas obligé d'engager la conversation avec la novice sans expérience qui avait perturbé tout le programme des répétitions. Et il n'était certainement pas obligé de lui prodiguer des conseils.

INGE

Nouvelles radiophoniques, 1927 :

« La chercheuse Lise Meitner est la première femme professeur de physique d'Allemagne à l'université de Berlin. »

En 1933, la scientifique aux origines juives se vit retirer son autorisation d'enseigner. Elle dut quitter le pays en 1938 et émigra aux États-Unis d'Amérique. Lise Meitner travailla pendant trente ans en collaboration avec Otto Hahn, le « père de la chimie nucléaire » à qui fut décerné le prix Nobel de chimie en 1945. Le travail de Lise Meitner ne fut toutefois pas récompensé, bien qu'Otto Hahn et de nombreux autres physiciens aient proposé son nom pour le prix Nobel de physique.

Les applaudissements manquaient de conviction. Certains clients avaient continué de parler pendant qu'elle chantait sur scène. Déconcertée, Inge se demanda si sa prestation n'avait pas été assez convaincante ou si le public du Palastcafé était à ce point blasé que sa voix n'emportait personne dans des débordements d'enthousiasme. La qualité d'attention était moindre ici qu'à l'Erebos Bar, contre toute attente. Le chant d'Inge ne constituait qu'un accompagnement agréable aux conversations.

Herr Paschke lui fit un signe bienveillant depuis le bar lorsque son passage fut fini et qu'Inge salua le public. L'avait-elle convaincu, lui, au moins ? Les tables étaient occupées jusqu'à la dernière place. Si le public n'écoutait pas, il consommait tout de même et l'argent rentrait. N'était-ce pas tout ce qui importait à Herr Paschke ?

Après la prestation d'Inge, une brève pause permit de préparer la scène avant le prochain numéro. Ce soir-là, les clients étaient divertis par un artiste de cabaret qu'Inge ne connaissait pas. Elle le croisa dans les vestiaires, lui dit merde, puis elle ferma la porte et s'assit lourdement sur la chaise devant la table de maquillage. Elle plongea une petite boule de coton dans un pot de cold-cream qu'elle utilisait pour se démaquiller et essuya le rouge à lèvres sombre jusqu'à la dernière trace. Inge la chanteuse redevint la simple Inge.

Son premier passage sur scène était réussi. Ne devait-elle pas être plus euphorique ? D'humeur davantage festive ? Ou son soulagement et sa satisfaction sereine sur sa propre prestation étaient-ils suffisants ? Elle se sentait épuisée. Ces derniers jours lui avaient rappelé l'extrême fragilité de la vie. Le licenciement brutal de Gesa, qui avait glacé son amie jusqu'aux os et l'avait elle-même horrifiée, avait sonné comme un avertissement. Son rengagement rapide avait encore souligné à quel point leur propre bonheur était loin de dépendre d'elles.

En l'espace d'une journée, Gesa avait perdu tout ce pour quoi elle avait travaillé si dur. Elle l'avait ensuite récupéré mais avec la conscience amère que cela pouvait encore lui être retiré à tout moment. Cependant, dans le cas de Gesa, il s'agissait d'un poste dans une station de radio, et pas d'un simple engagement convenu à l'oral, comme pour Inge, avec une rémunération en espèces le soir même. La place d'Inge était encore plus inconfortable que celle de son amie, elle s'en rendait compte à présent. Et si Herr Paschke estimait d'un seul coup qu'elle n'attirait pas suffisamment de public dans le café ? Qu'elle n'était pas assez douée ?

Elle appuya ses coudes sur la coiffeuse, posa sa tête dans ses mains et fixa son reflet dans le miroir sans vraiment distinguer quoi que ce soit. Elle regardait en réalité au-delà, dans un avenir incertain, telle une diseuse de bonne aventure dans une boule de cristal.

« Douter de soi, c'est s'autodétruire », se dit-elle à voix haute.

On frappa à la porte et Herr Paschke entra.

« Eh bien, tout s'est déroulé parfaitement. Vous vous êtes bien débrouillée. » Il donna à Inge le cachet convenu. « Nous nous revoyons donc jeudi prochain. Même heure. » Il s'apprêta à partir. « Ah, j'oubliais, il y a là un monsieur qui vous attend. Je ne sais pas comment cela se passait à votre précédent engagement, mais ici les visites masculines dans les loges sont interdites. Nous sommes un café, pas un cabaret. Vous n'avez pas non plus à inciter les clients à boire. Et si vous voulez aller à la rencontre de vos admirateurs, je vous demanderai, s'il vous plaît, d'attendre la fin du travail, et de le faire à l'arrière de l'établissement, à l'entrée des artistes. »

Inge se vit rougir dans le miroir. Cela l'énerva.

« Ne vous inquiétez pas, Herr Paschke. Je respecterai le règlement de la maison. »

Un couloir mal éclairé menait à la porte de derrière en passant par la cuisine et les réserves. La sortie était entourée de poubelles et de palettes de bois vides que le commis transformait en bois de chauffage quand la pile devenait trop importante. Le sol était jonché de mégots de cigarettes. Inge entendait derrière les poubelles le bruissement des rats qui fouillaient les ordures. Les environs laissaient peu de place au charme envoûtant du spectacle, aussi ne lui serait-il jamais venu à l'idée de baptiser « entrée des artistes » cette minuscule arrière-cour. Malgré tout, Inge était contente de ne pas avoir à traverser le café. Elle préférait pouvoir aller et venir sans se faire remarquer des clients.

L'homme qui l'attendait dans le passage vers la rue principale se dressait dos à elle. Il portait un long manteau et un chapeau.

« Herr Schäfer ! s'écria Inge lorsqu'il se tourna vers elle. Qu'est-ce que vous faites là ? »

Le chef de chœur de la radio lui adressa un sourire jovial.

« Vous m'avez invité, je vous rappelle. Pour que je vous écoute chanter. Et je dois dire, Fräulein Jacobs, que vos aptitudes me surprennent. De manière tout à fait agréable. »

Depuis qu'elle était arrivée au café un peu avant neuf heures, il n'avait cessé de pleuvoir. Des flaques s'étaient formées sur le sol de l'arrière-cour. Inge en contourna une particulièrement grande. Elle vit du coin de l'œil un rat énorme sortir d'une poubelle et trottiner derrière les palettes de bois. Elle réprima un frisson.

« Bien. Ça vous a surpris. »

Inge était trop fatiguée pour feindre l'enthousiasme. Sans compter qu'elle aurait préféré un autre choix de mots de la part du chef de chœur. À quoi s'attendait-il ? À ce qu'elle chante faux ?

Il abandonna aussitôt son ton condescendant et dit d'un air grave :

« Pardon. Je me suis mal exprimé : vous chantez merveilleusement bien. Votre voix est claire, assurée, et a une singularité qui me touche particulièrement. Je suis profondément impressionné. »

Ils se trouvaient sous le rayon de lumière d'un réverbère et Inge tentait de discerner le visage de Curt Schäfer. Le large bord de son chapeau plongeait ses yeux dans le noir.

« Merci beaucoup.

— Avez-vous quelque chose de prévu maintenant, Fräulein Jacobs ?

— Rentrer chez moi.

— Voudriez-vous boire un dernier verre avec moi ? Autre part ? S'il vous plaît. »

Un des serveurs sortit à cet instant pour fumer une cigarette. Lorsqu'il ouvrit la porte, les accords endiablés d'un nouvel air à la mode appelé *Qui donc a fait rouler le fromage jusqu'à la gare ?* retentirent dans l'air du soir. L'artiste de cabaret semblait offrir un programme haut en couleur, dommage qu'il ne sache pas chanter.

« Pourquoi pas ? », dit Inge.

Sur sa proposition, ils se promenèrent jusqu'à un bâtiment non loin de la gare principale qui, tel un bijou chamarré éclairé de toutes parts, chatoyait dans la nuit et projetait ses reflets alentour.

Deux tours ceignaient la façade imposante et décorée dans le style Art nouveau du Théâtre Albert-Schumann, véritable institution de la vie nocturne à Francfort, qu'on appelait en général, et plus simplement, le Schumann. À la lumière du jour, ce bâtiment en grès blanc évoquait irrésistiblement à Inge une tarte à la crème. S'il avait à l'origine été pensé comme un cirque, les artistes jouaient désormais un rôle mineur dans sa programmation. La scène appartenait plutôt aux grands noms du cabaret : des stars célèbres telles que le chanteur et comique Otto Reutter ou l'humoriste Adam Müller, qui raillait le dialecte hessois, défilaient tous les soirs et amusaient les foules dans la salle du théâtre.

Curt Schäfer pénétra avec Inge dans le vaste hall d'entrée et l'emmena dans l'aile gauche du bâtiment, jusqu'à un bar à vins dont la décoration surchargée lui fit penser à un château français. Cette brasserie était l'exact opposé des tavernes typiques de Sachsenhausen et du reste de la ville. Au lieu des pichets et chopes habituels, on buvait ici du vin dans des verres à pied très fins, assis dans des fauteuils moelleux, et partout sur les murs étaient accrochés des tableaux aux motifs rococo dans des cadres dorés.

« Les goûts et les couleurs, ça ne se discute pas, chuchota Curt Schäfer à l'oreille d'Inge tandis qu'ils se frayaient un chemin vers une table libre. Mais ils ont ici un excellent bordeaux que j'aimerais beaucoup vous faire goûter. »

Et voilà le retour du chef de chœur vaniteux. Inge ne se sentait plus aussi fatiguée à présent. Elle était plutôt d'humeur bienveillante. Il n'était pas si fréquent qu'on la sorte au Schumann. On attendait des gens qui entraient ici qu'ils dépensent leur argent. Le lieu regorgeait de plaisirs et de divertissements de toutes sortes, mais ce n'était pas gratuit. Inge était encore enfant quand elle avait rêvé pour la première fois de décrocher un engagement dans ces sacro-saintes salles. À l'époque, elle y avait assisté à une représentation de cirque avec Rolf et leur père. Jamais encore dans sa toute jeune vie elle n'avait vu un spectacle aussi magique. La fosse devant la scène qui, pour le besoin de certains spectacles, était parfois remplie d'eau, avait cette fois été recouverte et réaménagée en manège. Treize chevaux blancs qui arboraient des plumes sur la tête y avaient donné une sorte de ballet. La petite Inge s'était persuadée à ce moment-là que les chevaux avaient dansé pour elle. Et c'est alors qu'un ange était apparu, comme venu de nulle part, sous la coupole du théâtre de plusieurs mètres. Il s'agissait plus exactement d'une chanteuse flanquée de deux ailes dans le dos qui, perchée sur une balançoire à une hauteur vertigineuse, entonnait un chant avec ferveur tandis que, de part et d'autre, des trapézistes exécutaient des figures toutes plus périlleuses les unes que les autres.

Encore aujourd'hui, Inge se rappelait les moindres détails de son costume scintillant et, avec le recul, c'est probablement aussi à cet instant qu'elle avait décidé de devenir quelqu'un de spécial. Comme l'ange sous la coupole du théâtre.

Il était évident que Curt Schäfer voulait lui en mettre plein la vue. Il commanda un vin onéreux et même du fromage, du raisin et du pain blanc français car Inge fit innocemment remarquer qu'elle n'avait encore rien mangé. Ce faisant, il ne cessait de parler avec passion, essentiellement de lui-même.

Elle souriait, prenait le temps de savourer le camembert et l'écoutait. La tension de son tour de chant était complètement retombée.

« … pourrais tout à fait envisager que vous chantiez dans mon chœur », entendit-elle soudain dire Curt Schäfer. Inge ne l'avait écouté que d'une oreille.

« Pardon ?

— Je veux dire, c'est bien ce que vous vouliez, non ? »

Elle ne se rappelait pas lui avoir à aucun moment fait part d'un tel souhait. Une fois seulement, elle avait évoqué l'idée devant Gesa, dans un moment de faiblesse, qu'il serait sans doute plus confortable et plus sûr d'avoir un poste dans le chœur radiophonique, toutefois elle ne l'avait jamais envisagé sérieusement. Comme son amie le lui avait fait remarquer avec justesse, Inge était une chanteuse solo.

« Je suis la secrétaire du directeur. N'avez-vous pas dit vous-même il n'y a pas si longtemps qu'il était hors de question que je change de poste ?

— À ce moment-là, je ne vous avais pas encore entendue chanter », se défendit-il d'une voix sirupeuse en lui jetant un regard lourd de sens, et il tendit son verre pour l'inviter à trinquer avec lui.

Le sentiment étrange qu'elle avait eu auparavant sur scène émergea à nouveau. Pouvait-elle seulement se permettre de refuser une telle offre ?

« Que me proposez-vous, dans ce cas ? demanda-t-elle en esquivant son invitation.

— Que diriez-vous de passer à la station demain, une fois le bureau fermé, Fräulein Jacobs ? Je suis dans la salle de répétition jusqu'à dix-huit heures. Vous pourriez alors me présenter personnellement toute l'étendue de votre voix.

— D'accord », dit-elle.

Il parut un peu décontenancé. Il aurait sans doute attendu davantage d'enthousiasme. Mais après l'agitation de ces derniers jours, le trac avant d'entrer en scène, ses sentiments mitigés pendant sa prestation, deux verres de vin et un généreux morceau de fromage, Inge n'avait tout simplement plus l'énergie de vouloir plaire à tout prix.

« Euh, oui, très bien. Faisons comme ça, alors. »

Il s'employa de nouveau à parler de lui, sans jamais mentionner sa femme une seconde. Inge savait, comme tous ceux qui travaillaient à Radio Francfort, que Frau Schäfer ne vivait pas à Francfort mais à Wiesbaden. Est-ce qu'elle s'y plaisait davantage ou est-ce que le directeur avait besoin de sa liberté d'artiste qui incluait un appartement à lui en ville ? Le mystère restait entier dans la station. Curt Schäfer passait tout au plus un ou deux jours par semaine avec sa femme. Quand le travail le lui permettait.

« Je vous raccompagne chez vous, décréta-t-il lorsqu'ils se mirent en route. Où habitez-vous ?

— Ce n'est pas nécessaire, merci beaucoup.

— Si, si. Il est déjà tard et je ne voudrais pas qu'il vous arrive quelque chose, la nuit, dans les rues de Francfort. »

Ils se tenaient sur la place devant le théâtre, qui était illuminée par quantité de réverbères.

Un bus s'arrêta à la station juste à côté d'eux, et Inge monta dedans en vitesse.

« Ne craignez rien, il me conduit jusqu'à la porte de mon immeuble. Merci beaucoup pour cette belle soirée, Herr Schäfer. Nous nous revoyons donc demain pour une audition. »

Avant qu'il puisse répondre quoi que ce soit, la porte se referma et le véhicule se remit en marche en cahotant sur les pavés.

Ramener des hommes chez elle était une limite qu'Inge s'était interdit de franchir. Ce n'était pas la même chose quand Theodor Conrad l'avait raccompagnée la dernière fois. Il ne caressait aucun espoir secret, c'était simplement un collègue de Gesa. En revanche, Herr Schäfer aurait certainement voulu monter et c'était hors de question. Le petit appartement sombre de la vieille ville était son havre de paix, le foyer où ses parents avaient vécu, et ses grands-parents avant eux. Interdit aux inconnus. Gesa aussi respectait cette règle. Jamais elle n'y avait fait venir Willi Steffel. Et Rolf ne parlait de toute façon en aucun cas des filles qu'il rencontrait. Sa grande sœur ne le questionnait pas à ce sujet non plus ; ainsi, tout le monde était satisfait.

Curt Schäfer était manifestement intéressé par elle. Comme par n'importe quelle créature de sexe féminin qui marche sur deux jambes, supposa Inge. Et elle était contente de sa décision.

« Désolée de ne pas avoir pu venir. Comment c'était ? »

Gesa était dans la cuisine et réchauffait du lait. Il n'était pas tout à fait minuit.

« Bien, je crois. Ça ne se passe pas de la même façon au Palastcafé et à l'Erebos Bar. L'éclairage n'est pas tamisé, il y a moins de danseurs et plus de clients qui discutent entre eux. Même quand on est en train de chanter. »

Gesa fronça les sourcils.

« Tu n'as pas passé un bon moment ?

— Si, si. Toutes les tables étaient occupées, il y avait de l'ambiance. Et Herr Paschke avait l'air content. Au fait, tu ne me croiras pas mais Schäfer était là. »

Surprise, Gesa quitta son fourneau et s'assit à table à côté d'Inge. Elle portait des pinces à cheveux pour les faire boucler en les laissant sécher. Et une robe de chambre sur sa chemise de nuit.

« Le chef de chœur ?

— Venu exprès pour m'entendre chanter. Apparemment, il a été tellement enthousiasmé qu'il m'a emmenée dans ce bar à vins très chic, le Schumann.

Demain, je dois faire une audition pour son chœur radiophonique. »

Le lait se mit à déborder sur la plaque, et l'odeur de brûlé envahit la cuisine. Gesa poussa un juron, attrapa un torchon et retira la casserole du feu.

« Pourquoi ça ? » demanda-t-elle par-dessus son épaule.

Elle versa le lait dans une tasse et fit couler de l'eau dans la casserole.

« Il se dit que je souhaite sûrement être embauchée dans son chœur.

— Et il espère que, par pure gratitude, tu voudras bien écarter les…

— Non, s'il te plaît, ne dis pas ça. » Inge l'arrêta d'un geste de la main. Bien entendu, elle avait pensé la même chose, mais elle ne voulait pas l'entendre de la bouche de Gesa. « Sans formation, une telle opportunité ne se présentera pas deux fois. Tu sais, il faut vraiment que je réfléchisse bien à la direction que je veux donner à ma carrière musicale. »

MARGOT

Nouvelles radiophoniques, 1927 :

« La comique Senta Söneland se rend déguisée en crieuse au bal de charité *Hofball bei Zille* au palais des Sports. »

Senta Söneland était fille d'officier et avait même étudié dans une prestigieuse école de jeunes filles avant de décider de faire carrière dans le cinéma et le théâtre. Après la Première Guerre mondiale, elle s'engagea pour le droit de vote des femmes et tint des discours enflammés. En 1934, après la mort subite de son mari, elle mit fin à ses jours.

À travers la grande vitre encastrée dans le mur, Margot observait discrètement le studio où Friedrich Milanski était en train de lire les informations. Il semblait concentré. Le casque dégageait son front de ses boucles rebelles. Il était assis à la table, le microphone devant lui, et il n'en avait certainement pas conscience mais son visage était très expressif quand il parlait. Margot le regardait avec fascination.

Lorsqu'il eut fini, il posa un disque sur le gramophone et rapprocha le micro du pavillon.

Peter Nagel, qui allait devoir lancer de la musique dans l'heure à suivre, courut dans le couloir jusqu'à Margot, reprit son souffle un instant et posa un doigt sur ses lèvres. Il était en retard. Quand il se glissait dans la pièce, aucun bruit ne devait se faire entendre. La voix de Friedrich Milanski leur parvint dès qu'il ouvrit la porte et pénétra dans le studio.

« Mesdames et Messieurs, votre journal est maintenant terminé et Peter Nagel va vous présenter le concert des auditeurs avec les chansons de la semaine. Vous allez tout d'abord écouter *Célébration de l'amour*, interprété par Franz Völker dans un enregistrement de l'opéra de Francfort. »

Dès que la musique commença, Peter Nagel tapota l'épaule de son collègue et les deux hommes échangèrent leur place. En se levant, Friedrich Milanski aperçut Margot. Il lui sourit et lui fit signe d'entrer, en posant un doigt sur ses lèvres, lui aussi.

Derrière Peter Nagel, debout l'un à côté de l'autre sans rien dire, ils restèrent écouter d'une oreille attentive la mélodie de *Célébration de l'amour*. De sa voix ronde et pleine, le ténor chantait :

Portée par la beauté de ses chants chatoyants,
L'alouette s'envole, heureuse, dans le ciel.
S'élève alors la joie d'un chœur pur triomphant
Dans la forêt, ses fleurs, et ses senteurs de miel.

Un frisson de bien-être parcourut le dos de Margot. Dès que le chant fut fini, ils sortirent de la pièce.

« Fantastique ! C'est un de mes morceaux préférés. Je pourrais l'écouter cent fois. »

Friedrich Milanski lui sourit à nouveau.

« Vraiment ? Moi aussi, je l'aime beaucoup. Saviez-vous que Franz Völker était un simple employé de banque ? L'année dernière il a quitté son poste. Les Théâtres municipaux de Francfort lui ont immédiatement proposé un contrat de cinq ans, et depuis son étoile ne cesse de monter. N'est-ce pas incroyable, tout ce qu'on peut faire dans la vie quand on a assez d'audace ? »

Son enthousiasme était communicatif.

« Alors vous pensez qu'il y a encore un espoir que je puisse m'imposer dans le milieu si masculin de la musique à la radio ?

— J'en suis sûr. Il ne faut surtout pas lâcher.

— Cette chanson, *Célébration de l'amour,* je l'ai entendue il n'y a pas longtemps dans l'interprétation de Meta Seinemeyer. Avec une longue et lente introduction, avant que ses aigus s'élèvent. C'est tellement enrichissant, dans la musique en particulier, quand il y a une version masculine et féminine d'une même œuvre. La créativité offre une infinité de facettes. »

Ils parcoururent ensemble le couloir en direction de la sortie.

« C'est vrai. Et la voix de Meta Seinemeyer est divine. Elle a un engagement en ce moment au Semperoper de Dresde. J'ai souvent hésité à me rendre là-bas un jour pour l'entendre chanter.

— Ça me plairait tellement aussi. » Elle s'arrêta et leva les yeux vers lui. « Je ne savais pas que vous étiez aussi passionné par la musique, Herr Milanski.

— Je le suis, pourtant. Mais je suis aussi intéressé par les histoires derrière les chansons et les chanteurs. Frau Seinemeyer, par exemple, est fiancée avec le chef d'orchestre Frieder Weissmann. Il est d'ailleurs titulaire d'un doctorat et a grandi ici, à Francfort. Son père était officiant à la synagogue principale, dans la Börnestrasse. Le docteur Weissmann accompagne Frau Seinemeyer à tous ses enregistrements pour gramophone. Si vous regardez bien, sur ses disques, vous trouverez toujours le nom de son fiancé. »

Il se tut, comme s'il avait trop parlé, et chassa une mèche de son front.

Une métamorphose s'opéra à cet instant aux yeux de Margot, et le jeune homme à la silhouette agréable devint un être absolument fascinant qu'elle voulut à tout prix apprendre à connaître. Cette pensée lui fit peur.

« Je vous en prie, continuez, dit-elle, la gorge serrée. Je trouve ça très intéressant. »

Il avala sa salive.

« Je dois partir.

— Oh. D'accord. Bien sûr, je ne veux pas vous retenir.

— Vous avez terminé ?

— Pardon ? »

Margot cligna des yeux, décontenancée. L'ardent amateur de musique avait disparu, laissant la place à un Friedrich Milanski soudain timide, mal assuré.

« Je veux dire, si vous avez terminé pour aujourd'hui à la station, alors ça me ferait plaisir que vous m'accompagniez.

— Où ?

— À la Porte de Gallus. Je pourrais avoir besoin d'aide pour un reportage. »

Il était vraiment plein de surprises. Margot pouvait difficilement dire non. Elle ne connaissait pas grand-chose de Francfort au-delà de son trajet quotidien pour se rendre au travail. Elle ne savait pas où se trouvait la Porte de Gallus et, elle le concédait, le mot « reportage » excitait sa curiosité.

« Je viens avec plaisir. »

Il lui jeta un regard en coin surpris.

« Alors venez, on doit se dépêcher. »

Dehors, dans l'arrière-cour, Friedrich Milanski chargea les deux sacs qu'il avait emportés dans un véhicule pour le moins pittoresque. Puis il ouvrit la porte côté passager à Margot, mais elle prit tout de même quelques instants pour regarder de plus près l'étrange voiture.

« Elle a déjà fait une traversée du Sahara, non ? »

Il sourit.

« On pourrait le croire, pas vrai ? Non, c'est seulement un vieil omnibus qui a pas mal de kilomètres dans les roues. La toute dernière acquisition de Herr Bronnen. Le budget de la station n'était pas suffisant pour une automobile un peu plus chic. »

Le blanc n'était certainement pas la couleur d'origine du bus, à en juger par l'épaisse couche de peinture badigeonnée sur le véhicule. Son capot était solidement arrimé par deux courroies en cuir car il ne fermait plus très bien. Une roue de secours était installée sur le marchepied du côté passager. Elle espérait qu'ils n'en auraient pas besoin. À côté, une échelle permettait d'accéder au toit sur lequel un panneau aux grandes lettres noires claironnait : *Véhicule publicitaire de la radio ! Achetez votre poste !*

Un message on ne peut plus clair, songea Margot. Et qui manquait de subtilité.

« La publicité fonctionne ?

— Bien sûr. Le nombre de nos auditeurs augmente chaque jour, parce qu'on sue tous sang et eau pour y parvenir et qu'on propose une variété infinie de programmes. Comme moi avec le reportage d'aujourd'hui. »

Il l'aida à monter, s'installa derrière le volant et démarra.

« Mais ce bus est bien plus qu'un simple panneau d'affichage ambulant. Bientôt, tous les Francfortois le reconnaîtront et, quand ils le verront, ils sauront que je suis en route pour un reportage et que quelque chose d'intéressant est en train de se passer dans le coin. »

Son enthousiasme était de retour. La voix de son collègue n'avait plus ce ton timide mais était de nouveau assurée et puissante tandis qu'il se faufilait avec adresse dans les rues.

« Et il est pratique pour moi, car sinon je ne pourrais jamais emporter l'équipement nécessaire. Ce serait impossible à vélo ou en tramway. »

Il descendit à toute vitesse la large Friedensstrasse jusqu'au Schauspielhaus de Francfort, la salle de spectacle dont l'architecture imposante à la façade Art nouveau dominait la place. Friedrich Milanski gara le véhicule publicitaire de manière bien visible, près de la Fontaine de contes de fées. La petite femme du Main en marbre, au milieu, baissait sur eux des yeux amusés. Les nombreux piétons et automobilistes, de même que les passagers du tram qui traversait la place avec fracas, notaient ainsi immanquablement la présence de Radio Francfort au Schauspielhaus.

« Bien, alors, que faisons-nous ici, au juste ? » voulut savoir Margot.

Son collègue était en train de sortir ses deux sacs du bus ainsi que divers ustensiles techniques.

« Nous allons réaliser une interview de Carla Simonetti.

— Ici ? Maintenant ? Ce ne serait pas plus simple de le faire quand elle est à la station ? Vous pourriez vous installer confortablement dans un studio et vous n'auriez pas à trimballer tout votre matériel à travers la ville. »

Il se redressa, chargé comme une mule, et Margot lui prit quelques sacs et outils sans attendre qu'il le lui demande.

« C'est vrai. Mais pour les auditeurs, c'est beaucoup plus palpitant quand nous faisons notre reportage directement sur place et qu'on entend en arrière-plan des bruits de circulation, d'autres voix ou que sais-je encore, vous comprenez ? Et la prochaine fois, ils rallumeront leur poste quand ils liront sur le programme que Friedrich Milanski parcourt les routes pour eux. »

En parallèle à son engagement pour la pièce radiophonique, Carla Simonetti jouait Katharina dans *La Mégère apprivoisée*, de William Shakespeare. D'après la description qu'en avait faite Gesa, Margot supposa que le rôle devait lui aller comme un gant, l'actrice n'ayant sans doute pas à faire beaucoup d'efforts pour camper son personnage. La générale avait eu lieu dans la journée, la première était donnée le soir même. Friedrich Milanski voulait capter l'ambiance avant la première représentation.

Ils attendirent ensemble l'actrice qui, bien évidemment, était en retard. Lorsque Simonetti apparut enfin, une poignée de curieux s'amassa aussitôt autour d'elle. Patiente et d'humeur radieuse, elle donna à Friedrich Milanski des précisions sur la pièce. Et indiqua que tout son calendrier avait dû être réorganisé afin qu'elle puisse également jouer dans *L'Inspecteur Feldman et l'Affaire Aurora* à la radio. Le reporter posait ses questions de manière subtile, assurant la publicité de la pièce radiophonique avec discrétion mais efficacité.

Un jeune couple s'était assis sur le bord de la fontaine et mangeait des raisins dans un sac en papier en regardant la petite foule qui se pressait autour de Carla Simonetti, du reporter et de Margot. Pendant l'interview, Margot veilla à ce que personne ne trébuche sur les appareils techniques ou se mette à les toucher afin que Friedrich Milanski puisse se concentrer sur Frau Simonetti sans être dérangé. Elle avait beaucoup à faire tant la curiosité des badauds semblait sans limites. Elle finit par récupérer le câble du microphone par terre et à le maintenir en hauteur. Son collègue la remercia d'un signe de tête ; de cette façon, il était protégé des pieds des passants. Au bout de quelques minutes, un journaliste de presse surgit de nulle part et photographia la scène, en cadrant également la porteuse de câble et les deux spectateurs sur le bord de la fontaine, en arrière-plan. Tel que

Margot commençait à connaître son intelligent collègue, il était fort probable qu'il ait informé en amont ce monsieur du *Frankfurter Zeitung*. Frau Simonetti releva le menton et sourit à l'objectif. Elle portait des lunettes de soleil rondes, une barrette scintillante dans les cheveux, et avait renoncé à prendre un chapeau. Le reporter de presse attendit patiemment que Friedrich Milanski ait posé toutes ses questions et prenne congé de Frau Simonetti en la remerciant. Puis il s'approcha d'elle, sortit carnet et crayon et prit le relais.

Margot aida son collègue à remballer les affaires.

« Tout a fonctionné à la perfection. Carla Simonetti était d'excellente humeur, ça a dû plaire aux auditeurs. Elle a papoté comme si on était assis tranquillement chez elle, dans son salon. Mais j'ai déjà entendu dire qu'elle adorait avoir du public autour d'elle. C'est épatant qu'autant de curieux se soient trouvés ici, une bonne chose pour nous. » Il tambourina joyeusement sur le volant. Ils passèrent lentement devant le théâtre et Margot jeta un coup d'œil par la vitre. L'interview avait été transmise en direct sur les ondes par liaison téléphonique. Elle comprenait qu'il soit soulagé. Après tout, lui aussi venait, en quelque sorte, de monter sur scène. Sur le plan nerveux, il n'y avait aucune différence entre sa prestation et celle que Margot devait livrer en tant que musicienne. Tous deux ne disposaient que d'un essai pour séduire les auditeurs.

« Je suppose que ce genre de reportage ne se passe pas toujours sans accroc ? »

Il rit, actionna son clignotant et tourna à gauche.

« En effet, je crois que vous pouvez dire ça. Sans parler de tout ce qui peut aller de travers sur le plan technique : je me souviens d'un reportage où je devais couvrir l'accostage d'un bateau sur le quai de la rive sud du Main. Ce devait être un sujet court : le navire arrive, accoste, les gens descendent. Un joueur de foot connu, apprécié de tous, était à bord, c'était pour ainsi dire mon attraction principale, le centre d'intérêt du public. Mais pour une raison inconnue, le capitaine n'arrivait pas à accoster. Il a dû s'y reprendre à quatre fois avant d'y parvenir. » Friedrich Milanski secoua la tête en y repensant. « Au lieu d'un quart d'heure d'antenne, ça a duré une demi-heure, et pendant ce temps-là il fallait que je garde les auditeurs en haleine.

— J'ai du mal à imaginer.

— Ce que j'ai pu transpirer ! Heureusement qu'on m'entendait mais qu'on ne me voyait pas. » Il fit un clin d'œil à Margot. « En tout cas, j'ai inventé de toutes pièces l'histoire d'une dame dont le vent avait envoyé le chapeau dans l'eau, qu'un monsieur avait dû repêcher à l'aide d'un bâton. Lorsque les passagers descendirent enfin, j'étais extrêmement heureux que le footballeur ne soit pas seul mais accompagné de sa femme et de son enfant et que ça me fasse un sujet de discussion.

— Votre métier est vraiment passionnant.

— C'est vrai. Même si je ne parle jamais des choses réellement importantes.

— C'est-à-dire ?

— Eh bien, de ce qui fait marcher le monde, de politique par exemple ; on n'obtient ces informations que par le Dradag et on les lit telles qu'elles nous parviennent. »

Margot ne comprenait pas.

« Qu'est-ce que c'est, le Dradag ?

— Le service de renseignements sans fil à Berlin. Les informations que rédigent les stations de radio ne peuvent pas concerner la politique selon la loi. Le sport, la météo, l'économie et les questions de société, oui ; tout le reste est formulé par le Dradag qui envoie ses bulletins aux stations, et nous devons les lire exactement comme ils ont été écrits. » Il coula un regard en biais à Margot.

« Ça vous va si on passe un instant par les bureaux ? Herr Bronnen aimerait me parler. »

Après l'interview et l'histoire captivante, Margot se sentait pleine d'entrain, elle n'avait rien contre le fait d'accompagner un peu plus longtemps Friedrich Milanski dans sa journée. C'était excitant, d'ailleurs. Pour tout dire, elle ne savait quasiment rien de leur lieu de travail commun. Elle connaissait la salle de répétition, l'humeur épouvantable d'Ewald Bienefeld, et une poignée de collègues, de manière très sommaire. Ceux qui s'aventuraient à échanger un mot avec elle, à l'occasion, sans craindre les foudres du chef d'orchestre.

Il n'y avait pas de place libre devant le bâtiment administratif, alors Friedrich Milanski se gara à proximité de la colonne publicitaire de l'autre côté de la rue. Margot attendit près du véhicule. Elle descendit, s'appuya sur le flanc du bus et laissa le soleil de fin d'après-midi réchauffer son visage. Son manteau en laine léger était ouvert. Elle portait en dessous une robe dont le haut était à motifs et le bas, vert clair, qui descendait jusqu'aux genoux. Elle avait relevé ses longs cheveux bruns pour imiter une coupe au carré à la mode qu'elle avait souvent remarquée chez les dames de Francfort. Elle n'osait pas encore se faire couper les cheveux très court, comme cela se faisait de plus en plus.

Margot ferma les yeux et savoura ce moment, elle ne pensait à rien d'autre qu'aux rayons de soleil qui chauffaient sa peau. Jusqu'à ce qu'elle entende Friedrich Milanski l'appeler.

Il se tenait dans l'entrée du bâtiment administratif, lui faisait signe en agitant furieusement les bras en attendant de pouvoir traverser. Plusieurs voitures passèrent l'une après l'autre, puis une moto, et dès que la chaussée fut libre il courut vers elle. Tout son visage rayonnait.

Avant même qu'elle puisse réagir, il la prit dans ses bras et pressa un baiser sur sa bouche, au milieu du trottoir. Il la souleva même un bref instant et tourna sur lui-même en la portant, puis il la reposa.

« Ne m'en collez pas une tout de suite ! lança-t-il, à bout de souffle. Écoutez-moi. Je viens d'être promu ! Imaginez un peu ! Chef du département des actualités ! N'est-ce pas extraordinaire ? »

Complètement abasourdie, Margot glissa dans ses cheveux une épingle qui s'était détachée. Lentement, pour gagner du temps, car elle était dépassée par la situation. Les lèvres de Friedrich Milanski sur les siennes avaient fait naître en elle un vif émoi, même si le baiser n'avait duré que quelques secondes. S'il ne l'avait pas surprise à ce point, qu'aurait-elle fait en réalité ? Protesté ? L'aurait-elle giflé, comme il l'avait craint ? Ou lui aurait-elle rendu son baiser ?

« Félicitations. » Margot avait, à son tour, le souffle court. Des taches rouges étaient sans doute apparues sur son cou, comme toujours quand elle était embarrassée. « Je suis contente pour vous.

— Alors, allons fêter ça ! Je vous invite.

— Ce n'est pas possible. J'ai une longue route pour rentrer et si je ne… »

Elle reprenait peu à peu le contrôle d'elle-même.

« On peut charger votre vélo et le violoncelle dans le bus. Je vous raccompagne plus tard chez vous. »

Elle hésita, toujours gênée, et ne sut quoi dire.

« Je ne vous embrasserai plus, je vous le promets. C'est simplement arrivé dans un débordement de joie. »

Elle le dévisagea d'un air sceptique.

« À moins, bien sûr, que vous souhaitiez que je recommence.

— Herr Milanski ! »

Elle aurait voulu se montrer ferme mais ne put s'empêcher de rire. Comment pouvait-elle lui en vouloir en cette journée où tout lui souriait ? Autant qu'à Margot. En quelques petites heures, elle avait découvert de nombreuses facettes inattendues de Friedrich Milanski, entre sa passion pour la musique et sa timidité, en passant par sa joie impétueuse et ses plaisanteries d'adolescent. Sans oublier une pointe d'audace. En un mot, cet homme était irrésistible – et il n'en avait même pas conscience.

« Allez, vous ne pouvez pas me refuser ça. Sacrifiez-vous et faites la fête avec moi. Pour la radio.

— D'accord. Mais seulement une petite heure, ensuite il faut vraiment que je rentre à la maison.

— Quelqu'un vous y attend ?

— Ma cousine Gerda et sa famille. Je vis chez eux. »

Comme il continuait à la regarder en espérant une suite à sa phrase, elle ajouta :

« Si vous tenez à savoir si je suis mariée ou fiancée, la réponse est non. »

Ils retournèrent à la station pour y récupérer les affaires de Margot. Le violoncelle et le vélo tenaient sans problème dans le bus, d'autant que son collègue en avait sorti tous ses appareils de transmission en extérieur pour les laisser dans les locaux de la station. Puis ils traversèrent la rivière sur l'Obermainbrücke en direction de Sachsenhausen et tournèrent dans la Dreieichstrasse pour s'arrêter devant Zu den drei Steubern. Au-dessus de l'entrée, une lanterne était accrochée à un support en fer forgé. Elle était déjà allumée bien qu'il ne fît pas encore nuit. Une vive animation régnait à l'intérieur, dans une ambiance bruyante et conviviale. À la table des habitués, visible à sa plaque en laiton, un homme à la barbe fournie, la cigarette au coin des lèvres, jouait de l'accordéon. Margot connaissait cette chanson. C'était *Je n'ai aucun ami en ce monde.*

Une baguette chargée de patères courait le long des murs, recouverts de boiseries marron foncé, offrant suffisamment de place à chacun pour accrocher sa veste et son manteau. Une lumière chaude était diffusée par des plafonniers doubles en laiton, aux abat-jour en verre dépoli. Il suffisait de se pousser un peu sur les longs bancs pour faire de la place aux nouveaux arrivants.

Sur le comptoir étaient posés un bocal d'œufs durs et une énorme cruche de cidre maison dans un support conçu spécialement pour aider le patron à le servir.

Friedrich trouva une place suffisamment éloignée du musicien pour pouvoir parler sans avoir à crier. Il y avait dans une niche dotée d'une fenêtre une petite table pour deux avec des sièges taillés dans les murs épais du bâtiment. Ils s'y installèrent, le patron passa avec un plateau en cuivre et posa sur leur table, sans rien dire, deux verres côtelés typiques de Francfort, remplis à ras bord de cidre. Puis il les regarda. C'était un homme d'un certain âge au front dégarni, et dont les cheveux blancs formaient une couronne ; des rides s'étaient profondément creusées de la commissure des lèvres au menton. Sa lèvre inférieure était nettement plus proéminente que la supérieure, et il l'avança plus encore pour questionner sans un mot ses nouveaux clients.

« Euh, je vais prendre des côtelettes, dit Friedrich Milanski. Et vous ? »

Margot réfléchit un instant.

« Du Handkäse[1], s'il vous plaît.

— Avec ou sans musique ? »

---

1. Fromage à base de lait caillé formé à la main (ce qui lui a donné son nom), spécialité de la région de Francfort. Selon l'expression consacrée, il est servi « avec ou sans musique », la musique étant son accompagnement traditionnel : des oignons hachés. (*Toutes les notes sont du traducteur.*)

Le patron parlait en dialecte hessois d'un ton aimable.

« Sans.

— C'est noté. Sinon, autre chose ?

— Un Wasserweck[1] », s'empressa d'ajouter Margot avant qu'il reparte.

« On ne taille pas tellement le bout de gras avec les clients, ici, expliqua Friedrich Milanski.

— J'ai cru remarquer. » Margot regarda autour d'elle. « Mais ils discutent d'autant plus entre eux. Je trouve cet endroit très pittoresque. On se croirait dans une grotte sombre et chaude.

— N'est-ce pas ? De vraies gens authentiques. Rien ne change jamais ici. Les habitués viennent chaque jour s'asseoir aux mêmes places. C'est pour ça que j'aime bien passer après le travail. Ça me calme, d'une certaine manière, de pouvoir simplement m'installer ici après une journée chargée. »

On apporta leur commande. Margot adorait ce célèbre fromage au lait caillé de Francfort qu'on servait dans une marinade. La plupart du temps, elle ne prenait pas les oignons proposés en accompagnement. En revanche, elle aimait ces petits pains spéciaux à la croûte sombre.

Tous deux mangeaient et discutaient, se détendant à vue d'œil. Il était évident qu'ils appréciaient chacun la compagnie de l'autre et, bien entendu, ce ne fut pas fini en une petite heure, comme l'avait annoncé Margot. Dehors, la nuit tombait.

---

1. Petit pain de la région du Main, formé de deux boules soudées l'une à l'autre.

« Trinquons à notre tutoiement, à présent », finit par proposer Friedrich Milanski.

Margot hésita.

« Ce n'est pas possible. Vous connaissez ma position dans l'orchestre de la radio. Si jamais on se tutoie et que Herr Bienefeld l'apprend, il va encore plus s'acharner sur moi. Je l'entends déjà prétendre que je vous ai fait les yeux doux, etc. »

Il tendit le bras par-dessus la table, prit sa main dans la sienne et la maintint fermement lorsqu'elle essaya de la retirer. Margot ne résista plus et l'écouta.

« Voulez-vous dire par là que nous devons nous interdire de devenir amis parce que vous avez la trouille des délires d'un vieux ronchon ? D'une façon ou d'une autre, quoi qu'on fasse ? »

Cela paraissait ridicule, en effet.

« Peut-être que nous pourrions nous tutoyer simplement entre nous.

— C'est tout ou rien. De nombreux collègues se tutoient entre eux. Ça n'engage à rien, et si quelqu'un tient à lancer des rumeurs, eh bien qu'il le fasse. »

Il lâcha sa main et Margot déglutit. Elle devait à tout prix garder son poste à la radio, ne pas prendre de risques. Mais quel était le problème, au juste ? Gesa tutoyait ses collègues Ernst Gehring et Peter Nagel, et la plupart des autres également, et Inge faisait la même chose.

« Bien, alors d'accord. »

Elle leva son verre. Il prit le sien et effleura la saignée de son bras. Chacun but une gorgée de cidre.

« Je m'appelle Margot.

— Friedrich. Je préfère Fritz. »

Il la regarda dans les yeux sans bouger d'un pouce.

Elle posa son verre, se leva, se pencha par-dessus la table et déposa un baiser sur sa joue en l'effleurant à peine.

Une fois qu'elle se fut rassise, il continua à la regarder avec insistance.

« Parfois ça vaut le coup de prendre son courage à deux mains et de ne pas se préoccuper des autres.

— Je sais. Mais c'est difficile en étant la seule femme dans un monde d'hommes, qui plus est sous les ordres d'un chef d'orchestre haineux.

— Crois-moi, c'est dur pour tout le monde. Il y a quelques années, quand Radio Francfort faisait encore ses premiers pas, nos salaires étaient si ridicules que personne ne pouvait en vivre décemment. À l'origine, j'avais un poste de dessinateur en génie civil. Ce qui, à une période comme celle-là, où on construisait du neuf partout car la moitié de Francfort devait être restaurée, représentait un emploi sûr. Pourtant, j'ai quitté mon travail pour pouvoir me consacrer à la radio. Un peu comme le chanteur dont nous avons parlé tout à l'heure, même si je n'ai pas connu un succès aussi foudroyant. » Un sourire s'esquissa sur ses lèvres. « J'ai dû emménager dans un appartement plus petit, faire des sacrifices pour tenir financièrement. Mais comme je suis célibataire et que personne ne dépend de moi, ça a été possible. Aujourd'hui, grâce à ma promotion, les choses ont de nouveau changé d'un seul coup. Ça vaut la peine de tenir bon, Margot. Et arrête de te soucier des autres en permanence. »

Cette fois, c'était elle qui le fixait du regard.

« Tu ne peux pas comparer tes conditions de vie avec les miennes. Tu ne sais rien de moi. »

L'incertitude réapparut quelques secondes sur le visage de Friedrich.

« Je suis désolé. Je ne voulais pas te froisser. Ni faire le donneur de leçons. »

Elle finit son cidre.

« Ce n'est pas grave. J'aimerais rentrer chez moi à présent, il est déjà tard. »

Ils passèrent tout le trajet du sud de Francfort à Ginnheim dans un silence absolu. Margot se mordilla l'ongle du pouce. Il ne lui vint à l'esprit rien qu'elle pût dire pour dénouer la situation.

Lorsqu'ils furent arrivés devant la maison de sa cousine, Friedrich descendit d'abord le violoncelle, puis le vélo.

« Veux-tu que je t'aide à tout porter à l'intérieur ?

— Non, non », répondit-elle un peu trop rapidement.

Il fit un pas en arrière et enfonça les mains dans les poches de son pantalon.

« Très bien. Il ne me reste qu'à te souhaiter une bonne nuit avant que quelqu'un nous voie ensemble.

— Fritz, ce n'est pas ce que je voulais dire. On n'est plus des gamins. Je me fiche totalement que ma cousine, son mari ou leurs enfants comprennent que nous avons passé la soirée ensemble. C'est juste que… »

Tête baissée, il attendit qu'elle finisse sa phrase sans la regarder.

« Comme je l'ai dit tout à l'heure, tu ne me connais pas…

— Alors laisse-moi la possibilité d'apprendre à te connaître. »

Elle inspira profondément, mais hésitait toujours.

« De quoi as-tu peur ? »

Comment aurait-elle pu le lui expliquer ? En une seconde il n'aurait plus voulu entendre parler d'elle. Margot secoua la tête car il ne lui vint aucune réponse apaisante.

Sans dire un mot de plus, il remonta dans le bus et partit. Bien entendu, il respecta sa promesse de ne pas l'embrasser une nouvelle fois. Un fait que Margot regretta car elle trouvait Friedrich Milanski terriblement attirant. Même quand il était furieux contre elle. Mais il n'y avait pas de place pour lui dans sa vie. Il valait mieux qu'elle chasse au plus vite de son esprit l'idée qu'ils puissent devenir un jour plus que deux collègues liés par une simple amitié.

GESA

Nouvelles radiophoniques, 1927 :

« L'actrice Elisabeth Strickrodt épouse le jeune duc Joachim Ernst von Anhalt. »

Elisabeth Strickrodt, fille d'un chanteur d'opéra, naquit en 1903 en Saxe. Son mariage avec le duc Joachim Ernst von Anhalt ne dura pas longtemps. Le divorce fut prononcé dès 1929.

« Inge tutoie la moitié de la station, Margot. Et moi, de nombreux collègues. C'est tout à fait normal quand on travaille et qu'on passe du temps ensemble. Il n'y a rien de louche là-dedans. Ce n'est pas parce que tu tutoies Friedrich Milanski que quelqu'un va te regarder de travers. D'ailleurs, nous-mêmes, nous l'appellons par son prénom. »

Gesa, Inge et Margot flânaient dans le grand magasin Michael Schneider sur la Zeil. Elles s'offraient rarement un café dans l'ancienne Garde principale, en face, mais elles s'étaient fait une habitude, après le travail, de traîner de temps en temps dans un des nombreux magasins de la plus grande rue commerçante de Francfort. Ça ne coûtait rien et c'était extrêmement distrayant. Elles prenaient beaucoup de plaisir à contempler les marchandises variées qu'elles n'avaient pas les moyens de s'offrir, bien entendu, mais qui restaient jolies à regarder. Ensuite, elles s'amusaient à imaginer comment elles installeraient ces divers articles, un jour, dans leur maison rêvée, faisant leur choix parmi les meubles au troisième étage du grand magasin. Il y avait des tables, des chaises et des crédences traditionnelles, mais aussi des bureaux et des fauteuils extravagants. Gesa ne cessait ainsi d'aménager et de réaménager des pièces imaginaires.

Inge s'assit à une table ronde pourvue d'un plateau poli et d'un pied moderne en laiton. Elle ignora le regard du vendeur qui se tenait en retrait et ne s'approchait pas d'elles car il savait avec certitude que ce n'étaient pas des acheteuses potentielles.

« Peut-être que si tu as un peu l'air d'une jeune fille maladroite, c'est que tu es intéressée par lui ? demanda Inge sans détour d'un ton légèrement taquin.

— Oh. » Margot et Gesa s'assirent à leur tour. « Bien sûr que non. Enfin, il est gentil. Et il est beau, c'est certain, et il a une voix absolument magnifique. Mais je n'ai pas besoin d'un homme.

— Aucune de nous n'a besoin d'un homme, ma chérie, mais on en veut quand même », remarqua Inge de manière laconique, et Gesa leva les yeux au ciel.

Le vendeur se mit peu à peu en mouvement et s'approcha d'elles comme s'il avançait à pas de loup vers une nuée d'oiseaux dans le but de les effaroucher.

Les trois jeunes femmes se levèrent et poursuivirent leur chemin. La mine contrariée, leur observateur changea de direction et se posta à côté d'un ensemble de deux fauteuils et un canapé. En partant, Inge lui adressa un sourire aussi aimable que possible, mais l'expression de l'homme ne s'adoucit nullement.

« Un jour, j'aurai tellement d'argent qu'on le verra même de loin, murmura-t-elle. Et alors les gens comme lui, là, ne me regarderont plus comme si j'étais une contrariété dont il faut se débarrasser.

— Ils te feront plutôt les yeux doux pour que tu leur achètes quelque chose ? Avec un faux air aimable ?

— Exactement, Gesa. C'est ça, que je veux. » Elle jeta un regard furibond par-dessus son épaule. « Mais revenons-en à toi, Margot. C'est merveilleux si vous vous aimez bien, toi et Fritz. Est-ce que quelque chose s'oppose à une petite amourette ? Accorde-toi ce plaisir, pour ton cœur. La musique, c'est très bien, mais ça ne peut pas suffire à te rendre heureuse.

— Si seulement c'était aussi simple. »

Un profond soupir éveilla l'attention de Gesa. Pourquoi Margot faisait-elle un tel drame d'un simple flirt ? Pourquoi s'empêchait-elle de céder à ses sentiments ? Il était évident qu'elle s'était entichée de Friedrich Milanski, cela faisait des jours et des jours qu'elle ne parlait plus que de lui.

« Où ça en est, au fait, entre toi et le chef de chœur, Inge ? » demanda Gesa qui voulait changer de sujet pour laisser son amie souffler.

Elles descendirent un large escalier en faisant balancer l'ourlet de leurs jupes et traversèrent le rayon mercerie ; Gesa jeta un regard envieux sur cette profusion de tissus. Tous les vêtements chics qu'elle pourrait coudre avec ça !

« Tout va pour le mieux. Hier il m'a fait passer une audition. Entre quatre yeux. » Elle sourit d'un air complice. « Et aujourd'hui, il m'a annoncé qu'il aimerait beaucoup m'intégrer au chœur de la radio car ma voix serait un atout pour l'ensemble.

— Félicitations ! s'écria Margot en applaudissant avec enthousiasme. Le brave homme a su reconnaître ton talent. Un bon point pour lui ! »

Gesa s'immobilisa. Elle essaya de ne pas laisser paraître ses doutes. Était-ce vraiment la voix d'Inge qui avait convaincu Schäfer ? Ce serait bien la première fois qu'il récompenserait la prestation d'une femme sans arrière-pensée. Elle ne voulait pas insinuer que son amie avait donné plus de poids à son travail grâce à son physique, mais elle ne pouvait pas non plus exclure tout à fait cette idée. Par ailleurs, Inge avait déjà un emploi à la station. Un emploi qui requérait sa présence de neuf heures à dix-sept heures, ainsi que sa concentration totale.

« Tu es la secrétaire de Herr Bronnen. Comment veux-tu mener à bien deux boulots à la fois ? »

Le regard blessé d'Inge donna mauvaise conscience à Gesa. Elle aurait dû la féliciter, comme Margot, au lieu d'émettre aussitôt des réserves.

« Herr Schäfer veut lui en parler et lui demander s'il peut me débaucher de manière ponctuelle, brièvement, pour les répétitions. Je veux dire : ils ne travaillent pas tout le temps. Une heure par-ci, une heure par-là, plus les prestations à l'antenne. Si ça ne convient pas à Bronnen, il devra se trouver une nouvelle secrétaire.

— Mais, en tant que directeur, sa voix a plus de poids que celle de Schäfer, fit remarquer Margot. Et s'il ne te laisse pas aller aux répétitions ?

— Il le fera. Je m'entends très bien avec lui. Et puis, ce n'est qu'un homme, j'arriverai à me débrouiller. Il sera d'accord pour me partager avec le chœur. Après tout, il y a déjà quelques employés de la station qui font plusieurs tâches différentes. Ça n'a rien d'inhabituel. Et si j'améliore la qualité des numéros de chant, c'est bon pour tout le monde. »

Les trois amies se séparèrent devant les portes du grand magasin. Inge voulait se préparer pour sa représentation au Palastcafé, et Margot devait rentrer chez elle pratiquer son violoncelle.

Gesa traversa la rue, absorbée dans ses pensées. Un homme à moto la klaxonna car elle faillit passer sous ses roues ; il dut faire une embardée pour l'éviter. Gesa ne voulait pas qu'Inge flirte avec Albert Bronnen simplement pour qu'il se montre arrangeant. Sa gorge se serra à cette idée. Tous les problèmes ne se résolvaient pas en faisant la moue et des œillades. Le directeur verrait certainement clair dans son jeu. Ou bien était-il comme tous les hommes et ne pouvait-il résister aux charmes féminins ? Pourquoi pensait-elle à cela, au juste ? Si Inge voulait intégrer le chœur et favoriser ainsi ses chances de faire carrière, Gesa devait la soutenir et l'encourager dans tout ce qui lui permettrait d'y parvenir. Même si elle ne comprenait pas très bien en quoi le chœur l'aiderait tout à coup à devenir une chanteuse solo.

Toujours plongée dans ses réflexions, elle se dirigeait vers un bâtiment somptueux à une extrémité de la Ziel, sur le toit duquel un panneau publicitaire représentant un globe énorme, visible de très loin, attirait tous les regards. La librairie Auffarth, avec ses livres du monde entier, était un de ses endroits préférés à Francfort. Elle avait entendu dire que l'immeuble devait bientôt être rasé pour laisser la place à un autre grand magasin. Une décision qui l'attristait, car il n'y avait rien de plus beau pour Gesa que bouquiner au milieu des rangées de livres exposés. Il lui était pourtant difficile de se décider pour un titre, le choix était beaucoup trop vaste. Gesa resta un instant devant un présentoir, et prit en main un roman policier qui venait de sortir. La quatrième de couverture ne correspondait pas à ce qu'elle s'était imaginé. Mais l'exemplaire à côté avait un titre attirant. Au bout de quelques minutes, elle était tellement occupée à étudier les différents livres qu'elle ne prêtait plus attention à ce qui l'entourait.

« Fräulein Westhof. Allô ? Vous m'entendez ? »

Elle leva un regard surpris et tomba directement sur les yeux couleur chocolat d'Albert Bronnen. Il lui sourit. Elle remarqua pour la première fois qu'une de ses incisives était très légèrement de travers, et qu'une toute petite barbe piquante avait poussé sur son visage, d'habitude rasé de près. Gesa s'aperçut de tout cela en une seconde. Elle chercha brusquement de l'air.

« Est-ce que je vous ai effrayée ? Ce n'était pas mon intention. » À son grand regret, son sourire disparut. « Je vous ai interpellée à deux reprises mais vous étiez plongée dans votre lecture. Qu'est-ce que c'est ? Ça doit être passionnant. »

Il lui prit le livre des mains.

« *Pensées d'automne.* De Wilhelm Steffel. Vous me le recommanderiez ?

— Euh… Pour être honnête, non. Je connais l'auteur, ça a donc éveillé ma curiosité. Mais ce n'est pas quelque chose que j'aimerais lire. Je préfère les romans policiers. » Elle reprit le livre et le remit en rayon. « À vrai dire, j'hésite entre ces deux-là. »

Afin d'éviter des questions supplémentaires, mais aussi parce que son avis l'intéressait, Gesa montra à Albert Bronnen deux romans qui l'attiraient et attendit qu'il lise en diagonale les résumés sur les quatrièmes de couverture.

« Hmm, les deux textes d'accroche donnent envie. Je n'arrive vraiment pas à choisir. Vous savez quoi ? » Il lui tendit un des livres. « Vous prenez ce roman et moi, l'autre, et quand nous les aurons lus, nous échangerons. D'accord ?

— Vous n'êtes pas obligé, Herr Bronnen. »

Son sourire revint enfin.

« Je sais. Mais nous sommes apparemment tous les deux amateurs de romans policiers. Alors pourquoi pas, si cela profite à chacun de nous ?

— Eh bien d'accord. »

Ils allèrent payer les livres. En sortant, il dit :

« Je lis vite, Fräulein Westhof, et vous ?

— Ça peut aller. Si jamais vous avez fini avant moi, vous devrez m'attendre.

— Ce sera avec plaisir. »

Sa façon de prononcer ces mots donna à Gesa des frissons dans le ventre.

« Vous rentrez chez vous tout de suite ? »

Ils se tenaient dehors sur le trottoir ; la librairie allait bientôt fermer, tout comme les autres commerces de la Zeil.

Gesa acquiesça d'un hochement de tête. Elle pressa le livre contre sa poitrine et tourna les yeux vers lui.

« Oui. Et vous, Herr Bronnen ?

— Moi aussi. »

Était-ce de l'hésitation qu'elle croyait lire dans son regard ? Voulait-il lui proposer quelque chose ? Peut-être d'aller boire un verre quelque part ?

Mais il dit :

« Alors, à demain. Nous nous reverrons pour la diffusion de l'épisode 2. J'espère que vous n'êtes pas aussi nerveuse qu'avant le premier. »

Gesa eut un sursaut d'effroi.

« Pourquoi ? Quelqu'un a remarqué quelque chose ?

— Non, non. Je disais ça comme ça. Avant la première diffusion, on est toujours très excité, et puis ça se tasse avec le temps. N'est-ce pas ? »

Non, voulut-elle répondre. La seule idée de retourner le lendemain en direct à l'antenne éveillait en elle une crise de trac aigu. Elle était sûre que ça ne se calmerait pas le moins du monde non plus avec les épisodes à suivre. Mais elle se tut, hocha la tête et sourit. Albert eut de nouveau l'air de vouloir dire quelque chose. Il fixa le livre sur le porte-bagages de son vélo et enjamba la selle.

« Bon. C'était bien de se croiser comme ça.

— Oui, je trouve aussi, Herr Bronnen. Au revoir. »

Elle le regarda s'enfoncer dans la circulation de la rue très animée, où il disparut bientôt complètement. Gesa poussa un profond soupir. Comment avait-elle seulement pu imaginer qu'il pourrait avoir envie de passer du temps avec elle ? En tant que directeur de la station, il ne ressentait certainement pas le besoin de revoir ses employés après le travail. Son sourire lui revint à l'esprit. Elle aspirait tant à le voir à nouveau.

Le vendredi, Gesa se rendit tôt à la station afin d'aider aux préparatifs de la diffusion.

Elle tomba sur Friedrich Milanski dans le studio. Un crayon coincé derrière l'oreille, il était assis sur une chaise dans un coin et mettait de l'ordre dans ses fiches.

« Salut, Gesa. » Il lui fit signe d'approcher. « Qu'est-ce que tu en dis : *Le jeune boxeur de vingt-deux ans, Max Schmeling, a remporté une grande victoire sportive contre son adversaire français Francis Charles en poids mi-moyens. Schmeling fera bientôt partie des grands noms de sa discipline en Europe ; non seulement il grandira dans les poids lourds, mais il saura aussi affronter les boxeurs américains.* »

Elle s'assit sur l'accoudoir d'un imposant fauteuil à côté de la chaise de Friedrich.

« Bien. On dit vraiment ça ? "Grandir dans les poids lourds" ? Ça donne l'impression que c'est encore un enfant.

— Hmm, oui, on dit vraiment ça. » Il fouilla ses cheveux des deux mains, à la recherche de son crayon, ce qui expliquait sa coiffure en bataille. « Tu crois que je devrais laisser tomber le passage sur l'Amérique ? Ça ne fait pas un peu trop voyante à deux sous avec sa boule de cristal ? » Il commençait déjà à rayer quelque chose sur sa fiche.

« Non, non, s'empressa de dire Gesa. Je trouve ça bien.

— D'accord, je laisse, alors. Et ça : *La première participation allemande à la course de motos Targa Florio, en Sicile, s'est déjà soldée par une victoire d'un compatriote. Paul Köppen, de Berlin, a triomphé sur sa BMW 500 cm³ dans sa catégorie.* » Il s'interrompit et gribouilla quelque chose sur le papier. « J'ai failli rater une faute…

— C'est bientôt à toi de lire les nouvelles sportives ? » demanda Gesa.

Friedrich jeta un coup d'œil sur l'horloge murale.

« Dans huit minutes. Tic, tac, tic, tac. Je ne sais pas pourquoi mais, aujourd'hui, je n'y arrive pas.

— Il y a des jours comme ça. Tu as sûrement la tête ailleurs. » Elle lui prit la fiche des mains et parcourut ce qu'il avait tapé à la machine et retravaillé au crayon. « Honnêtement, Fritz, il n'y a rien à dire. Tu peux passer à l'antenne en toute tranquillité.

— Merci, Gesa. » Il se leva, tira sur son pull-over sans manches et lissa ses cheveux sans grand succès. Puis il enfila sa veste, qu'il avait jetée négligemment sur le dossier de la chaise. « Je dois y aller. Je te dis merde pour tout à l'heure. Je suis impatient d'écouter le deuxième épisode ! »

Une fois qu'il fut parti, Gesa regarda rapidement dans le couloir. Peter Nagel et Ernst Gehring manquaient toujours à l'appel. Peu importe, elle attendrait, elle était arrivée tôt. Quelqu'un avait laissé un magazine. Elle le prit et s'installa à la fenêtre pour le feuilleter. Dès la page 3, elle tomba sur une annonce des produits Khasana. Le soleil éclaira soudain tel un projecteur le logo de la marque et le dessin d'une femme s'appliquant du rouge à lèvres devant sa coiffeuse. La coupe à la garçonne noir brillant du mannequin de magazine rappelait Carla Simonetti. Sous l'illustration était imprimé en lettres courbes le texte publicitaire de Willi. En une seconde, Gesa sentit une boule se coincer dans sa gorge. Elle se hâta de tourner la page. Un article sur les fiançailles de la comédienne Vilma Bánky avec l'acteur américain aussi beau qu'apprécié, Rod La Rocque, abonné aux rôles de héros au cinéma : voilà qui promettait de lui changer les idées. Les photographies du jeune couple étaient particulièrement réussies. Il ne restait qu'à leur souhaiter plus de bonheur que Gesa n'en connaissait. Mais que pourrait-il bien arriver de grave à deux êtres aussi épargnés par la vie, à qui tout souriait ?

« Fräulein Westhof ? »

Gesa se retourna et referma bien vite le magazine, comme si elle avait été surprise à commettre quelque acte interdit.

« On dirait que je vous ai de nouveau fait peur. »

Albert Bronnen se tenait dans le cadre de la porte ouverte.

« Ou que je suis constamment très loin dans mes pensées, murmura-t-elle.

— Qu'est-ce que vous faites, déjà là à cette heure ? On n'est censés se retrouver que dans trois heures, et l'antenne est à nous dans quatre.

— Je voulais aider les collègues pour les accessoires, mais Peter et Ernst ne sont pas encore arrivés.

— Donc pour l'instant vous n'avez rien à faire ? Accompagnez-moi dans ce cas au bâtiment administratif. J'aimerais vous faire voir quelque chose. Dans mon bureau. »

Elle regarda autour d'elle d'un air indécis.

« Mais, et si Peter et Ernst…

— Oh, je suis sûr que Herr Nagel et Herr Gehring pourront installer le matériel de bruitage tout seuls. Ne vous inquiétez pas pour ça. Alors, qu'en dites-vous ? »

Le directeur la fixait en attendant une réponse. Il ne souriait pas mais se montrait tout de même aimable.

Elle haussa les épaules.

« Allons-y. »

Ils empruntèrent ensemble le couloir, firent un signe à Friedrich dans son studio et descendirent par l'ascenseur sans échanger un mot.

Une fois dans l'arrière-cour, Gesa demanda :

« Prenons-nous le tramway ou le bus ? »

Albert Bronnen marcha jusqu'à son vélo, enfourcha la selle, et posa sur elle un de ses regards intenses dont lui seul avait le secret. Puis il sourit enfin. En réalité, cela ressemblait davantage à un rictus en coin.

« Je pensais plutôt à ceci.

— Vous n'êtes pas sérieux. »

Gesa croisa les bras sur sa poitrine.

« Pourtant, nous irions nettement plus vite qu'en transports en commun, et de toute façon j'aurai encore besoin du vélo après.

— Vous êtes sûr que c'est une bonne idée ?

— Certain. Voulez-vous vous asseoir devant ou derrière ? »

Gesa jeta un rapide coup d'œil sur le ciel dont les petits nuages blancs semblaient aussi inoffensifs que l'expression sur le visage d'Albert Bronnen. Puis elle opta pour le porte-bagages. Elle repensa à sa virée nocturne avec Margot, juste après le premier épisode, lorsqu'elles étaient descendues sur la Nice à bicyclette. Gesa avait alors pris place sur la selle et s'y était sentie bien plus en sécurité que maintenant, sur le porte-bagages. Elle ne sut dire toutefois si ce sentiment était dû davantage à l'endroit où elle était assise ou aux papillons qui tournoyaient dans son ventre.

Pour ne pas tomber en arrière, elle devait nécessairement s'accrocher à lui. Était-ce embarrassant de traverser la ville à vélo avec son patron terriblement charmant ? Était-ce déplacé de s'avouer qu'on y éprouvait du plaisir ?

Il choisit un itinéraire à travers les ruelles de la vieille ville, à l'écart des larges axes de circulation. Au plus court. Il dut à un moment freiner de toutes ses forces à cause d'une charrette de légumes qui bloquait la chaussée, et Gesa manqua faire un vol plané par-dessus Albert. Dès lors, elle n'eut plus peur de se blottir fermement contre son dos et de serrer les bras autour de son torse. Il s'arrêta juste après la Taunusplatz et la fit descendre. Il parcourut les derniers mètres à pied à ses côtés, en poussant sa bicyclette. Apparemment il tenait tout de même à préserver sa réputation de directeur sérieux.

« Quelque chose vous amuse ? s'enquit-il en l'interrogeant du regard.

— Je me demandais juste ce qui se serait passé si vous n'aviez pas pu éviter la charrette à bras.

— Eh bien, on serait rentrés dedans et, avec ma chance, on aurait pu lire demain dans les journaux : *Le directeur de la radio fonce au milieu des pommes de terre avec un joli bagage.* »

Ce qui les fit rire tous les deux. Se rendait-il compte de l'adjectif qu'il avait choisi pour désigner le bagage ?

Une fois arrivés dans l'Elbestrasse, ils empruntèrent l'escalier pour monter à l'administration. Surprise, Inge s'arrêta de taper à la machine, et elle sursauta en voyant entrer son amie.

« Qu'est-ce que tu fais là ? Il est arrivé quelque chose ? Oh, Herr Bronnen ! Vous êtes déjà de retour ?

— On dirait bien, Fräulein Jacobs. J'ai à parler de quelque chose avec Fräulein Westhof. »

Les yeux déjà grands d'Inge s'arrondirent encore plus en voyant, incrédule, Albert Bronnen tenir la porte du bureau pour Gesa, dans un geste de galanterie. Celle-ci adressa un bref regard à son amie et haussa discrètement les épaules.

Avant le jour de son renvoi où elle avait à peine remarqué le mobilier qui l'entourait, Gesa n'était venue qu'une fois dans le saint des saints du directeur, qui était encore le prédécesseur d'Albert

Bronnen à l'époque, pour signer son contrat de travail. Rien n'avait changé. Le bureau, les deux sièges pour les visiteurs placés devant, une bibliothèque, un meuble-classeur en métal et une sorte de buffet avec des portes coulissantes. Sur le buffet, toutefois, se trouvait une boîte à la forme étrange, recouverte d'un tissu en lin. Herr Bronnen se dirigea droit dessus et dévoila l'objet mystérieux.

« Qu'est-ce que c'est que ça ? »

Gesa approcha. Des bobines, des fils – un appareillage technique. D'un genre qu'elle n'avait encore jamais vu auparavant et qui ne lui était pas le moins du monde familier.

« Un enregistreur à ruban d'acier.

— Ah. »

Elle ne parvint pas à interpréter la lueur d'excitation dans son regard, et comme elle ne voulait pas se ridiculiser en posant une question bête, elle préféra attendre.

« On en a parlé ensemble il n'y a pas longtemps : on s'était dit qu'il serait sensationnel de pouvoir enregistrer des émissions et de les diffuser plus tard dans le programme. »

La perplexité de Gesa s'épaissit un peu plus.

« Vous ne vous en souvenez plus ? Sur le toit de la station, tout en haut ? »

La scène lui revint en un éclair, et elle craignit de rougir. Comme il était désagréable de se voir rappeler une fois encore cette situation embarrassante.

« C'est vrai. Oui. J'étais peut-être un peu trop énergique, je ne voulais pas paraître pédante…

— Oh, non, Fräulein Westhof, au contraire. Je me réjouis toujours de rencontrer quelqu'un qui réfléchisse aussi à un moyen d'améliorer la qualité de la radio. Je dois avouer que j'ai été surpris que ce soit votre cas. » Gesa fronça les sourcils tandis qu'il poursuivait : « Mais je trouve ça grandiose. C'est pour cette raison que je voulais vous montrer ceci. »

L'objet technique parut brusquement beaucoup plus intéressant, et elle tendit la main avec précaution pour toucher délicatement une des bobines.

« Vous voulez dire qu'avec cet engin, on pourrait enregistrer des pièces radiophoniques ? »

Il secoua la tête d'un air navré.

« Malheureusement, non. Mais il représente une grande avancée dans ce sens. »

Albert Bronnen guida Gesa vers le bureau et lui fit signe de s'asseoir sur un des sièges réservés aux visiteurs. Au lieu de prendre sa place de directeur, il s'installa à côté d'elle. Il se pencha en avant, appuya ses coudes sur ses cuisses et leva les yeux vers elle, ce qui fit vaciller un instant la concentration de Gesa. Il avait vraiment des yeux irrésistibles.

« Hélas, l'enregistreur n'est pas adapté pour les pièces radiophoniques, seulement pour les textes courts. Mais j'entretiens une correspondance avec l'homme qui l'a conçu. Herr Stille est un esprit extrêmement brillant. À la fois chimiste et physicien, il est sur le point de trouver un moyen de créer des enregistrements longs et de qualité supérieure. Encore un ou deux ans et on pourra enregistrer nos émissions. »

Son enthousiasme était contagieux. Des picotements parcoururent le ventre de Gesa.

« Vous imaginez ce que ça veut dire, Herr Bronnen ? La pression qui tombera de nos épaules car nous n'aurons plus à livrer à un moment précis, nous n'aurons plus une unique chance de tout faire correctement. Nous pourrons nous organiser à l'avance selon nos besoins, et même refaire des scènes dont nous ne serions pas satisfaits.

— Exactement. Et Stille n'est pas le seul à bûcher sur de grandes innovations de ce genre. Il y a aussi cet Autrichien, Fritz Pfleumer, un ingénieur. Il travaille pour une usine de machines à fabriquer les cigarettes, à Dresde, et voit bien plus loin que le bord de son assiette quand il est question d'inventions. Et Ludwig Blattner, lui, c'est un vrai touche-à-tout qui vit en Angleterre et travaille avec Herr Stille. Ah ! » Il se leva d'un bond et regarda Gesa. « Il faut absolument qu'on soit aux avant-postes dès que ces appareils arriveront sur le marché. Cela nous permettra de nous démarquer de la concurrence. »

Tous deux parlèrent boutique encore un long moment ; Gesa en perdit complètement la notion du temps, tout comme le directeur, d'ailleurs, car il sursauta lorsque retentit la sonnerie du téléphone.

« C'est mon prochain rendez-vous, dit-il en s'excusant, après avoir raccroché. Si vous voulez attendre un peu, je vous ramènerai à la station tout de suite après.

— Oh, non, merci, ce n'est pas nécessaire. Je prendrai le bus. »

Gesa se leva.

« Vous avez l'air d'être soulagée quand vous dites ça. »

La taquinait-il ?

« Pas vraiment. L'omnibus municipal n'arrive pas à la cheville de votre porte-bagages. »

Il rit et l'accompagna à la porte.

« Dans ce cas, nous nous revoyons plus tard pour la diffusion, Fräulein Westhof. »

Au secrétariat, près d'Inge, attendait un homme que Gesa ne connaissait pas et qu'Albert Bronnen accueillit chaleureusement. Lorsque la porte du bureau se referma sur eux deux, elle respira profondément.

« Gesa Westhof. Qu'est-ce qui se passe ici ? J'exige une explication. » Inge se dressait devant elle, les jambes écartées et les poings plantés sur les hanches. « Pause cigarette. Maintenant. »

Elles descendirent ensemble et s'assirent sur le banc à côté de la colonne publicitaire, qui était devenu en quelque sorte leur point de rendez-vous bien à elles.

« Comment es-tu parvenue à flirter avec Bronnen, seule avec lui dans son bureau ? Il n'a jamais fait ce genre de choses. Et il y en a, des jeunes demoiselles qui appellent de temps en temps et demandent à lui parler en tête à tête. Mais il les renvoie toujours d'un ton sec.

— Nous n'avons pas flirté. Son intérêt pour moi est purement professionnel. »

Inge tira une profonde bouffée de cigarette.

« Bien sûr. »

Elle l'expira par le nez en un épais nuage qui se dispersa bien vite dans l'air froid.

« Et le Père Noël passe en juillet cette année. Si un homme montre de l'intérêt pour toi, dis-toi que ce n'est jamais seulement pour des raisons professionnelles. Surtout quelqu'un comme Albert Bronnen, avec sa fougue et son tempérament. Même s'il peut donner l'illusion d'être distant, cet homme déborde de passion sous son apparence maîtrisée, tiens-le-toi pour dit. Rien à voir avec cette vieille poire desséchée de Bienefeld : je crois que tout ce qui pourrait lui échauffer un peu les sens est mort en lui. »

Gesa ricana.

« Tu es horrible, Inge.

— Mais perspicace.

— Comme personne.

— Je dois y retourner.

— Attends, juste une chose. Comment ça s'est passé, hier, au Palastcafé ? »

Inge la regarda avec un large sourire et envoya valser son mégot d'une pichenette.

« Sensationnel. Herr Schäfer était de nouveau là, cette fois avec ton Herr Bronnen. Il voulait qu'il vienne m'entendre chanter pour qu'il comprenne que je dois absolument intégrer le chœur de la radio. Et ce matin, entre deux courriers, il m'a officiellement donné la permission de répéter avec la troupe de Curt Schäfer. Si mon travail de secrétaire n'en pâtit pas.

— C'est formidable, Inge. Mais comment comptes-tu faire ?

— Très simple. Le chœur ne prend l'antenne que pour les programmes du soir. Je finis au secrétariat de Bronnen l'après-midi, à dix-sept heures. Quand une répétition est prévue dans la journée, je prends de l'avance dans mon travail et j'organise ses rendez-vous en fonction. À plus tard, grande séductrice. Et vas-y : mets le grappin sur le chef. »

Elle laissa Gesa sur le banc en lui lançant un sourire effronté, et traversa la rue jusqu'au bâtiment administratif tout en se bouchant les oreilles de manière ostensible pour ne pas entendre les protestations que Gesa ne manquait pas de lui crier.

Aucune de ses objections n'avait de sens de toute façon, car Inge ne comprendrait jamais que Gesa puisse vraiment ne s'intéresser à Albert Bronnen qu'en tant que collègue. Il n'était pas vrai qu'elle trouvait son sourire absolument irrésistible, ses yeux sombres à fondre, et que son cœur s'accélérait à l'idée qu'il ait pu la trouver jolie. C'est du moins ce dont elle essayait de se persuader pendant qu'elle attendait le bus.

GESA

Nouvelles radiophoniques, 1927 :

« Brigitte Helm impressionne en tant qu'actrice principale du film monumental de Fritz Lang, *Metropolis.* »

Dès l'âge de seize ans, elle écrivit une lettre au réalisateur car elle était convaincue de ses qualités de comédienne. À vingt et un ans, Brigitte Helm décrocha enfin le rôle qui lui ouvrit grand les portes du cinéma, et qui lui valut un contrat de dix ans avec la célèbre société de production allemande, UFA.

« Notre inspecteur tient-il le rôle du prince ? » chuchota Peter Nagel à Gesa dans la salle obscure du cinéma.

Le piano venait de jouer les dernières notes de l'introduction, et les premières images du nouveau film avec Theodor Conrad étaient projetées sur la toile.

Comme quelques jours auparavant pour la pièce de théâtre de Carla Simonetti, toute l'équipe de la pièce radiophonique était venu pour soutenir l'acteur et attirer un peu plus l'attention sur Radio Francfort.

« N'importe quoi, répondit Ernst Gehring à la place de Gesa. Il est un peu trop vieux pour ça. C'est Stüwe qui joue le rôle-titre, tu l'as vu sur l'affiche pourtant.

— Ah oui, c'est vrai. Mais je pensais que ce serait un film parlant.

— Nan, Peter. Comment tu peux penser ça ? Avant qu'ils arrivent à sonoriser correctement un film qui dure toute une soirée, il va se passer du temps.

— Je ne crois pas. J'ai lu il n'y a pas longtemps que…

— Chhhhhut ! » entendirent-ils siffler du rang devant le leur.

Gesa s'enfonça dans son fauteuil pelucheux et savoura le doux bien-être qui se propageait en elle. Bien qu'elle connût ses collègues depuis longtemps déjà, c'était le travail autour de la pièce radiophonique qui les avait réunis en une troupe indissoluble. Six épisodes avaient été diffusés à présent, et il s'était créé entre les acteurs une familiarité amicale qu'appréciait Gesa. La dernière fois qu'elle s'était sentie aussi intégrée à un groupe, elle s'asseyait encore sur les bancs de l'école. Le fait qu'elle puisse revivre une appartenance semblable lui apparut comme un bonus supplémentaire au métier de ses rêves. Elle repensa à la représentation de la veille qui, une fois encore, avait été un immense succès. Tous les acteurs avaient joué ensemble avec harmonie, ils avaient été attentifs les uns aux autres et suivi le script sans accroc. À la fin, Frau Simonetti avait même posé la main sur son bras et l'avait tapoté brièvement. Ce qui, étant donné leur relation, équivalait presque à une étreinte chaleureuse. Gesa supposa qu'il ne fallait pas attendre plus grand élan d'euphorie de la part de la Mimin. Au beau milieu de la pièce, Ernst avait par mégarde fait tomber de la table un verre qui faisait partie des accessoires, et qui aurait certainement éclaté en morceaux s'il ne l'avait pas rattrapé d'un geste vif et précis. La diffusion s'était déroulée sans accroc et avait été une réussite totale. Et ce soir ils voyaient Conrad dans un film, ce que Gesa trouvait très perturbant. Qui pouvait se targuer de connaître personnellement les héros projetés sur l'écran ?

Le film prussien s'appelait *Prince Louis Ferdinand*, c'était un genre très demandé en ce moment mais qui n'intéressait pas tellement Gesa. La censure l'avait décrit comme artistique et éducatif pour le peuple. Ça n'augurait pas une œuvre très palpitante. Mais elle était venue avec plaisir pour soutenir Theodor Conrad, car elle appréciait son collègue. En outre, elle n'avait encore jamais vu de film avec lui, et cela aiguisait sa curiosité.

Friedrich Milanski méritait une médaille pour l'énergie qu'il déployait à faire de Radio Francfort le sujet principal de la journée. Dans sa fonction de chef du département des actualités, il était assis juste devant elle, à côté d'Albert Bronnen, bien entendu, à l'oreille duquel il chuchota quelque chose. Il va de soi que personne ne s'en offusqua.

Depuis sa nomination à ce poste, non seulement le bulletin d'informations de la station était de plus en plus divertissant, mais Friedrich se montrait d'une inventivité débordante pour faire la publicité des programmes et de ses collaborateurs.

« Tu ne dois pas sous-estimer le pouvoir de vos voix, avait-il expliqué à Gesa peu de temps auparavant pendant une pause-café. Certes, les gens ne vous voient pas, mais grâce aux épisodes diffusés jusqu'ici de *L'Inspecteur Feldmann et l'Affaire Aurora*, vous êtes devenus partie intégrante de leur divertissement du soir. Et pas pour quelques centaines de personnes, comme ce serait le cas dans un théâtre, mais pour des milliers et des milliers de gens qui vous font entrer chaque vendredi chez eux, dans leur foyer. Ça éveille l'intérêt, Gesa.

— Tu crois vraiment ? »

Elle fronça les sourcils, l'air sceptique. Qui pouvait bien avoir envie d'en savoir plus sur elle, simplement parce qu'elle prêtait sa voix à un personnage de pièce radiophonique une fois par semaine ? Il y avait sans doute quantité de choses plus intéressantes.

Mais Friedrich n'était pas de cet avis.

« J'en suis sûr. En Angleterre, la radio est déjà beaucoup plus populaire qu'ici. J'ai entendu il n'y a pas longtemps qu'une actrice de pièce radiophonique à Londres avait reçu des montagnes de courrier, pas seulement des lettres d'amour et des demandes en mariage, mais même un héritage.

— Pardon ? » Gesa en avait avalé son café de travers. « Ça paraît complètement invraisemblable.

— C'est pourtant la vérité. Une vieille dame a expliqué de but en blanc à notre collègue britannique que sa voix lui était devenue si familière qu'elle considérait cette brave femme comme un membre de sa famille. Et qu'elle voulait par conséquent lui léguer sa petite maison après sa mort car elle n'avait pas de descendants. »

Gesa avait jeté son mégot dans la boîte de soupe en secouant la tête et était descendue du toit pour retourner dans le bâtiment, Fritz sur les talons.

« C'est dingue, cette histoire, avait-elle murmuré. Et qu'est-ce que l'actrice a répondu ?

— Qu'elle n'était pas une grande blonde maligne, comme le personnage qu'elle incarnait, mais une personne complètement différente, et qu'elle ne pouvait accepter une telle proposition. Parce qu'elle n'avait rien de commun avec son personnage fictif et qu'elle ne souhaitait pas être assimilée à quelqu'un qu'elle n'était pas. Elle a même parcouru des centaines de kilomètres en voiture pour se présenter en personne à la vieille dame afin qu'elle se rende compte de son erreur.

— Et alors ?

— Quand cette dame est morte six mois plus tard, l'actrice de pièce radiophonique a hérité d'un cottage en Cornouailles. »

Gesa s'était mise à rire.

« Fritz, qu'est-ce que c'est que cette histoire de fou ? »

Il était resté sérieux.

« Elle parle du pouvoir de l'imagination. Vous êtes peut-être invisibles, mais par la présence de votre voix, vous jetez des ponts entre vous et les auditeurs, vous bâtissez même des relations.

— Si tu le dis. »

Elle y réfléchirait plus tard. Cette histoire vraie racontée entre deux portes était trop bizarre pour qu'elle l'écarte comme une simple anecdote sans importance.

« Il faut qu'on exploite ça pour vous rendre encore plus connus. Si les gens mettent un visage sur votre voix, vous serez plus réels. Des publicités ambulantes pour Radio Francfort. »

Voilà où Friedrich avait voulu en venir.

« Un peu comme ton bus ?

— Tu peux bien te moquer si tu veux, Gesa, mais en quelques semaines seulement ce bon vieux véhicule a rempli sa mission au-delà de ce qu'on pouvait espérer, et a attiré sur nous l'attention de personnes devenues auditrices de notre station.

— Et maintenant, tu veux te servir de nous pour faire de la réclame ? »

Friedrich avait affiché un large sourire.

« Bien évidemment ! On se voit plus tard devant l'Odeon. On défilera tous ensemble pour Theodor Conrad afin que les gens voient notre esprit de groupe. »

Ce qui avait très bien fonctionné avec Carla Simonetti, la tête d'affiche, marcherait tout autant avec la deuxième star de la pièce.

Ils étaient pour l'heure assis dans l'obscurité de la salle de cinéma, et le film muet sur le prince de Prusse défilait, accompagné par une musique dramatique jouée au piano. Les spectateurs avaient les yeux rivés sur l'écran. Le jeune Hans Stüwe avec ses pommettes saillantes presque sculptées incarnait le rôle-titre à la perfection. Lorsque Theodor Conrad eut sa première scène dans le personnage de l'écrivain Ernst Moritz

Arndt, Gesa fut tentée d'applaudir son apparition un bref instant, mais elle se retint malgré tout.

Naturellement, la nouvelle œuvre cinématographique montrait aussi des intrigues amoureuses ; il s'agissait tout de même de l'Apollon prussien dont Fontane avait déjà loué la beauté dans un poème. Au moment où le héros attrapa une femme dans ses bras et l'embrassa avec fougue, Albert se tourna vers Gesa. Son visage était plongé dans la pénombre, seuls ses yeux brillaient et il ne faisait aucun doute qu'ils étaient posés sur elle. Le pouls de Gesa s'accéléra. Le directeur quitta sa place – ce qu'il put faire discrètement, étant installé au bout de la rangée – et disparut vers la sortie. Sans réfléchir plus longtemps, Gesa se faufila elle aussi dehors et le suivit. Il l'attendit en lui tenant la porte. Ils se glissèrent en toute hâte dans le foyer pour ne pas laisser pénétrer la lumière dans la salle de cinéma.

Devant l'entrée, un couloir faiblement éclairé menait aux toilettes. Ils s'y retirèrent tous deux à l'abri des regards. Afin d'étouffer les bruits de pas, le sol du hall désert avait été recouvert d'une moquette bordeaux.

Gesa appuya son dos contre le mur, Albert se tint tout contre elle. Il posa une main près de son visage et plongea ses yeux dans les siens.

« Voulez-vous boire un verre avec moi, après ?

— Y a-t-il quelque chose dont vous voulez me parler ? demanda Gesa, tentant, sans trop y croire, de nier l'évidence de la situation.

— Non, ce serait d'ordre purement privé. »

À cet instant précis, la porte des toilettes pour dames s'ouvrit et Carla Simonetti en sortit. D'un seul coup d'œil, elle comprit ce qui se tramait. Les deux jeunes gens, surpris, se séparèrent aussitôt. Gesa aurait voulu se volatiliser dans l'air.

« Tiens, Herr Bronnen, c'est amusant que je vous retrouve dehors. » La voix de Frau Simonetti était lourde de sous-entendus. Lorsque Gesa s'éloigna d'un pas d'Albert Bronnen, il saisit sa main et la retint. « J'attendrai dehors après le film », dit-il avant de la lâcher, et Gesa retourna aussitôt à pas de loup dans la salle de projection. Elle entendit derrière elle sa collègue demander : « N'est-ce pas Fräulein Westhof qui vient de détaler comme un lapin ? » Comme si elle ne l'avait pas très bien vue en réalité !

Gesa reprit sa place à côté de Peter Nagel le plus discrètement possible. Elle était totalement à bout de souffle sans qu'elle pût dire pourquoi.

« Tu étais aux toilettes ? »

Elle acquiesça d'un hochement de tête. Que pouvait-elle répondre d'autre ? Qu'elle s'était cachée dans un coin sombre avec le patron et qu'ils s'étaient dévorés des yeux comme deux gamins à leur premier rendez-vous ? Le rapport entre les acteurs étant devenu presque familier ces dernières semaines, Gesa ne prit pas mal la question indiscrète de Peter. Au contraire, son caractère inoffensif la fit sourire. Elle s'enfonça à nouveau dans son fauteuil, et ne suivit plus grand-chose de l'histoire du film.

Purement privé, avait-il dit. Quelle concession de la part de quelqu'un qui, s'il l'avait sans cesse regardée avec intensité ces dernières semaines, s'était toujours comporté de manière parfaitement professionnelle avec elle. Des commérages au sein de la station étaient la dernière chose que souhaitait Gesa – et sans doute aussi Albert Bronnen. Ce qu'il était pénible d'avoir été surpris précisément par Simonetti ! Dès le lendemain, tout le monde serait au courant.

Peut-être Gesa devrait-elle renoncer à aller le retrouver après la séance et rester raisonnable ?

Une fois le film fini et la lumière rallumée, elle demeura figée sur son siège, indécise.

« Qu'est-ce qu'il y a ? Tu ne viens pas ? »

Gesa rentra les pieds pour laisser passer Peter Nagel.

« Non, il faut que j'y retourne.

— Encore ? Problème de petite vessie ?

— Laisse-la donc. » C'était Ernst Gehring qui lui venait en aide. « On se voit demain. Bonne soirée, Gesa. »

Comme elle ne pouvait pas rester assise plus longtemps, elle s'enfuit effectivement aux toilettes et se lava les mains pour gagner du temps. Puis elle réarrangea sa coiffure devant le miroir et s'appliqua un peu de rouge à lèvres. Il y en avait trop. Elle tamponna du bout du majeur l'excédent, qu'elle étala ensuite sur ses joues. Voilà qui était mieux. Elle fit un pas en arrière en inspirant profondément, et redressa les épaules. Ils étaient certainement tous partis à présent. Même Herr Bronnen. Elle ferait aussi bien de disparaître d'ici au plus vite.

Mais il était toujours là. Il attendait en fumant de l'autre côté de la rue, à l'écart du halo d'un réverbère. Elle ne pouvait plus se sauver.

« On y va ? »

Il jeta son mégot par terre d'un geste négligent et l'écrasa. Elle pensa un instant qu'il allait lui offrir son bras, mais il enfouit les mains dans ses poches et commença à marcher.

« Où ça ?

— Avez-vous une préférence ? Au café de l'ancienne Garde principale, par exemple ?

— Surtout pas ! »

Il s'arrêta en affichant un sourire moqueur, et la regarda droit dans les yeux.

« Auriez-vous honte de moi, Fräulein Westhof ? Avez-vous peur que nous puissions être vus ensemble ?

— Pas vous ? »

Il roula des yeux.

« J'y ai réfléchi, et ça m'est égal désormais. Frau Simonetti nous a déjà surpris de toute façon. Demain, nous serons le sujet de conversation numéro un, quel que soit l'endroit où nous choisissons d'aller ce soir. »

C'était un point de vue très pragmatique auquel Gesa ne voyait rien à redire.

« Bien, dans ce cas allons à la Garde principale. Au moins, c'est au coin de la rue. »

Comme toujours, l'établissement était bien rempli, mais ils trouvèrent une place dans le fond et commandèrent des boissons. Une fois que la serveuse eut apporté la commande et fut repartie, Albert regarda Gesa par-dessus la table avec une expression qui n'avait rien à voir avec l'air grave qu'il affichait en permanence chaque jour. Il paraissait enjoué, jeune et particulièrement heureux.

« On dirait que je parviens à me détendre en votre compagnie. » Lisait-il dans les pensées ? « Cela m'arrive rarement car je ne peux m'empêcher de ruminer toutes sortes de choses qui concernent la station.

— Il faut dire que vous êtes débordé de travail.

— C'est vrai. Et quand je crois que tout fonctionne enfin à peu près bien, il survient toujours un imprévu auquel je dois faire face. »

Il n'en dit pas plus mais Gesa crut deviner à quoi il faisait allusion.

« Vous parlez d'Inge, c'est ça ? »

L'expression d'insouciance disparut de son visage.

« Ne le prenez pas mal, je vous prie. Je sais que vous et Fräulein Jacobs êtes amies et que vous vivez ensemble, et je ne me permettrais jamais, en l'absence de Fräulein Jacobs, de… »

Il parut chercher le mot adéquat.

« Ne vous inquiétez pas, dit Gesa. Moi aussi, j'ai remarqué que la situation devenait de plus en plus tendue ces dernières semaines car Inge avait du mal à respecter ses horaires. Elle va se ressaisir.

— C'est une excellente secrétaire et elle gérait parfaitement le bureau. C'est pour ça que j'étais d'accord pour qu'elle intègre aussi le chœur. Mais on dirait que Herr Schäfer abuse de plus en plus de son temps.

— À cela s'ajoute le fait qu'elle chante au Palastcafé et qu'elle veut percer dans le métier. Inge a donc trois emplois en ce moment, à strictement parler. J'avais redouté que ça ne puisse pas marcher. Elle ne sait plus du tout où donner de la tête.

— Fräulein Jacobs est une chanteuse talentueuse. Meilleure que bien des voix du chœur qui ont suivi une formation musicale. Mais je crains qu'elle doive choisir, tôt ou tard, entre le bureau et le chant. J'ai besoin de quelqu'un qui se concentre pleinement sur mes intérêts. »

Gesa hocha la tête. C'était compréhensible. Mais n'ayant pas le statut d'employée dans la troupe de chanteurs de Schäfer, Inge ne gagnait pratiquement rien. Et elle ne pouvait pas non plus vivre des cachets qu'elle touchait chaque semaine au Palastcafé. Elle était dépendante de son salaire de secrétaire. Même si cela impliquait de reporter ses projets ambitieux.

« Je vais lui parler, promit Gesa.

— Merci. Mais ce n'était tout de même pas la raison pour laquelle je vous ai demandé qu'on se retrouve tous les deux. »

Il tendit la main vers la sienne. Ses doigts étaient chauds et se refermaient sur les siens avec une intensité agréable.

« Depuis que je vous ai surprise sur le toit, quand vous marchiez si près du bord… » Gesa inspira profondément et voulut protester, mais il enchaîna : « Je sais, vous n'aimez pas que je parle de ça. Mais depuis ce soir-là je n'arrive pas à vous sortir de ma tête. Quand je vous vois au travail, il m'est chaque jour de plus en plus difficile de faire comme si je ne voyais rien d'autre en vous qu'une collègue. J'ai parfaitement conscience que ce que je suis en train de faire n'est pas du tout professionnel. Que ça ne se fait pas. »

À cet instant, un bonheur délicieux envahit Gesa, qui fut submergée d'une vague de soulagement. Albert Bronnen éprouvait les mêmes sentiments qu'elle. Elle ne lui était pas indifférente. Il n'était pas l'homme d'affaires froid dont le cœur ne battait que pour sa carrière. Ce cœur battait aussi pour elle. Gesa laissa enfin le fourmillement dans son ventre, qu'elle ressentait toujours en sa présence, se propager dans tout son corps.

« Dites quelque chose, je vous en prie, murmura Albert Bronnen. Je vais me sentir terriblement stupide, sinon. »

Au moment même où elle voulut lui répondre, son regard tomba par hasard sur une table non loin de la leur. Une table à laquelle était assis quelqu'un qu'elle connaissait.

Willi Steffel. Et à côté de lui, sa toute jeune fiancée, sans aucun doute. Pourquoi lui ? Pourquoi maintenant ? Malheureusement, il l'avait aperçue, lui aussi ; il les fixa et agita la main pour les saluer.

« Vous connaissez ce monsieur ? » demanda Albert Bronnen.

D'un geste nerveux, Gesa renversa le sucrier sur la table.

« Oui. Disons que je l'ai connu. C'est l'auteur du roman que j'avais en main il y a quelque temps à la librairie.

— Wilhelm Steffel ? »

Albert Bronnen avait-il une mémoire d'éléphant ? Pourquoi retenait-il de tels détails insignifiants ?

« Lui-même. »

Pour couronner le tout, Willi se leva et vint à leur table. Gesa aurait préféré s'enfuir en courant.

« Bonsoir Gesa. Cela fait plaisir de te voir. » Il se tourna vers Albert. « Vous êtes Herr Bronnen, le directeur de la station de radio. J'ai vu votre photo dans le journal. »

Albert se leva et tendit la main à Willi, comme il était d'usage. Ce dernier continuait à parler, imperturbable.

« Je suis venu ici avec ma fiancée. Elle descend d'une lignée de grands noms de la littérature, et nous étions justement en train de nous dire à quel point votre idée de pièce policière radiophonique était moderne. Enfin, pour un écrivain, je veux dire. Ce sont de nouveaux mondes qui s'ouvrent à nous et qu'il nous reste à conquérir. Même si nos prétentions intellectuelles doivent s'adapter au goût du public, c'est certain. Il m'est d'ailleurs venu la trame d'une intrigue que je pourrais magistralement adapter dans une pièce radiophonique. Si vous êtes intéressé, je vous la présenterai en premier en exclusivité. Ma fiancée trouve mon idée révolutionnaire. »

Albert regarda Gesa. Elle ferma les yeux un moment, terriblement gênée. Willi n'avait-il donc aucun sens des convenances ? Comment osait-il, après tout ce qui s'était passé ? Se servir d'elle sans ciller pour arriver à ses fins – ou du moins essayer. Le terme « opportuniste » utilisé par Inge lui revint à l'esprit. Son amie avait eu le nez creux concernant Willi Steffel.

« Je suis désolée », chuchota-t-elle à Albert Bronnen.

Il afficha un sourire aimable, son regard restant grave.

« Si vous avez des questions ou des requêtes d'ordre professionnel, je vous prie de vous adresser à mon bureau à la station. Ce soir, je suis en rendez-vous privé et souhaiterais profiter de chaque minute de cette charmante compagnie. Je suis sûr que vous comprendrez. »

Il fouilla dans sa poche et posa de l'argent sur la table, se coiffa de son chapeau et prit la main de Gesa. Il entrecroisa ses doigts avec les siens. Cela lui donna l'appui dont elle avait besoin. Ils sortirent ensemble, plantant sur place Willi Steffel qui, stupéfait, resta sans mot dire. Même une fois dans la rue, il ne lâcha pas Gesa.

Il lui fit traverser la place animée de la Garde principale, la conduisit encore plus loin, jusqu'à ce qu'ils s'enfoncent dans des ruelles plus tranquilles. À cet instant seulement, il s'arrêta.

« Vous et Herr Steffel, étiez-vous en couple ? demanda-t-il.

— Oui. Mais c'est de l'histoire ancienne. Il ne signifie plus rien pour moi. »

Ils se trouvaient dans la Zitronengässchen, étroite et sans trottoir, avec un pavage inégal et de vieilles maisons de part et d'autre.

« Je suis désolée que… »

Cette fois, il l'interrompit.

« Vous n'avez aucune raison de vous excuser. Est-ce que je me trompe en supposant que vous préféreriez que Herr Steffel n'ait pas de contrat avec Radio Francfort ?

— Je ne veux compromettre la carrière de personne. »

Il se rapprocha d'elle et elle ne recula pas.

« Mais je ne veux pas l'avoir chez nous, à la station.

— Pourquoi pas ?

— À cause de toi. »

Il posa une main sur sa taille et l'attira à lui. De l'autre, il caressa délicatement sa joue. Ses yeux restaient plongés dans ceux de Gesa, avec une expression qu'elle n'avait encore jamais vue auparavant dans le regard d'un homme. Lorsqu'elle crut ne plus pouvoir tenir davantage, il l'embrassa enfin. Ses lèvres étaient chaudes, et elle-même fut surprise de l'intensité du désir qui la transporta soudain. Sa réaction passionnée l'enhardit, Albert resserra son étreinte et l'appuya, sans interrompre son baiser, contre la façade de la maison devant laquelle ils se tenaient. Ses mains quittèrent ses hanches pour remonter doucement le long de son corps, et elle aussi se fit plus audacieuse, enroulant sa jambe autour de sa taille et se pressant contre lui.

« Trouvez-vous une chambre ! »

Le commentaire éructé par deux hommes qui passaient, accompagné d'un sifflement grossier, arracha brutalement Gesa et Albert l'un à l'autre.

Ils se tinrent un instant face à face, à reprendre leur souffle. Aucun des deux ne s'était apparemment attendu à une attirance physique aussi puissante.

« Je voulais seulement t'embrasser, je t'assure », finit-il par dire en passant son pouce sur sa lèvre inférieure, puis il afficha un sourire radieux qui embrasa à nouveau le cœur de Gesa. « Mais tu es si ensorcelante. »

Elle remit ses vêtements en ordre.

« Toi aussi, répondit-elle simplement.

— Il vaudrait mieux que je te raccompagne chez toi, maintenant. Sinon, je vais essayer de te pousser à faire ce que les deux autres viennent de proposer. »

Il la regarda en attendant une réponse.

Gesa eut un moment d'hésitation. Mais il était hors de question de sauter dans le lit d'Albert Bronnen aussi vite. Même si son corps n'était pas du tout de cet avis.

« Ziegelgasse, numéro 16. »

Un soupçon de regret s'insinua dans le sourire du directeur. Il s'efforça de ne rien laisser paraître.

« Je sais. C'est dans ton dossier personnel. »

Une fois au pied de son immeuble, il ne demanda pas s'il pouvait monter, et elle lui en fut reconnaissante. Elle n'aurait jamais pu lui résister s'il avait insisté.

Il l'embrassa à nouveau. Plus tendrement cette fois, non pas en appelant à quelque chose d'autre mais simplement avec douceur et délicatesse, et il la laissa sur une délicieuse sensation de chaleur.

« C'était Bronnen ? » demanda brusquement Inge d'un ton suffisant dès que Gesa entra dans la cuisine plongée dans le noir. Elle se tenait à la fenêtre.

« Euh, oui. Il m'a raccompagnée à la maison après le cinéma.

— Pourtant ça fait longtemps que c'est fini.

— On est allés boire un verre.

— Vous vous êtes embrassés ? Ça y ressemblait, en tout cas. »

Gesa souffla pour exprimer son agacement.

« Je ne veux pas en parler, Inge.

— Tu sais qu'on ne veut pas de petits copains à la maison.

— Ne t'inquiète pas. Mais Albert n'est pas une vague connaissance. Je l'aime bien. Enfin, non, se corrigea Gesa, et elle soupira. Pour être honnête, je suis folle de lui. Je crois que je suis tombée amoureuse. »

Dans le silence qui suivit, Gesa entendit résonner ses propres mots. C'était si simple quand on le disait à haute voix. Amoureuse d'Albert Bronnen.

« C'est merveilleux. Je suis heureuse pour toi. »

Inge sanglota.

« Dis-moi, tu pleures ? » Gesa alluma enfin la lumière et la clarté soudaine l'aveugla un instant. « Que s'est-il passé ? »

Inge se recroquevilla sur une chaise, ramena ses genoux contre elle et les serra dans ses bras. Son maquillage avait coulé, ses yeux étaient rouges.

« Je suis sortie avec Curt.

— Curt Schäfer ? T'a-t-il fait quelque chose dont tu n'avais pas envie ? »

En un instant, le sentiment exquis qui avait envahi les moindres fibres de son corps s'évanouit.

Inge secoua la tête et se moucha bruyamment.

« Non. C'est bien ça, le problème. Il ne s'est rien passé contre ma volonté, mais avec mon accord. J'ai l'impression d'être une putain.

— Oh, Inge. » Gesa enlaça son amie avec un soupir et la serra dans ses bras un moment. Puis elle s'assit sur la chaise face à elle. « Pourquoi ? »

Son amie souffla avec dédain.

« Pourquoi crois-tu qu'il se dévoue à ce point pour ma carrière ? Qu'il me protège, qu'il me préfère aux chanteuses confirmées ? Rien n'est gratuit dans la vie, ma petite Gesa, tout se paie.

— Mais pas avec des faveurs sexuelles !

— Dis comme ça, ça paraît encore plus répugnant que ça ne l'était. Un bref pelotage dans sa voiture, la suite a été vite expédiée. »

Gesa sentit elle aussi les larmes lui monter aux yeux.

« Je suis tellement désolée pour toi, Inge.

— Tu n'as pas à l'être. C'était ma propre décision. Je me sacrifie pour ma carrière.

— Et maintenant ? »

Elle haussa les épaules.

« Que veux-tu qu'il se passe ? Curt est aux anges, il veut qu'on se voie dans son appartement, à l'heure du berger, pour discuter du moyen le plus rapide pour moi d'obtenir un contrat dans une maison de disques. Il dit qu'il connaît du monde dans le métier et qu'il doit pouvoir m'arranger ça. Je n'ai jamais été aussi proche du but. Je ne dois pas tout gâcher. »

Gesa avait le cœur gros. Elle savait qu'Inge ferait tout pour réaliser son rêve. La première étape vers une liaison avec Curt Schäfer avait été franchie. Son amie était prête à accepter ce qui arriverait ensuite. Gesa voyait à quel point elle se sentait misérable, recroquevillée sur sa chaise, pourtant elle savait qu'il était vain de vouloir la faire changer d'avis. Elle ne la connaissait que trop bien.

Le lendemain, Gesa appréhenda le moment où elle allait retrouver Albert. Comment allait-il réagir devant elle ? Quel comportement devait-elle adopter ?

Quand elle entra dans la salle de répétition, Peter et Annegret s'éloignèrent aussitôt l'un de l'autre. Ils étaient probablement en train de dire des messes basses sur Gesa, vu leur air coupable. Étonnamment, Frau Simonetti était déjà là. Elle qui, d'habitude, arrivait la dernière, s'était montrée tôt aujourd'hui. Sans doute pour cancaner avec ses chers collègues.

« Alors, qu'est-ce qui se passe entre toi et le patron ? lui chuchota aussitôt Ernst en lui adressant un regard qui en disait long.

— Rien du tout », grogna Gesa d'un air bourru.

Elle devina à sa mine incrédule ce qu'il pensait de cette réponse.

Albert apparut enfin, avec Theodor Conrad. Il salua la troupe d'un « Bonjour tout le monde » guilleret et félicita l'acteur de vive voix pour son film réussi. On put ensuite applaudir. Un troisième homme les accompagnait, que le directeur présenta sous le nom de H. P. Michaelis, l'auteur de *L'Inspecteur Feldmann et l'Affaire Aurora.*

« Ça alors, je ne me l'étais pas imaginé comme ça, lui », murmura Ernst.

Gesa était heureuse que l'attention générale ne soit plus centrée sur elle et Albert, mais reportée tout à coup sur l'écrivain. C'était une bonne chose de l'avoir fait venir précisément aujourd'hui à la répétition.

« Comment, alors ?

— Je ne sais pas. Plus petit. Et plus compact. »

Gesa réprima un rire. Herr Michaelis devait bien mesurer 1,90 mètre et était extrêmement corpulent. Il portait un large pantalon noir, une chemise qui l'était tout autant, et une écharpe bordeaux à motif cachemire visible à cent mètres à la ronde. Ses cheveux brossés en arrière étaient volumineux et blancs comme neige. Tout en lui paraissait opulent. Même sa voix de basse s'accordait avec le personnage.

« Quel plaisir d'avoir l'occasion d'assister au travail des artistes, dit-il en faisant vibrer la pièce. Ne faites pas attention à moi, je me ferai aussi petit qu'une souris. »

Theodor Conrad ne tarda pas à découvrir que ce ne serait pas le cas.

« L'inspecteur ne pourrait-il pas prendre une voix un peu plus dramatique ? »

H. P. Michaelis interrompit la scène sans vergogne, en pleine course-poursuite, alors que Feldmann et son assistant étaient poussés hors de la chaussée et essuyaient des tirs de l'autre voiture.

Theodor Conrad se tut, énervé, et se tourna vers le directeur qui lui vint aussitôt en aide :

« En réalité, je trouve le ton parfaitement juste ainsi. Certes, Feldmann fait face à une situation critique, mais il ne doit pas paraître paniqué. Il reste toujours l'enquêteur souverain. Il sort son arme et réplique. Cela doit aller vite, il n'y a pas le temps d'installer un climat dramatique. »

Albert pointa du doigt le pistolet à amorces dans la main de Herr Conrad.

« Oh, fit Michaelis qui n'avait pas encore dit son dernier mot. Très bien. Comme vous voulez. C'est vous l'expert. Mais tout de même, il m'est venu une idée cette nuit pour le commissaire. Faisons-le pousser une exclamation quand il est surpris. Que dites-vous de : *Par Zeus* ?

— Par Zeus ? répéta Carla Simonetti. Ça ne va pas du tout. Pourquoi Feldmann dirait une chose pareille ? Il ne vit pas dans la Grèce antique, c'est un homme de terrain. »

Vexé, H. P. Michaelis ferma la bouche.

Herr Conrad adressa à Frau Simonetti un hochement de tête soulagé.

« Merci Carla, je ne peux qu'abonder en ton sens. Pourquoi ne pas jouer la scène jusqu'au bout ? Peut-être qu'elle plaira davantage à monsieur l'auteur quand il l'entendra en entier. »

Au bout de deux phrases seulement, des suggestions s'élevèrent à nouveau du côté de l'écrivain, et la répétition se poursuivit ainsi à un rythme d'escargot.

Albert Bronnen finit par prendre à part Herr Michaelis et fit signe aux autres de continuer sans eux. Gesa, qui ne jouait pas à cet instant, tendit l'oreille.

« Nous travaillons déjà sur l'avant-dernier épisode aujourd'hui, dit Albert à voix basse. Le groupe a trouvé sa cadence, il sait s'accorder harmonieusement. Et Herr Conrad, en acteur extraordinaire qu'il est, a insufflé à votre inspecteur une personnalité particulière que les auditeurs adorent. Je trouverais malavisé de le changer de manière aussi drastique à deux épisodes de la fin.

— Comme vous voulez.

— Voilà ce que je vous propose : nous pouvons partir du principe que d'autres affaires de l'inspecteur Feldmann seront réclamées, tant celle-ci passionne notre public. Je ne suis pas censé vous l'annoncer déjà car ça n'a pas encore été décidé au conseil d'administration, mais j'ai entendu dire qu'au moins deux autres pièces radiophoniques devraient être commandées, et plus encore si elles marchent bien. »

Les commissures des lèvres qui pendaient dans une mine boudeuse se redressèrent aussitôt pour former un large sourire sur le visage de l'auteur. Herr Michaelis brandit les bras de satisfaction.

« Eh bien, eh bien, Herr Bronnen. Ce serait extraordinaire. Je serais honoré de pouvoir travailler de nouveau pour vous.

— Et ce serait une joie pour moi aussi. » Albert posa un doigt sur ses lèvres. « Comme je l'ai dit, pas un mot à ce sujet tant que ce n'est pas officiel. Quoi qu'il en soit, je voulais vous proposer, lors de ces prochaines affaires, de prêter très progressivement à notre inspecteur de nouvelles facettes, si vous le souhaitez, qui se dévoileraient à l'auditeur au cours des épisodes. Il peut évoluer, il le doit, d'ailleurs. Qu'en pensez-vous ? »

H. P. Michaelis attrapa Albert Bronnen par les épaules, et Gesa craignit qu'il ne l'écrase contre sa large poitrine devant toute l'équipe. Au lieu de cela, il lui tapa simplement dans le dos avec enthousiasme avant de rassembler son chapeau et son manteau.

« C'est exactement ce qu'on va faire. Je dois tout de suite rentrer et m'installer à ma machine à écrire. Fixer mes idées avant qu'elles ne s'échappent. Au revoir, Mesdames et Messieurs. »

Et il disparut aussitôt.

Les acteurs s'interrompirent et regardèrent partir Herr Michaelis sans rien dire.

« L'artiste et son grand esprit, finit par remarquer sèchement Carla Simonetti, qui envoya même un clin d'œil complice à Gesa lorsque celle-ci pouffa de rire à sa remarque. Vous avez de nouveau réglé le problème avec diplomatie, monsieur le directeur. Cela semble être un de vos nombreux talents. »

La répétition se poursuivit sans accroc, même si elle dura plus longtemps que prévu à cause du retard pris en début de séance. Toutefois, Gesa trouva qu'Albert avait marqué de nombreux points en une fois. Tout d'abord, les rumeurs autour du cinéma s'étaient tues. Au lieu de cela, on ne parlait plus que de la perspective de nouvelles grandes pièces radiophoniques et des rôles qui allaient avec, car Gesa n'avait pas été la seule à tendre l'oreille. Et la troupe avait rencontré l'auteur de la pièce. Les acteurs seraient sans doute reconnaissants au directeur de ne plus le faire venir aux répétitions à l'avenir, et de diriger seul la mise en scène.

« Fräulein Westhof, auriez-vous un moment, je vous prie ?

— Bien entendu, Herr Bronnen. »

Naturellement, ils continuaient à se vouvoyer au travail, sans quoi les rumeurs auraient repris de plus belle.

« J'aimerais vous rendre votre livre. »

La salle de répétition se vidait avec une lenteur suspecte, mais Gesa et Albert ne laissèrent rien paraître.

Il lui remit le roman policier. Ce faisant, il effleura ses doigts dans un geste excitant.

« J'aimerais bien que vous me rapportiez l'autre, si vous l'avez fini.

— Je le ferai demain. Moi aussi, je l'ai déjà terminé. Il était vraiment palpitant, d'ailleurs.

— Celui-ci aussi. »

Elle se risqua à plonger son regard dans le sien, puis se retourna et sortit en direction de l'ascenseur.

Avait-elle sérieusement l'impression que le sol se dérobait sous ses genoux ? Était-ce seulement possible ? Ou est-ce que le paternoster était juste un peu plus brinquebalant que d'habitude ?

Dans le tramway, elle porta le livre à son nez, renifla discrètement et constata avec déception qu'il n'avait pas l'odeur d'Albert. Elle l'ouvrit et y trouva une feuille de papier. *Chère Gesa,* y était-il écrit. Les mots qui suivirent lui firent monter le rouge aux joues.

ALBERT

Nouvelles radiophoniques, 1927 :

« Kea Bouman remporte le tournoi de tennis de Roland-Garros à Paris face à la Sud-Africaine Irene Bower Peacock. »

Cornelia Bouman, dite « Kea », devint ainsi la seule Néerlandaise à avoir gagné une finale du Grand Chelem. Kea n'était pas seulement douée pour le tennis, c'était aussi une championne de golf dans son pays ; elle faisait également partie de l'équipe nationale de hockey sur gazon.

La villa sur la Schaumainkai étincelait dans la douceur de la nuit. Un flux continu d'automobiles déversait son lot d'invités à la réception de Hans-Hermann Velbert. Un bouchon se formait dans la rue car toutes les voitures ne pouvaient s'engager en même temps dans l'allée de gravillons. Albert se réjouissait d'habiter dans le voisinage. Au moins, il pourrait s'éclipser à tout moment sans se faire remarquer, dès que la bienséance le permettrait. Il était fatigué, et aurait préféré s'allonger sur son canapé avec un bon livre plutôt que de se traîner ici. Albert ne comprenait pas pour quelle raison le président du conseil d'administration l'avait invité. Bien qu'associés dans le travail et parfaitement conscients de leur sympathie réciproque, ils ne fréquentaient pas les mêmes cercles dans leur vie privée. Velbert donnait de nombreuses fêtes retentissantes pour la grande bourgeoisie francfortoise où venaient s'ébattre exclusivement des grands noms de l'industrie, des arts et de la politique, triés sur le volet. Des familles influentes qui faisaient la pluie et le beau temps dans la ville sur le Main. Un réseau à mailles serrées, à la tolérance très limitée pour les nouvelles recrues. Jamais encore Velbert n'y avait convié son directeur de station.

Les portes vitrées entre le salon et la terrasse étaient grandes ouvertes. Une mélodie au piano laissait ruisseler ses notes dans le jardin, portée par l'air du soir et accompagnée par le léger *pizzicato* d'une contrebasse et le bruissement chaleureux de balais de batterie. Le groupe jouait une ballade de jazz américaine, dont la douceur accompagnait délicieusement les cocktails servis aux invités. Albert en tenait un d'une main, l'autre étant enfouie dans la poche de son pantalon de smoking. La plupart des messieurs plus âgés que lui portaient une queue-de-pie. Albert trouvait le smoking moderne bien plus confortable et se félicitait qu'il prenne peu à peu l'avantage sur le costume plus traditionnel, du moins lors d'occasions moins formelles, comme celle-ci. Trois larges marches menaient de la terrasse au jardin. Il se tenait à leurs pieds, ce qui lui permettait de rester un peu à l'écart tout en participant à la réception. Il avait brossé ses cheveux en arrière avec de la brillantine. Deux corbeilles à feu à l'allure archaïque diffusaient de la lumière et un peu de chaleur. Elles s'accordaient bien au style des nombreux braséros plus petits disposés sur la large balustrade de la véranda.

« On se croirait presque à une fête de francs-maçons, hein ? » Un homme à côté de lui lui donna un coup de coude dans les côtes. Albert ne savait pas du tout comment interpréter cela. « Et tous ces trucs tape-à-l'œil pourraient aussi bien venir d'une chambre funéraire antique. Velbert les a probablement récupérés dans une de ces tombes et les a fait venir ici. Ça lui irait bien. Ce vieux radin. » L'inconnu éclata de rire à sa propre plaisanterie ; il avait bu beaucoup trop d'alcool, c'était évident.

Albert sourit poliment. Heureusement, une réponse lui fut épargnée car une dame en tenue de soirée noire se dirigea vers eux d'un pas décidé avec ses hauts talons, et pesta contre l'inconnu.

« Tu étais censé m'apporter à boire, Pit, et je te retrouve planté au même endroit. Je vous prie de nous excuser, Monsieur », dit-elle à Albert en prenant le bras de son compagnon. Reconnaissant pour l'appui proposé, son pas n'étant plus très assuré, il s'accrocha sans délicatesse à elle. Les nombreux colliers de perles au cou de la femme cliquetèrent légèrement lorsqu'ils s'éloignèrent.

Albert s'imagina à cette soirée avec Gesa. Ils seraient toujours collés l'un à l'autre, à se parler tout bas, à se dévorer du regard au-dessus de leurs cocktails et, plus tard, il lui volerait un baiser dans un coin sombre du jardin de Velbert. Peut-être plus. Il ne faisait aucun doute que Gesa serait à couper le souffle dans une robe de soirée. Ses cheveux cuivrés, ses yeux verts, et le contraste avec sa peau claire…

« Vous semblez content, Bronnen. Ou est-ce que par hasard vous souriez simplement sans raison ? » Une voix l'arracha de nouveau à ses pensées ; cette fois c'était l'hôte en personne qui s'adressait à Albert.

« Une fête tout à fait distrayante, Herr Velbert. Merci beaucoup pour l'invitation.

— Oui, bon. Distrayante. Si on veut. Pour les uns davantage que pour les autres. » Velbert fronça les sourcils et désigna de son verre à cocktail la terrasse où Carla Simonetti était plongée dans une grande conversation. Elle portait une robe de soie blanche – elle paraissait avoir un faible pour cette matière – sans manches et à col bénitier, qui épousait parfaitement ses courbes. Son front était orné d'un bandeau de même couleur paré de plumes. « Notre amie a l'air de s'amuser follement. Beaucoup trop, devrais-je dire. »

Albert ne comprenait pas où Velbert voulait en venir.

« N'est-ce pas ce monsieur que j'ai croisé l'autre soir dans l'escalier, quand j'ai demandé à m'entretenir avec vous ?

— Exactement. Eugen Lacroix. Je ne voudrais pas paraître vieux jeu, mais lorsque j'ai dit que Simonetti pouvait venir ce soir, je ne m'attendais pas à ce qu'elle se jette ainsi au cou d'Eugen. Elle fait feu de tout bois, voyez un peu comme elle flirte avec lui. »

En effet, tous deux avaient manifestement oublié ce qui les entourait. Le fabricant de produits d'épicerie fine était en train de caresser l'épaule nue de l'actrice qui, l'espace d'un instant, retroussa les lèvres dans une pose aguichante avant d'afficher à nouveau son sourire.

« Eh bien, ce monsieur n'a pas l'air de s'en plaindre, il me semble, remarqua innocemment Albert.

— Sacredieu, Bronnen, c'est bien ça, le problème ! Frau Lacroix s'en est plainte à mon épouse de la plus vive des manières. Elle est à deux doigts de laisser éclater sa colère. Si Simonetti ne se calme pas tout de suite, je crains qu'on assiste à une scène. Mais vous allez empêcher cela. Pourquoi vous ai-je invité, à votre avis ? C'est vous qui la connaissez le mieux, rappelez-la à l'ordre. Dites-lui qu'elle doit laisser Herr Lacroix tranquille. »

Un soupir monta en Albert, qui réussit à le ravaler bravement. Voilà pourquoi il ne se sentait pas à sa place ici. Son rôle n'était pas de jouer les nounous pour une actrice. Et l'idée de n'être invité que pour cette raison blessait sa fierté.

« Je m'en occupe », dit-il à Hans-Hermann Velbert, en prenant sur lui, et il le regarda rentrer aussitôt dans sa villa.

Quoi que Carla Simonetti trouvât à Eugen Lacroix, ce ne pouvait être lié à son physique. Un menton mou, un gros nez et d'épaisses lunettes à monture d'écaille lui conféraient un charme assez médiocre. L'âge était peut-être ce qu'ils avaient le plus en commun, se dit Albert ; il devait avoir allégrement dépassé les quarante ans. Résigné, le directeur vida son verre, le reposa sur le plateau d'un serveur qui passait par là, redressa les épaules et se dirigea d'un pas résolu vers le couple en train de badiner.

« Frau Simonetti, m'accorderiez-vous cette danse ? »

Certainement pas, lui signala le regard sombre qu'elle avait lancé de ses yeux fardés de noir, mais elle hocha la tête poliment et le suivit à l'intérieur. Albert et Carla se joignirent aux trois couples qui dansaient déjà sur le parquet devant le groupe de jazz, dans le grand salon de la villa.

« Qu'est-ce que c'était, ça ? lui siffla-t-elle dans l'oreille. N'allez pas me faire croire que la danse est un de vos violons d'Ingres, parce que je peux déjà constater que ce n'est pas le cas. Vous avez bien vu, pourtant, que j'étais en pleine conversation avec ce monsieur.

— Pas seulement moi. Notre hôte ainsi que l'épouse de l'homme avec qui vous parliez ont également remarqué à quel point vous aviez l'air proches, tous les deux.

— Alors c'est donc ça ? Vous devez me tenir éloignée de Herr Lacroix ? Ah ! Ridicule. Moi qui croyais que vous étiez ami avec le président du conseil d'administration, apparemment vous n'êtes que son chien de garde. »

Ils se murmuraient ces amabilités tout en affichant des visages souriants. Personne n'aurait pu se douter de la teneur acerbe de leur conversation. Pour quelqu'un d'extérieur, cela ressemblait sans doute à une causerie légère et innocente, c'est du moins ce qu'espérait Albert. Le lui reprocherait-on vraiment, s'il marchait sur le pied de Frau Simonetti ? Il prit sur lui. Encore.

« Ne serait-il pas préférable de déposer les armes, très chère ? Après tout, nous sommes dans le même bateau, vous et moi. Ces gens autour de nous se connaissent entre eux, ils fréquentent les mêmes cercles. Nous n'avons pas voix au chapitre. Frau Lacroix bouillonne de rage. Vous ne voulez tout de même pas causer un scandale. Cela ternirait la réputation de Radio Francfort.

— Dieu nous en garde, il faut à tout prix éviter une telle catastrophe. »

Il ignora son sarcasme.

« Merci de vous montrer si compréhensive. Je suis sûr que Herr Velbert saura s'en réjouir, lui aussi. »

Elle pouffa de rire, jusqu'à en perdre un peu le rythme de la danse.

« Qu'y a-t-il de si amusant à cela ? »

La posture de Frau Simonetti changea. Si jusque-là elle s'était laissé guider par lui à contrecœur, elle fondait presque dans les bras d'Albert à présent, renversant la tête en arrière et le regardant de ses paupières mi-closes.

« Vous n'allez pas souvent faire un tour à la foire aux ragots de Francfort, vous, je me trompe ? Mais j'ai entendu parler d'une attraction à très forte sensation sur laquelle il vaut mieux ne pas monter, elle pourrait déplaire aux âmes sensibles.

— Je ne savais pas que vous étiez aussi foraine à l'occasion. Vous êtes pleine de surprises.

— Moquez-vous, moquez-vous. Je vous raconte tout de même. Le jeune éphèbe là-bas, qui est en train de se remplir une assiette au buffet, est l'amant de Herr Velbert. Frau Velbert le sait. Il se raconte qu'elle en est très heureuse. Apparemment ils ont tous les deux un arrangement. Elle peut s'abandonner à sa passion onéreuse pour l'art et le design, acheter de nouveaux meubles tous les deux mois et changer l'aménagement des propriétés familiales. De son côté, il la laisse tranquille et prend du plaisir avec le garçon que voilà comme il l'entend. »

Lorsque la musique se tut, les couples sur la piste improvisée s'arrêtèrent et applaudirent. Les musiciens attaquèrent un nouveau morceau, un jazz plus sensuel que le précédent, et Carla Simonetti avait bien l'intention de continuer à danser.

« Oui, et alors ? » dit Albert qui ne laissa rien paraître de sa surprise sur ce qu'il venait d'apprendre. Il s'était apparemment trompé sur toute la ligne en imaginant Hans-Hermann Velbert en conservateur défenseur de l'esprit de famille. « Combien de ces messieurs de la haute société mènent une double vie, à votre avis ? Aucun journaliste de presse à sensation ne consacrerait ne serait-ce qu'une ligne à ce minet.

— Je vous dis ça uniquement pour vous débarrasser de cette douce candeur, Herr Bronnen. Notre hôte ne devrait pas jouer les prudes simplement parce que quelques-uns de ses invités flirtent. Mais si vous préférez, je peux bien évidemment me rabattre sur vous avec plaisir. Prêt à tout pour le bien de la station, pas vrai ? »

Elle glissa les bras autour de son cou et se blottit contre lui en dansant, pour qu'il sente la chaleur de son corps à travers le tissu fin de la robe de soirée.

« Vous ne résistez pas ? » dit-elle avec un rire grave mais discret, supposé être charmeur.

Albert posa la main entre les omoplates de Carla Simonetti et approcha ses lèvres de son oreille.

« À quoi devrais-je résister ? chuchota-t-il. Je ne corresponds absolument pas au schéma de vos proies. Vous recherchez un amphitryon aisé, mûr, si possible marié, afin de vous faire entretenir quand le métier d'actrice ne marchera plus aussi bien. Je n'ai pas assez d'argent, pas assez de pouvoir, et je suis bien trop jeune pour vous. »

Il sentit son dos se raidir ; elle voulut s'échapper de ses bras mais il continua simplement à danser, de sorte qu'elle n'eut d'autre possibilité que de suivre ses pas.

« Vous n'êtes qu'une vipère perfide, monsieur le directeur.

— C'est ce qui nous permet de parler d'égal à égal. Mais, blague à part… » Bien qu'elle poussât un soupir énervé et que, à l'évidence, elle goûtât peu son humour, il poursuivit : « … j'ai beaucoup d'estime pour votre travail, Frau Simonetti. Et, si vous me permettez un instant d'être tout à fait honnête avec vous, vous n'avez pas besoin de vous trouver un bienfaiteur car je suis certain que le public voudra encore vous voir et vous entendre pendant de nombreuses années. Alors rentrez vos griffes. »

Elle se détendit à vue d'œil. Ils sortirent ensemble sur la terrasse et fumèrent une cigarette.

« Vous ne pouvez pas vous mettre à la place d'une diva sur le déclin, remarqua Carla Simonetti avec une sincérité désarmante. Je me suis habituée à un certain train de vie, et je ne suis pas prête à m'en passer quand les propositions se tariront. Malheureusement, je n'ai pas la chance de notre collègue Conrad qui sera toujours demandé, même avec les tempes grisonnantes. Alors ne me jugez pas.

— Je ne me le permettrais pas », dit-il en toute franchise. Elle le regarda de côté d'un air songeur. « Nous faisons tous ce que nous croyons être juste.

— Vous êtes quelqu'un de correct, Herr Bronnen. »

Un sourire malicieux se dessina sur les lèvres du directeur.

« Vous aussi, au fond, Frau Simonetti.

— Dans ce cas, je vous propose de me laisser seule à présent. Il se trouve que j'ai l'intention de poursuivre ma conversation avec Herr Lacroix, et rien ne pourra m'en dissuader. Comme vous venez de le dire, nous faisons tous ce que nous croyons être juste. »

Albert souffla la fumée de sa cigarette.

« Je comptais rentrer chez moi de toute façon. Bonne soirée, Frau Simonetti. Nous nous revoyons demain à la répétition. »

Elle le tira par la manche.

« Vous devriez réfléchir encore un peu avant de vous engager dans cette histoire avec la petite Westhof. »

La moutarde monta aussitôt au nez d'Albert. Il réagissait de manière particulièrement sensible à ce sujet.

« Je ne vois pas à quoi vous faites allusion.

— Eh bien, les Américains ont un dicton un peu grossier pour dire que ce n'est pas toujours une bonne idée de sortir avec ses collègues de travail. Mais je ne veux pas vous imposer cette citation.

— Ma vie privée ne regarde personne. »

Avec un bref hochement de tête, il lui donna du feu une dernière fois car elle avait déjà figé une nouvelle cigarette sur le long tube doré. Puis il tourna les talons et salua son hôte pour bien signifier qu'à partir de cet instant il abandonnait ses fonctions de chaperon de Frau Simonetti.

La soirée avait épuisé Albert. Il était très agité et, pour se calmer, il arpenta sans but les vieilles rues du quartier de Sachsenhausen. Il finit par s'arrêter dans la Grosse Rittergasse, devant une maison jaune aux pignons saillants et au toit d'ardoises regorgeant de coins et de recoins. Un boulanger avait son commerce au rez-de-chaussée ; son fournil était à l'arrière du magasin. Albert aimait acheter son pain là. Tout était encore calme, mais bientôt la lumière s'allumerait au fond du bâtiment et, tandis que le reste de Sachsenhausen sommeillerait toujours, on serait déjà en train de pétrir les petits pains.

Des rires gras s'échappèrent d'un café, trois maisons plus loin. La porte s'ouvrit un instant et un homme en sortit. Tout en sifflant gaiement, il urina contre la façade, sans vergogne, puis retourna à l'intérieur.

Ce monde insouciant restait inconnu à Albert et, au fond de lui, il n'avait aucune envie d'en faire partie. Il appréciait ses défis quotidiens, planifier, coordonner, et même les imprévus qui apportaient leur lot de responsabilité. Il n'avait jamais été un amateur de bistrot, quelqu'un qui faisait la fête ou des nuits blanches. Il lui arrivait de temps en temps d'envier ces personnes frivoles. Mais l'espace d'un instant seulement.

Le jeune directeur regagna son appartement, auquel il préférait l'appellation plus neutre de logement, en traînant les pieds. Il ne se sentait nulle part vraiment chez lui, à vrai dire, que ce soit chez ses parents, à Berlin, ou encore ici, à Francfort. Ce n'étaient pour lui que des étapes sur un chemin à la destination inconnue mais à laquelle il aspirait sans cesse. Était-ce possible ? Vouloir atteindre quelque chose sans savoir exactement quoi, mais pour lequel il donnait tout et travaillait corps et âme ? Quelle importance pourrait avoir Gesa dans sa vie ? Y avait-il seulement de la place pour elle ?

Il rumina tant et tant que le sommeil tarda à venir, et à cinq heures il ressortit marcher dans la Grosse Rittergasse et frappa à la porte arrière du boulanger.

« Bonjour, Herr Bronnen, bien dormi ? lui demanda-t-il. Deux Welke et une part de Maddekuchen, comme d'habitude ? »

Albert acquiesça d'un signe de tête.

Du fond du fournil, la voix irritée de la femme du boulanger vociféra :

« Messieurs, on referme la porte tout de suite ou la pâte levée va retomber aussi sec ! Fissa !

— Rabat-joie », murmura son mari, qui s'exécuta malgré tout avec un regard navré, et revint peu après avec un sachet en papier qu'il tendit à Albert.

Celui-ci paya et le remercia. Le boulanger Oelke faisait la meilleure tarte au fromage blanc et ses petits pains étaient toujours croustillants. Albert en dévora un sur le chemin du retour vers son appartement ;

il mangerait le deuxième ainsi que la pâtisserie après s'être rasé et habillé. Ce n'était pas la première fois qu'il se rendait très tôt à la station après une nuit sans dormir. Il aimait être seul, allumer la lumière quand personne n'était encore là et que le téléphone ne sonnait pas. C'était dans ces moments-là que lui venaient les meilleures idées.

Ce matin-là, il se pencha sur l'une d'elles, qu'il ressassait depuis des semaines. Avant le final de *L'Inspecteur Feldmann et l'Affaire Aurora*, il allait commander un zeppelin publicitaire. Les coûts élevés l'avaient jusque-là fait hésiter, mais il était convaincu à présent qu'ils étaient justifiés. Si Radio Francfort voulait se hisser au niveau d'importance des grands quotidiens, et pourquoi pas même le dépasser, la retenue n'était pas de mise. Chaque citoyen de cette ville remarquerait le zeppelin en sortant dans la rue. Albert écrivit une note dans son agenda pour ne pas oublier de réserver l'espace publicitaire. Il s'en occuperait personnellement.

Herr Michaelis était un auteur extrêmement prolifique : en effet, il lui avait déjà fait parvenir non pas deux mais quatre projets de suite, parmi lesquels il devait faire un choix. Toutes ses idées étaient passionnantes.

Il avait fait signer la veille seulement à Theodor Conrad les contrats pour deux autres pièces policières radiophoniques, ce qui réjouissait profondément Albert. Cela lui aurait fait beaucoup de peine de devoir donner une nouvelle voix à son inspecteur. Les prochaines semaines, il devrait prendre de nombreuses décisions, planifier et fixer des rendez-vous.

Il en conçut une telle joie à l'avance qu'il en oublia sa fatigue, souriant tout seul de bonheur.

C'est alors qu'il aperçut l'enveloppe. Elle était posée contre l'encrier et portait l'inscription : *Confidentiel.* Il n'était pas revenu à son bureau hier soir et ne savait pas quand on la lui avait apportée. Sa bonne humeur s'évanouit sur-le-champ. Qui était entré secrètement dans son bureau ? Fräulein Jacobs triait le courrier dans un classeur à soufflet qu'elle lui apportait chaque jour ; il était tout à fait exclu qu'elle place ainsi une lettre sur sa table de travail, avec un certain souci de la mise en scène. Encore moins si cette lettre n'avait pas d'expéditeur, comme celle-ci. Albert ouvrit l'enveloppe et lut le message qu'elle renfermait. Il avala difficilement sa salive. Cette journée promettait d'être affreuse avant même d'avoir commencé.

GESA

Nouvelles radiophoniques, 1927 :

« L'architecte viennoise Margarethe Lihotzky épouse l'ingénieur du bâtiment Wilhelm Schütte à Francfort. »

Margarethe Lihotzky fut une des premières femmes architectes. Elle créa la *cuisine de Francfort,* prototype de la cuisine aménagée moderne, qui la rendit célèbre dans le monde entier. En 1927, elle élabora pour la première fois avec son jeune mari un concept d'« appartement pour femme active célibataire ».

L'atmosphère dans la cuisine était chaude et moite. Gesa ouvrit en grand les deux fenêtres qui donnaient sur la ruelle, mais il fallut attendre un moment avant que la brume se dissipe.

« Rolf, dit-elle sur un ton de grande sœur bienveillante, tu peux m'expliquer ce que tu fabriques ? »

Le frère d'Inge était au fourneau, une cuillère en bois à la main, et plongeait son regard dans une haute marmite en fronçant les sourcils.

« Ben, je fais bouillir du linge. Mais ça n'a pas l'air de très bien marcher. »

Gesa se dépêcha de fermer la porte du couloir et le rejoignit en quelques pas.

« Oh, mon Dieu. Tes sous-vêtements. Dans le grand fai-tout. Si Inge voit ça… Il te vient de ta grand-mère, on ne lave pas du linge là-dedans. » Comme elle commençait à avoir chaud, elle retroussa ses manches. « Ça fait combien de temps que c'est là ? »

Il haussa les épaules, un peu embarrassé.

« J'sais pas, un moment. Normalement, Inge fait aussi ma lessive, mais elle n'est jamais là et je n'ai plus rien de propre. »

Peu à peu, la vapeur se dissipa. Gesa ne put s'empêcher de rire à la vue du visage contrit de Rolf. Il était complètement dépassé par la situation.

« Je vais t'aider, comme ça on va régler cette histoire avant que ta sœur revienne à la maison. Et avant que l'enduit nous tombe sur la tête. » Elle alla chercher la bassine et prit la cuillère en bois des mains de Rolf pour retirer les vêtements de l'eau bouillonnante. « Pendant ce temps, tu pourrais essuyer l'humidité des murs. »

Il attrapa un torchon et s'exécuta avec reconnaissance.

« Avec quoi tu as fait ta lessive ?

— Avec de l'eau… Qu'est-ce que tu veux dire par là ?

Gesa leva les yeux au ciel. Résignée, elle se saisit d'une planche à laver et d'un morceau de savon, et frotta le linge de Rolf jusqu'à ce qu'il ait suffisamment refroidi pour que Gesa ne se brûle plus les doigts.

Elle rinça le tout, essora les sous-vêtements, les chemises et les chaussettes et lui plaqua entre les mains la bassine avec les habits fraîchement lavés.

« Je t'installe l'étendoir dans le couloir, comme ça, tu pourras les y accrocher. Tu vas y arriver, dis ?

Il sourit à cette pointe de moquerie.

« Bien sûr. Merci, Gesa, c'est vraiment gentil de ta part. Je ne suis vraiment pas fait pour ce type de tâche domestique, c'est un truc de femme.

— Ça n'existe pas, ce genre de chose. À ta place, je me dépêcherais d'apprendre. Il ne faudra pas trop compter sur ta sœur ces prochains temps, elle est constamment occupée. »

Même Gesa ne voyait presque plus son amie, ou alors seulement par hasard, dans les couloirs de la station.

À son avis, Inge voulait beaucoup trop en faire. Quand elle n'était pas au bureau, elle chantait dans le chœur de la radio, au Palastcafé ou elle était chez Curt Schäfer. Depuis quelques jours, elle passait même la nuit chez lui. Sauf ce soir-là. À la grande surprise de Gesa, la porte de l'appartement s'ouvrit d'un seul coup, Inge entra d'un pas décidé, suivie par Margot, et faillit trébucher sur l'étendoir dans le couloir sombre.

« Bon sang, Rolf, il faut vraiment que tu laisses traîner tes affaires trempées ici ? » Elle poussa Margot dans la cuisine et se retourna vers son frère. « Excuse-moi, je ne voulais pas te crier dessus. Tiens, voilà cinq Mark, descends au bar du coin et va boire une bière.

— Vous avez encore des choses à vous dire ?

— Des trucs de femmes.

— Ah oui ? Intéressant. Gesa vient justement de m'expliquer que ça n'existait pas.

— Dehors, je te dis. »

Elle lui donna une bourrade, il enfouit l'argent dans sa poche et disparut avec un sourire en coin. Rolf était un garçon adorable, plutôt indécis sur son avenir mais loyal. Il ne devait jamais apprendre que sa sœur entretenait une relation opportuniste avec un chef de chœur marié et nettement plus âgé qu'elle. Cela ébranlerait sa vision du monde.

Gesa s'assit à table à côté de Margot et Inge alla chercher la bouteille d'eau-de-vie posée sur le placard. La violoncelliste était blême, elle ne regardait personne.

« Qu'est-ce qui s'est passé ? » demanda Gesa.

Elle n'avait vu ni l'une ni l'autre à la station aujourd'hui. Après la répétition, elle avait échangé quelques mots avec Albert, qui lui avait paru nerveux, la tête ailleurs. Après lui avoir donné son roman policier, elle était rentrée directement à l'appartement. Elle ne pouvait absolument pas s'expliquer pourquoi les mains de Margot tremblaient quand elle prit le verre d'alcool, ni pourquoi ses yeux étaient rouges de pleurs.

« Ce Bienefeld ! » Inge grinça des dents. « Cette pourriture ! Cette fois, il a dépassé les bornes. On ne fait pas ce genre de choses. Jamais !

— Qu'est-ce qu'il a fait ? »

Inge répondit à la place de Margot. Celle-ci pressait les lèvres et baissait les yeux sur ses genoux.

« Il l'a attendue à la sortie, et il l'a menacée.

— Pardon ? »

Margot prit enfin la parole :

« Herr Bienefeld exige que je quitte l'orchestre radiophonique dans les plus brefs délais.

— C'est ce qu'il veut depuis qu'on t'a attribué ce poste. Pourquoi est-ce que ça t'affecte autant aujourd'hui ? Qu'est-ce qui a changé ?

— Il l'a découvert. Je ne sais pas comment, mais il l'a appris et maintenant il s'en sert contre moi. »

Gesa glissa son verre rempli vers Margot, elle n'avait pas envie de boire. Elle attendit patiemment qu'Inge ait allumé une cigarette pour la tendre à Margot une fois que celle-ci eut vidé sa deuxième eau-de-vie.

« Pourquoi tu ne nous racontes pas tout ? Ça fait des semaines qu'on remarque que tu nous caches je ne sais quel secret. Et si c'est ce qui te cause des problèmes, tu ferais mieux de nous confier ce que tu as sur le cœur. Nous sommes tes amies et nous ne trahirons jamais ta confiance. »

Gesa prit la main de Margot et la serra doucement dans la sienne. Au lieu de fondre en larmes, la jeune femme s'efforça de se reprendre, respira profondément et hocha la tête.

« Mon poste fixe à l'orchestre est capital pour moi car j'envoie l'argent de mon salaire à ma famille. Elle en a un besoin vital. »

Comme Margot n'en disait pas plus, Inge, qui était assise face à son amie, finit par se pencher vers elle au-dessus de la table.

« Parce que ?

— Parce que j'ai un fils dont je dois m'occuper ! Voilà, c'est dit. »

Elle avait craché ces mots d'un ton bravache, comme si elle était heureuse de pouvoir enfin les prononcer :

« Il s'appelle Egon. »

Cela expliquait un certain nombre de choses. Du moins pour Gesa. Sa réserve dès qu'il s'agissait de sortir ou sa réticence à l'idée d'entamer une relation avec un homme. Margot maintenait même ce pauvre Fritz Milanski à distance, alors qu'il ne faisait aucun doute qu'il était follement amoureux et qu'il s'efforçait par tous les moyens de la séduire.

« Où est le père d'Egon ? demanda Inge d'une petite voix.

— Mort. Un accident de moto.

— Alors tu es veuve ? »

Margot souffla dans un soupir résigné la fumée de cigarette qu'elle avait longtemps gardée dans ses poumons.

« On n'était pas mariés. »

C'était donc ça. Le grand secret. Un enfant hors mariage.

« J'étais très jeune quand je suis devenue mère. On avait l'intention de se marier au plus vite, mais on n'en a pas eu le temps.

— Je suis tellement désolée pour toi, Margot, dit Gesa. Tu as traversé des épreuves horribles. Ce que c'est minable de la part de Bienefeld de s'acharner là-dessus.

— Il a dû faire des pieds et des mains pour le découvrir. Apparemment, il me déteste encore plus que je ne le pensais. »

Inge se leva et fit les cent pas dans la cuisine.

« Bon, tu es une mère célibataire, soit. Ce n'est pas une raison suffisante pour te faire démolir par n'importe qui.

— C'est toi qui le dis. Jusqu'à présent, il n'avait absolument rien à me reprocher, et pourtant il a fait de ma vie un enfer. J'ai bien peur que ça ne puisse que s'aggraver.

— Je vais lui dire ce que j'en pense, moi !

— Non, Inge, c'est à moi de régler ça toute seule. Et si jamais on me met à la porte ?

— Avoir un enfant n'est pas un motif de licenciement », fit remarquer Gesa d'un ton grave.

Margot était complètement abattue, elle semblait à bout de forces, résignée.

« Le mieux serait que je rentre chez moi. Ça ne sert à rien que je reste ici, à Francfort. Pourtant, c'était mon rêve d'aller chercher Egon, de prendre un petit appartement avec lui et que nous vivions simplement tous les deux. Dès que j'aurais mis suffisamment de côté. »

Gesa rapprocha sa chaise de celle de son amie jusqu'à être tout contre elle. Margot posa la tête sur son épaule.

« C'est ça, ton rêve ? Tu ne veux pas devenir une violoncelliste de concert ?

— Je veux juste pouvoir vivre en paix avec mon fils, mettre Egon au lit tous les soirs, lui faire la cuisine, jouer avec lui. Tout ce que fait une mère normale. Et en même temps j'aimerais travailler. Notre sécurité financière ne doit pas dépendre d'un homme, je veux subvenir à nos besoins. Est-ce vraiment trop demander ?

— Non. C'est un beau projet auquel tu dois t'accrocher. Et c'est ton droit. »

Elle se mit finalement à pleurer, discrètement, et cela toucha Gesa plus encore que si Margot avait éclaté en sanglots. Elle était épuisée, elle subissait depuis trop longtemps les brimades du chef d'orchestre. Son amie était à deux doigts de tout laisser tomber.

« Bienefeld a écrit à Herr Bronnen une lettre dans laquelle il me dénonce », murmura-t-elle.

Quelle humiliation. Cela expliquait le comportement étrange d'Albert. Comment allait-il réagir à cette situation ? Il devait absolument rappeler à l'ordre Bienefeld, de manière définitive.

« Je ne pourrais même pas en vouloir au directeur s'il mettait un terme à notre relation professionnelle et s'il engageait un homme à ma place. Il aurait enfin la paix. Herr Bronnen en a jusque-là de ce drame qui n'en finit pas. »

Margot se resservit et vida son verre d'un trait.

« Tu dors ici, ce soir, décida Inge. Je ne te laisse pas rentrer à Ginnheim dans ton état. Tu n'as rien mangé de la journée et tu as un petit coup dans le nez, tu ne vas certainement pas monter sur ton vélo. Je te fais une tartine de fromage et après tu vas t'allonger. »

Elle fit signe à Gesa de la suivre dans le couloir.

« C'est la mouise, chuchota-t-elle pour que Margot ne l'entende pas. Que cette vieille ordure ait tout balancé au directeur, c'est un problème. Je sais que Herr Bronnen est déjà très agacé par cette histoire. La crainte de Margot n'est pas à prendre à la légère.

— Albert ne la virerait jamais à cause d'une relation malheureuse ! » protesta Gesa.

Elle n'en était toutefois pas certaine à cent pour cent.

Inge haussa les sourcils.

« Albert ? On dirait que vous êtes déjà très proches, tous les deux. Tant mieux. Il faut que tu ailles le voir et que tu lui parles. Tout de suite. Le sort d'une petite famille est en jeu.

— Tu es folle ? Il est bientôt huit heures. Je ne peux pas sonner, comme ça, chez le directeur de Radio Francfort pour des raisons personnelles. Et de toute façon, je ne sais même pas où il habite.

— Mais moi, si. Après tout, j'ai accès aux dossiers de tout le monde. » Inge murmurait comme si elle préparait un mauvais coup. « Ne fais pas de chichis, Gesa Westhof. Nous devons veiller à ce que Margot ne perde pas son travail. Quand l'une de nous a un souci, on se serre les coudes. »

Peu de temps après, l'esprit fourmillant de mille pensées, Gesa se trouvait à Sachsenhausen, devant la maison dont Inge lui avait donné l'adresse. Elle appuya sur la sonnette. Depuis la séance au cinéma, ils ne s'étaient vus qu'au travail. Lui rendre visite dans son appartement était une entreprise très intime. Le cœur de Gesa battait à tout rompre. Un bruit métallique résonna à l'intérieur, puis le silence revint. Alors qu'elle tendait de nouveau le doigt vers le bouton de la sonnette, elle entendit une marche en bois craquer sous un pas. La porte s'ouvrit.

« Gesa !

— Bonsoir, Albert. »

La phrase qu'elle aurait voulu dire lui échappa dès que ses yeux croisèrent les siens. Il avait retroussé les manches de sa chemise blanche jusqu'aux coudes, son col était ouvert et le bas était rentré dans son pantalon de manière négligée, comme s'il avait dû l'enfiler à la hâte. Il sentait le savon, et des mèches mouillées de ses cheveux tout juste lavés lui tombaient sur le front. D'un geste lent de la main, il les dégagea en arrière.

« Excuse-moi de te déranger. Il faut absolument que je te parle. Tu aurais un peu de temps ? »

Il sourit.

« Je n'ai plus rien de prévu aujourd'hui.

— Tu veux qu'on aille faire un tour ? »

Son sourire s'élargit un peu plus.

« Et si tu entrais, plutôt ? »

Il ouvrit davantage la porte et l'invita à l'intérieur d'un geste de la main.

Gesa respira profondément et espéra qu'il ne le remarquerait pas. Puis elle pénétra dans le vestibule et le suivit au premier étage.

Les pièces étaient petites, ce qui était sans doute dû à l'âge du bâtiment. Rien de comparable avec les hauts plafonds des maisons de la vieille ville. Mais comme il s'y trouvait peu de meubles – un canapé au dossier arrondi, trois chaises rembourrées autour d'une table et deux bibliothèques devant des murs blancs –, le salon d'Albert paraissait malgré tout spacieux.

« Tu es venue me mettre une lettre dans le livre ? »

Gesa, qui avait jeté un coup d'œil par la fenêtre sur la ruelle, se retourna. Il se dressait juste derrière elle. Elle pencha la tête sur le côté sans comprendre.

Appréciait-il la situation ? Sa nervosité qui sautait aux yeux ?

« Eh bien, dans le roman policier que tu m'as donné aujourd'hui. J'ai déjà commencé à le lire. Malheureusement, il n'y avait pas de mot de toi à l'intérieur. »

Gesa sentit une douce chaleur monter en elle en repensant aux mots passionnés de la lettre d'Albert.

« Je ne suis pas capable d'écrire aussi bien que toi, dit-elle dans un souffle.

— Ou tu n'oses pas ?

— C'est possible aussi. »

Elle dut se concentrer pour ne pas oublier la raison de sa visite. Elle aurait voulu se blottir contre lui, respirer l'odeur de ses cheveux fraîchement lavés, enfouir ses mains dans sa chevelure. Il se tenait là, devant elle, à attendre impatiemment de voir ce qu'elle allait faire. Ou était-ce le simple fruit de son imagination ?

« Il s'agit de Margot. » Ses paroles brisèrent la magie de l'instant. « Elle a peur de perdre son poste parce que Herr Bienefeld t'a rapporté qu'elle avait un enfant né hors mariage. »

Gesa souffrit de voir disparaître le sourire d'Albert. Il la pria de prendre place sur le canapé, mais elle refusa. C'était lui, à présent, qui regardait par la fenêtre.

« Est-ce Fräulein Mikola qui t'a envoyée ici ? »

Sa voix avait un ton purement professionnel.

« Oh, non, elle ne sait même pas que je suis là. Inge et moi avons décidé qu'il serait bien que je vienne te voir. On est toutes les deux effarées par le comportement de Herr Bienefeld.

— C'est le directeur de l'orchestre radiophonique. Il ne peut jouer dans une harmonie parfaite s'il est continuellement perturbé par des différends.

— C'est aussi dans l'intérêt de Margot. Elle livre un travail de premier choix, mais il aura toujours quelque chose à redire. Et uniquement parce que c'est une femme. Tout le monde le sait. Bienefeld n'arrête pas de chercher un moyen de la faire virer.

— Et il l'a enfin trouvé, c'est bien ce que vous pensez ? » Ses yeux sombres scrutaient son visage. « Vous ne croyez pas que la place d'une mère devrait être auprès de son fils plutôt que dans un ensemble, à jouer de la musique ?

— Ce n'est pas juste, Albert. Si Margot était un homme, tu ne me poserais pas cette question. »

Elle serra les lèvres pour ne pas répondre plus violemment.

« Mais elle n'en est pas un. Elle est la seule femme dans un monde d'hommes, ce qui est, jour après jour, cause de frictions. Qui s'envoleraient aussitôt si je répondais à la demande de Herr Bienefeld.

— Tu n'es quand même pas sérieux ?

— Personnellement, ça ne me réjouirait pas du tout. Mais cela permettrait de retrouver la paix dans la station. Je dois aussi soupeser les différents intérêts, agir dans le sens du conseil d'administration. Même si ce n'est pas l'impression que je donne parfois, je ne suis pas libre de mes décisions, j'ai une responsabilité à assumer.

— Tu n'as toujours pas dit ce que tu en pensais vraiment. »

Il se retourna vers elle mais répondit froidement :

« Je ne vais certainement pas entreprendre des changements de personnel avant la fin de la pièce. Je n'ai pas encore décidé de ce que j'allais faire ensuite. Mais voici un moment que je suis cette histoire entre Herr Bienefeld et Fräulein Mikola. Il aurait été préférable qu'elle me dise honnêtement dès le début qu'elle avait une famille.

— Comme ça, tu ne l'aurais jamais embauchée. »

L'atmosphère romantique s'était peu à peu chargée d'électricité. Gesa n'était pas la seule à avoir un tempérament fougueux. Albert, qui semblait toujours si maître de lui, n'était pas en reste.

« C'est un faux procès.

— Parce que tu ne t'exprimes pas ouvertement.

— Je n'ai pas à le faire. »

Avec cette réponse, il avait coupé l'herbe sous le pied de Gesa. Ce n'était pas parce qu'ils avaient flirté ensemble avec ardeur que le directeur devait rendre des comptes à son actrice.

Elle soupira de manière ostensible, son ton perdit son aigreur.

« Non, tu n'as pas à le faire. Excuse-moi. Je n'attends rien de toi. Seulement de la compassion pour tes employés. Si le professionnalisme le permet.

— Tu vois comme tu sais bien manier les mots, Gesa ? »

Lui aussi avait adouci sa voix. Un sourire se refléta à nouveau dans ses yeux, les coins de ses lèvres se rehaussèrent.

« Tu te moques de moi ?

— Jamais. »

Plus tard, elle n'eût plus su dire s'il l'avait attirée contre lui ou si elle s'était jetée dans ses bras. Elle se souvenait seulement qu'ils furent incapables de s'empêcher de se toucher plus longtemps. Gesa déboutonna la chemise d'Albert sans cesser de l'embrasser et posa la paume de sa main sur sa poitrine. Sa peau était ferme et chaude et son parfum, encore plus enivrant que dans ses souvenirs. Elle sentit sous ses doigts son cœur battre aussi fort que le sien.

Albert la souleva et la porta jusqu'au canapé. Dans la douce lumière de l'unique lampe de la pièce, le brun de ses yeux faisait penser à du chocolat fondu. Des mèches de cheveux mouillées retombaient sur son front et jetaient des ombres sur ses pommettes. Gesa retint son souffle lorsque ses doigts remontèrent le long de ses cuisses sous sa jupe et détachèrent avec adresse le fermoir de son porte-jarretelles. Tout en la caressant, il étudiait les moindres traits de son visage comme s'il devait le graver dans sa mémoire pour toujours. Le désir submergea Gesa telle une onde incontrôlable, avide de son étreinte enflammée autant que de ce regard intense, si particulier.

« Tu ne trouves pas, lui susurra-t-il à l'oreille, qu'une promenade aurait été une idée stupide ?

— Une idée très, très stupide », répondit-elle dans un souffle tandis que les lèvres d'Albert parcouraient son cou.

Il prit le temps d'explorer son corps, de découvrir ce qui attisait davantage encore le désir de Gesa, et elle goûta la moindre de ses tendresses. Lorsqu'elle le sentit enfin en elle, Gesa avait oublié le monde qui l'entourait ; elle savoura la présence sensuelle d'Albert et l'intensité de sa propre réaction.

Bien qu'il le lui eût proposé, Gesa n'osa pas passer la nuit chez lui.

« Et si quelqu'un me voit sortir de chez toi demain matin ?

— Improbable. »

Couché sur le côté, il s'était appuyé sur un coude et la regardait se rhabiller.

« Mais Inge le saurait. Elle est sûrement déjà en train de se douter de quelque chose en ne me voyant toujours pas revenir.

— Ça t'ennuie ? »

Elle réfléchit.

« Non, mais ça doit aussi être dans ton intérêt que personne à la station n'apprenne pour nous deux.

— Provisoirement, si tu veux. Mais ce sera impossible sur la durée. »

Il se leva, se dressa derrière Gesa, l'enlaça de ses deux bras et enfouit son visage dans ses cheveux.

« Parce que je n'ai pas l'intention de vivre ça comme une aventure secrète. »

Devant la porte d'entrée, Albert vola un dernier baiser à Gesa avant qu'elle se faufile dans l'obscurité de la nuit.

« Tu es sûre que tu ne veux pas que je te ramène chez toi ? »

Elle hocha la tête.

« Comme tu veux. Au sujet de Fräulein Mikola, je dois encore réfléchir à tout ça au calme. Bien entendu, ce que Herr Bienefeld lui fait subir n'est pas juste. Mais j'aurais vraiment préféré qu'elle me dise dès le début la vérité sur sa situation familiale. Je déteste qu'on me cache des choses. »

MARGOT

Nouvelles radiophoniques, 1927 :

« L'Américaine Clara Bow joue le rôle principal du film *Le Coup de foudre*, d'après le roman d'Elinor Glyn. »

Le film offrit à l'actrice une popularité incroyable et fit d'elle la première « *It-Girl* » – un terme inventé par Glyn elle-même et qui donne son nom au titre original du film : *It*. Clara Bow était la personnification de la garçonne et menait la vie libre d'une jeune femme indépendante. On lui prête plusieurs liaisons simultanées avec de nombreux hommes très célèbres à l'époque.

Margot se penchait en avant pour fermer le couvercle de son étui à violoncelle lorsqu'elle sentit une main baladeuse sur ses fesses. Elle se releva d'un bond et se retourna. Un des violonistes, Herbert Ebner, se tenait derrière elle, gardant les doigts tendus comme s'il venait d'être pris sur le fait, un sourire effronté sur le visage.

Margot prit un rapide élan et lui asséna une gifle magistrale.

« Pour qui vous prenez-vous ? » lui cria-t-elle.

Il se frotta la joue, son sourire avait disparu.

« C'est ta faute, tu n'as qu'à ne pas me tendre ton cul comme ça.

— Je ne crois pas me souvenir vous avoir autorisé à me tutoyer. Et je ne tolérerai jamais ce genre d'agression. »

Un autre violoniste se joignit à eux, dont le nom échappait à Margot.

« Eh bien alors, on se donne de grands airs ? Ce que vous pouvez être précieuse. Il faut s'attendre à ce genre de choses quand on se promène en jupes moulantes. C'est pourtant un compliment quand les fesses invitent à la caresse.

— Je joue du violoncelle. Je ne peux donc pas porter de jupes moulantes.

— Mais excitantes, pour sûr. Le collègue n'a pas pu s'en empêcher. » Le violoniste eut un rire grossier. « J'ai entendu dire que vous meniez un mode de vie plutôt libre, de toute façon. C'est de la provocation, tout simplement, notre Herbert n'est qu'un homme, après tout. Ne vous inquiétez pas, ce n'est pas avec une main aux fesses qu'on tombe enceinte. Mais je ne vous apprends rien, vous savez très bien comment ça marche. »

Margot remarqua qu'Ewald Bienefeld les observait. Sa moustache grise tressaillait comme s'il réprimait un sourire. À vrai dire, elle aurait dû se plaindre de ses collègues auprès de lui. C'était son rôle, de sanctionner de tels actes. Malheureusement, Margot ne savait que trop bien qu'elle ne pourrait jamais attendre aucune aide de Bienefeld. Au contraire. Plus tard, lorsqu'elle enfourcha son vélo dans la cour, avec son violoncelle sur le dos, un collègue qui sortait rouvrit la porte arrière en grand et Margot aperçut furtivement Bienefeld et les deux violonistes qui semblaient s'entendre comme larrons en foire.

Le lendemain matin, Peer Grüning, le musicien à la langue bien pendue dont le nom était entretemps revenu à Margot, monta dans l'ascenseur avec elle. Il se plaça juste derrière et se mit à frotter son sexe contre elle. Dégoûtée, Margot fit un geste brusque avec son étui à violoncelle : aussitôt, Grüning s'écarta en poussant un cri de douleur et se recroquevilla contre le mur. Il rata la descente et dut refaire un tour sur le paternoster.

Margot était hors d'elle ; elle apporta son instrument dans la salle de répétition, puis monta sur le toit en passant par la fenêtre. Elle fit les cent pas quelques instants, le souffle court, pour tenter de contrôler sa colère. Ewald Bienefeld l'avait désignée comme gibier aux chasseurs de l'orchestre. C'était évident ! Ses collègues masculins ne se contentaient plus de ricaner dans son dos, ils osaient même dépasser les dernières limites de la décence et la traiter comme une fille facile. Jamais ils n'oseraient faire une chose pareille si le chef d'orchestre ne les y encourageait pas. Margot en était persuadée.

Elle fit un rapide calcul. Dans trois jours, le final de la grande pièce radiophonique serait diffusé sur les ondes. En aucun cas, elle ne laisserait une poignée de types mal élevés lui faire quitter l'orchestre par répulsion. Il fallait qu'elle tienne bon.

Après la répétition, Margot voulut partir au plus vite. Bienefeld l'avait encore traitée comme un chien, et personne n'osait plus lui adresser de regard compatissant. C'était comme si un mur était dressé entre elle et le reste de l'orchestre.

Friedrich bloquait la sortie de l'arrière-cour de la station avec le bus de la radio. Le chef du département des actualités s'était appuyé contre la roue de secours, montée sur l'aile du véhicule, les bras croisés sur la poitrine, le regard grave. Dès qu'il aperçut Margot, il alla droit vers elle.

« De nouveau en route pour un reportage palpitant ? » lui demanda-t-elle en affichant un sourire forcé. Il ne devait pas remarquer à quel point elle était dévastée en réalité.

« Non. Je t'attendais.

— Tu m'attendais ? Pourquoi ?

— J'aimerais te parler. Si tu le permets, on va charger tes affaires dans le bus et je te ramène chez toi. »

Il était donc déjà au courant lui aussi. Margot était fatiguée. Ce serait agréable de ne pas avoir à parcourir à vélo le long trajet jusqu'à Ginnheim avec le lourd violoncelle sur le dos. Elle ne pourrait de toute façon pas fuir Fritz éternellement, alors il valait mieux en finir et écouter ses reproches. Il était sans doute indigné qu'elle soit mère.

« Avec plaisir. Merci beaucoup. »

Elle lui donna l'instrument et le regarda le charger dans l'habitacle réaménagé du bus. Il lui ouvrit la portière côté passager et, pour l'aider à monter, lui tendit une main qu'elle accepta volontiers. Elle aurait aimé s'effondrer dans ses bras pour y chercher du réconfort. Mais elle se ressaisit et glissa sur le siège.

« Toi, tu ne vas pas bien », constata Friedrich d'une voix grave et profonde, avant d'actionner le clignotant et de s'engager dans la rue.

Tous deux restèrent muets. Au lieu de passer devant la Palmeraie, Friedrich chercha une place et gara le bus.

« Qu'est-ce qu'on fait ici ? Tu ne voulais pas me ramener chez moi ?

— Je me suis dit qu'on pourrait se promener un peu. Tu m'as dit un jour que tu aimerais bien visiter la Palmeraie. À moins que tu sois trop fatiguée ? »

Il se tourna de nouveau vers elle pour l'interroger du regard.

« Non. Allons-y. »

Chaque fois qu'elle passait ici, c'est-à-dire tous les jours, Margot s'imaginait à quoi devait ressembler le jardin derrière ces murs. Elle n'avait toujours pas visité ce site. Par manque de temps ? Ou parce qu'elle aurait dû interrompre son trajet quotidien pour se rendre au travail ? Combien de fois elle s'était vue flâner au bras de Friedrich sur les allées gravillonnées, au milieu des parterres de fleurs aux couleurs flamboyantes. De jolis rêves qui ne servaient à rien. Depuis quelque temps, elle évitait de croiser son chemin, par peur de ses propres sentiments. Et puis la situation à l'orchestre s'était dégradée très vite et avait chassé de son esprit toutes les pensées heureuses.

Et les voilà maintenant tous les deux. Éloignés l'un de l'autre comme ils ne l'avaient jamais été. Ce n'était pas exactement ce que Margot s'était imaginée. Au moins, ils se parlaient en plein air et non dans l'exiguïté du véhicule. Même si ce que Friedrich avait à dire n'avait sans doute rien d'agréable, à en juger par son visage maussade. La campagne de dénigrement de Bienefeld montrait ses effets chez lui aussi. Pourquoi la regarderait-il de cet air si étrange, sinon ?

L'après-midi était chaud et ensoleillé. Idéal pour une sortie dans la Palmeraie. Margot portait une robe jaune miel aux manches courtes et à la taille basse. Elle avait retiré le cardigan assorti, qu'elle portait à présent sur l'avant-bras. Des chaussures blanches, plus vaporeuses que les siennes, à brides marron, se seraient mieux accordées à sa tenue, mais elle n'en possédait pas. Elle n'avait pas assez d'argent pour des chaussures colorées. Noir et marron uniquement, cela allait avec tout. Elle était coiffée d'un simple chapeau cloche qui ne la protégea que modérément du soleil aveuglant lorsqu'elle passa le portail du jardin.

Derrière les murs, elle ne retrouva pas ce qu'elle avait espéré. Aucune plante luxuriante ne vint flatter sa vue. Les parterres n'étaient pas entretenus et paraissaient rachitiques. Ils étaient même minables en comparaison avec la resplendissante Nice, au bord du fleuve, où Gesa l'avait emmenée. Même les allées semblaient laissées à l'abandon. La mauvaise herbe proliférait le long des bordures, comme si elle n'avait plus vu de râteau depuis longtemps. Une fois franchie une roseraie foisonnante mais aux fleurs rares, ils approchèrent du grand pavillon, le joyau du parc.

Margot prit une profonde inspiration que Friedrich put entendre.

« La Palmeraie est en faillite, dit-il, en constatant l'évidence. Cela fait déjà un moment. Juste après la guerre, de nombreux jardiniers et ouvriers ont été licenciés pour réduire les frais. Pendant la crise économique, on ne l'a évidemment plus entretenue, bien au contraire. Puis une association privée a tenté de rassembler des fonds, mais ça n'a pas marché non plus. Qui peut bien donner de l'argent pour des fleurs quand on n'a pas de quoi manger ? Et depuis, tout semble être retourné à l'état sauvage, comme le jardin de la Belle au bois dormant. Je le trouve toujours joli. Qu'est-ce que tu en penses ? »

Margot parcourut du regard la façade imposante du bâtiment qui abritait la serre aux palmiers, la salle de réception et un commerce. Durant la Belle Époque, il avait été le cœur de la vie sociale francfortoise avec son jardin d'hiver public et son élégant restaurant. Un bref instant, Margot imagina des dames vêtues de blanc et des messieurs portant des gibus et des cannes festoyer entre les palmiers et les fleurs exotiques. Ce parc avait dû être somptueux autrefois, d'une beauté luxuriante mais qui s'évanouissait maintenant à vue d'œil car personne ne l'entretenait plus – ou parce que tout devait s'effacer devant la fonctionnalité moderne.

Elle aurait apprécié de vivre à cette époque insouciante, estima Margot. Mais elle aussi trouvait du charme à la Palmeraie dans sa morbidité imparfaite. Elle ne correspondait pas à l'image qu'elle s'en était faite. Et alors ? Au lieu de l'élégance attendue, il émanait d'elle un mélange de fragilité face au temps et de force de la nature. Comme un reflet de l'époque dans laquelle ils vivaient, à la fois sur le point de disparaître et à l'aube d'une nouvelle floraison.

Une terrasse ouverte sur deux niveaux s'étendait sur toute la longueur du bâtiment. Seuls quelques clients épars étaient assis à table, malgré l'ombre dispensée par des parasols bigarrés et la promesse d'une vue fabuleuse. La façade, à la régularité interrompue par quelques loggias en arc de cercle, était entièrement recouverte de lierre qui s'écoulait telle une cascade verte. Pour couronner le tout, une structure d'acier et de verre formait une voûte en forme de tonneau sur le bâtiment immense, et ce toit vitré était resté aussi impressionnant qu'il l'était une cinquantaine d'années auparavant.

« Tu veux t'asseoir et boire un verre ou tu préfères faire un tour ? demanda Friedrich.

— Je préfère qu'on se promène. »

Ils marchèrent d'un pas tranquille vers un lac nommé Grosser Weiher.

« Ils vont la transformer complètement, dit Friedrich à voix basse. La belle serre aux palmiers. Elle va être modernisée.

— Évidemment. »

Les chantiers de rénovation pullulaient tant à travers la ville que Margot aurait été bien étonnée que cette merveille au style néo-Renaissance échappe au même sort. On briserait sans doute son somptueux visage pour le remplacer par une face anguleuse, sans fioritures, comme l'exigeait la nouvelle norme si prisée.

« Les travaux commenceront bientôt. Je suis heureux que tu puisses encore la voir telle qu'elle est maintenant. Avant, il y avait beaucoup d'animation dans ce parc. Mais les intérêts des gens changent, et il y a aussi plus de choix qu'auparavant dans les loisirs. Par exemple, en ce moment, ils sont certainement tous allongés au bord des plans d'eau, sur la prairie à côté du Waldstadion, serrés les uns contre les autres comme des sardines dans une boîte.

— C'est si paisible ici. »

Margot prit une profonde inspiration.

Ils s'assirent sur un banc, dans les herbes folles de la berge. Au milieu du lac, une fontaine crachait de l'eau en l'air. Derrière, à un resserrement entre deux rives, un pont suspendu aux cordes fines était tendu entre deux roches et, à quelques mètres de là, Margot aperçut un hangar à bateaux à travers le feuillage verdoyant. Des barques en bois étaient arrimées à son quai. L'une d'elles glissait sur le lac, transportant un jeune couple. Ils se partageaient l'eau en bonne entente avec une famille de canards.

« De quoi voulais-tu me parler ? » lui demanda-t-elle sans détour.

Elle préférait qu'ils en finissent.

Friedrich ôta son chapeau, le posa à côté de lui et plongea ses deux mains dans ses cheveux.

« C'est vrai, ce qu'on raconte à la station ? Que tu as un enfant ? »

Il n'osa pas la regarder en lui posant la question.

« Oui.

— Tu m'avais raconté que tu étais libre.

— J'ai dit que je n'étais ni fiancée ni mariée.

— Et le père de l'enfant, alors ?

— Mon fils n'a plus de père. »

Il se tourna enfin vers elle, scruta son visage, attendant manifestement d'autres explications que Margot n'était pas prête à donner.

« Pourquoi tu ne m'en as pas parlé ? »

Elle fronça les sourcils, fixa ses yeux bleu-gris-vert qui parfois semblaient clairs et chatoyants, mais qui aujourd'hui faisaient penser à un nuage orageux.

« Ça aurait changé quelque chose ? Tu ne te serais pas intéressé à moi, sinon ? Tu n'aurais pas voulu me connaître davantage ? Tu ne m'aurais pas embrassée ?

— Je croyais qu'on était honnêtes l'un envers l'autre ?

— Non mais je ne vais pas aller claironner mes secrets les plus intimes à quelqu'un que je ne connais même pas encore vraiment ! Mon enfant ne regarde que moi, tu m'entends ? Que moi. »

D'un seul coup, toute la colère accumulée en Margot éclata, la frustration née du traitement injuste qu'elle subissait, et la déception de découvrir que Friedrich ne valait pas mieux que les autres. C'est cette prise de conscience qui lui fit le plus de mal.

« Si le fait que je sois mère est trop choquant pour que tu puisses faire avec, alors laisse tomber. Je ne vais pas m'excuser pour ça. Même si, apparemment, tous ces messieurs de la station jugent ça scandaleux. Mon Dieu, les moralisateurs hypocrites que vous pouvez être, quand ça vous arrange, vous. »

Au moment où elle commençait timidement à entrevoir un nouveau bonheur, une deuxième chance après sa perte indicible, cette conversation s'abattait sur elle comme une gifle. Elle se leva d'un bond et partit à pas rapides, en faisant crisser le gravier sous ses semelles.

« Margot ! l'entendit-elle appeler. Attends ! Mais attends donc ! »

Il lui courut après, la rattrapa et se mit en travers de son chemin.

« Écoute-moi, au moins. Ce n'est pas rien d'avoir un enfant. Surtout pour quelqu'un comme moi, un jeune inconscient qui n'a jamais vraiment réfléchi à la question de fonder une famille. Tu ne vas pas m'en vouloir si je suis un peu déboussolé par cette information. D'autant que j'ai dû l'apprendre par des bruits de couloir et pas de ta propre bouche.

— Je n'ai aucun compte à te rendre.

— Mais je pensais qu'il y avait quelque chose entre nous. Un lien particulier. Tu dois bien savoir ce que j'éprouve pour toi, et j'avais cru comprendre aussi que je ne t'étais pas indifférent. »

Margot tritura le cardigan. Que pouvait-elle répondre à ça ?

Il leva les yeux au ciel un bref instant.

« Est-il si difficile de me faire part de tes sentiments ? »

Submergée par l'émotion, elle le dépassa et poursuivit son chemin. Il lui emboîta aussitôt le pas.

« Tu as peur ? C'est ça, n'est-ce pas ? Tu as peur.

— Je n'ai pas peur de toi !

— Pas de moi. De ton propre courage. Mère célibataire, métier principal musicienne, entame une histoire d'amour passionnée avec un collègue de travail. Scandale ! Ça ressemble presque à un roman de quatre sous. Et pour ça, il faut un sacré courage.

— Je ne trouve pas ça drôle, Fritz.

— Crois-moi, moi non plus. »

Le ton sérieux de sa voix l'arrêta en pleine marche. On ne décelait pas une once d'amusement dans les traits de son visage, seulement une expression presque solennelle que Margot ne parvenait pas à interpréter.

« Je ne vais pas quémander ton amour. Mais il faut que tu saches que les rumeurs à la station ne vont pas s'arrêter simplement parce que tu fais semblant de ne pas les entendre. Bienefeld va continuer à comploter contre toi. Tout ce qui peut changer, c'est ta façon d'appréhender le monde. Fais-moi une place dans ta vie, Margot, et ne te préoccupe pas de ce que peuvent dire les autres. Prends une décision. »

Comment le pouvait-elle ? Margot n'avait pas le droit de se montrer capricieuse. Une liaison avec un collègue aurait apporté de l'eau au moulin de Bienefeld. Elle ne voulait pas risquer de faire un pas de travers, elle voulait juste accomplir son travail consciencieusement, gagner le salaire qui lui était dû et ainsi soutenir financièrement Egon et ses parents. Elle ne pouvait en demander plus. C'était déjà assez dur de vivre de cette façon.

« Je ne peux pas », laissa-t-elle échapper dans un souffle.

Cette fois, c'est lui qui pinça les lèvres et se tut. Jusqu'à ce qu'il la laisse descendre à Ginnheim, devant la maison de la cousine de Margot. Elle aurait voulu crier. Au lieu de cela, elle déposa un tendre baiser sur sa joue en guise d'adieu, tandis que Friedrich restait figé derrière son volant à regarder droit devant lui.

INGE

Nouvelles radiophoniques, 1927 :

« La scandaleuse Anita Berber et son mari, le danseur américain Henri Châtin Hofmann, entament leur tournée au Proche-Orient. »

Anita Berber était la femme fatale débauchée des Roaring Twenties, la provocation personnifiée. Elle faisait ce qu'elle voulait, dansait nue sur scène, buvait, se droguait à volonté et couchait avec des hommes comme avec des femmes. Elle mourut à vingt-neuf ans des suites d'une tuberculose que son corps affaibli ne put combattre très longtemps. Elle jouit pleinement de sa courte vie et inspira nombre de ses contemporaines.

Un long gargouillement rappela à Inge qu'elle n'avait encore rien mangé aujourd'hui. Elle était partie très tôt de l'appartement de Curt ce matin-là pour rejoindre le sien et se changer avant d'aller au bureau.

Ensuite elle avait travaillé toute la journée derrière sa machine à écrire pour Herr Bronnen. Puis, après un bref passage chez elle pour se maquiller et se mettre en tenue, elle se rendit au Palastcafé. Ce soir-là, elle devait monter sur scène plus tôt et y rester deux fois plus longtemps car le chanteur précédent avait dû annuler pour cause de maladie.

Le chaos régnait dans la loge. Un chœur à cinq voix venu de Berlin s'était produit ici la veille, des hommes d'humeur apparemment festive à en juger par les verres et les bouteilles de mousseux vides laissées non seulement sur le vieux coffre qui servait de table devant le canapé, mais aussi par terre et sur la coiffeuse. Les goulots de certaines étaient ornés d'un rouge à lèvres couleur cerise. Et rose. Et d'un autre plus foncé, sans doute bordeaux. Une chemise blanche aux traces de baisers sur le col et un nœud papillon noir dénoué avaient été jetés négligemment sur le dossier du canapé. Le cendrier débordait de mégots de cigarettes.

Ça sentait la fumée froide et le parfum capiteux.

Inge aurait aimé avoir une fenêtre dans cette petite pièce. Malheureusement, seule la porte lui permettait d'aérer.

Herr Paschke passa la tête dans l'entrebâillement.

« Ça a duré un peu plus longtemps que prévu, hier soir, lui signala-t-il, la voix rauque. Mais les Berlinois ne sont pas les derniers pour faire la fête. » Son rire se transforma vite en quinte de toux. « Oh, bon sang. Je deviens trop vieux pour ça. »

Le propriétaire du café faisait preuve d'une certaine réserve, d'habitude, mais Inge avait entendu dire que les musiciens de la veille étaient de vieux amis à lui. On comprenait donc qu'il ait laissé tomber les barrières et oublié les convenances : Paschke restait humain après tout. Et un homme, qui plus est.

« Il n'y a pas de problème, dit Inge. J'aère juste un peu pour chasser l'odeur de renfermé, puis je me prépare. Je monte sur scène dans un quart d'heure. »

Elle poussa de côté les bouteilles sur la coiffeuse et s'assit. Ce soir, elle portait les cheveux lisses avec une raie sur le côté, mais les avait dégagés derrière l'oreille gauche avec une barrette scintillante. Quand elle bougeait la tête, ils retombaient tel un rideau blond argenté sur la moitié droite de son visage et lui conféraient un air mystérieux. En jouant avec sa chevelure, elle essaya une ou deux poses lascives qu'elle pourrait reproduire plus tard sur scène. Sa robe noire sans manches était composée de plusieurs couches de tissus fins, superposés de manière suffisamment dense aux endroits sensibles pour ne pas trop en dévoiler. Dès que les projecteurs s'abaisseraient sur elles, les jambes d'Inge se dessineraient nettement sous son habit évanescent. Herr Paschke ne s'opposait pas à ce que ses artistes excitent l'imagination du public tant que cela restait dans les limites du bon goût. Et il était maintenant tout à fait convaincu par les prestations d'Inge.

« J'ai l'air vieille, dit-elle en jetant un coup d'œil dans le miroir et en tapotant son visage du bout des doigts, comme s'il appartenait à quelqu'un d'autre. Et je me sens vieille. »

Elle se leva et ferma la porte. Puis elle s'appliqua une épaisse couche de poudre et encore plus de son rouge à lèvres préféré. Elle sortit de son sac à main la boîte de médicaments que Curt lui avait donnée ce matin-là, l'ouvrit avec précaution et regarda à l'intérieur.

« Il n'y a aucune raison de ne pas toujours donner le meilleur de soi-même, lui avait-il dit après qu'elle se fut plainte d'être épuisée. Ce n'est pas parce que tu es un peu fatiguée que tu dois te laisser aller. Il y a un remède à ça. Tous les chanteurs piochent régulièrement dans leur boîte à farine. Du moins ceux qui sont célèbres ou en passe de le devenir. »

Inge n'avait encore jamais pris de cocaïne. Bien sûr, elle savait que cela se faisait depuis longtemps dans le milieu artistique, où on trouvait ce produit chic. Une arme secrète contre le trac, le manque d'énergie et le surpoids. Après la guerre, il était resté plusieurs chargements de poudre blanche intouchés dans les stocks de l'armée, à l'époque impériale. Plus aucun soldat n'avait besoin d'endormir sa peur avant de partir au combat. En revanche, un marché important avait vu le jour dans le monde de l'art et de la fête. Les artistes dopaient leur créativité, luttaient contre leurs angoisses, étaient plus confiants devant leur public, s'imposaient face à la concurrence et faisaient la fête jusqu'au bout de la nuit.

La coke était chère, jusqu'à trente marks le gramme. Une Anita Berber ou un de ses protecteurs pouvaient peut-être s'en offrir, mais c'était inabordable pour Inge. Si Curt se montrait généreux et lui laissait une petite tabatière, elle comptait bien en faire usage. Il n'y avait pas de quoi fouetter un chat.

Elle se souvint de Maja Jessikova, le professeur de chant du conservatoire, dont les cours avaient toujours été trop chers pour son père. Quand elle était adolescente, Inge passait des heures sous sa fenêtre ouverte en été pour au moins écouter les enfants de riches apprendre à chanter. Tout le monde savait que Frau Jessikova allait récupérer chaque mercredi à la pharmacie sa prescription de cocaïne pour soigner sa neurasthénie. Et c'est chez elle qu'on obtenait la meilleure formation de chant de tout Francfort.

À l'aide d'une minuscule cuillère en argent fixée dans le couvercle de la boîte, qui lui fit penser à une ancienne cuillère à sucre miniature, Inge préleva un petit tas de poudre. Elle le plaça sous une narine, boucha l'autre et prit une vive inspiration. Elle dut se forcer dans un premier temps, et faillit ne pas y arriver, mais jamais elle ne parviendrait à chanter pendant deux heures aujourd'hui sans un petit coup de pouce, elle en avait conscience. La cocaïne la brûla atrocement et lui fit monter les larmes aux yeux l'espace d'un instant. Puis Inge ne sentit plus son nez ni une partie de son palais. Elle lécha ses incisives, ce qui lui laissa également une sensation étrange sur la langue. Ce ne fut pas aussi désagréable quand elle passa à la deuxième narine. Peu après, la faim d'Inge disparut, tout comme sa mauvaise humeur et ses doutes. Elle était dans une forme explosive, voulait bouger, monter sur scène et enflammer le public. Elle avait d'abord eu l'idée de commencer par des chansons douces, mais elle devrait dire au pianiste qui l'accompagnait qu'elle avait changé ses plans.

Ses doigts tremblèrent lorsqu'elle essuya le reste de poudre sur son nez et qu'elle repassa une dernière fois du rouge sur ses lèvres. Puis elle rangea la tabatière au fond de son sac à main. Sensationnel, ce produit. Pas étonnant qu'il soit si cher. Elle gérerait bien le contenu de sa boîte pour qu'il puisse durer le plus longtemps possible. La vie était palpitante et absolument merveilleuse.

Inge monta sur scène comme si elle était au Moulin-Rouge, à Paris, et non dans un café de Francfort. Elle délaissa le tabouret qui l'attendait. Après avoir échangé quelques mots avec le pianiste, dont elle ignorait le nom car Herr Paschke entretenait une pléiade de pianistes qui changeait sans cesse, elle salua le public d'un sourire lumineux. Elle fit même un clin d'œil à un client. Dès qu'Inge commença à chanter, le silence se fit ; toute la salle était pendue à ses lèvres. Ce soir, on ne bavardait pas, on écoutait avec attention. Les clients sentirent l'aura magnétique de la chanteuse, reconnurent à quel point sa voix était particulière, et se laissèrent aussitôt emporter avec enthousiasme. Dès les premières mesures, la piste de danse se remplit.

La chanson semblait un peu grivoise, son titre étant *Amalie sort avec un cavalier en caoutchouc,* mais en réalité elle était plutôt innocente car tout le monde savait qu'un cavalier en caoutchouc ne désignait qu'une simple bouée. Pourtant, l'interprétation d'Inge, sa façon particulière de rouler les « r » dans le refrain en balançant les hanches avec hardiesse suggéraient davantage et arrachaient le public à son siège. Le disque de ce one-step venait tout juste d'être pressé, et Inge lui prédisait déjà un avenir glorieux, certaine qu'on ne cesserait de l'entendre partout cet été. Elle avait le nez creux pour ce genre de choses.

Herr Paschke exultait dans l'ombre car on passait déjà cet air nouveau dans son café.

Les ourlets des robes ondulaient autour des genoux des danseuses. C'était une joie de les voir sur la piste. Même le pianiste ne boudait pas son plaisir. Une cigarette au coin des lèvres, le chapeau renversé sur la tête, il faisait sonner les accords avec délectation.

La plupart des clientes portaient sur les cheveux des bandeaux ornés de plumes, comme l'exigeait la dernière mode. Principalement noirs ou blancs avec du strass et des perles brodés, ou un gros cristal au milieu. Une jeune femme en particulier se distinguait dans la masse. Elle avait une robe scintillante de satin lilas avec un large ruban assorti qui domptait ses cheveux noir de jais coiffés à la garçonne. Exceptionnellement, les indispensables plumes d'autruche n'étaient pas dressées sur la tête mais cousues sur le bas de la robe et lui donnaient ainsi un volume imposant.

Une autre femme avait préféré un chapeau asymétrique, qui était en réalité plutôt destiné à être porté en journée. Même sa robe, bleu sombre et s'arrêtant en dessous du genou, aux bordures géométriques dorées, laissait deviner qu'elle était arrivée dès l'après-midi au Palastcafé. Sans doute accompagnée de son amie avec qui elle dansait et qui portait également une robe bleu marine, à la taille un peu plus austère et sans ornement mais dotée d'une cape de gaze qui couvrait les épaules jusqu'aux coudes. Le collier de perles enroulé deux fois autour de son cou descendait bien en dessous de sa poitrine et se balançait de part et d'autre, au rythme de la danse. Un sourire extatique illuminait les visages des dames.

Voilà la raison pour laquelle Inge aimait le chant par-dessus tout : cela apportait du bonheur aux gens, peu importe qu'il s'agisse d'un bref air à la mode ou d'un opéra de plusieurs heures. Il fallait simplement se laisser porter. Et qui mieux qu'une chanteuse charismatique pouvait amener le public à le faire ?

Deux ou trois des messieurs présents portaient eux aussi des vêtements de jour. Leurs vestons aux rayures verticales blanches et leurs canotiers à ruban rouge tranchaient bien plus au milieu des tenues de soirée que les robes des femmes. Toutefois, personne ne semblait gêné par ce méli-mélo de styles, au contraire, il créait un heureux mélange bigarré. Le pianiste retira son chapeau et s'en servit pour marquer la cadence du chant d'Inge tandis qu'il continuait à jouer d'une seule main. Le public hurlait de joie. C'était un tour de chant extraordinaire. C'est aussi ce que dit Herr Paschke, qui la tutoya à sa sortie de scène.

« Formidable, Inge, absolument formidable, la félicita-t-il en lui tapotant l'épaule dans un geste paternel. Qui l'aurait cru la première fois que tu as auditionné chez moi ? Une grande star se cache en toi, tous ceux qui t'ont vue ce soir en sont témoins. »

Inge se mit enfin en route pour rentrer chez elle, mais, tout à son euphorie, elle changea brusquement d'avis et se rendit à l'appartement de Curt Schäfer.

« J'ai fait un tabac ! » dit-elle dans un souffle lorsqu'il lui ouvrit la porte. Elle jeta ses bras autour de son cou et l'embrassa. « Et c'est à toi que je dois tout, mon chéri ! Tu es mon mentor, mon défenseur, mon tout ! »

Elle le poussa dans le couloir et commença à déboutonner sa chemise.

« Attends un peu, protesta-t-il. Tu sais quelle heure il est ?

— Non, et je m'en fiche. J'ai envie de toi. »

Il la repoussa d'une longueur de bras et examina son visage.

« Dis-moi, combien as-tu pris de ma boîte à farine ? »

Inge haussa les épaules avec nonchalance.

« Aucune idée.

— Beaucoup trop en tout cas. Ça ne va pas du tout.

— Mais tu ne vas pas me la reprendre ? »

Il rit.

« Non, voyons, je ne suis pas un monstre. »

Ils allèrent dans la chambre, Curt versa dans un verre de l'eau qu'il saupoudra du contenu d'un sachet. N'ayant pas de cuillère sous la main, il mélangea un bref instant avec son index, le lécha et tendit la mixture à Inge.

« Bois ça. Ça va te faire revenir à une température de service normale. Et la prochaine fois, vas-y un peu plus doucement sur la poudre. »

Le calmant ne tarda pas à faire effet. Une torpeur agréable se propagea dans le corps d'Inge. Elle s'allongea à côté de Curt et se lova contre lui comme un petit chat. L'appartement du chef de chœur était bien plus confortable que le sien. Avec un aménagement moderne par un décorateur d'intérieur, comme il aimait à le souligner. Le lit, surtout, évoquait à Inge celui d'une starlette de cinéma et ne convenait pas tellement à un homme tel que Curt. Sans cadre en bois ou en métal, il était extrêmement large et pourvu d'une tête rembourrée en velours. D'un confort infini, mais pas viril. Inge se blottit dans les coussins en plume moelleux, et il ne s'écoula pas deux minutes avant qu'elle s'endorme paisiblement.

Le réveil brutal vint le lendemain matin. Inge eut l'impression qu'on lui avait frappé la tête à coups de masse. Le plus grave était que l'euphorie de la veille lui manquait. À tel point qu'elle en conçut un profond désespoir. Comment l'âme humaine pouvait-elle tolérer deux états aussi extrêmes ? Cela devait cesser. Elle voulait de nouveau être elle-même.

Un regard suffit à Curt.

« Erreur de débutante », constata-t-il. Il prépara un café fort et ajouta deux comprimés. « Pour que ton pouls se réveille. »

Inge avait le tournis. Non seulement elle ne se sentait pas bien, mais elle était vraiment affaiblie. Quand avait-elle mangé quelque chose pour la dernière fois ?

« Je suis navré, dit Curt. Ma gouvernante ne va faire les courses qu'aujourd'hui. Je n'ai rien d'autre qu'une bouteille de bière chez moi, et j'imagine que tu n'en veux pas ? »

Inge fit non de la tête en frissonnant. Elle quitta l'appartement et s'acheta sur le chemin du travail deux *Röggelchen* dans une échoppe couverte de la vieille ville. Les petits pains croustillants avaient une odeur alléchante, mais la bouche d'Inge était si sèche qu'il lui fut impossible de les avaler. Au bureau, elle se précipita à la cuisine pour boire un grand verre d'eau. Elle mourait de soif. Elle était toujours littéralement écrasée par une fatigue accablante. Mais rien n'y faisait, sa journée de travail commençait. Elle prépara le café obligatoire pour Herr Bronnen et se servit elle-même une tasse qu'elle se hâta de vider avant que le patron arrive. Du bureau de poste, elle n'avait pas seulement récupéré les lettres adressées à Herr Bronnen mais aussi l'exemplaire du *Berliner Illustrierte Zeitung* de la semaine. Elle coinça l'hebdomadaire sous son bras pour pouvoir porter le plateau avec le café dans le bureau du directeur.

Un des membres du conseil d'administration s'était plaint, très sérieusement, des vingt Pfennig que coûtait un exemplaire du magazine. Il avait jugé que c'était un investissement sans fondement et évitable. Un investissement ! Comme si le directeur achetait chaque semaine un immeuble avec le budget de la station, ou quelque chose de semblable. Herr Bronnen avait répondu que, si vingt Pfennig représentaient une somme trop importante pour Radio Francfort afin de rester à la pointe de l'actualité extrarégionale et connaître les dernières nouvelles du monde, alors il les paierait de sa propre poche avec plaisir. En effet, Herr Bronnen n'était pas le seul à recourir au *Berliner Zeitung* pour s'informer ; Friedrich Milanski en tirait souvent lui aussi des informations intéressantes et non politiques qu'il pouvait présenter à ses auditeurs.

Allait-il utiliser les gros titres du jour ?

Inge feuilleta rapidement le magazine. Mrs Bessie Prenty, fille d'anciens esclaves américains, était la seule femme impresario de boxe aux États-Unis. Ce cas exceptionnel était relaté en détail sur une demi-page. La monteuse de spectacles vivait à Philadelphie, et Inge trouvait épatant qu'une photo de son doux visage, qui n'était plus si jeune, ait pu faire son chemin jusqu'à un journal allemand. Mrs Prenty regardait directement l'objectif, l'air aimable, sûre d'elle, un léger sourire s'esquissant sur ses lèvres.

On pouvait lire sous l'article des annonces publicitaires pour les *capsules de bain de bouche Ortizon*, la *crème d'acacia contre le nez rouge*, et *Spectrol* avait sorti un tableau gratuit des différentes tâches pour la femme au foyer.

Comme ses maux de tête refaisaient surface, Inge cessa de feuilleter le journal.

Elle frappa à la porte et apporta à Herr Bronnen le plateau et son courrier.

Elle tapa des lettres jusqu'à midi. Le directeur reçut plus d'appels que d'habitude, ce vendredi. Sans doute parce que le dernier épisode de la pièce radiophonique serait diffusé ce soir-là. Chaque sonnerie résonnait atrocement dans la tête d'Inge. Il y eut entre autres au téléphone un brocanteur qui voulait savoir où il devait livrer les cinq livres de chaînes en fer qu'un Herr Gehring avait commandées pour un bruitage quelconque. Et de nombreux reporters de la presse locale demandaient quand le directeur et ses acteurs seraient disponibles pour des interviews.

À midi et demi, le président du conseil d'administration appela le secrétariat.

« Oui, Herr Velbert, Herr Bronnen est encore là. En réalité, il voulait se rendre plus tôt à la station mais il a été retenu. Un moment, je vous prie. » Inge jouait du bout des doigts avec le cordon tressé du combiné, en coton marron. Pour ce nouvel appareil téléphonique, le cornet avait été remplacé par un microphone plus plat, par-dessus lequel elle tendit la main afin que Herr Velbert ne l'entende pas. Puis elle secoua la tête et reposa le combiné sur le bureau. Comme la voix au bout de la ligne avait paru extrêmement énervée, elle préféra ne pas passer directement la communication ; elle se glissa à pas de loup jusqu'au bureau de Herr Bronnen et murmura : « Le patron est au téléphone. Velbert en personne, précisa-t-elle en faisant de grands gestes en direction de son poste de travail. Il veut savoir si vous avez perdu tout sens commun. Vous deviez uniquement louer un espace publicitaire et pas acheter tout un dirigeable. Il a sous les yeux une facture dont le montant exorbitant ne lui permet de tirer qu'une seule conclusion : vous êtes devenu complètement marteau. Ce sont ses propres mots. »

Albert Bronnen se tourna vers sa secrétaire avec un sourire radieux. Il ne donnait pas l'impression d'être affecté d'une quelconque manière par cette crise de colère noire.

« Herr Velbert est probablement installé chez lui à son bureau, dit-il tout bas. Il se trouve à l'étage supérieur de la villa, devant une fenêtre immense d'où on n'aperçoit pas seulement la rivière, mais qui offre aussi une vue sur la vieille ville. Veuillez lui demander de se lever, je vous prie, et de regarder par la fenêtre. Et s'il n'est pas satisfait de ce qu'il voit, je paierai moi-même les frais publicitaires pour le zeppelin. »

Puis il se retourna et regarda le ciel par la fenêtre grande ouverte.

Dès qu'Inge eut terminé sa conversation avec Herr Velbert, qui avait d'abord grogné, de mauvaise humeur, avant de s'émerveiller, elle rejoignit Albert Bronnen.

« Le voilà au-dessus du centre à présent, s'écria-t-il avec excitation. Regardez, Fräulein Jacobs, il va bientôt changer de cap. »

Inge se pencha par la fenêtre et leva la tête.

Le dirigeable qui survolait les toits de Francfort était plus grand que tous les autres qui faisaient des tours à des fins publicitaires. Un cigare gigantesque, d'un blanc éclatant, avec de grandes lettres noires : *Final meurtrier pour l'inspecteur Feldmann*, pouvait-on y lire. *Aujourd'hui à 20 h 30. Seulement sur Radio Francfort.*

Mais ce n'était pas tout. Quand le dirigeable virait de bord pour présenter son autre côté aux badauds, on pouvait voir le visage colossal de Theodor Conrad. La manière dont le directeur avait réussi à obtenir un portrait aussi immense et parfaitement réussi était un mystère pour Inge. Son effet lui coupait le souffle. Herr Conrad était coiffé d'un chapeau à large bord, la base du col de manteau relevé était coupée, et un peu plus loin, à l'avant, sa main gantée tenait un pistolet. L'incarnation du fringant enquêteur. Dans un noir profond, comme peint à l'encre de Chine, sur fond blanc. Devant le canon, les regards étaient attirés par une cible sur laquelle était écrit en lettres de sang : *Attrapera-t-il le meurtrier ?*

Les passants sur les trottoirs restaient immobiles et fixaient le dirigeable, bouche bée, comme une armée de têtes en l'air. Inge observait la scène, fascinée. Les piétons n'étaient pas les seuls dans ce cas : les voitures aussi s'arrêtaient, de même que les omnibus dont les conducteurs tendaient le cou par la vitre pour mieux scruter le ciel.

En l'espace de quelques minutes après l'apparition du zeppelin, le trafic dans la rue, qu'Inge et Albert pouvaient suivre du bureau, fut en proie au chaos. Klaxons, jurons et bouchons s'accumulèrent. Jamais encore un dirigeable publicitaire n'avait causé de telles perturbations. Était-ce lié à sa dimension exceptionnelle ? Au portrait de Theodor Conrad ? À la présentation même du message, avec ses lettres immenses en noir et rouge sur fond blanc qui semblaient crier le suspense de ce dernier épisode ? Peu importe ce qu'Albert Bronnen avait pu imaginer, sa stratégie fonctionnait. Et Inge était convaincue que le conseil d'administration paierait les frais de cette campagne sans hésiter. En particulier quand la photo du zeppelin trônerait en première page des quotidiens le lendemain – accompagnée d'un article sur un épisode final qu'elle espérait réussi. Un grognement nerveux se propagea dans son ventre. Elle aussi tenait un rôle dans cet épisode : celui d'une chanteuse anonyme dans un bar, juste avant que le meurtrier soit démasqué. La scène avait été ajoutée à la dernière minute. Certes, ce serait pour créer une sorte d'ambiance musicale, mais elle chanterait en solo, et non dans le chœur. Curt avait arrangé cela spécialement pour elle. Il était en bons termes avec le directeur.

« Vous n'avez rien à faire, Fräulein Jacobs ? lui demanda-t-il alors qu'Inge ne montrait pas la moindre intention de retourner à son bureau.

— Euh, si, bien sûr, Herr Bronnen.

— Bien, je vais partir pour la station et voir où en sont les collègues dans les préparatifs. Comme vous n'avez plus de répétition avant la diffusion de ce soir, je vous demanderai de bien vouloir travailler normalement jusqu'à dix-sept heures.

— Mais Herr Schäfer pensait que je pourrais peut-être partir plus tôt. »

Albert Bronnen la fixa longuement de ses yeux sombres. Ses sourcils droits se froncèrent jusqu'à ce qu'un pli apparaisse entre les deux.

« Quand monsieur le chef de chœur sera directeur, il pourra disposer à sa guise des horaires de travail de la secrétaire de la station de radio. Tant que j'occupe cette fonction, c'est moi qui m'en charge. Ces dernières semaines, la qualité de votre travail s'est dégradée, Fräulein Jacobs. Vos lettres auparavant sans faute sont maintenant de teneur médiocre, elles ne peuvent pas partir en l'état. J'ai mis dans le parapheur celles qui doivent être retapées. Veuillez vous en charger aujourd'hui. Et faites-le à ma satisfaction. »

Sa voix paraissait neutre mais n'en était pas moins ferme.

Terriblement embarrassée, Inge porta la main à son cou et déglutit.

« Très bien, Herr Bronnen. »

Elle s'installa derrière sa machine à écrire sans lever les yeux vers lui. Jamais encore il ne l'avait réprimandée à ce point.

En sortant, il récupéra son chapeau sur le portemanteau métallique et s'arrêta de nouveau.

« Si vous êtes débordée dans vos activités diverses, vous devriez peut-être réfléchir à celle qui a le plus d'importance pour vous et vous y consacrer pleinement. Faire les choses à moitié par manque de temps ne vous mènera nulle part. »

Sur ces mots, il partit et laissa Inge avec les joues en feu, probablement cramoisies. Elle y posa la paume de ses mains et regarda dans le vide, sans ciller. Elle savait bien que ça ne pouvait pas continuer ainsi éternellement. Mais la critique de son patron l'avait blessée et avait fait naître en elle une humiliation que seuls les maux de tête qui martelaient son crâne pouvaient étouffer. Comment était-il possible de travailler dans ces conditions ? Taper des lettres jusqu'à cinq heures puis tout donner à l'antenne ?

La paume de ses mains était moite. Inge les essuya sur le tissu de sa jupe, mais ce n'était pas mieux. Elle les frotta de plus en plus vite. Finalement, elle s'arrêta, se leva d'un bond et sortit la tabatière de son sac à main. Cette fois, la poudre lui brûla un peu moins le nez. Peut-être s'y était-elle déjà habituée. Inge se sentit aussitôt nettement mieux. Les maux de tête et la fatigue furent comme volatilisés, et elle s'installa devant sa machine à écrire avec une énergie retrouvée. Elle taperait ces stupides lettres en un rien de temps.

ALBERT

Nouvelles radiophoniques, 1927 :

« Le drame *Feme*, d'après un roman de Vicki Baum, est projeté aujourd'hui dans les salles de cinéma. Le film est déclaré interdit aux mineurs. »

Vicki Baum était une femme aux multiples talents. Harpiste diplômée, rédactrice en chef de magazines, écrivain. Cette fille d'un fonctionnaire juif émigra en 1932 aux États-Unis. Ses romans firent partie des cibles des autodafés du Reich en 1933.

En route pour la station, Albert repensa à Inge. Il chercha à la comprendre. Elle aspirait sans doute à autre chose dans la vie que d'être sa secrétaire. Et qui pouvait lui en vouloir ? En revanche, il remettait sérieusement en question sa décision de s'engager dans une relation de dépendance avec Curt Schäfer. Albert connaissait les hommes comme le chef de chœur. Des mégalomanes convaincus d'être le centre de leur propre petit univers. Des prédateurs qui se servent de leurs proies féminines pour leur seul amusement, et les abandonnent sans scrupule quand ils en ont fini avec elles. Des solitaires narcissiques incapables d'affronter une concurrence masculine ou même de nouer des amitiés. Les Curt Schäfer de ce monde traversaient la vie comme des avalanches en laissant une trace de destruction derrière eux. De nombreuses autres comparaisons lui vinrent encore à l'esprit. Mais peut-être qu'Inge Jacobs devait en faire elle-même l'expérience. Elle s'en apercevrait quand son soi-disant mentor la mettrait sur la touche sans lui donner ce qu'il avait promis.

Albert éprouvait de la pitié pour elle. Pas assez, cependant, pour tolérer que son travail de secrétaire en pâtisse à ce point. Cela n'avait rien d'étonnant : qui pouvait tout à la fois suivre des répétitions dans un chœur, chanter dans un café, satisfaire un protecteur insatiable et répondre avec professionnalisme aux exigences d'un poste à temps plein ? Personne. Néanmoins, Albert refusait d'en faire les frais. Ce serait un comble s'il devait en plus passer derrière le plaisir personnel de Curt Schäfer.

Peut-être devrait-il donner à Inge Jacobs un deuxième avertissement, la prier de choisir purement et simplement entre le chant et le bureau. Ou alors chercher tout de suite une nouvelle secrétaire et mettre un terme à leur relation de travail. Si Gesa avait réellement parlé et expliqué à son amie à quel point son poste ne tenait plus qu'à un fil, on pouvait croire que cette mise en garde était tombée dans l'oreille d'une sourde, à en juger par le travail de Fräulein Jacobs. Albert en avait assez de ne plus pouvoir espérer obtenir des résultats corrects.

Non seulement les lettres étaient truffées de fautes, mais certains rendez-vous étaient ignorés ou n'étaient tout simplement pas notés sur l'agenda. Des messages pris au téléphone passaient à la trappe ; toutes sortes de choses étaient ainsi oubliées. Dès que la situation se serait apaisée à la station, il prendrait une décision. Après cette dernière pensée, Albert relégua provisoirement cette affaire dans un coin de sa tête.

Il devait se concentrer sur quelque chose de plus important. L'inspecteur Feldmann résolvait ce soir sa première enquête. Lorsque Albert sauta de son vélo et détacha la serviette en cuir de son porte-bagages, il repensa au contenu de l'épisode. H. P. Michaelis avait remanié la fin à la dernière minute. Le meurtrier n'était plus le chauffeur Laurenz, comme il l'était encore la veille, à la répétition, mais c'était Frau von Abt qui, dans un ultime retournement astucieux, serait démasquée comme étant la véritable coupable du crime. Ce serait sans doute difficile à accepter pour Ernst Gehring, qui s'était réjoui d'avoir enfin un rôle plus important, mais c'était une très bonne nouvelle pour Annegret Meyer.

Le courrier d'admirateurs pour l'actrice n'avait cessé de s'accroître au fil des épisodes. Chaque jour, il arrivait à la station quantité de lettres, cartes de vœux, déclarations d'amour, parfois accompagnées de fleurs ou de chocolats. Même Carla Simonetti s'était aperçue que ce n'était pas la jeune Gesa Westhof mais bien davantage la voix fascinante d'une collègue, somme toute ordinaire, qui risquait de lui faire de l'ombre. Albert avait réfléchi à une manière d'exploiter cet enthousiasme. C'est pourquoi il s'était entretenu avec l'auteur. L'excentricité décalée de H. P. Michaelis avait fait oublier à quel point cet homme était également habile et doué en affaires. Il avait donc réécrit avec plaisir la fin de la pièce en très peu de temps. Il se réjouissait même de surprendre une dernière fois la troupe de comédiens, ainsi que les auditeurs. Avec la perspective d'un contrat qui pouvait encore se développer, au-delà d'une deuxième et d'une troisième pièce radiophonique – qui sait, peut-être que *L'Inspecteur Feldmann* allait devenir une série en quatre parties –, Herr Michaelis faisait tout pour que l'*Affaire Aurora* soit un énorme succès auprès du public.

Albert avait beaucoup d'estime pour lui. Bien entendu, l'auteur serait présent lui aussi ce soir. Il ne voulait pas rater la diffusion de l'épisode final.

Comme le studio habituel était trop petit pour obtenir une acoustique à la hauteur du bras de fer captivant qui s'annonçait entre la meurtrière et l'inspecteur, Albert avait changé ses plans. Ils allaient émettre aujourd'hui depuis la plus grande pièce, la salle de répétition de l'orchestre. Les collègues l'avaient réorganisée et aménagée toute la journée, et lorsque Albert entra, il fut subjugué.

« Alors ? Content, patron ? le salua Peter Nagel, une cigarette au coin de la bouche.

— Plus que ça. Vous vous êtes réellement surpassés. Si avec tout ça nous n'obtenons pas une bonne acoustique, je ne sais pas ce qu'il faut faire. »

Pour absorber les bruits indésirables, tous les murs avaient été recouverts de tissus épais, du sol au plafond.

Du fait de sa forme sphérique, le microphone enregistrait les bruits venus de toutes les directions, ce qui créait un écho prolongé. C'est pour cette raison que la large salle de répétition n'était pas bien adaptée à la diffusion d'un programme. Mais cette isolation phonique par les tissus réduirait l'écho et améliorerait la qualité du son. Sauf pour l'orchestre. Albert trouvait qu'il était difficile d'obtenir un équilibre satisfaisant entre les instruments car l'isolation extrême produisait une sorte de son fantôme.

L'acoustique était tout à fait différente de celle des salles de concert. L'orchestre jouerait donc dans son studio habituel, plus petit mais mieux adapté, et l'antenne lui serait donnée uniquement quand il le faudrait. Ce serait compliqué à mettre en place mais le résultat serait d'une qualité exceptionnelle, voilà pourquoi Albert avait choisi de procéder ainsi.

La disposition des accessoires nécessaires au bruitage lui faisait penser à la composition d'une peinture. Une œuvre d'art extrêmement audacieuse en très grand format. Il sourit de satisfaction. La porte, qui était utilisée à plusieurs reprises à chaque épisode, se dressait fièrement au centre de cette œuvre imaginaire.

« Qui aurait cru que nous utiliserions aussi souvent ce vieux machin ? » dit-il à Ernst Gehring d'un ton laconique.

Son collègue était en train de la balancer d'avant en arrière en la faisant grincer sur ses gonds.

« On serait perdus sans elle. Mais notre bar à bruits est aussi sensationnel. Il peut être manipulé par une seule personne, comme par un artiste avec son instrument. Peter et moi l'avons encore perfectionné hier.

— Montrez-moi. »

Ernst Gehring ferma la porte et s'approcha de l'installation. On voyait dans des caisses peu profondes divers revêtements de sol alignés en rang d'oignons, comme des touches de piano surdimensionnées. Ernst portait déjà aux pieds deux chaussures différentes afin de pouvoir reproduire des sons grâce à leurs semelles. Ces messieurs avaient installé une table haute par-dessus. Les chaînes en fer qu'ils avaient commandées pendaient comme un rideau à une barre transversale qu'ils avaient fixée eux-mêmes.

« Pendant que nous produisons des bruits de pas en bas, on peut aussi faire travailler nos mains en haut avec ce qui se trouve dans le tiroir de la table. Vous voyez ? Des verres, des bouts de métal, une cruche d'eau, tout est là. Au lieu de toujours courir à droite, à gauche, je n'ai qu'à rester ici et à me servir de cette installation comme si je jouais d'un instrument.

— Fabuleux ! Je peux ? »

Ravi, Albert attrapa le pistolet à disposition, le pointa en l'air et tira la cartouche à blanc. Toutes les personnes présentes sursautèrent.

« Désolé, mais j'ai toujours voulu faire ça. »

Ernst Gehring rit de bon cœur.

« Pas de problème, je le recharge. On peut dire ainsi qu'il a réussi sa répétition générale. »

Le microphone était monté sur un pied au centre de la pièce. Albert avait fait régler la hauteur de manière que tous les acteurs, du plus grand au plus petit, aient la possibilité de parler à une distance idéale.

Tout le monde arriva peu à peu. Gesa était vêtue d'une robe claire sans manches, avec un col en V et une taille basse, qui se terminait par de grands plis se balançant au rythme de ses pas. Elle avait noué un foulard bleu marine autour de son cou. Elle était renversante et Albert ne put s'empêcher de profiter un moment du spectacle de ses jambes. Pourvu que personne ne s'en aperçût – il aurait été déplaisant de ne pas paraître professionnel. Mais il devait reconnaître que Gesa Westhof faisait battre son cœur comme jamais. C'était bien plus qu'une simple passade. Il était amoureux. Cette pensée, aussi déplacée qu'elle pût paraître à cet instant, le remplit de joie.

Les stars apparurent à leur tour ; même Carla Simonetti fut parfaitement à l'heure.

« Nerveux ? lui demanda Theodor Conrad en prenant le script modifié qu'on lui tendait.

— Toujours, répondit Albert.

— C'est bien. Vous l'avez déjà lu ? demanda Herr Conrad en brandissant son texte.

— Je trouve que Herr Michaelis s'est surpassé. »

Le regard concentré, l'acteur survola le texte pour arriver à la fin et lut en diagonale les lignes tapées à la machine. Il siffla entre ses dents d'un air admiratif.

« C'est très malin. Je ne m'attendais pas à ce qu'il ose un tel rebondissement, mais de cette façon je pense que le mystère restera entier pour tout le monde jusqu'au bout, et passionnera l'audience.

— Eh bien, dans ce cas… Êtes-vous prêt à enquêter, monsieur l'inspecteur ? »

Ils rejoignirent tous les deux l'équipe au complet et Albert fit encore répéter quelques scènes une toute dernière fois. Puis l'heure de la diffusion arriva. Le silence s'installa dans la salle. Albert adressa un clin d'œil discret à Gesa et glissa lui-même la tête dans le couloir, où un collaborateur attendait les instructions.

« Générique de début dans trente secondes, dit-il, ensuite on branche immédiatement le microphone ici. »

Son pouls accélérait. Il entendit la musique s'élever dans l'autre studio ; Bienefeld et son orchestre étaient en grande forme.

« Bonsoir, Mesdames et Messieurs, dit-il d'une voix claire et forte lorsqu'il fut à l'antenne. Radio Francfort vous salue aujourd'hui avec le huitième et dernier épisode de la pièce radiophonique policière *L'Inspecteur Feldmann et l'Affaire Aurora*, de H. P. Michaelis. Avec, dans les rôles principaux, Theodor Conrad et Carla Simonetti. »

Ses jambes flageolèrent de soulagement lorsqu'il donna la parole aux acteurs et qu'il put se retirer. En respirant profondément, Albert prit position au fond de la pièce, près de la porte, pour pouvoir percevoir les retours du studio et tout coordonner.

Le chœur sous la direction de Curt Schäfer s'était également joint à eux. Il était plus simple de les avoir directement dans la grande salle. Ils étaient regroupés autour d'un deuxième microphone qui n'était pas encore mis en marche. Inge Jacobs, au premier rang, s'était changée après le bureau. Elle portait maintenant une tenue de soirée qui pouvait faire croire qu'elle allait monter sur scène, se produire devant un public. Sa robe était noire, aux manches transparentes et au décolleté plongeant. La jeune femme paraissait fébrile, incapable de tenir en place, et même de là où il se trouvait, Albert pouvait voir ses pupilles dilatées. Tout comme celles du chef de chœur, qui cependant se contrôlait mieux et adressait à sa troupe un sourire souverain.

Chacun joua sa partition à la perfection, il n'y eut aucun incident. Albert avait observé Gesa durant la représentation. Les traits de son visage étaient extrêmement expressifs quand elle parlait dans le microphone, et elle semblait heureuse bien qu'elle eût peu de texte dans ce dernier épisode. Elle se tenait droite, une étincelle dans les yeux, et elle et ses collègues incarnaient leurs rôles dans une harmonie totale, comme s'ils n'avaient jamais rien fait d'autre de leur vie. Ces deux derniers mois, la troupe s'était soudée visiblement et sensiblement. Même Theodor Conrad, habituellement poli et distant, était devenu plus chaleureux avec ses collègues. Il régnait une atmosphère agréable au sein de la troupe. Les frasques de Frau Simonetti avaient également été acceptées avec une certaine indulgence, elle était comme elle était.

Le dénouement s'annonçait. Inge chanta son solo tandis qu'Ernst et Peter simulaient une ambiance de bar qui dégénérait en chaises repoussées en arrière et en bataille rangée. La meurtrière confondue tenta une sortie, un coup de pistolet fut tiré par Theodor Conrad lui-même, un large sourire sur le visage. Frau von Abt, dans sa fuite, sauta par une fenêtre pour échapper à son arrestation. La troupe se mit à crier en chœur et poussa pour finir des *Ah* et des *Oh* car la coupable ne survécut pas à sa chute. Affaire classée.

Dans la scène finale, H. P. Michaelis avait glissé une allusion à la pièce radiophonique suivante afin de s'assurer la fidélité des auditeurs.

« Vous venez d'écouter le dernier épisode de la pièce radiophonique policière… » Albert entama la lecture du générique. Il nomma tous les collaborateurs et conclut par ces mots : « Partagez notre joie de retrouver l'inspecteur Feldmann dans une nouvelle enquête, très prochainement et en exclusivité sur Radio Francfort. »

C'était terminé. Les microphones furent éteints, la transmission, coupée, et les cris de joie éclatèrent.

« Merci beaucoup à tous les artistes, cria le directeur pour se faire entendre. Le conseil d'administration vous adresse lui aussi ses compliments. »

Il désigna la porte par laquelle on apportait justement un baquet en métal rempli de glaçons et de bouteilles de champagne.

« Comme c'est généreux de la part de Herr Velbert, il n'a pas lésiné sur les moyens. » Carla Simonetti se plaça à côté d'Albert et ils regardèrent ensemble l'ouverture des bouteilles et le partage de leur contenu dans des verres.

Il était intéressant de remarquer les différences entre les tenues choisies par les actrices pour la diffusion. Tandis que Gesa portait une jolie robe de jour et qu'Inge était apparue en tenue de soirée, Frau Simonetti avait opté pour un ensemble chemisier et pantalon large qui associait élégance et assurance. Les boucles noires de ses cheveux à la garçonne se balançaient librement au moindre mouvement de tête.

Annegret Meyer, en revanche, ne déviait jamais de son uniforme constitué d'une jupe descendant jusqu'au mollet et d'un haut boutonné jusqu'au cou. Elle agrémentait sa tenue de colliers en bakélite multicolores ; aujourd'hui, il était composé de grosses perles au teint moutarde vif. Elle était assaillie par des collègues qui trinquaient avec elle et la félicitaient pour sa prestation.

« Qui aurait cru que Frau Meyer se révélerait être la meurtrière », lança Carla Simonetti.

Elle avait épinglé à son chemisier une broche dorée ayant la forme d'une tête de cheval qui scintillait à la lumière.

« Eh oui, c'était un rebondissement surprenant.

— De dernière minute.

— L'auteur s'est autorisé cette liberté artistique. »

L'air amusé, elle haussa ses sourcils fins, parfaitement dessinés, et but de petites gorgées de son verre.

« Quel heureux hasard. Elle qui est la favorite du public. De cette manière, nous sommes sûrs que la pièce restera gravée longtemps dans la mémoire des gens.

— Je l'espère. Jusqu'à la deuxième affaire. »

Cette fois, elle regarda Albert dans les yeux.

« J'ai entendu dire que Theo a déjà signé un nouveau contrat. Avec une option sur plusieurs productions, pas seulement deux ou trois. Ça me paraît assez inhabituel qu'il veuille s'engager ainsi sur une période aussi longue. Ce n'est pas dans son tempérament. Un très bon argument se cache sans doute là-dessous. »

L'actrice avait-elle des informateurs à la station ? Ou les bruits de couloir couraient-ils si vite que tout le monde savait déjà ? Cette seconde possibilité ne plaisait guère à Albert mais, si cela se confirmait, il ne pouvait rien y faire.

« Par chance, Herr Conrad a pu se débrouiller pour trouver de la place à consacrer à Radio Francfort dans son planning.

— Herr Bronnen, l'éternel diplomate, plaisanta Carla Simonetti. Très bien, si vous ne voulez rien me dire, vous n'y êtes pas obligé. De toute façon, une carrière à la radio ne m'intéresserait pas. Avec mes nombreux engagements, je ne parviendrais pas à trouver le temps pour une nouvelle production, surtout avec toutes ces répétitions interminables. Comme vous en avez sans doute déjà entendu parler, j'entame bientôt une tournée théâtrale. »

Il hocha la tête, faisant mine d'être effectivement au courant.

« Et comment comptez-vous occuper Fräulein Westhof en attendant les premiers épisodes de la prochaine pièce ? »

Ce qu'elle pouvait être énervante, cette manie qu'avait l'actrice de flairer les plaies à vif tel un limier. Prenait-elle un plaisir malsain à aborder les points sensibles ? En effet, Albert s'était déjà cassé la tête à essayer de trouver des missions pour Gesa en attendant que recommence une nouvelle grande pièce radiophonique. Cela ne regardait en rien Frau Simonetti, mais il voulait faire en sorte que Gesa ne manque jamais de travail.

« Je ne suis pas uniquement responsable du reclassement professionnel de Fräulein Westhof, je le suis aussi pour le reste de l'équipe. C'est mon problème, alors laissez-moi m'en charger. J'y suis toujours parvenu dans le passé. »

Elle laissa échapper une sorte de rire moqueur, comme s'il venait de dire quelque chose de drôle. Qu'arrivait-il encore à la Mimin ? Tantôt elle se montrait aimable avec lui, semblait même lui faire partager ses doutes et ses faiblesses, tantôt elle redevenait revêche et le prenait de haut. Comme si la radio n'était qu'une activité annexe insignifiante pour la grande star, et Albert, rien de plus qu'un petit garçon qu'on ne pouvait prendre au sérieux.

Il se pencha vers son oreille et lui susurra :

« Si jamais vous souhaitez être de nouveau de la partie, Frau Simonetti, je peux à tout moment demander à Herr Michaelis d'écrire un rôle pour vous. Vous n'avez qu'un mot à dire. »

Le ton de sa voix était doux, taquin.

« Il ne manquerait plus que ça ! »

Elle haussa les épaules avec indignation. Avant de pouvoir lui lancer une réplique cinglante, Albert fut appelé au téléphone.

Il posa son verre et se dirigea vers l'appareil mural en bois dans le couloir.

« Bronnen ! Une performance exceptionnelle, absolument épatante ! »

Hans-Herbert Velbert avait une voix métallique dans le cornet qu'Albert pressait contre son oreille. Il s'approcha un peu plus du téléphone démodé et parla dans le pavillon fixé à l'appareil :

« Merci beaucoup, Herr Velbert.

— Et la presse ? Où est-elle ?

— Elle arrive. » Albert consulta sa montre-bracelet. « J'ai prévenu tous les quotidiens de Francfort, les reporters devraient être là dans un quart d'heure.

— J'espère que votre équipe a encore tous ses esprits. Je devine, au bruit que j'entends derrière vous, que ma baignoire de champagne est déjà arrivée.

— C'est exact. Très aimable de la part du conseil d'administration.

— Écoutez, si la presse prend des photos, je veux que Simonetti et Conrad se placent au premier plan. Vous pouvez rajouter Bienefeld et Schäfer, accompagnés chacun par un membre du chœur et de l'orchestre. Et vous posez bien entendu avec eux. Choisissez un joli minois parmi votre troupe. Pas Meyer.

— Mais Frau Meyer compte de nombreux admirateurs. »

Le son grésilla sur la ligne.

« Justement. Cela ne doit pas changer. Personne n'est obligé de savoir à quoi elle ressemble. Exaucez le fantasme des auditeurs et laissez-les croire que Frau Meyer est aussi débauchée que Frau von Abt. Nous vendons du rêve, Bronnen, pas la réalité. Nous créons du divertissement. »

Le mousseux remonta en brûlant la gorge d'Albert. Il voulut s'y opposer, dire au président du conseil qu'Annegret avait mérité de figurer sur les photos et que sa proposition était d'une effronterie inconcevable.

« Si c'est ce que vous voulez…

— En effet, je le veux. Eh bien, au revoir. Ah, Bronnen : l'idée du dirigeable publicitaire, c'était un coup brillant, cela a fait des vagues énormes. Bien entendu, la station prendra les frais en charge. Toutefois, si vous projetez à nouveau de telles dépenses, je vous prierai de bien vouloir en parler en amont au conseil d'administration. »

Une fois la conversation terminée, Albert resta un instant dans le couloir. Des rires lui parvinrent de la salle de répétition. Il vit, par la porte ouverte, Curt Schäfer donner une tape discrète sur les fesses d'Inge Jacobs. L'orchestre les avait rejoints, ces messieurs étaient au complet mais il n'aperçut nulle part Margot Mikola. Pas plus que Friedrich Milanski, qui était pourtant toujours sociable.

Albert voulait lui aussi se sentir insouciant.

Il tapa dans ses mains.

« Messieurs, Mesdames, je suis contraint d'interrompre cette fête bien méritée. Quelques minutes seulement. La presse attend au rez-de-chaussée. Si nous voulons figurer dans les exemplaires de demain, nous devons nous dépêcher. Je prie Frau Simonetti, Herr Conrad, Herr Schäfer et Herr Bienefeld, ainsi que Fräulein Jacobs et Fräulein Westhof, de bien vouloir me suivre en bas. »

Lorsqu'il croisa le regard d'Annegret Meyer, Albert baissa les yeux. Il avait honte.

Dans la cage d'escalier, Inge gloussa d'excitation.

« Je vais avoir ma photo dans le journal ! Bon sang, je ne m'attendais pas à ça. »

Gesa marchait à côté d'elle sans rien dire, son visage ne trahissant rien de ce qu'elle pensait.

Les reporters attendaient dans le foyer, devant les ascenseurs. Le reste du bâtiment était plongé dans l'obscurité, le service des chèques postaux avait fermé ses portes depuis des heures. Seul le hall d'entrée resplendissait : l'immense lustre suspendu au haut plafond était allumé, ainsi que toutes les lampes aux murs, qui l'entouraient. Les semelles d'Albert couinaient sur le sol fraîchement ciré.

« Bonsoir, Messieurs », fut tout ce qu'il put dire avant que les flashs se mettent à crépiter. Le petit groupe se hâta de se mettre en position sur les trois premières marches du grand escalier, Carla Simonetti et Theodor Conrad au premier rang, à côté du directeur. Il remarqua du coin de l'œil Inge Jacobs se faire aussi une place à leur côté.

Les reporters prirent d'innombrables photos. Les flashs cliquetaient dans les oreilles d'Albert, de toutes parts. Pour la deuxième fois ce soir-là, il eut le tournis. Non plus d'excitation ou de joie, mais parce qu'il était irrité par ces explosions de lumière crue et la confusion des voix qui s'entremêlaient. Tout ce qu'il souhaitait était de retrouver son appartement paisible, si possible avec Gesa et une bonne bouteille de vin. Bien entendu, prononcer un petit discours et répondre aux questions de la presse faisait partie du jeu. Après tout, ils dépendaient des articles et des critiques, et Albert avait pris l'habitude de ce manège à Berlin. Mais à l'époque déjà, il n'y prenait aucun plaisir. Il aimait rester dans les coulisses, tirer les ficelles et diriger ce qui se passait dans la station. À son grand soulagement, les journalistes se ruèrent avant tout sur les deux célébrités.

« Herr Conrad, qu'est-ce que ça fait d'être promu inspecteur principal ? Vous allez bientôt enquêter de nouveau pour Radio Francfort ? » lança l'un d'eux.

« Frau Simonetti, est-il vrai que vous et Herr Bronnen êtes très proches ? Vous auriez été surpris en train de flirter lors d'une soirée. »

Avant qu'Albert puisse exprimer le moindre démenti, la Mimin lui prit le bras de manière démonstrative et fixa les objectifs, les yeux pétillant d'une lueur qui en disait long.

Theodor Conrad, rompu aux rapports avec la presse, adressa à Albert un sourire compatissant et dit d'une voix forte :

« Calmons-nous, Messieurs. Pas de spéculations hasardeuses. Nous répondrons avec plaisir à vos questions. Et nous espérons ne pas lire demain de fausses allégations. Alors, oui, il est vrai que je vais reprendre le personnage de l'inspecteur Feldmann, et j'entamerai ma deuxième affaire, comme vous l'avez remarqué avec justesse, avec une promotion en poche.

— Quand la pièce sera-t-elle diffusée ? »

Cette fois, Albert prit la parole :

« Nous vous communiquerons cette information en temps voulu. Vous avez certainement des questions concernant la production actuelle. » Il s'écarta délicatement de Carla Simonetti. « Concernant la vie privée de Frau Simonetti, je ne peux évidemment vous donner aucun renseignement. Si ce n'est que je ne suis pas l'homme qui partage sa vie.

— Rabat-joie », lui murmura la Mimin.

« Qui a eu l'idée du dirigeable géant ?

— C'est moi.

— Dès les premiers épisodes, vous avez reçu un accueil très enthousiaste du public. Jamais dans les foyers on n'avait encore proposé de divertissement aussi captivant, sur toute une soirée. Les acteurs ne sont pas les seuls à accomplir une performance incroyable, les bruits de fond sont d'un réalisme renversant. Comment parvenez-vous à créer cela ? »

Enfin une question à laquelle Albert répondrait avec plaisir.

« Si cela fonctionne aussi bien, c'est parce que Radio Francfort a un groupe de collaborateurs talentueux qui s'accordent comme un orchestre pour décider qui fait quel son, et à quel moment. Depuis quelque temps, les bruitages d'ambiance ont droit eux aussi à leurs propres répétitions, comme pour la musique, le chœur et les acteurs. Cela me réjouit que le public et la presse saluent nos efforts. »

Il sourit au reporter qui s'était exprimé. Albert le connaissait de rencontres précédentes : il s'appelait Dietrich Traut et travaillait pour le *Frankfurter Zeitung*, qui était très apprécié et particulièrement réputé pour ses pages culturelles. Trouver demain un article sur *L'Inspecteur Feldmann* dans la rubrique culture du journal ravirait sans aucun doute l'ensemble du conseil d'administration.

« Pourquoi Annegret Meyer n'est-elle pas avec vous ? Nos lecteurs aimeraient beaucoup voir la femme qui se cache derrière cette voix fascinante. »

Cette remarque était venue du journaliste qui voulait prêter à Albert une aventure avec Carla Simonetti. Un homme grand et mince dans un costume étroit, qui dépassait presque d'une tête ses camarades.

« Et vous êtes ?

— Falk Neuberg, de l'*Illustriertes Blatt Frankfurt.*

— Frau Meyer sera tout à fait disposée à répondre à vos questions demain matin par téléphone, si vous le souhaitez. Aujourd'hui, vous devrez simplement vous contenter de nos deux célèbres stars. »

Il fit un signe à droite et à gauche, en glissant dans ses paroles un ton facétieux qui fit rire les autres reporters.

Herr Neuberg conserva un air grave et poursuivit aussitôt avec une nouvelle question :

« Frau Simonetti, était-ce difficile pour vous de ne pas pouvoir travailler avec votre physique mais seulement avec votre voix ? »

Albert était sur ses gardes. Il écouta l'interview avec attention, veilla à ce que les thèmes abordés restent professionnels et que les journalistes ne soient pas trop intrusifs. Il fallait se montrer très prudent avec ce Falk Neuberg. Il travaillait pour un journal connu et en avait pleinement conscience. Albert ne devait pas perdre sa faveur, mais il n'accepterait pas n'importe quoi de lui. L'allégation selon laquelle il aurait une histoire avec Carla Simonetti l'énervait prodigieusement. Il était fort possible que toute forme d'attention de la part du public fût tout à fait indifférente à l'actrice, mais ce n'était absolument pas son cas. La dernière chose qu'il souhaitait, sur le plan privé comme professionnel, était qu'on lui prête une relation avec une de ses actrices. En dehors de Gesa, bien sûr.

Les reporters ne s'intéressaient pas du tout aux autres personnes présentes. Sans doute parce qu'elles étaient trop peu connues. Bien entendu, ils notèrent les noms qu'on leur donna mais n'eurent pas la moindre question à leur poser. À part à Inge Jacobs – à savoir quels étaient ses projets pour ce soir dans une telle robe de soirée.

Quand ce fut enfin fini, Albert respira à nouveau. Il regarda ses collègues remonter petit à petit pour rejoindre la fête. Même Theodor Conrad restait encore pour célébrer la fin de la pièce. Frau Simonetti prit congé et monta dans un taxi. Seule Gesa traîna un peu dans le hall jusqu'à ce que tout le monde soit hors de vue, puis elle s'approcha d'Albert et déposa un baiser sur ses lèvres.

« Toutes mes félicitations, monsieur le directeur. Un succès qui ne s'est pas démenti, du premier au dernier jour. Radio Francfort est dans tous les esprits, tu n'aurais pas pu rêver mieux.

— Merci. »

Il dénoua sa cravate. Ils se tenaient au milieu du foyer, ce grand espace vide dans lequel leurs voix résonnaient. À leur gauche, les paternosters effectuaient leur ronde sans fin.

« Que voulait dire ce reporter au sujet d'un flirt avec Frau Simonetti ? »

Albert examina le visage de Gesa.

« Tu es jalouse ?

— Possible. »

Il sourit d'un air amusé.

« C'est très flatteur, vraiment, mais il n'y a aucune raison de s'inquiéter. Frau Simonetti et moi étions invités à une soirée dans la propriété de Herr Velbert, et le président du conseil d'administration a voulu que je m'occupe d'elle. »

Elle lui jeta un regard inquisiteur de ses yeux mi-clos, qu'il trouva irrésistible. Avec son charme naturel et sa joie de vivre, Gesa le fascinait mille fois plus qu'un personnage fictif comme celui de leur chère grande actrice. Personnage que Carla Simonetti avait elle-même choisi d'interpréter, ajouta Albert dans ses pensées. Ce n'était pas sa faute à lui, si cette diva inaccessible qu'elle avait créée de toutes pièces la rendait malheureuse à présent, et qu'elle aspirait à un peu de chaleur humaine.

Pour sa part, il s'était promis d'intervenir un peu plus dans le choix de l'interprète principal féminin de la prochaine pièce. Si Hans-Hermann Velbert ne lui imposait pas un nom. Il avait laissé entendre qu'il souhaiterait avoir une autre actrice connue dont la réputation la précéderait autant que celle de Carla Simonetti. Mais pour l'instant, il ne voulait pas se casser la tête là-dessus. Il savoura la vision du joli visage de Gesa et sourit d'allégresse.

« Tu as vu Margot ? lui demanda-t-elle tout à coup.

— Margot Mikola ? Seulement un peu avant la diffusion.

— Moi aussi. Quand je suis arrivée, elle était déjà à sa place dans l'orchestre. Elle n'est pas venue à la fête avec les autres musiciens.

— Elle est sans doute rentrée chez elle. Elle devait être épuisée après cette dernière représentation. Et elle n'avait probablement pas envie de faire la fête avec Bienefeld et ses acolytes, de toute façon. C'est d'ailleurs un problème sur lequel je vais me pencher ces prochains jours, ce conflit entre le chef d'orchestre et la seule femme de son ensemble. »

Gesa secoua la tête en fronçant les sourcils.

« Elle n'était plus la même ces derniers jours, elle ne disait pas un mot et avait la tête ailleurs. Cette campagne de dénigrement l'a profondément affectée. Je m'inquiète. »

Il posa un bras sur son épaule.

« Ce n'est pas nécessaire. Ton amie est une adulte, qui a toujours su se débrouiller jusqu'à présent. Demain matin, elle sera la seule à ne pas avoir mal à la tête et à être parfaitement reposée. »

GESA

Nouvelles radiophoniques, 1927 :
« Käthe Kollwitz fête son soixantième anniversaire. »

Avec son œuvre vaste et variée – gravures, lithographies, sculptures et dessins –, Käthe Kollwitz est une des artistes allemandes les plus célèbres. Ses travaux sont saisissants de réalisme et de gravité. En 1914, elle perdit son plus jeune fils, Peter, au cours de la Première Guerre mondiale. Elle-même mourut quelques jours avant la fin de la Seconde Guerre mondiale.

Les stores plissés de la vitrine se soulevèrent tel le rideau d'un théâtre, et les rayons du soleil éclairèrent les moindres recoins de la devanture. Francfort s'éveillait en cette splendide journée d'été, et la routine quotidienne effrénée commençait, comme si quelqu'un avait appuyé sur un bouton. Gesa resta un instant devant la boutique et observa les quatre mannequins de la vitrine, tous d'une taille et d'une silhouette différentes, mais toujours avec la même coupe de cheveux à la garçonne châtain clair ou foncé. Ils étaient vêtus à la dernière mode de cet été, des robes descendant jusqu'aux genoux, en grège et taupe clair, avec des fronces et des bretelles fines. Celle au centre faisait penser à une toge romaine, dégagée aux épaules dans une coupe asymétrique, et plutôt osée.

Trois bustes en plâtre peint, avec des yeux de verre, étaient installés devant les mannequins. Il y était présenté les chapeaux assortis, très ajustés comme des casquettes, et enfoncés sur le front. Une tenue comme celle-ci lui aurait coûté plusieurs mois de salaire. Mais Gesa retint leurs coupes et se promit de se confectionner quelque chose de semblable pour la saison chaude, dès qu'elle aurait économisé assez d'argent pour se payer de beaux tissus. D'ici là, il allait falloir ressortir la garde-robe de l'été précédent.

Elle acheta un ticket et monta dans le bus, grimpa à l'étage et eut la chance de dénicher une place libre sur l'impériale ouverte.

Lorsque le véhicule se mit en marche, les messieurs refermèrent leurs journaux en même temps afin qu'ils ne soient pas emportés par le vent. Il n'était pas encore neuf heures et les rues grouillaient déjà de monde. La masse confuse de vélos, d'omnibus, de calèches et d'automobiles s'engouffrait comme d'habitude dans le flux de la circulation. Ceux qui disposaient d'une capote l'avaient ouverte ce matin-là.

Le petit-déjeuner était servi au Café Taunus. Les tables sur le trottoir étaient toutes occupées jusqu'à la dernière place, et séparées des passants par de simples cordons. De l'étage où elle se trouvait, Gesa pouvait voir ce que les clients dégustaient. Des œufs avec du bacon, des petits pains à la confiture, des brioches à la cannelle, le tout arrosé de café. Son ventre gargouilla. Il n'y avait rien à la maison, à part un reste de pain gris qu'elle avait laissé à Rolf. Elle-même s'était contentée d'une tasse de café de malt, sans lait car il n'y en avait plus.

Gesa descendit du bus à l'Elbestrasse. Une marchande de fleurs avait installé son stand juste à côté de l'arrêt. Ce n'était rien de plus qu'une charrette à bras surmontée d'un dossier en bois d'où pendaient les bouquets et les couronnes déjà préparés. Sur le fond de la charrette se trouvait un tas de fleurs et de verdure éparses qui lui servait de stock. Elles étaient protégées par l'ombre d'un grand parapluie noir, fixé à la planche de bois par du fil de fer. Elle allait devoir vendre bien vite sa marchandise par une journée aussi chaude, si elle ne voulait pas qu'elle se flétrisse.

Gesa entra dans le bâtiment administratif et pénétra dans le secrétariat d'Albert où Inge était en train de préparer la machine à écrire pour se mettre au travail. Elle n'était à nouveau pas rentrée chez elle cette nuit. Elle avait sans doute célébré avec Curt Schäfer le succès de sa prestation dans la pièce radiophonique. Elle paraissait très agitée, et avait l'air maigre et le teint pâle. Lorsqu'elle aperçut son amie, elle se jeta sur Gesa.

« Tu as des nouvelles de Margot ?

— Non, pourquoi ? »

Le gargouillis affamé de son ventre céda aussitôt la place à l'inquiétude.

« Elle a purement et simplement disparu hier, après la diffusion. Sans prévenir personne.

— Je m'en suis aperçue aussi. Mais peut-être qu'elle était fatiguée et qu'elle voulait se dépêcher de rentrer chez elle, répondit Gesa, en répétant sans y croire l'argumentation d'Albert de la veille.

— Je ne pense pas. » Inge s'assura que la porte du bureau du directeur était bien fermée, puis elle chuchota : « La troupe de Bienefeld a sérieusement picolé hier soir. L'un d'eux s'est vanté d'avoir de nouveau peloté Margot, tu imagines ! Là-dessus, elle a rassemblé ses affaires et quitté la station à la hâte. Ces ordures ont ri et ont dit qu'ils avaient enfin réussi à la dégoûter pour de bon. Ebner a même prétendu que Bienefeld allait sûrement le nommer premier violon après tout ce qu'il avait fait. Et qu'il voudrait bien en accomplir tous les jours, des missions comme celle-là. J'aurais pu vomir.

— C'est horrible ! Je vais tout de suite en parler à Albert, il faut absolument qu'il intervienne. »

Inge retint Gesa par le bras.

« Attends. Le patron n'est pas seul, Fritz Milanski est avec lui. C'est à propos du reportage sur le championnat de foot, tu ne peux pas débarquer comme ça dans son bureau.

— Mais Albert m'a fait venir exprès. »

Inge cligna des yeux, confuse.

« Euh… ah oui, c'est vrai.

— Ça ne va pas ?

— Si, si. Je suis seulement un peu tête en l'air ces derniers temps, j'ai du travail jusque-là. »

Gesa caressa amicalement le dos d'Inge. Elle sentit ses vertèbres saillantes à travers le tissu de son chemisier. En quelques semaines, son amie s'était terriblement amaigrie.

« Si tu as besoin d'aide, Inge, si je peux faire quoi que ce soit, dis-le-moi. Je serai toujours là pour toi. »

Les larmes commençaient à monter aux yeux d'Inge.

« Je le sais, merci. Mais tout va bien, je t'assure. Il y a même de bonnes nouvelles. Curt va quitter sa femme pour moi. Il m'aime et veut qu'on vive ensemble. »

Gesa sentit s'intensifier en elle cette peur diffuse qu'elle avait déjà éprouvée. Elle espérait vraiment que l'affection qu'Inge portait au chef de chœur ne mène à rien de sérieux. Des coureurs de jupons notoires comme lui ne divorçaient jamais, son amie devait en prendre conscience.

Gesa n'avait pas le cœur à émettre des critiques ; elle afficha au contraire un sourire réconfortant et dit :

« Tout ce qui compte pour moi, c'est que tu sois heureuse. Et si tu l'es, je me réjouis pour toi. Mais tu ne dois pas te laisser épuiser par ses exigences. Quand as-tu mangé pour la dernière fois ?

— Je ne sais pas. Ça n'a pas d'importance.

— Oh si, ça en a. Dès que j'ai fini avec Albert, je cours au magasin en bas et je te prends quelque chose. Et à moi aussi, j'ai une faim de loup. »

La porte du bureau s'ouvrit et le directeur glissa la tête dans l'entrebâillement. Après avoir vérifié que les deux jeunes femmes étaient seules, il fit signe à Gesa d'entrer.

Friedrich Milanski était assis dans un des fauteuils destinés aux visiteurs. Albert invita Gesa à s'installer dans l'autre, puis prit lui-même place derrière son bureau. Bien. Cette entrevue avait donc effectivement un caractère plus professionnel que prévu.

L'entrée en matière très formelle d'Albert confirma l'impression de Gesa :

« Fräulein Westhof, si je vous ai fait venir ici aujourd'hui, c'est pour vous parler de vos prochaines activités au sein de Radio Francfort. »

Pouvait-elle se sentir plus mal encore ? Aux maux de ventre qui la tourmentaient déjà venaient s'ajouter à présent les premiers soupçons de panique.

« C'est pour cette raison que j'ai invité Herr Milanski à cette entrevue. Comme vous le savez, il est chef du département des actualités et responsable d'une grande partie des programmes. »

Il fit une pause et regarda Gesa dans les yeux. Elle hocha la tête.

« Il faudra encore attendre quelques semaines avant que Herr Michaelis nous livre les manuscrits d'une nouvelle pièce radiophonique avec lesquels nous pourrons travailler. D'ici là, je dois donner du travail à la troupe pour que tout le monde continue à être occupé à la station. Vous comprenez ?

— Tout à fait.

— En ce qui vous concerne, j'ai envisagé qu'Annegret Meyer et vous vous partagiez la présentation des réclames.

— Je dois lire des annonces publicitaires ? Bien sûr. Avec plaisir. »

Le soulagement desserra le nœud dans le ventre de Gesa. Il s'agissait seulement de redéfinir son domaine d'activités ! Non seulement ces nouvelles n'étaient pas mauvaises, mais elles étaient plutôt bonnes, non ? Pourquoi, dans ce cas, le regard d'Albert paraissait-il si sombre ?

« C'était donc le premier point, poursuivit-il avant de désigner Friedrich Milanski. Le deuxième concerne la finale du championnat de football allemand. Elle a lieu dimanche à Berlin, et Herr Milanski s'y rendra avec le bus de notre radio pour le commenter en direct à nos auditeurs. Bien entendu, il ne peut pas le faire seul, il a besoin d'assistance pour monter les appareils de transmission et mener à bien l'ensemble de l'opération ; il a donc demandé que vous l'assistiez. »

Gesa laissa tomber sa mâchoire avant de fermer la bouche. Elle souffla par le nez.

« Mais je ne connais absolument rien au football. Ni aux appareils techniques. Pourquoi moi ? Comment suis-je censée donner un coup de main à Herr Milanski ? Je ne sais même pas qui joue en finale.

— Berlin et Nuremberg. »

Ce furent les premiers mots prononcés par Friedrich. Il paraissait tout à fait sérieux.

« Herr Milanski a expressément demandé que ce soit vous qui l'accompagniez. »

Albert donnait aussi l'impression d'annoncer une catastrophe au journal radiophonique.

Gesa hocha lentement la tête, le temps d'assimiler ce qu'elle venait d'entendre.

« Si ces messieurs pensent que je suis la personne la plus apte pour ce travail, alors je le ferai avec plaisir, cela va de soi.

— Bien. Vous partirez dimanche à l'heure convenue et reviendrez à Francfort tout de suite après le match. Le trajet sera long et une nuit sur place ne rentre pas dans le budget de la station. En outre, ce serait extrêmement déplacé. » Si son regard continuait à s'assombrir de la sorte, il allait finir par lancer des éclairs. « La diffusion en elle-même est suffisamment chère, mais comme il s'agit d'un événement qui suscite un grand intérêt populaire, nous allons faire un essai. C'est tout pour le moment. Merci beaucoup, Herr Milanski. Fräulein Westhof, pourriez-vous rester un instant, je vous prie ? »

Albert accompagna son collègue à la porte et la referma soigneusement derrière lui, puis il se tourna vers Gesa.

« Tu peux m'expliquer, s'il te plaît ? »

Elle secoua la tête sans comprendre.

« De quoi parles-tu ?

— Du fait qu'un jeune homme célibataire insiste pour être envoyé avec toi en mission extérieure. Pas avec Herr Nagel, qui maîtrise parfaitement les questions techniques de notre métier. Ni avec Herr Gehring, un passionné de football et employé expérimenté de la station, qui aurait tant aimé l'accompagner. Non, avec toi.

— Je n'en sais rien. Je suis aussi surprise que toi.

— J'ai du mal à le croire.

— Ah oui ? Tu es jaloux ?

— Bien sûr que non. »

Si la situation inverse l'avait amusé, lorsque Gesa l'avait questionné à propos de Frau Simonetti, il avait perdu tout sens de l'humour comme le montrait son expression.

Elle tenta de le rassurer :

« Albert, si tu ne veux pas que j'aille à Berlin, dis-le-moi, s'il te plaît. Et dans ce cas, envoie Ernst ou Peter à ma place. Je ne vais pas me battre pour une transmission commentée d'un match de football. Mais je suis reconnaissante de continuer à travailler à plein temps pour la station. J'ai conscience du point auquel il doit être difficile pour toi de justifier notre plein salaire devant le conseil d'administration alors qu'il n'y a pas de pièce radiophonique en soirée pour le moment. Je te remercie pour ça.

— Et tu n'as pas la moindre explication pour le souhait de Herr Milanski ? »

Gesa soupira. Elle ne voulait pas jouer les commères. En même temps, elle devait empêcher que des malentendus se diffusent bêtement. Elle tenait beaucoup à Albert.

« Je n'en ai pas. Mais je peux t'assurer avec certitude qu'il ne nourrit aucun sentiment particulier à mon égard : c'est de Margot qu'il est amoureux. »

Albert dégagea des deux mains les cheveux sur son front et respira profondément. Puis il laissa retomber ses bras.

« C'est donc ça, murmura-t-il dans sa barbe.

— Oui. C'est ça. Amoureux de Margot Mikola, qui d'ailleurs s'est enfuie du studio hier, dès la fin de la diffusion, parce qu'elle a de nouveau été pelotée par les lèche-bottes de Bienefeld. Est-ce vraiment comme ça qu'on traite les talents exceptionnels à Radio Francfort ? »

La voix de Gesa se fit de plus en plus forte à mesure qu'elle parlait.

« Je vais m'en occuper. L'orchestre ne travaille pas aujourd'hui. Demain, c'est dimanche.

— Le jour du championnat de foot, remarqua Gesa. Auquel je devrais me préparer au moins un peu.

— Très bien. Concerte-toi avec Herr Milanski. Je vais essayer de contacter Fräulein Mikola pour lui demander ce qui s'est passé. »

Ils se tenaient l'un en face de l'autre. Albert ne semblait absolument pas disposé à l'embrasser, et elle non plus.

Elle lui dit au revoir d'un ton distant et sortit du bureau. Elle traversa le secrétariat en faisant signe à Inge qu'elle allait revenir tout de suite avec un en-cas.

Friedrich attendait dans le couloir ; il l'accompagna en bas et en profita pour lui parler.

« Je suis désolé si le patron l'a pris de travers. Je ne savais pas que vous étiez si proches. Pour tout dire, je pensais qu'il se moquait bien de qui devrait m'accompagner à Berlin. Mais à la tête qu'il faisait, je me suis demandé s'il n'allait pas me provoquer en duel. » En riant, il laissa échapper un petit grognement par le nez. « On dirait que c'est du sérieux, n'est-ce pas ?

— Je n'ai rien à répondre à ça. »

Elle descendait les marches quatre à quatre, Friedrich lui emboîtant le pas. Une fois dans la rue, Gesa tourna à droite.

« Oui, au fond, ça ne me regarde pas.

— Hmm.

— En tout cas, tu te demandes sûrement pourquoi tu dois m'accompagner. »

Ils arrivèrent devant une vitrine sur laquelle était écrit en grandes lettres blanches : *Plats chauds.* Une étagère tournant sans fin de haut en bas montrait le choix proposé. De petites knacks avec un Wasserweck, du goulash, du rôti, de la potée et toutes sortes de plats de bistro savoureux se présentaient aux passants dans des récipients en faïence.

« Tu veux entrer, aussi ? » demanda Gesa avec impatience. Elle connaissait Friedrich depuis son premier jour à la station, et tous deux entretenaient des rapports amicaux.

Il acquiesça d'un hochement de tête, la suivit et sourit d'un air amusé en la voyant lever les yeux au ciel.

« Je voudrais deux saucisses et un œuf au vinaigre. À emporter, s'il vous plaît », commanda Gesa lorsque son tour vint.

La femme dans son tablier amidonné emballa derrière le comptoir l'en-cas appétissant dans du papier kraft marron, qu'elle recouvrit également d'un vieux journal pour garder les saucisses au chaud, et donna le petit paquet à Gesa lorsqu'elle eut payé.

Une fois de retour sur le trottoir, Friedrich reprit la conversation là où elle s'était arrêtée.

« Alors, je ne vais pas tourner autour du pot. Tu sais ce que j'éprouve pour Margot ?

— Non, très franchement, non. Autant que je me souvienne, c'est plus ou moins le silence radio entre vous.

— Mais ce n'est pas ma faute. Elle m'a parlé de son enfant. J'y ai réfléchi et je pense que je devrais m'en sortir. »

Gesa s'arrêta brusquement. Ils étaient revenus aux portes de la station.

« Ah. Tu devrais t'en sortir. » Impossible pour Friedrich de ne pas percevoir le ton réprobateur qu'elle fit sciemment peser dans ses mots. « On peut dire que vous ne manquez pas de culot, vous, les hommes. »

Il la regarda avec de grands yeux, sans comprendre.

« Pourquoi ? Ce n'est pas tous les jours que la femme dont on s'est épris vient vous voir avec un enfant surprise. Mais comme je l'ai dit, je me crois capable d'assumer la charge des deux.

— Comme c'est chevaleresque de ta part. Tu ne t'es pas demandé si Margot ne voulait pas être musicienne ? Elle n'a pas besoin de quelqu'un qui l'entretienne, mais d'un homme qui la laisse être ce qu'elle veut être et qui se tienne à ses côtés. On appelle ça un partenaire, tu sais ? Et maintenant tu es déçu parce qu'elle ne s'est pas jetée dans tes bras, en pleurs, pour exprimer toute sa gratitude ? »

Gesa coinça le sachet de nourriture sous son bras et prit la cigarette que Friedrich lui tendait sans un mot. Elle l'abrita du vent des deux mains en attendant qu'il lui donne du feu. Elle-même n'aurait su dire pourquoi elle se montrait si agressive envers lui. C'était un gentil garçon, il ferait un mari formidable pour Margot. Mais cette attitude l'exaspérait.

Il souffla fort et referma son briquet à essence après s'être allumé une cigarette à son tour.

« De toute façon, la question ne se pose pas. Elle a rejeté mes avances, elle ne veut même pas m'accorder une chance.

— Et qu'est-ce que tu as fait ensuite ?

— Qu'est-ce que je pouvais bien faire ?

— Mon Dieu, Friedrich. Parfois, je me demande vraiment... » Elle s'interrompit et pressa le sachet de nourriture dans sa main. « Rends-moi service et monte ça à Inge, sinon elle va tomber d'inanition. Je n'ai pas le temps maintenant. Et puis je commence à comprendre ce que tu attends de moi. Je ne sais pas si je vais pouvoir t'aider mais on en parlera pendant notre trajet pour Berlin, d'accord ? Quand passes-tu me prendre ? »

Ils convinrent d'un horaire et se séparèrent.

Gesa monta dans le tramway sur un coup de tête. L'homme assis devant elle lisait le *Frankfurter Illustrierte* et, en regardant par-dessus son épaule, elle constata avec joie que l'article sur la pièce radiophonique occupait une place importante dans les pages culturelles. La photo de groupe était réussie, Inge était resplendissante, plus belle encore que Carla Simonetti. Et on pouvait lire que les huit épisodes avaient tant gagné le cœur des auditeurs que la vente de postes radiophoniques avait bondi ces dernières semaines à Francfort. Le journaliste prédisait d'ailleurs en plaisantant que chaque foyer serait bientôt pourvu d'un récepteur si l'inspecteur Feldmann poursuivait ses enquêtes à ce rythme.

Gesa s'adossa à son siège avec une pointe de satisfaction. Elle était fière de contribuer en partie à un tel succès. Qui aurait cru qu'elle exercerait un jour un métier qui non seulement la comblerait mais susciterait chaque jour l'enthousiasme d'inconnus ? *Moi*, se répondit-elle en silence. *J'ai toujours cru en moi. Je suis la seule à avoir toujours cru que j'y arriverais.*

Puis elle repensa à Margot et à Inge, et l'inquiétude revint. La mélancolie envahit Gesa. Pourquoi ne pouvait-elle être simplement heureuse ? Pourquoi le soleil ne pouvait-il briller quelques minutes sans que l'ombre d'un nuage se profile ?

Parce que rien n'est sûr, se dit-elle encore, en suivant le fil de ses pensées. *Il y a toujours un type pour venir tout gâcher quand tout pourrait aller pour le mieux. Comme s'ils voulaient nous empêcher d'avancer dans la vie. Sans eux.*

Dans le cas d'Inge, la responsabilité du chef de chœur ne faisait aucun doute selon elle. Il avait rendu son amie dépendante de lui. Sentimentalement, pour sa carrière, sur le plan sexuel ou par un autre moyen. C'était certain. Mais pour le moment, Margot était le plus gros problème. Où se cachait-elle ? Bienefeld, ce monstre, avait-il réellement réussi à la briser ? L'avait-il intimidée tant et tant qu'elle avait fini par abandonner ?

Avant d'atteindre Ginnheim, Gesa dut effectuer deux changements puis marcher encore un peu, mais elle finit par atteindre la maison de la famille de Margot. Du moins espérait-elle en avoir correctement retenu l'adresse, car son amie n'avait fait que la mentionner au détour d'une phrase. Gesa n'était encore jamais venue ici.

La façade aurait mérité un petit rafraîchissement. Elle était grise de l'air lourd de suie, et de la crasse des années. Une petite maison au milieu des grands immeubles et résidences modernes. Tel un vestige des temps anciens où la colline ne comptait, pour ainsi dire, aucune habitation.

Des œillets d'Inde jaunes et orange fleurissaient dans un parterre. Une charrette à bras en bois avait été laissée à côté.

Gesa sonna et un petit garçon ne tarda pas à lui ouvrir. Il avait les cheveux noirs, portait un pantalon trop court et une chemise rapiécée à maints endroits.

« Bonjour, je m'appelle Gesa Westhof, et je suppose que tu es…

— Paul », répondit-il.

Il n'ajouta rien.

« Qui est là ? résonna une voix à l'intérieur, et sa mère apparut aussitôt.

— Frau Friese ? » demanda Gesa.

Ce devait être la cousine de Margot ; elle savait qu'elle était de dix ans l'aînée de son amie. Toutes deux ne se ressemblaient pas du tout au premier coup d'œil. La fatigue était gravée sur les traits de Frau Friese. Elle était pâle, les yeux creusés de cernes bleuâtres. Elle essuya ses mains crevassées sur son tablier, cachant avec peine son ventre arrondi de femme enceinte. Tout en elle traduisait le travail pénible et le manque de sommeil. Rien d'étonnant que Margot s'efforce de gagner de l'argent à tout prix et d'assurer ainsi au petit Egon et à elle-même une vie indépendante qu'elle mènerait selon ses propres termes.

« Oui ?

— Je suis une amie de Margot, je m'appelle Gesa Westhof. Excusez-moi de vous déranger mais je m'inquiète un peu pour Margot. C'est pour ça que je voulais…

— Entrez. »

La voix de Frau Friese était étonnamment celle d'une jeune fille, claire et douce, qui ne laissait percevoir aucune frustration quotidienne. Lorsqu'elle sourit, la fatigue disparut d'un seul coup de son visage. Gesa la suivit dans une grande cuisine conviviale. Sur le fourneau, une marmite de soupe répandait un parfum délicieux.

« La soupe n'est pas encore prête. » Frau Friese avait suivi le regard de Gesa. « Mais, si vous le souhaitez, vous pouvez rester manger, ce serait avec plaisir. Il y en a toujours assez pour une assiette de plus. »

Cette proposition la toucha tant qu'elle en eut la gorge nouée un instant.

« C'est très gentil, merci beaucoup. Mais je ne veux pas abuser de votre temps. »

Elles s'assirent à la grande table de la cuisine et Frau Friese continua à éplucher ses pommes de terre. Certaines nageaient déjà dans un plat en émail à bord bleu rempli d'eau. Celles qui n'étaient pas épluchées se trouvaient dans un seau par terre.

« Margot est-elle là ?

— Non. Au début, elle ne voulait rien me dire de ce qui lui arrivait. Mais après hier, elle n'en pouvait plus. » La cousine laissa tomber son économe et jeta un bref coup d'œil vers la porte. « Mon mari et les enfants n'en savent rien, c'est toujours à moi que Margot s'est confiée. Dans quel genre d'endroit une musicienne talentueuse peut-elle être harcelée de cette manière ? Je ne connais pas grand-chose au monde du travail ni à comment ça marche là-bas, mais je ne peux pas croire qu'il soit normal de tripoter les femmes impunément, de leur crier dessus et de les humilier. Où va-t-on ? Qui que soit le chef de Margot, il devrait avoir honte ! »

Gesa baissa les yeux d'un air affligé. On ne pouvait pas l'exprimer avec des mots plus justes. Comment pouvait-elle elle-même être fière de son travail quand son patron acceptait qu'une collègue et chère amie soit traitée de la sorte ? Et, autant appeler un chat un chat – patron restait un mot neutre bien commode –, il était de la responsabilité d'Albert de veiller à protéger la dignité de ses employés. Il aurait dû entreprendre quelque chose contre Bienefeld depuis longtemps. Et Inge et Gesa auraient elles aussi pu intervenir en sa faveur avec plus de véhémence.

« Où est-elle ? » murmura Gesa.

Frau Friese recommença à peler ses pommes de terre.

« Partie. »

GESA

Nouvelles radiophoniques, 1927 :

« La célèbre comédienne Else Eckersberg a mis au monde son premier fils, Alexander. »

À l'âge de quinze ans, Else Eckersberg suivit les cours de Max Reinhardt au Deutsche Theater de Berlin, et devint la seule femme à poursuivre la formation avancée, aux côtés notamment de Friedrich Wilhelm Murnau et d'Ernst Lubitsch. Elle se maria trois fois, avec l'avocat Walther Eizen, puis le baron Philipp Schey von Koromla et le comte Paul Yorck von Wartenburg. En 1944, elle fut arrêtée en tant qu'épouse d'un des complices de l'attentat du 20 juillet et passa deux mois en détention.

« Et qu'est-ce que je suis censé faire maintenant ? » Friedrich criait pour se faire entendre malgré le vent chaud qui s'engouffrait par la vitre ouverte et le panneau qui claquait sur le toit. Ils auraient pu le démonter pour le voyage mais, quitte à prendre le bus de la radio pour se rendre à Berlin, autant faire le plus de publicité possible.

« Mais on ne parle que de ça depuis le début.

— Bon sang, Gesa, donne-moi des conseils concrets. Je ne peux pas me permettre une nouvelle erreur. Margot est tout pour moi, c'est la femme de ma vie. J'en ai pris conscience et je veux le lui prouver. »

Depuis qu'ils étaient partis de Francfort, Friedrich parlait sans interruption de Margot. Gesa était convaincue que ses sentiments pour elle étaient sincères. Il semblait également avoir compris que Margot n'était pas le genre de femme à vouloir rester enfermée chez elle et à jouer de la musique uniquement dans son petit foyer. Le talent de son amie devait être entendu partout, c'était un véritable phénomène.

Au moment où Friedrich bifurqua vers une station-service à Leipzig, il avait même reconnu que c'était maintenant à lui de convaincre Margot de la sincérité de ses sentiments. Et pour cela, il devait se rendre dans la région de l'Eifel, au village de Margot, pour lui parler. C'était du moins l'avis de Gesa. Et celui d'Inge. Le soir même où Gesa était revenue de chez Frau Friese, une réunion de crise s'était tenue à la table de la cuisine. Les deux amies étaient très affectées et profondément inquiètes pour Margot. Il fallait faire quelque chose. Elles s'accordèrent à dire que le mieux serait que Friedrich Milanski retrouve Margot chez ses proches parents et qu'il essaie de la ramener. Car c'est là-bas qu'elle devait être, il n'y avait pas d'autre possibilité.

« Il est capable de tout arranger, crois-moi. Bien plus que nous deux réunies. Margot l'aime de tout son cœur, avait dit Inge, parfaitement convaincue. Et s'il veut bien se faire violence et lui avouer clairement et simplement ses sentiments, si elle se rend compte qu'il est à ses côtés, qu'il est là pour elle, alors ça lui redonnera la force.

— D'affronter à nouveau cette situation révoltante ?

— Tout à fait. C'est résolument moderne de notre part de toujours vouloir être indépendantes. D'être maîtresses de notre propre destin. Mais ça ne veut pas dire que nous devons nous battre seules. Un homme qui nous aime vraiment à nos côtés, ça, ça nous rend fortes. »

Gesa s'était demandé si elle parlait toujours de Margot et de Friedrich à cet instant ou de sa propre situation. Mais elle avait préféré ne rien dire et donner raison à Inge. Le voyage à Berlin était une occasion en or d'indiquer à Friedrich la voie à prendre.

« Mais je ne peux tout de même pas débarquer là-bas et me jeter à ses genoux. Après tout, elle est partie parce qu'elle ne voulait plus entendre parler de nous tous.

— Il n'y a pas d'autre solution, Fritz, tu le vois bien, n'est-ce pas ? »

Ils descendirent tous les deux de la voiture et s'étirèrent. Le pompiste sortit du petit abri au toit pentu, sur le côté duquel les prix de l'essence étaient affichés à un tableau, et vint à leur rencontre. Il portait une veste bleu foncé à double boutonnage, un pantalon assorti ainsi que des chaussures robustes et une sorte de casquette de marin frappée de l'emblème de la compagnie, *OLEX*, qui était également peint en grand sur la station-service.

« Le plein ? » demanda-t-il sans un mot de plus, et Friedrich acquiesça d'un signe de tête.

Le pompiste activa une pompe manuelle pour remplir des bidons qu'il porta jusqu'au bus et vida dans le réservoir. Il existait désormais des installations nettement plus modernes, à l'architecture futuriste et aux toits immenses. On se servait là-bas de pistolets reliés aux pompes à essence par des tuyaux. Ce type de station ne ressemblait plus guère qu'à un cabanon mais se trouvait au bord de la route, et le pompiste accomplissait sa tâche de façon irréprochable, ce qui lui valut un sourire et un généreux pourboire de la part de Friedrich.

Le trajet reprit. La tête de Gesa bourdonnait encore de leur discussion animée sur Margot, et Friedrich parut s'en apercevoir. Il garda le silence les cinquante kilomètres suivants. Puis il parla à sa collègue du championnat de football ; après tout, elle devait savoir ce qui l'attendait.

Gesa ne s'était jamais imaginé le Deutsche Stadion aussi gigantesque, ni les foules de spectateurs aussi bruyantes. Le stade avait été construit à Grunewald, dans l'arrondissement de Charlottenbourg à Berlin, et on ne pouvait y accéder que par un tunnel car il avait été bâti au sein d'un hippodrome. Le terrain de football ainsi que ses structures sportives avoisinantes étaient en outre entourés d'un vélodrome, ce qui formait un ensemble colossal. La plupart des gradins étaient en plein air, seule une petite partie était couverte. Il y avait des places assises ou debout, ainsi que des loges chics séparées les unes des autres par de minuscules parois en bois. Gesa vit de l'autre côté un bassin de natation long de cent mètres, parallèle au terrain de football et attenant à la piste de saut d'athlétisme.

Elle siffla entre ses dents d'un air admiratif.

Le soleil de juillet brillait haut dans le ciel lorsque, les bras chargés de câbles et d'appareils, ils cherchèrent du regard un endroit approprié pour commenter le match.

« On va grimper là-haut », décida Friedrich en tendant son bras vers la gauche.

Gesa souffla d'un air incrédule.

« Sur le toit de la tribune ? C'est une blague ?

— Je ne plaisante pas. Tu entends les gens pousser des cris de joie ? Et pourtant le coup d'envoi n'a même pas été donné. Si on s'installe en bas, tout ce que les auditeurs entendront, ce sera des hurlements. Nous devons éloigner le microphone le plus possible des bruits ambiants, mais je dois aussi pouvoir suivre le déroulé du match. » Il la tira vers lui et poursuivit avec une sincérité désarmante : « Un jour, j'ai commenté un match d'un endroit où je ne pouvais pas voir la totalité du terrain. Alors j'ai dû inventer par moments. Bon sang, ce que c'était gênant. Hors de question que ça m'arrive une deuxième fois. »

C'était compréhensible. Elle le suivit d'un pas résigné. Une échelle de secours permettait l'accès au toit de la tribune, dont les angles relativement faibles n'étaient plus aussi angoissants vus de près. Ils ne glisseraient pas, c'était déjà ça. Friedrich expliqua à un agent des forces de l'ordre qui ils étaient et ce qu'ils avaient l'intention de faire, puis ils furent autorisés à monter. Gesa préféra oublier le fait qu'ils s'affairaient à plusieurs mètres au-dessus des spectateurs, autrement elle n'aurait plus pu maîtriser ses nerfs. Comme elle avait été bien inspirée d'opter ce jour-là pour un large pantalon en lin bleu marine et des chaussures plates ! Personne n'allait pouvoir lorgner sous sa jupe et, sans talons hauts, elle marcherait sur le toit d'un pas sûr.

Friedrich donnait l'impression de poser des kilomètres de câbles. Elle l'aidait autant que possible, suivait ses instructions et lui donnait un coup de main sans vraiment comprendre ce qu'il faisait. Établir une connexion avec la station, d'une manière ou d'une autre. Peter ou Ernst auraient été bien plus qualifiés qu'elle pour cette tâche.

Le parapluie dont Friedrich se servait comme d'un abri de fortune contre le soleil brûlant rappela à Gesa la vendeuse de fleurs qu'elle avait vue peu de temps auparavant à l'arrêt de bus. Comme elle aurait aimé échanger sa place contre la sienne.

Au moment où ils venaient de finir leurs préparatifs, deux autres reporters radio grimpèrent en haut du toit.

« Vous ici, chers collègues ? les salua un jeune homme.

— On a été plus rapides que vous, on dirait, répliqua Friedrich, d'humeur joyeuse. Gesa, ce sont les jeunes de Radio Berlin ; ils nous ont vus en haut et veulent eux aussi dégoter une bonne place.

— Enfin, si c'est permis.

— Bien sûr. Mais il vaudrait mieux que vous vous installiez un peu plus loin, sur l'autre moitié du toit, sinon on va se gêner à parler en même temps. »

Friedrich murmura à Gesa :

« Évidemment, c'est beaucoup plus facile pour eux d'un point de vue technique, ici, dans la zone de diffusion de leur station. Moi, il me faut une ligne téléphonique spéciale pour la transmission, d'où ce câble interminable. C'est délicat. »

Dès que le coup d'envoi fut sifflé, Friedrich déroula son commentaire. Il était diffusé en direct par téléphone sur Radio Francfort. Il parlait librement, sans point, sans virgule. C'était fascinant. Comme s'il avait appuyé sur un bouton dans son cerveau. Même sa voix n'était plus la même : il avait adopté une mélopée professionnelle qui créait une tension. Les mots semblaient lui venir naturellement ; pas une seule fois il ne bredouilla ou sa langue ne fourcha. Il décrivait ce qui se passait sous ses yeux avec un investissement total. Les auditeurs étaient sans aucun doute accrochés à leur poste, captivés. Dès la sixième minute, un but fut marqué.

« Et on y est ! » cria Friedrich avec enthousiasme dans son microphone. Il faillit en perdre son casque. « Le premier but pour Nuremberg marqué par Hans Kolb, le milieu de terrain élancé, meilleur joueur allemand du moment. Oubliés, les deux mois passés sur le banc, l'an dernier, à la suite de cette faute malheureuse. Un tir exceptionnel qui permet à Nuremberg de mener au score. La foule des supporters tout de rouge vêtus, venus spécialement du sud du pays, est déchaînée, c'est une effusion de joie… »

Gesa observait son collègue à l'œuvre, bouche bée. Elle portait plusieurs câbles en même temps, et veillait à ce que rien ne tremble ou vacille au risque de perturber la transmission.

Durant la mi-temps, Friedrich déballa la collation qu'il avait préparée pour eux deux et apportée dans un panier.

« Tu me sauves la vie ! s'écria Gesa, visiblement ravie. Je pensais qu'on se trouverait quelque chose sur place, c'est pour ça que je n'avais apporté que les pommes qu'on a déjà mangées dans le bus.

— On voit que tu n'es pas encore habituée aux reportages en extérieur, ricana Friedrich. En venant plus souvent sur le terrain, tu apprendras vite toutes les ficelles. Un parapluie et une couverture, c'est ce qu'il y a de plus important : avec ça, tu ne gèles jamais, tu ne sues pas non plus et tu restes au sec. »

Comme pour prouver ses dires, il déploya une vieille couverture en laine mitée pour ne pas avoir à s'asseoir directement sur le toit. Puis il réajusta le parapluie pour qu'il leur fasse de l'ombre à tous les deux. « Ensuite vient le café, il faut en prendre le plus possible car on ne sait jamais combien de temps ça va durer. » Il sortit une bouteille isotherme du panier, dévissa le gobelet qui servait de bouchon et les servit. Il avait apporté une tasse supplémentaire spécialement pour Gesa.

« Pour ce qui est de la nourriture, j'emporte toujours des petits pains au fromage, ce sont mes préférés. J'espère que tu aimes aussi.

— Et comment ! »

Gesa prit, en le remerciant, le Wasserweck croustillant que lui tendait Friedrich, et tous deux savourèrent leur repas avant que l'arbitre siffle la seconde mi-temps. Il ne se passa pas grand-chose sur le terrain, jusqu'à ce que Heiner Träg tire à la soixante-quinzième minute le deuxième but pour Nuremberg. Comme si l'atmosphère n'était pas déjà assez électrique dans le stade, une violente agitation anima le public lorsque, à la suite de son but, l'ailier gauche plutôt petit mais trapu se mit à interpeller violemment les spectateurs dans un dialecte franconien très marqué.

« Vous pouvez bien continuer à gueuler ! hurla-t-il à pleins poumons au milieu du terrain. De toute façon, on a gagné ! »

Le joueur bouillonnant ne se calmait plus et fut renvoyé sur le banc de touche dix minutes avant la fin pour offense à arbitre. Il eut raison malgré tout car, à la fin de la rencontre, Nuremberg remporta le match contre Berlin, deux à zéro.

« C'était une expérience extraordinaire. Je ne m'attendais pas à une ambiance aussi survoltée. Les joueurs aussi bien que le public semblent prendre leur sport très au sérieux. »

Gesa aida Friedrich à démonter l'installation et ils rapportèrent tout leur matériel dans le bus.

« C'est toujours comme ça, au foot. Peu importe qu'il s'agisse du championnat allemand ou de je ne sais quelle petite rencontre régionale. »

Il fallut attendre un certain temps avant de pouvoir s'extirper du chaos sur les routes au milieu des foules de supporters qui quittaient tous le stade au même moment.

Gesa sentit la peau de son visage se tendre : elle était sûre d'avoir attrapé un coup de soleil malgré le parapluie et son chapeau. Et elle ne sentait plus ses bras, après toutes ces heures passées à tenir des câbles. Malgré tout, ce travail l'avait enchantée. Qui d'autre pouvait se vanter d'avoir activement contribué à la diffusion radiophonique de la finale du championnat depuis le toit de la tribune du Deutsche Stadion ? Dès qu'ils sortirent de Berlin, les yeux de Gesa se fermèrent.

Elle était rompue de fatigue le lundi matin, et même boire un café de plus ne lui fut d'aucune aide. Le long trajet et la tension de la transmission commentée du match se ressentaient encore dans tout son corps. Friedrich était à l'antenne à cet instant avec son programme de gymnastique matinale qu'il présentait régulièrement depuis peu et qui rencontrait un accueil très favorable chez les auditeurs. L'aspiration à un entraînement physique avait gagné les masses. Friedrich n'avait pas l'air très frais non plus mais il tenait le coup vaillamment.

Albert était venu de l'Elbestrasse. Officiellement parce qu'il voulait exprimer sa reconnaissance pour la réussite du reportage en extérieur. Avant le début de la journée de travail, il avait fait appeler Gesa, Friedrich et tous ceux qui étaient à la station à ce moment-là, et avait tenu un petit discours de remerciement devant l'équipe réunie. Ils avaient de nouveau triomphé dans les journaux qui faisaient savoir que la diffusion de la finale du championnat de foot avait rassemblé plus d'auditeurs devant leur poste que n'importe quel autre programme de Radio Francfort jusque-là. Cela méritait des félicitations en bonne et due forme.

Mais Gesa supposait qu'Albert avait quelque chose d'autre en tête. Il avait maintenant pris place à ses côtés sur le toit de la station et buvait lui aussi une tasse de café. Ils regardaient tous deux au loin, au-delà des pignons saillants et des toits aux courbes irrégulières de la vieille ville. Une nouvelle journée d'été ensoleillée s'annonçait.

« Tu es à l'antenne dans combien de temps ? » demanda-t-il.

Gesa jeta un coup d'œil sur sa montre.

« Dans une demi-heure. Je lis la suite de publicités avant les informations.

— Je suis désolé d'avoir insinué qu'il y aurait quelque chose entre toi et Herr Milanski. J'ai été stupide.

— Et peut-être aussi un tout petit peu jaloux ? »

Il se mit à bafouiller.

« Je te fais marcher, Albert, c'est tout. »

Après avoir vidé sa tasse, il la posa par terre à côté de la boîte de mégots et enfouit les mains dans ses poches. Son veston était resté dans la salle de répétition, il avait retroussé les manches de sa chemise blanche. Il bronzait nettement plus vite que Gesa ; le soleil avait doté sa peau d'une teinte caramel chaude qu'elle trouvait extrêmement attirante.

« Oui, tu as raison, j'étais jaloux. J'ai honte de le reconnaître. J'aimerais beaucoup t'embrasser, à présent. »

Il plongea ses yeux dans les siens, et Gesa s'approcha de lui, d'une manière imperceptible mais irrésistible.

« Non, ce n'est pas possible, murmura-t-elle. Les autres sont sûrement déjà en train de s'imaginer des choses, et si quelqu'un nous surprend… »

Un sourire en coin se profila sur ses lèvres.

« Je sais. Mais j'ai quand même le droit de dire ce que j'aimerais faire, non ?

— Garde ça dans un coin de ta tête, on se rattrapera plus tard. »

Elle était profondément soulagée qu'ils aient éclairci ce problème. Elle n'avait cessé de penser à cette situation déplaisante dans son bureau, avant de partir pour Berlin. L'idée qu'Albert puisse lui en vouloir pour quoi que ce soit lui était difficilement supportable. Cela comptait beaucoup pour elle qu'il avoue sa jalousie.

« Albert, il y a autre chose dont je veux absolument te parler. Margot est retournée auprès de sa famille dans l'Eifel.

— Je sais. Je me suis rendu à l'adresse de Ginnheim qu'elle avait renseignée, et j'ai discuté avec sa cousine. »

Gesa écarquilla les yeux.

« Vraiment ? Quand ?

— Hier. Je me suis dit qu'un dimanche, il y aurait sans doute quelqu'un à la maison, et c'était effectivement le cas. Cette Frau Friese est une femme pertinente, qui ne mâche pas ses mots. Tu n'as donc pas besoin de me dire à quel point j'ai manqué à mes devoirs, elle s'en est déjà chargée abondamment. »

Il examina par la fenêtre la salle de répétition qui était sur le point de se remplir des membres du chœur.

« Je ne suis pas parfait, Gesa, je lutte tous les jours contre les défis auxquels je dois faire face à Radio Francfort, et j'ai honte de dire que j'ai sous-estimé la situation avec Bienefeld. Je pensais que je le maîtrisais mais je me trompais. » Il soupira longuement. « Bien, maintenant c'en est fini des confidences.

— Comment comptes-tu rattraper ça ?

— Qu'est-ce que tu veux dire ? Fräulein Mikola est partie.

— Eh bien, comment vas-tu t'y prendre pour la faire revenir ? Et quelles sont les conséquences pour Herr Bienefeld ? »

Elle ne voulait pas laisser tomber ce sujet aussi facilement.

Leur conversation fut interrompue par deux chanteurs du chœur qui grimpèrent par la fenêtre et les rejoignirent. Ils s'allumèrent une cigarette et commencèrent à poser des questions à Albert ; Gesa prit alors congé en lui faisant un bref signe de tête, et retourna à l'intérieur.

Elle décida qu'elle ne le laisserait pas s'en tirer à si bon compte ; de belles paroles ne suffiraient pas à la satisfaire, elle voulait se battre pour son amie comme elle aurait dû le faire depuis longtemps. Même si cela devait à nouveau troubler l'harmonie entre elle et le directeur.

Curt Schäfer apparut dans la salle de répétition. Quoique « apparaître » fût un mot bien trop faible. Il fit une entrée théâtrale, un manteau d'été léger jeté négligemment sur les épaules, sa marque de fabrique, chaque cheveu gominé jusqu'au dernier sur la droite.

Il affichait sur ses lèvres ce sourire plein d'assurance qu'il arborait si souvent.

Gesa s'aperçut à quel point son aversion pour le chef de chœur influençait son jugement sur sa simple entrée dans la pièce. Il était suivi par une jolie blonde qui s'avéra ne pas être Inge. Son amie était déjà en place devant un pupitre parmi ses collègues sopranos.

« Bonjour, fanfaronna Schäfer, qui déploya exagérément les bras et fit glisser son manteau de ses épaules pour le poser sur le dossier d'une chaise. Nous allons nous appliquer un peu plus que d'habitude, à présent, Messieurs Dames, car nous avons une invitée de marque. Ma femme passe la semaine à Francfort et va assister à la répétition. Vous allez peut-être même la revoir ces prochains jours. Alors ne me décevez pas. »

Gesa, qui s'apprêtait à quitter la pièce, s'arrêta brusquement. Elle regarda tour à tour Inge et Schäfer, horrifiée. Le chef de chœur indiqua à son épouse un siège sur lequel elle s'assit d'un geste élégant, puis croisa les jambes. Une certaine attente se lisait sur son visage. Elle avait des traits classiques, intemporels, les joues roses et un nez droit. Frau Schäfer descendait d'une famille aristocratique, du moins, elle dégageait une aura qui le laissait supposer. Gesa ne put s'empêcher de se demander l'espace d'un instant comment vous pouviez être un coureur de jupons notoire quand une telle compagne vous attendait chez vous. Ce n'était donc évidemment pas lié à Frau Schäfer elle-même mais au caractère de son mari.

Inge fronçait les sourcils. Abasourdies, Gesa et elle observèrent le chef de chœur sortir des partitions de sa serviette, se pencher sur sa femme, l'embrasser sur la bouche et dire à haute voix :

« Celle-ci est pour toi, mon cœur. Nous chanterons en premier : *D'où te viennent ces jolis yeux bleus ?* »

Cette fois, Inge vacilla, mais Gesa était trop loin pour la soutenir. Elle se tint fermement au pupitre, laissa glisser sa tête en avant et Gesa vit ses épaules se soulever et s'abaisser au rythme de deux ou trois respirations. Puis elle balaya d'un revers de main le pupitre devant elle, qui tomba par terre avec fracas en faisant s'envoler des partitions, et se précipita dehors.

Gesa ne la rattrapa qu'à l'ascenseur : elle put sauter dans la cabine du paternoster où Inge se trouvait, et elles descendirent ensemble.

« Inge, regarde-moi. » Gesa attrapa son amie par les épaules. « Je sais que tu dois te sentir horriblement mal, mais il faut que tu te ressaisisses.

— Comment ose-t-il ? Il m'a promis de la quitter ! Et voilà qu'il la fait venir ici, sans m'en parler une seule fois, comme ça ! »

Inge laissa éclater ses sanglots.

Gesa la prit dans ses bras et lui caressa le dos.

« Chut, on arrive bientôt au rez-de-chaussée. Calme-toi, s'il te plaît. Si tu déclenches un scandale, c'est ton poste qui est en jeu, celui de chanteuse dans le chœur et celui de secrétaire. Tu ne peux pas te le permettre.

— Mais il m'a menti.

— Je sais, c'est un sale type. Mais pour l'instant on ne peut rien y faire. À présent, ce qui compte, c'est de sauver la face. Il ne faut pas que tu te laisses abattre par lui. » Gesa sortit comme par magie un mouchoir de sa poche. « Tiens, sèche tes larmes et mouche-toi. Ensuite on va remonter. »

Elles descendirent dans le hall et restèrent devant l'ascenseur.

« Jamais de la vie je ne retournerai là-haut ! protesta Inge.

— Si ! Ne laisse rien paraître, imagine un peu tout ce qui va se dire dans ton dos si tu mets les voiles maintenant.

— Ça m'est égal.

— Ça ne t'est pas égal. »

Elles échangeaient toutes les deux dans un chuchotement discret.

« Bonjour, Mesdames. »

La voix de Theodor Conrad les fit sursauter.

« Bonjour, Herr Conrad. Je ne m'attendais pas à vous voir ici aujourd'hui.

— Surprise, répondit-il à Gesa en souriant. Non, sérieusement, avant que la nouvelle pièce radiophonique commence, Herr Bronnen m'a fait venir pour un bref entretien. Convenir ensemble d'un plan de travail, ce genre de choses. »

C'est alors que ses yeux se posèrent sur Inge.

« Vous n'allez pas bien, Fräulein Jacobs ?

— Je me sens terriblement mal, murmura Inge.

— Voulez-vous que je vous ramène chez vous ? »

Il examinait d'un air inquiet ses yeux rougis par les larmes. Elle était vraiment dans un état pitoyable, Gesa s'en rendait compte à présent. Il était inenvisageable qu'elle retourne ainsi à la répétition du chœur. De plus, il était à craindre qu'elle perde à nouveau son sang-froid à tout moment. Qu'était-il arrivé à

Inge ? Comment cette jeune femme forte, ambitieuse, avait-elle pu tomber à ce point sous la coupe de Curt Schäfer ? Était-elle vraiment si amoureuse de lui ? Improbable. Bien sûr, cela devait faire mal de découvrir qu'elle n'était pas le premier violon. Mais l'Inge que Gesa connaissait ne se serait jamais accrochée à l'illusion que le chef de chœur puisse réellement quitter sa femme. Au début, il ne s'agissait que d'un simple accord qui leur convenait à tous les deux. Inge cédait à ses avances et, en échange, il l'aidait à faire décoller sa carrière de chanteuse. Il était effrayant de constater à quel point cet arrangement avait mal tourné.

« Ce serait très gentil de votre part », répondit Gesa à la place de son amie.

Elle voulait épargner d'autres humiliations à Inge. Celle-ci allait rentrer chez elle, se coucher et s'enfouir sous sa couverture, et le lendemain matin tout lui semblerait sans doute un peu moins grave.

« Je dois de toute façon remonter pour lire la publicité. Je préviendrai Herr Bronnen que vous aurez quelques minutes de retard, Herr Conrad, et j'aviserai Herr Schäfer qu'Inge est indisposée à cause de quelque chose qu'elle a mangé hier. »

Cela devrait ôter l'envie de poser davantage de questions. Elle parlait vite pour éviter que d'autres collègues s'aperçoivent de ce qui se passait ici. Lorsque Herr Conrad proposa son bras à Inge, elle aurait voulu les pousser tous les deux dehors.

« Je rentre à la maison dès que j'ai fini ma journée », lui lança-t-elle tandis qu'ils s'éloignaient.

L'acteur était apparu au bon moment, et ça avait heureusement été lui et non un des frimeurs de l'orchestre. Avec Theodor Conrad, Inge était entre de bonnes mains, Gesa le savait.

Elle eut cependant beaucoup de mal à se concentrer sur la lecture des annonces publicitaires et buta sur toutes les consonnes du texte : « *Étoffe de soie artificielle des illustres tissus d'Eberfeld* ». Et elle faillit s'étouffer avec la phrase : « *Certaines ménagères ne savent pas encore qu'avec deux barres seulement du puissant chocolat cru connu sous le nom Crémant Cailler, elles peuvent préparer une crème qui saura satisfaire même les gourmets les plus avertis.* » Elle arriva à se contenir jusqu'à ce que le microphone soit coupé. Ernst Gehring, qui prenait la suite en lisant les informations, posa un verre d'eau devant Gesa et lui tapota le dos d'un geste compatissant lorsqu'elle se mit à tousser.

« Il y a des jours comme ça, où ça ne veut pas, pas vrai ? » commenta-t-il de manière laconique, et elle approuva d'un simple hochement de tête car elle cherchait encore son souffle.

Albert était toujours à la station lorsqu'elle rassembla ses affaires.

« Je t'ai attendue, dit-il. On a été interrompus tout à l'heure sur le toit. »

Gesa aurait tant aimé plonger ses doigts dans sa chevelure, attirer son visage contre le sien et l'embrasser, mais elle repoussa aussitôt ces idées naissantes.

« C'est gentil. Malheureusement, je dois tout de suite rentrer à la maison. Inge ne va pas bien.

— C'est ce que m'a dit Herr Conrad. Apparemment, Fräulein Jacobs aurait mangé quelque chose qui n'était pas frais, il lui faudrait juste un peu de repos aujourd'hui, et demain cela ira sans doute mieux. Y a-t-il autre chose que je devrais savoir ?

— Non. Tout va bien.

— Bon, tant mieux. Je te raccompagne dehors, je dois de toute façon repasser au bureau. J'espère que Fräulein Jacobs reviendra demain, j'ai un tas de lettres à taper. »

Gesa se mordit la lèvre inférieure.

Ils sortirent du bâtiment du service des chèques postaux et marchèrent ensemble jusqu'au coin de la rue. Albert poussait son vélo.

« Veux-tu que je passe te chercher demain matin ? Cela nous permettrait au moins d'avoir un petit moment tous les deux avant le travail. Je te referai monter sur le porte-bagages si tu n'as pas peur. »

Gesa rit.

« Qui pourrait dire non à une proposition aussi romantique ? Je serai devant la porte de l'immeuble à huit heures. On pourrait faire un petit détour par la Nice.

— Et boire un café au restaurant de la piscine ? Ils ouvrent tôt à cause des nageurs.

— Je m'en réjouis d'avance. »

Elle posa sa main sur celle d'Albert, qui tenait le guidon. Il se pencha vers elle et l'embrassa, en pleine rue. Malgré le souci qu'elle se faisait pour Inge, Gesa fut submergée par ce sentiment de bien-être incomparable qu'elle n'éprouvait qu'en présence d'Albert.

GESA

Nouvelles radiophoniques, 1927 :

« Clara Zetkin, une des plus anciennes militantes politiques d'Europe et députée communiste au Reichstag, fête aujourd'hui son soixante-dixième anniversaire. »

En 1927, Clara Zetkin vivait à Moscou et représentait les communistes allemands à la IIIe Internationale. Elle fut élue au Reichstag en 1920. Compagne de route de Rosa Luxemburg, elle fut auparavant membre de la Ligue spartakiste. En 1933, Clara Zetkin mourut en exil en Union soviétique à l'âge de soixante-quinze ans.

La réclame évoluait partout à Francfort au fil des saisons, pas seulement à la radio ou dans la presse : sur les bus municipaux aussi, ainsi que sur les colonnes d'affichage et les panneaux publicitaires. Gesa ne s'en était jamais rendu compte auparavant, mais depuis qu'elle annonçait elle-même la réclame, elle avait l'impression que ces messages de consommation si peu subtils étaient omniprésents.

En cette période, les articles d'été étaient évidemment à l'honneur. Sur d'immenses panneaux, de véritables bataillons de reines de beauté vantaient l'excellence des maillots de bain Forma en souriant aux passants. Chics, en bleu marine ou en noir, avec des jupettes assorties et des soutiens-gorge intégrés brevetés. Les jeunes femmes étaient censées véhiculer un esprit sportif autant qu'une certaine élégance et une impression de liberté, de vacances et de soleil.

Alors que les dames sur les affiches s'envoyaient des balles sur les plages et sautaient dans des flots turquoise depuis des ponts de yachts, les moyens de Gesa ne lui permettaient guère d'envisager d'autres vacances que la piscine Mosler, dans la Nice. Et pas tous les jours.

Les pontons autour des bassins du Main alignés les uns derrière les autres étaient dotés de chaises longues sur lesquelles les nageurs les plus matinaux avaient déjà placé leurs serviettes. Certaines avaient été simplement jetées avec nonchalance, d'autres, étendues avec soin, les tongs disposées de manière parallèle à côté. Une dame sportive était sans doute vêtue d'un de ces maillots de bain Forma mondains. Qui n'en voulait pas ? Ils semblaient du dernier chic à l'époque. Toutefois, c'était plutôt la gent masculine qui faisait des longueurs aussi tôt, avant de s'installer derrière un bureau. Tous les parasols étaient encore fermés. De grands palmiers en pot ornaient l'extérieur du restaurant et le café de la piscine. Un serveur lavait les tables ; il portait un petit seau rempli d'eau savonneuse, un chiffon et un torchon à carreaux pour essuyer, après quoi il mettait aussitôt le couvert.

Comme promis, Albert était allé chercher Gesa à huit heures sur son vélo. Tous deux choisirent une place exposée au soleil et passèrent commande. Il aurait été divin de s'asseoir simplement au bord de l'eau et d'échanger des regards radieux et énamourés. Si Gesa avait pu se laisser aller au moment présent. Mais toutes ses pensées étaient tournées vers Inge. Quand elle était rentrée du travail, la veille, son amie s'était enfermée dans sa chambre : elle ne voulait voir personne, ne rien avaler, et encore moins parler.

Puis, pendant la nuit, Gesa avait entendu Inge s'affairer dans la cuisine, et elle s'y était glissée sans faire de bruit.

« Inge, avait-elle murmuré pour ne pas l'effrayer, tu veux que je te prépare quelque chose à manger ? »

Une allumette s'était enflammée, et Gesa avait été horrifiée en voyant sous cette lueur fragile ses yeux gonflés, rougis par les larmes. De ses doigts tremblants, Inge avait allumé une cigarette, et la bougie sur la table.

« Pas de lumière, avait-elle demandé. Tu peux t'asseoir à côté de moi ? Je n'ai pas faim.

— On dirait que chacun des coups durs que nous traversons nous ramène à cette table. Je suppose que j'apporte l'eau-de-vie ? »

Inge avait confirmé d'un hochement de tête. Elle ne s'était pas démaquillée, et des restes de poudre et de mascara s'étaient étalés en traînées noires sous ses yeux. Alors que Gesa s'apprêtait à la servir, elle lui avait arraché la bouteille des mains et avait porté le goulot à ses lèvres.

« J'ai tout gâché », avait-elle dit d'une voix grave.

Elle avait gardé la même tenue enfilée ce matin-là. L'étoffe fine du haut de sa robe était chiffonnée.

Gesa avait pris une profonde inspiration.

« Stop ! Il est hors de question que tu rejettes la faute sur toi. Tout mais pas ça. Curt Schäfer a abusé de toi. Tu étais naïve et tu es tombée dans son piège, en quelque sorte. Mais c'est simplement sa combine. Il sait y faire. Et tu n'as rien, absolument rien gâché.

— Mais si. Au lieu de quitter sa femme et de refaire sa vie avec moi, il m'a mise sur la touche sans même me dire un mot. Il m'a promis un contrat avec une maison de disques, il voulait m'écrire des morceaux et les enregistrer avec moi. Il y a quelque chose que j'ai dû mal faire pour qu'il m'humilie aussi froidement.

— Tu n'as pas besoin de lui, Inge. Crois enfin en toi et dis-toi que tu t'en sors très bien toute seule. »

Inge avait renversé la tête en arrière, fixé le plafond et cligné des yeux. La lueur de la bougie éclairait la peau blanche de son cou.

« La vie est affreuse.

— N'importe quoi. Tout ira bientôt mieux. Je suis là pour toi. Nous sommes toutes là pour nous soutenir, les unes les autres, quand quelque chose ne va pas. »

Inge s'était tue un moment, puis avait brusquement demandé :

« À propos d'être là pour les autres, où ça en est avec Margot ?

— Elle est toujours chez ses parents. Mais Fritz va aller la voir, il l'a décidé aujourd'hui. Il paraît très résolu tout à coup.

— On aurait dû l'aider davantage. »

La même pensée hantait Gesa.

« Les mecs sont des porcs, avait grondé Inge. Tous les mêmes.

— Ce n'est pas vrai. Fritz va tout faire pour ramener Margot. Il l'aime et nous savons toutes les deux que c'est réciproque. Il va y arriver, tu vas voir. Et je demanderai à Albert qu'il foute Bienefeld dehors. »

Inge avait laissé échapper un rire amer.

« Bien sûr. Parce que monsieur le directeur se plie à tous les souhaits de la petite actrice. Bienefeld, Schäfer, Bronnen – tous ces hommes qui ont réussi ne se sont pas hissés à leur poste élevé en écoutant les femmes. Au contraire. »

Elle avait porté à nouveau la bouteille à sa bouche et pris une grande gorgée.

« Possible. Mais dans ce cas, c'est valable pour nous également. On doit aussi peu écouter ce que nous disent les hommes que l'inverse. On peut se faire confiance entre nous. Regarde un peu, Inge, qui aurait imaginé il y a encore quelques années que les femmes pourraient exercer de vrais métiers et gagner elles-mêmes leur argent ? Pense à nos mères, quelles perspectives avaient-elles ? D'accord, tu n'es pas encore une chanteuse connue dans le monde entier, mais tu peux toujours en devenir une. Ne te laisse pas abattre par Schäfer. Il est de toute façon bien trop vieux pour toi. »

Tout à coup, Inge avait de nouveau fondu en larmes. Gesa avait pourtant cru commencer à la toucher peu à peu, et à fissurer sa carapace de désespoir et d'apitoiement sur soi.

« Oh, Gesa, tu ne sais pas de quoi tu parles. »

Elle s'était levée de table en sanglotant, avait attrapé la bouteille et était sortie de la cuisine en titubant.

« Demain, je n'irai pas au travail. Tu peux dire ce que tu veux à ton Albert, ça m'est égal. Tout m'est égal, de toute façon. »

Les paroles d'Inge résonnaient encore dans l'esprit de Gesa lorsque le serveur déposa une petite théière devant elle et apporta une grande tasse de café à Albert.

« Tu m'as l'air bien loin dans tes pensées.

— Excuse-moi. »

Que pouvait-elle lui dire au juste et que devait-elle lui cacher ? Qu'Inge avait refusé de sortir de sa chambre ce matin-là ? Qu'elle lui avait crié qu'elle ne sortirait plus jamais de chez elle une fois pour toutes ?

« Je préfère te le dire maintenant plutôt que tout à l'heure, au travail. Inge va rester chez elle aujourd'hui, elle se sent toujours mal.

— Elle est vraiment malade ?

— Je pense qu'elle doit juste se reposer encore un peu. »

Il glissa deux morceaux de sucre dans son café et le remua.

« Serait-il possible que cette indisposition soudaine ait un rapport avec Frau Schäfer et son séjour en ville en ce moment ? » Son regard insistant était grave et sombre. « Je ne suis pas idiot, Gesa. Schäfer n'est pas spécialement discret dans ses petits jeux. Dans un premier temps, il a absolument fallu que j'écoute la si talentueuse Inge Jacobs au Palastcafé, parce que c'est une chanteuse exceptionnelle. Puis Schäfer a affirmé qu'elle enrichirait de manière considérable le chœur de la radio et que son âme d'artiste ne pourrait que s'étioler derrière la machine à écrire – ce sont ses propres mots. Pour finir, il lui a même trouvé un petit solo dans l'épisode final de la pièce. Et voilà qu'il se dégonfle tout à coup quand son épouse annonce sa venue, et qu'il se transforme aussitôt en parfait petit mari. » Albert fronça les sourcils d'un air désapprobateur. « Tu sais, au fond, toutes ces histoires privées ne me concernent pas. J'ai une station à diriger. S'il n'y avait que des hommes employés à la radio… »

Il s'interrompit car Gesa fit claquer sa tasse sur la table, avec fracas.

« C'est vraiment ce que tu penses ? Que ta vie professionnelle serait plus simple si aucune femme ne travaillait pour Radio Francfort ? »

Elle était si révoltée qu'elle bondit de sa chaise. Albert se leva à son tour. Il caressa son bras délicatement.

« Non, désolé, ce n'est pas ce que j'ai voulu dire.

— Ah oui ? Quoi alors ? »

Il regarda autour de lui.

« Tu ne veux pas qu'on se rassoie ? »

Gesa reprit place et le fixa en attendant sa réponse. Elle s'efforça de garder une expression neutre sur son visage, ce qui n'était pas facile car elle bouillonnait de l'intérieur. Était-il possible qu'elle se soit trompée à propos d'Albert Bronnen ? Qu'il ne soit pas le visionnaire progressiste qu'elle avait cru voir en lui mais un homme enfermé dans des structures dépassées, comme tous les autres ?

« Je suis en colère contre moi-même, c'est là mon vrai problème. Il y avait aussi du personnel féminin à la station de Berlin, mon Dieu, bien sûr ! Les femmes travaillent presque partout, de nos jours. J'ai simplement sous-estimé le caractère d'Ewald Bienefeld et celui de Curt Schäfer. Ou plutôt : surestimé. » Il cherchait ses mots. « En tout cas, je n'ai pas assez prêté attention à leurs qualités humaines, je me suis arrêté à leurs fonctions de chef d'orchestre et de chef de chœur. On ne m'y reprendra pas. Et pour finir la conversation sur le toit que nous avons interrompue, je tiens à te répondre sur ses conséquences pour Bienefeld. Il y en aura. Tout comme pour Herr Schäfer. »

Gesa saisit la main d'Albert et la serra doucement.

Elle ressentit une légère honte à s'être emportée de la sorte. Il n'y avait pourtant aucune raison de douter de son caractère. Au contraire. C'était un homme de parole, qui était très exigeant mais aussi capable de donner beaucoup.

Gesa et Albert passèrent le reste de la journée séparés, lui, dans son bureau de l'Elbestrasse, elle, dans les locaux de la station, au-dessus du service des chèques postaux. Mais il avait insisté pour qu'ils se retrouvent au coin de la rue après le travail. Il voulait inviter Gesa à dîner dans un petit restaurant de la vieille ville.

« Je voudrais juste passer voir Inge, lui dit-elle, lorsqu'ils eurent traversé la Zeil et qu'ils s'engagèrent dans la Liebfrauenstrasse. Et enfiler quelque chose d'autre. »

Elle portait un joli chemisier d'été à col marin, mais il se prêtait mal à une sortie nocturne. La robe vert foncé à laquelle elle avait apporté des modifications siérait bien mieux à un dîner au restaurant. Elle voulait plaire à Albert.

« Est-ce qu'il faut encore que j'attende en bas ou ai-je suffisamment gagné ta confiance pour que tu me laisses monter ? »

Il sourit d'un air grivois.

« Pour que tu puisses me regarder me déshabiller ? demanda-t-elle sur un ton taquin.

— Ce serait avec plaisir. »

Il fit le tour de son vélo pour pouvoir marcher tout à côté de Gesa, glissa son bras autour de ses épaules et l'attira contre lui. Ils poursuivirent leur chemin ainsi, passant à côté de l'église Notre-Dame au style gothique en traversant la Liebfrauenberg, une place pavée ornée d'une fontaine au centre de laquelle s'érigeait une sorte d'obélisque. Tout autour s'élevaient de somptueuses maisons dont les façades reflétaient le style de plusieurs siècles. Ils ne prêtaient aucune attention à la beauté des lieux, cependant, tant ils se dévoraient des yeux.

Albert adossa son vélo contre le bord massif du bassin en pierre, et entrelaça ses doigts avec ceux de Gesa. L'agitation régnait sur la place en fin d'après-midi. Les vendeurs des stands mobiles du marché essayaient une dernière fois de se débarrasser du reste des marchandises de la journée : des fruits, des légumes, des fleurs. Ouvriers et employés faisaient ainsi de bonnes affaires en rentrant chez eux.

« Autrefois, les gens tournaient autour de la fontaine en traîneau, l'hiver, simplement pour s'amuser », susurra-t-il à l'oreille de Gesa.

Un frisson agréable parcourut son dos lorsque les lèvres d'Albert effleurèrent son cou.

« Ah oui ? Comment le sais-tu ?

— Je l'ai vu sur une peinture ancienne. Tu sens bon.

— Merci.

— Surtout ici. »

Il fit délicatement glisser le col de son chemisier sur sa clavicule et déposa, d'un souffle, un baiser sur sa peau.

« Je crois qu'on ferait mieux de poursuivre notre chemin, maintenant », murmura-t-elle.

Albert lui faisait totalement perdre la tête.

Ils n'étaient plus qu'à quelques pas de l'immeuble ; ils venaient de quitter les lueurs du soleil couchant pour s'engouffrer dans la pénombre de l'étroite Ziegelgasse.

À l'instant même où Gesa posa sa main sur la poignée de l'entrée, la porte s'ouvrit brutalement de l'intérieur et Rolf sortit en trombe, manquant la renverser.

« Gesa ! s'écria-t-il. C'est bien que tu sois là. Vite, monte à l'appartement !

— Que s'est-il passé, Rolf ? Où vas-tu ? »

Sa respiration était précipitée.

« Chez le voisin, en face, il a le téléphone. Je dois appeler une ambulance. »

Elle l'attrapa par le bras.

« Qu'y a-t-il ?

— Va voir Inge. » Il se libéra d'un geste sec. « Désolé, je dois me dépêcher. »

Sur ces mots, il traversa la rue en courant et disparut dans la maison de l'autre côté.

Gesa fixa Albert, les yeux écarquillés.

« Viens avec moi, s'il te plaît », laissa-t-elle échapper.

Ils grimpèrent les marches quatre à quatre. Rolf avait refermé la porte ; les doigts de Gesa tremblaient tant qu'elle n'arrivait pas à introduire la clé dans la serrure. Albert l'aida.

Ils trouvèrent Inge au lit dans sa chambre, blême et inconsciente. Sur la table de chevet à côté d'elle était posée une boîte de pilules avec un résidu de poudre blanche. Albert en prit un peu du bout du doigt et le passa sur sa langue. Pendant ce temps, Gesa vérifia le pouls d'Inge et essaya de la réveiller.

« Son cœur bat à tout rompre », lança-t-elle.

Albert désigna la boîte vide.

« Cocaïne.

— Stupide, stupide petite chose ! Combien a-t-elle pu en prendre ? »

Gesa lutta pour chasser les larmes qui lui montaient aux yeux. Ce n'était pas le moment pour cela, elle devait être forte.

« Aucun moyen de savoir ce qu'il y avait dans la boîte. J'espère que le jeune homme a pu faire venir une ambulance, c'est urgent. C'était le frère de Fräulein Jacobs ? »

Gesa acquiesça sans rien dire et ne quitta pas son amie des yeux.

« Il n'y a rien qu'on puisse faire ? »

Elle releva avec précaution une des paupières d'Inge et fut terrifiée à la vue de sa pupille largement dilatée. Inge ne réagit pas.

Albert alla regarder par la fenêtre.

« Malheureusement non. J'espère que l'ambulance pourra passer dans cette ruelle. »

La clochette en fer-blanc de l'ambulance retentit au loin.

« Je descends en vitesse, reste là. »

Albert disparut, Gesa entendit ses pas précipités dans l'escalier. Peu après, il revint avec Rolf et deux infirmiers, suivis d'un homme corpulent muni d'une mallette de médecin, qui respirait difficilement.

« Cocaïne », dit Albert de manière concise, et il désigna la boîte vide sur la table de chevet.

Le médecin de garde contrôla également le pouls d'Inge, ainsi que sa pression artérielle et ses pupilles.

« Ma p'tite, ma p'tite, murmura-t-il alors. Qu'est-ce que tu as fait comme bêtise ? » Puis, en se tournant vers les ambulanciers : « Emmenez-la en bas, et plus vite que ça, ça urge. »

Un brancard fut déplié en toute hâte et on y allongea Inge ; le médecin referma sa mallette et ils descendirent les nombreuses marches de la cage d'escalier en portant l'inconsciente avec précaution.

La Fiat 502 grise bouchait presque toute la largeur de la Ziegelgasse. Sa longue surface de chargement était protégée par une carrosserie élevée aux vitres pourvues de rideaux, pour que personne ne puisse voir à l'intérieur. Quelques badauds s'étaient rassemblés et des habitants voisins, indiscrets, s'étaient massés à leurs fenêtres.

« Chaud devant ! cria Rolf. Ne restez pas dans le passage, vous voyez bien que c'est une urgence ! »

Il dispersa les badauds avec vigueur et ouvrit la voie aux brancardiers jusqu'à l'arrière du véhicule.

« Dans quel hôpital vous l'emmenez ? demanda Gesa au médecin qui s'apprêtait à monter dans l'ambulance avec Inge.

— Quartier de Bockenheim. À Sainte-Élisabeth.

— Vous allez l'aider, n'est-ce pas ? La sauver ? Elle s'appelle Inge. »

Tout se passa très vite. Rolf monta à l'avant, il ne se laissa pas dissuader d'accompagner sa sœur. Un des ambulanciers démarra la Fiat et, malgré le tintement incessant de la clochette, les premiers mètres ne furent franchis qu'à un rythme d'escargot à cause des passants qui libéraient la voie d'un pas hésitant.

Puis ils tournèrent au coin de la ruelle dans la Schnurgasse d'où ils pouvaient plus facilement accéder à des routes plus larges, et ils disparurent. Les curieux rentrèrent aussitôt chez eux et le silence revint. Gesa frissonnait. Elle se rendait seulement compte, peu à peu, de ce qui venait de se passer. Inge avait absorbé une surdose de drogue, sa vie ne tenait qu'à un fil. Avait-elle voulu mettre fin à ses jours ? Avait-elle commis une faute d'inattention ? Comment avait-elle pu tomber aussi bas ? Il y avait quelques mois encore, l'eau-de-vie posée sur le placard de la cuisine était le produit le plus fort que son amie prenait. Comment en était-elle arrivée à la cocaïne ? En réalité, il n'y avait qu'une explication.

« C'est Schäfer qui la lui a donnée, j'en suis sûre. »

Gesa croisa les bras sur sa poitrine et continua à regarder fixement le coin de la rue où avait disparu l'ambulance. Elle poursuivit, davantage pour elle-même que pour Albert : « Inge n'a même pas les moyens de s'acheter un truc pareil, et il ne lui serait sûrement pas venu à l'idée toute seule de prendre cette poudre. »

Albert la serra dans ses bras.

« Tout ira bien. Tu verras. Elle est entre les meilleures mains à Sainte-Élisabeth. Ils vont la remettre d'aplomb en moins de deux. »

Comme elle aurait aimé accorder un peu de crédit à ses paroles réconfortantes… Mais la peau d'Inge était d'une blancheur aussi anormale que celle d'une statue de cire. Et ses doigts, absolument glacés. Gesa avait peur. Elle se blottit contre Albert ; elle avait besoin de lui et de sa présence comme jamais.

Quelqu'un dans son dos lui tapota l'épaule.

« Qu'est-ce que vous voulez ? » demanda Albert d'un ton brusque.

Gesa s'arracha à regret à son étreinte et se retourna. L'inquiétude qui lui pesait tant n'était rien comparée à la panique qui la submergea d'un seul coup.

Un homme se dressait face à eux.

« Lâchez cette dame. »

Albert le dévisagea sans croire ce qu'il venait d'entendre.

« Qu'est-ce que ça veut dire ? De quel droit me donnez-vous des ordres ?

— Fräulein Westhof est ma fiancée. »

Albert tressaillit comme s'il venait de recevoir une gifle. Ses yeux se plissèrent, il s'efforçait visiblement de garder son sang-froid tout en soumettant l'inconnu à un examen approfondi.

« Gesa, tu connais ce type ? » finit-il par demander d'une voix qui paraissait calme et ne pouvait cependant contenir le trouble qui l'agitait.

Elle était incapable de répondre, sa gorge était comme nouée. Elle ne put que hocher la tête. À l'expression de son visage, elle vit à quel point cela toucha durement Albert.

« Je m'appelle Werner Krewis, dit l'homme. Je suis originaire du même village que Gesa et nous sommes fiancés depuis deux ans.

— C'est vrai ? Gesa ? Je t'en prie, dis-moi que ce n'est pas le cas. »

Albert lui parlait, les yeux implorants.

Elle entendait le sang bruire dans ses oreilles, ne parvenait pas à rassembler ses esprits. La vie d'Inge était en jeu, un grand danger pesait sur son amie. Il était presque impossible de penser à autre chose. Et pourtant Gesa était envahie d'une peur nouvelle et non moins effrayante. Semblable à un tourbillon dans lequel elle risquait de se noyer. Elle se tourna vers Werner, les lèvres serrées. Ces cheveux bruns, ces épaules larges, cette petite tache de naissance sur la joue, tout lui était familier, et pourtant si lointain, comme sorti d'une autre vie.

« Vous voyez bien qu'elle me connaît. Vous entendez une protestation, vous ? Moi pas. Et maintenant dégagez, j'ai à parler de deux, trois choses avec ma fiancée. Sa tante et moi, on s'est fait beaucoup de souci pour elle parce qu'elle a décampé sans tambour ni trompette. »

Un changement se lut sur le visage d'Albert, qui fut physiquement douloureux pour Gesa. Elle sentit son bouleversement, son désarroi et sa colère montante. Il fit un pas en arrière, puis deux, serra les poings, tourna les talons et s'en alla. Juste comme ça, sans dire un mot. Tout s'écroulait autour de Gesa. Le joli petit monde qu'elle s'était créé à Francfort s'anéantissait sous ses yeux. Il ne restait rien d'autre que le vide. Margot, Inge et elle avaient perdu tout ce dont elles avaient rêvé. Et pourtant, elle était incapable de réagir.

Des larmes brûlantes coulèrent sur les joues de Gesa. Elle regardait Albert s'éloigner, sans rien dire, car il lui aurait fallu crier pour qu'il l'entende.

Lorsqu'il fut hors de vue, elle s'effondra sur elle-même jusqu'à se recroqueviller contre le seuil de son immeuble. Elle serra ses genoux dans ses bras pour ne pas trembler. Werner restait debout et baissait les yeux sur elle, impassible.

« Comment m'as-tu trouvée ? » demanda-t-elle d'une voix blanche.

Il rit froidement.

« Si tu veux m'échapper, tu ne devrais pas essayer de devenir une star de la radio. Les photos dans les journaux et les magazines, ta voix dans le poste, tu ne te cachais pas vraiment. Tante Cläre m'a filé le tuyau. Retrouver ton adresse a été un jeu d'enfant. »

Son ton était tout à fait détendu, comme s'il parlait de la pluie et du beau temps.

« Entrons, maintenant. Tu veux sûrement faire tes valises avant de rentrer à la maison. »

Se mettre debout lui parut une épreuve insurmontable, pourtant Gesa réussit à se relever.

« Je ne viens pas avec toi.

— Bien sûr que si, tu viens avec moi. Tu crois peut-être que j'ai fait tout ce voyage pour le plaisir ? Et juste à temps, on dirait. C'était qui, ce type ? »

Gesa ne répondit pas. Werner l'attrapa soudain par les bras et la secoua en la serrant fermement jusqu'à lui faire mal.

« Réponds. Tu te prends pour qui ? Tu disparais du jour au lendemain et tu t'envoies en l'air avec d'autres gars. Comme une pute. Mais je vais t'en faire passer l'envie, moi ! »

Il leva le bras et lui flanqua une gifle.

Elle fut brusquement libérée de son emprise. Albert était revenu. Il asséna à Werner un uppercut qui le fit chanceler. Un policier apparut au bout de la rue et le son strident d'un sifflet retentit.

« Qu'est-ce qui se passe, ici ? » cria-t-il.

Werner Krewis leva les mains dans un signe d'apaisement.

« Rien. Tout va bien, monsieur l'agent. »

Le policier regarda Werner, puis Gesa et enfin Albert, et lorsque celui-ci hocha lui aussi la tête, il salua simplement en portant un doigt à sa casquette et poursuivit son chemin.

« Maintenant, vous disparaissez. Sinon je le rappelle. »

La voix d'Albert évoquait un grondement sinistre.

Werner tâta son menton avec un grognement bourru. Puis il dégagea les cheveux sur son front et jeta à Albert un regard haineux.

« On n'en a pas encore fini, nous deux. » Il tendit un poing menaçant en direction de Gesa. « Je sais où te trouver maintenant, et il y a bien un jour où je t'attraperai sans ton protecteur. »

Sur ces mots, il se pencha et ramassa son chapeau qui était tombé par terre pendant la bagarre. Il lui donna quelques coups pour en chasser la poussière et le remit sur sa tête.

Werner se dressait devant eux, imposant ; il faisait une demi-tête de plus qu'Albert et était beaucoup plus musclé que lui. Sur son visage, qui avait empêché Gesa de voir son véritable caractère au début, elle lut de la haine et du mépris. Werner était un homme furieux, toujours en colère contre quelqu'un ou quelque chose. Il se sentait toujours défavorisé et partait du principe que les autres lui voulaient du mal. Il s'éloigna lentement, en se retournant plusieurs fois vers Gesa. Ce n'était pas fini. Ça ne l'était jamais pour Werner.

Elle regarda Albert.

« Merci. Si tu n'avais pas été là…

— Alors l'agent t'aurait aidée. » Sa voix était glaciale. Il désigna la porte. « Tu ferais mieux de rentrer, maintenant. L'affaire devrait être réglée pour aujourd'hui, il ne va sûrement pas revenir.

— Albert, laisse-moi t'expliquer…

— Je ne crois pas que nous ayons quoi que ce soit à nous dire. Si tu n'as pas jugé utile de me parler de ton fiancé jusqu'à présent, ça ne m'intéresse plus maintenant. »

Il porta la main à son chapeau et quitta Gesa une seconde fois.

Comme elle avait encore la peur au ventre, elle ne lui courut pas après mais grimpa au plus vite jusqu'à l'appartement et verrouilla la porte.

Le silence l'accueillit. Gesa était seule.

INGE

Nouvelles radiophoniques, 1927 :

« La plus grande danseuse d'Espagne nous fait l'honneur de sa présence. La Argentina, qui connaît des triomphes sans précédent dans le monde entier, danse mercredi 20 juillet à l'Opéra de Francfort. »

Antonia Rosa Mercé y Luque naquit à Buenos Aires de parents espagnols, et retourna à Madrid dès l'âge de deux ans. Elle s'inspira de son pays natal quand il lui fallut trouver un nom de scène. C'était une danseuse de flamenco et chorégraphe célèbre, reconnue internationalement grâce à ses très nombreuses tournées. La Argentina mourut d'un infarctus en 1936, à quarante-sept ans seulement.

Des voix arrivèrent aux oreilles d'Inge comme à travers une couche d'ouate. Elle ne parvenait pas à comprendre ce qui se disait. Il lui fallut se concentrer pour que le flot de lettres se mette à former des mots distincts.

Un inconnu parla. Et ce fut Rolf qui répondit.

Puis elle entendit Gesa.

« Elle se réveille. Dieu soit loué ! »

Elle cligna prudemment des yeux pour se protéger de cette clarté perçante. Le plafond au-dessus de sa tête était d'un blanc aveuglant. Inge était couchée dans un lit qui n'était pas le sien. Le drap sous ses mains lui était étranger et rugueux au toucher. Il stagnait dans l'air une odeur de désinfectant, d'ammoniaque et de savon de Marseille.

Elle leva la tête avec précaution, de quelques centimètres seulement. Le vertige et la nausée la gagnèrent aussitôt.

Trois visages se penchaient sur elle : Gesa, Rolf et apparemment un médecin en blouse blanche.

« Est-ce que vous me comprenez ? » demanda celui-ci.

Inge hocha faiblement la tête.

« Vous êtes à l'hôpital Sainte-Élisabeth, l'informa-t-il. Nous avons pu stabiliser votre état, mais vous allez encore devoir rester un ou deux jours ici en observation. C'est la procédure normale en cas d'overdose. »

Le mot « overdose » l'effraya. De quoi parlait cet homme ? Aussitôt, cela lui revint à l'esprit. Ainsi que tout le reste.

Inge ferma les yeux. Ils feraient mieux de partir et de la laisser seule.

« Herr Jacobs, auriez-vous l'amabilité de m'accompagner dehors ? J'aurais encore quelques formalités à accomplir avec vous.

— Bien sûr, docteur. » Rolf serra la main d'Inge un bref instant. « Je suis tellement heureux que tu sois réveillée, ma grande sœur. Tu m'as fichu une sacrée frousse. Ne refais plus jamais ça. »

Les deux hommes s'éloignèrent. Inge rouvrit délicatement les yeux.

« Gesa ? Tu es toujours là ? » Sa voix était rauque et semblait venir de loin. Mais peut-être n'était-ce qu'une impression. Elle se rendit seulement compte que son lit n'était séparé de ses voisins que par deux rideaux à gauche et à droite. « Je veux rentrer à la maison. »

Son amie était assise sur une chaise étroite, les yeux cernés et le visage soucieux.

« Bientôt. » Gesa se pencha en avant pour pouvoir baisser la voix. « Bon sang, Inge, on a eu tellement peur de te perdre. Rolf est resté à ton chevet toute la nuit et n'a pas fermé l'œil. Dis-moi que tu n'as pas fait exprès de priser une trop grosse quantité de cette horreur.

— Bien sûr que non. J'allais mal, je voulais étouffer mon chagrin et la poudre m'a aidée, ça me faisait du bien. J'ai sûrement forcé un peu la dose.

— C'était la seule raison ? »

Inge confirma d'un signe de tête. Elle-même remarqua qu'elle ne semblait pas convaincante. La vérité était qu'elle ne pouvait pas dire avec certitude ce qui l'avait poussée à prendre toute la cocaïne. La recherche d'une anesthésie, sans doute. En même temps, aurait-ce vraiment été si grave de ne plus se réveiller ? Au moins, toute cette misère aurait pris fin.

Le médecin revint. Sans Rolf.

« Votre frère a dû se rendre à son travail sans plus tarder, expliqua-t-il, mais il m'a chargé de vous transmettre ses instructions. »

Ça ne sentait pas bon.

« À la suite de votre séjour à l'hôpital, vous serez admise temporairement dans un sanatorium où on pourra soigner votre dépendance.

— Comment ? »

Ignorant ses maux de tête, Inge se redressa sur son lit, droite comme un I. Gesa se dépêcha de caler deux oreillers dans son dos pour qu'elle puisse s'appuyer à nouveau, mais cela ne lui vint même pas à l'esprit.

« Il est hors de question que j'aille dans une clinique, ce n'est pas à mon frère d'en décider ! Et à vous non plus ! »

Le médecin répondit d'une voix claire et aimable :

« Si, si. Tout est arrangé. »

Il poursuivit en baissant la voix :

« Vous devriez saisir cette opportunité, Fräulein Jacobs, voir cette cure comme une seconde chance. Tirez-en profit le plus possible. Vous ne devez pas seulement guérir physiquement mais aussi surmonter une perte. En effet, je dois hélas vous annoncer que, si nous avons réussi à vous sauver la vie, nous n'avons rien pu faire pour l'enfant que vous attendiez. »

Inge entendit Gesa chercher de l'air. Le médecin laissa les deux amies seules et aucune ne dit un mot. Inge était en proie à un bouillonnement intérieur, où soulagement et tristesse s'affrontaient, sans qu'elle veuille les départager. Tout ce qu'elle désirait était de retrouver l'obscurité, le silence et la solitude.

« Pourquoi ne m'as-tu jamais dit que tu étais enceinte ? chuchota Gesa.

— À ton avis ?

— Parce qu'il n'était pas voulu ? De Curt ? »

Inge hocha la tête.

« Il le savait ?

— Non. Je voulais le lui dire le jour où sa femme est apparue. Je venais de l'apprendre.

— Et d'où tenais-tu la cocaïne ? De lui aussi ?

— Tous les artistes en prennent, ce n'est rien, répondit Inge en balayant le sujet d'un geste de la main.

— Dis-moi, tu ne te rends sérieusement pas compte du point auquel ce que tu racontes est stupide ? » Gesa chuchotait, ce qui n'ôtait pourtant rien à la dureté de ses paroles. « Regarde les choses en face, Inge, et ne te mens pas sans arrêt à toi-même. Tu as fait une grosse connerie cette fois !

— C'est censé me réconforter, dans mon état ? siffla-t-elle entre ses dents. J'aurais espéré plus de compassion de la part d'une amie. »

Gesa saisit la main d'Inge et la serra.

« En tant qu'amie, je me dois justement d'être honnête avec toi. Tu es comme une sœur pour moi, et je me suis fait un sang d'encre quand je t'ai vue allongée, inerte et livide comme la mort, et que je ne savais pas si tu allais pouvoir t'en sortir. Je veux être à tes côtés. Et Rolf et Margot aussi. Mais si ça ne suffit pas, si tu tombes dans un trou dont tu ne peux plus sortir toute seule, alors laisse-nous t'aider, bon sang ! Tu vas aller dans ce sanatorium, même si c'est seulement pour une ou deux semaines, et tu profiteras de tous les soutiens qui te seront proposés, tu m'as bien comprise ? »

Inge serra à son tour la main de Gesa. Les larmes lui montèrent aux yeux, coulèrent le long de ses joues et de ses lèvres, de petits filets d'eau chaude, au goût salé et amer.

« D'accord. »

Elle s'enfonça dans les coussins et respira profondément.

« Tout ira bien, susurra Gesa. Promis.

— Margot est revenue ? Et toi – tu ne devrais pas être à l'antenne ?

— Ne te fais pas de souci pour nous, occupe-toi seulement de toi à présent. » Gesa jeta un coup d'œil sur sa montre. « Je vais partir au travail maintenant, je repasserai te voir plus tard. »

Elle déposa un baiser sur le front d'Inge et lui sourit avant de s'en aller.

Quelque chose avait changé en Gesa. Elle dégageait une profonde mélancolie, et Inge était sûre que ce n'était pas uniquement lié à sa propre situation. Elle ne put y réfléchir très longtemps car ses paupières se fermaient. Lorsqu'elle se réveilla, la lumière dans la chambre d'hôpital était différente. Elle s'était adoucie, n'était plus aussi crue. Une infirmière lui apporta un bouillon.

Inge n'avait aucun appétit mais elle vida sagement son assiette. La brume douloureuse dans sa tête se dissipait peu à peu. En revanche, ses pensées revenaient et la titillaient. Pourquoi était-elle si abattue de ne plus être enceinte ? Lorsqu'elle l'avait appris, elle avait été désespérée, n'en avait parlé à personne et avait voulu chasser ce problème de son esprit, comme s'il allait se volatiliser de cette manière. Elle avait même envisagé de rendre visite à une faiseuse d'anges. Ce n'était plus nécessaire à présent. Pourquoi, dans ce cas, était-elle assaillie par une tristesse qui lui faisait presque mal dans sa chair ?

Ces idées qui rongeaient son esprit étaient épuisantes et Inge ne tarda pas à glisser à nouveau dans un sommeil profond. Elle passa également une grande partie de la matinée suivante à somnoler. Rolf lui rendit visite, puis Gesa, et enfin elle fut transférée, comme prévu.

« Au château des fous ? Mais je n'ai aucun désordre mental », protesta Inge.

Rolf l'accompagnait dans l'ambulance.

« Tu sais très bien que c'est simplement une expression populaire. Le médecin m'a expliqué qu'il y avait des services très différents là-bas. Tu ne verras même pas les malades mentaux parce que tu es admise au département des toxicomanies.

— Eh bien, c'est rassurant. »

Par la fenêtre du véhicule, Inge aperçut le long bâtiment, divisé en plusieurs ailes, de la clinique universitaire municipale pour névrosés et dépressifs, dont le style néogothique lui donnait en effet des allures de château. Ce qui lui avait valu l'appellation populaire de « château des fous ». Il avait été érigé soixante ans auparavant, dans le quartier de Westend, sur l'Affensteiner Feld. Le domaine ne comprenait pas seulement un sanatorium mais aussi un verger et un jardin potager. Cela paraissait romantique vu de l'extérieur, mais Inge pouvait très bien s'imaginer à quel point ce qui se passait à l'intérieur devait être horrible.

« Le médecin a dit que tout l'établissement allait être rasé l'année prochaine. Pour être remplacé par quelque chose de plus moderne. C'est dommage, je trouve, car le bâtiment n'est même pas encore vieux, et puis ça a un certain cachet, dit Rolf.

— Ah oui ? Ils n'auraient pas pu se dépêcher un peu, pour que je n'aie pas à y aller ?

— C'est absurde, Inge.

— Je m'en fiche. »

L'odeur de la clinique était différente de celle de l'hôpital. Elle était encore plus désagréable. En revanche, les couloirs étaient larges et très lumineux. Inge avait une chambre individuelle et, en effet, elle ne fut pas enfermée comme elle le craignait, ni aspergée d'eau glacée ou encore torturée par des décharges électriques.

« On va simplement discuter », dit le médecin, un certain docteur Münster, lors de leur première séance.

Ils étaient dans son bureau, et Inge n'eut même pas à s'allonger sur un canapé. Ils étaient assis ensemble à une petite table ronde dans un encorbellement qui offrait une vue magnifique sur le jardin.

Le docteur Münster était un homme menu d'un âge indéfinissable. Quelqu'un qu'on ne remarquait pas dans la foule et dont le visage ne se gravait pas dans la mémoire. Il pouvait avoir tout juste quarante ans comme approcher de la soixantaine. C'était difficile à dire avec ses cheveux clairsemés, ses lunettes rondes à monture d'écaille et sa peau claire sillonnée par des ridules de sécheresse. À dire vrai, il semblait de toute façon ne pas chercher à paraître jeune ni même accorder la moindre importance à son apparence. Il vivait pour son travail. La bibliothèque derrière son bureau débordait de livres spécialisés, et il semblait passer son temps à la clinique, arrivant tôt le matin et repartant tard le soir. Quelqu'un qui se vouait corps et âme à sa mission. Inge respectait cela, elle le trouvait correct.

Le médecin voulait savoir un tas de choses, et Inge décida de lui apporter le plus de renseignements possible afin qu'elle puisse sortir de l'établissement au plus vite.

Après avoir parlé pendant trois jours et manifesté sa prise de conscience, avoir beaucoup marché et mangé sagement tous ses repas, elle commença à s'impatienter. Elle piétinait, il n'était toujours pas question de sortir. Que pouvait-elle bien faire d'autre ? Il était impossible de se montrer plus coopératif.

C'est alors qu'elle reçut une visite inattendue. Theodor Conrad entra dans sa chambre d'hôpital d'un pas nonchalant, comme s'il s'agissait du secrétariat de Herr Bronnen et qu'il était tout à fait naturel qu'ils se retrouvent là tous les deux. Inge avait oublié quel jour de la semaine c'était. Dehors, une pluie d'été crépitait, droite et lourde, sur la terre sèche.

« Oh, c'est mignon ici. Sommaire, bien sûr, mais je dois reconnaître que je m'étais imaginé pire. On entend de ces choses sur les maisons de fous. »

Inge était assise sur son lit et lisait un livre. Elle s'était attendue à voir entrer l'infirmière lorsqu'elle entendit frapper à sa porte, et elle fut totalement perplexe en découvrant le célèbre acteur dans sa chambre. Elle laissa tomber sa lecture.

« Qu'est-ce que vous faites ici ? ne put-elle s'empêcher de demander.

— Je me suis dit que j'allais vous rendre une petite visite. Fräulein Westhof m'a parlé de votre mésaventure avec la cocaïne. » Il leva aussitôt la main pour rassurer Inge. « Ne vous inquiétez pas, elle ne le raconte pas à tout le monde. Herr Bronnen et moi sommes les seuls au courant à la station. Et si je le suis, c'est uniquement parce que Fräulein Westhof et moi avons beaucoup travaillé ensemble ces derniers jours, et que je l'ai trouvée à fleur de peau. Il fallait que je lui demande ce qui n'allait pas.

— Elle aurait quand même pu garder ça pour elle. »

Inge ôta ses jambes de son lit et s'assit au bord. En l'absence de table et de chaise, Theodor Conrad s'assit à côté d'elle sans y avoir été invité. Il semblait si peu à sa place dans son costume chic.

« Je crois que vous n'imaginez pas à quel point votre amie s'inquiète pour vous. »

Il tenait dans sa main un bouquet de pieds-d'alouette, de roses et de giroflées.

« Avez-vous un vase ? »

Inge secoua la tête.

« Non, mais merci beaucoup, les fleurs sont très belles. »

Dans un coin de la chambre se trouvait un lavabo, surmonté d'une petite étagère et d'un miroir. Theodor Conrad se leva, fit couler de l'eau dans la vasque puis y déposa les fleurs. Il paraissait détendu, comme s'il était tout à fait normal pour lui de rendre visite dans un asile à quelqu'un qu'il connaissait à peine. Au lieu de reprendre place à côté d'Inge, il sortit dans le couloir ; elle l'entendit s'affairer et parler, et il revint peu après avec une chaise qu'il poussa près du lit, face à Inge. Puis il ôta sa veste, la pendit avec soin sur le dossier et s'assit.

« Cigarette ? demanda-t-il en lui tendant un étui ouvert.

— On n'a pas le droit de fumer ici. »

Il haussa les épaules avec indifférence. Comme lui-même sortit une cigarette, Inge en accepta une également et se la fit allumer.

Inspirer profondément le tabac égyptien aromatique avait soudain un délicieux goût d'interdit. Comme un morceau de liberté. Ou au moins une mini-révolution.

Après que tous les deux eurent savouré quelques bouffées en silence, Theodor Conrad observant Inge, les jambes croisées avec désinvolture, il prit la parole :

« Vous êtes, si j'ose dire, à peine tombée du nid, Fräulein Jacobs. La société pardonne à la jeunesse certaines bêtises. Mais cela peut vite changer. Surtout quand on ne vit pas dans l'abondance mais qu'on doit se prendre en charge et qu'on est dépendant d'autres personnes – par exemple d'un employeur. Dans ce cas, on a peu de champ libre pour les cabrioles. »

En l'absence de cendrier, ils furent contraints d'utiliser le verre à dents, ce qui ne les dérangea ni l'un ni l'autre.

« Tout de même, j'ai vingt-quatre ans, on ne peut plus trop parler de jeune fille à mon âge. Si vous êtes venu pour me faire des leçons de morale… »

Theodor Conrad éclata de rire.

« Ma chère enfant ! Il semblerait que vous ne me connaissiez pas tellement, je me trompe ? S'il y a bien quelqu'un de mal placé pour parler de morale et de remontrances, c'est moi. Vous pouvez me croire.

— "Ma chère enfant" ? Vous jouez au tonton bienveillant ? Quel âge avez-vous donc ? Vous n'êtes sûrement pas assez vieux pour ça.

— Trente-sept ans. Assez vieux, non, mais expérimenté, oui.

— Je suis impressionnée. »

Inge jeta son mégot dans le verre à dents et le tendit à son visiteur pour qu'il fasse de même. Puis elle alla à la fenêtre, l'ouvrit en grand et jeta les mégots dehors. L'air chargé d'humidité s'engouffra à l'intérieur et emporta les volutes de fumée indiscrètes. Cela sentait l'herbe mouillée et les pierres chaudes.

Inge attendit qu'il proteste, mais son visiteur la regarda rincer le verre et se rasseoir sans faire le moindre commentaire.

« La deuxième chose que je voulais vous dire, poursuivit-il en revanche imperturbablement, est la suivante : on peut avoir un talent extraordinaire, mais quand on est une femme et qu'on joue de son charme, qu'on croit pouvoir obtenir quelque chose en flirtant, on est très vite réduit à cet aspect de sa personnalité et on perd toute crédibilité.

— Vous êtes venu pour m'insulter ? »

Inge n'arrivait pas à comprendre où l'acteur voulait en venir. N'avait-il pas mieux à faire que la tourmenter ?

« Vous n'avez pas des photos à dédicacer ? Ou des textes à apprendre par cœur ? Je n'ai besoin de personne pour me rabaisser, j'y arrive très bien toute seule.

— Je sais. Mais vous ne pouvez de toute façon pas sortir d'ici. Et j'ai demandé à votre médecin, vous n'avez plus rien de prévu aujourd'hui. Alors je vais vous faire passer un peu le temps en vous racontant une histoire. »

Elle soupira.

« J'imagine que je n'ai pas trop le choix ? »

Il sourit avec espièglerie. Herr Conrad portait en tout temps un costume sur mesure ; Inge ne l'avait encore jamais vu dans une tenue légère. Toujours dans un tissu de bonne qualité et sans fantaisie. Mais en voyant son sourire, à cet instant, elle put s'imaginer avec précision le petit garçon qu'il avait dû être. L'acteur n'avait pas le type du séducteur ou du casse-cou. Dans la plupart de ses films, il incarnait le gentleman élégant. Il avait aussi cultivé cette image dans sa vie privée. Inge commençait peu à peu à le soupçonner de jouer en permanence un rôle, et d'être en réalité tout à fait différent de ce qu'il laissait paraître au monde.

« Alors, écoutez bien. Il était une fois un petit garçon qui avait cinq frères et sœurs plus jeunes. Son père était horloger ; l'argent ne coulait jamais à flots et le garçon avait des projets ambitieux.

— Que ses parents n'appréciaient pas ?

— Exact. Il voulait devenir acteur. C'est pourquoi il quitta l'école et, plus tard, son apprentissage, et s'enfuit à Berlin dès qu'il eut dix-sept ans, persuadé qu'on attendait là-bas avec impatience un tel jeune homme. Il se rendit très vite compte que la vie était chère, et qu'il pouvait soit se tuer à la tâche toute la journée pour survivre avec un salaire de misère – et dans ce cas il devrait faire une croix sur son rêve –, soit se livrer à de petites affaires louches pour se maintenir hors de l'eau en attendant d'arriver à ses fins. »

Inge tendait l'oreille. Elle connaissait le récit de la vie de Theodor Conrad. Tous ceux qui lisaient la presse à sensation savaient qu'il descendait d'une famille d'artistes et qu'il soutenait financièrement ses parents et ses frères et sœurs, car il leur était reconnaissant d'avoir cru en lui dès son plus jeune âge et de l'avoir soutenu dans son rêve.

Il parut lire dans ses pensées.

« Dans ma branche, on aime bien réinventer sa propre histoire. On frotte les taches qui peuvent maculer un *curriculum* jusqu'à ce que le tout corresponde à l'image que le public doit avoir de nous. Parfois cela fonctionne, parfois pas. »

Sa voix, son plus grand don, qui lui avait assuré la célébrité sur les planches, fascinait également Inge. Elle était différente en ce moment de celle de l'inspecteur Feldmann. C'était bien le vrai Theodor Conrad qui parlait, sans artifice et en toute franchise.

« Passons sur ce que ce garçon a fait précisément jusqu'à pouvoir sonner aux portes des théâtres et des studios de cinéma. Jamais il ne le confiera à qui que ce soit. Mais cela en valait la peine. Âgé d'à peine vingt ans, il suivit une formation au Deutsche Theater, son talent fut reconnu et il obtint ses premiers engagements. Le reste, comme on le dit si joliment, appartient à l'histoire. Et n'est de toute façon pas la raison pour laquelle je vous parle de ce garçon. »

Il fit une courte pause, sans doute pour s'assurer de l'attention d'Inge. Il l'avait tout entière : la jeune femme était toujours plus fascinée par lui à chaque phrase qu'il prononçait. Cet homme élégant, souverain, possédait des facettes sombres.

« Si jamais vous vous demandez où je veux en venir… »

Elle hocha la tête avec un peu trop de vigueur.

« Encore aujourd'hui, le garçon sait ce que c'est de se coucher le ventre vide. Il connaît aussi la souffrance destructrice de l'humiliation, la honte de soi quand on se livre à des activités douteuses uniquement pour avancer dans la vie. Dans ces conditions, il ne paraît pas très surprenant qu'il ait cherché refuge dans l'ivresse lorsqu'on lui en offrit l'occasion. Dans la bêtise de la jeunesse, il fonça tête baissée dans une impasse humaine, d'où il ne sortit qu'avec bien des difficultés. Croyez-moi, on peut avoir autant de succès qu'on veut, le souvenir de ces périodes infamantes ne s'efface jamais. »

Theodor Conrad se tut.

« Je crois que je vous comprends », déclara Inge d'une petite voix.

Il la regarda. Ses yeux bleu clair, qui étaient toujours spécialement éclairés, sur le grand écran comme au théâtre, pour paraître encore plus hypnotisants, étaient presque plus intenses encore dans la vraie vie.

En particulier quand il cessait de jouer la comédie et accordait à Inge le droit de voir le véritable Theodor Conrad. Le grand acteur prenait le temps d'avoir une conversation sérieuse avec la petite chanteuse inconnue qui avait commis une grave et stupide erreur. Cependant, il n'avait manifestement pas la moindre arrière-pensée. Sans qu'il eût besoin de le dire, Inge sut qu'il n'était pas intéressé par un flirt avec elle.

Comme souvent ces derniers jours, elle se mit à pleurer. Mais, cette fois, pas de rage contre elle-même pour s'être empêtrée dans une telle situation : elle pleurait parce qu'elle était émue et ressentait, pour la première fois depuis qu'elle avait reniflé la poudre funeste, un peu d'espoir. Que tout finirait par aller bien d'une manière ou d'une autre.

« Merci. »

De nouveau, il ouvrit dans un claquement son étui à cigarettes et le lui tendit.

« Si, à l'époque, le garçon avait eu quelqu'un pour lui parler franchement, pour lui remettre la tête à l'endroit, cela lui aurait épargné des années de cauchemars. Et bien des séances de thérapie. »

Après lui avoir donné du feu, il lui tendit son mouchoir, et elle l'accepta pour tamponner ses larmes.

« Mais il n'aurait tout de même pas pu agir autrement, à l'époque, observa-t-elle. Pour réaliser son rêve, il a fait ce qu'il avait à faire. Des sacrifices.

— Possible. Mais vous n'êtes pas obligée d'en passer par là, Fräulein Jacobs. Il n'est pas nécessaire de s'offrir à quelqu'un en espérant des services en retour.

— Herr Schäfer m'a promis de me trouver un contrat avec une maison de disques. »

Theodor Conrad laissa échapper un rire amer.

« Dans ce cas, vous n'êtes sûrement pas la première ni la dernière qu'il appâte avec ce type d'argument. Il n'a jamais été fichu d'en dégoter un. Pourquoi croyez-vous qu'il dirige un petit chœur radiophonique ? En outre, je vous conseille de décrocher votre contrat en travaillant d'arrache-pied. Je veux dire avec votre voix, pas avec… » Il fit un geste vague qui englobait l'ensemble du corps d'Inge. « Et faites-moi une faveur : ne touchez plus à la coke. Si vous voulez conserver quelques petites années encore votre joli minois – et avant tout votre cerveau –, alors renoncez à ce genre de stimulant et d'excitant. Regardez un peu Berber – vous voulez devenir comme elle ? »

Inge haussa les épaules.

« J'ai connu la grande Anita Berber, poursuivit l'acteur. Il y a quelques années, à Berlin, elle n'était déjà plus capable d'articuler la moindre phrase sensée à force de papillonner de fête en fête et de scandale en scandale dans un état constant d'extase artificielle. Un jour ou l'autre, ça la tuera, elle le sait aussi. Mais ça lui est égal. Ce que vous faites de votre vie ne devrait pas vous être égal, Fräulein Jacobs. »

Ils discutèrent pendant des heures cet après-midi-là. Il lui parla des stars et des starlettes dont il avait fait la connaissance au cours de sa carrière. De toutes celles qui avaient sombré et des quelques rares qui étaient parvenues à préserver une certaine normalité. Il ne cherchait pas à détourner Inge de son projet de devenir une chanteuse célèbre, au contraire.

Il l'encourageait même à rester fidèle à l'objectif qu'elle s'était fixé.

Inge dut rester deux semaines en tout dans le château des fous : telle avait été la décision du docteur Münster et elle s'y plia. Elle reconnut qu'elle s'en tirait à bon compte. Theodor Conrad lui rendit visite presque chaque jour. Parfois quelques minutes seulement, parfois plus longtemps. Il semblait toujours sentir si Inge était d'humeur à parler ou si elle était fatiguée par la thérapie et préférait rester seule. Il ne s'imposait jamais mais était là quand elle l'y autorisait. Il naquit entre eux une amitié particulière qu'Inge n'avait encore jamais connue avec un homme. Theodor Conrad la prenait au sérieux. Elle craignait presque le jour où elle devrait quitter l'établissement et reprendre sa vie normale. Leur lien si spécial perdurerait-il après son séjour au château des fous ?

MARGOT

Nouvelles radiophoniques, 1927 :

« Il vient de paraître une nouvelle œuvre qui a tout du livre à scandale. Elle est intitulée : *Rudolph Valentino – Souvenirs. Une réminiscence intime et intéressante sur la vie de la star mondiale disparue, par sa femme Natacha Rambova.* »

Natacha Rambova s'appelait en réalité Winifred O'Shaughnessy et était une riche héritière qui se chercha dans de nombreux domaines au fil des ans. Si elle s'essaya à l'écriture, elle brilla surtout en tant que comédienne et modéliste mais eut également une carrière d'archéologue. Sa vie fut parsemée de scandales et de liaisons. Elle fut mariée à Rudolph Valentino de 1923 à 1926.

« On se croise toujours deux fois dans une vie », lança la mère de Margot, qui déclamait un de ses proverbes préférés.

Sa fille, qui n'était pas d'humeur à l'entendre, remua les lèvres en silence lorsqu'elle compléta la citation : « Une fois à pied, et une fois à cheval. »

Sa mère avait remarqué que Margot l'avait singée, et elle gratifia cette dernière d'un hochement de tête indulgent.

« Tu peux reprendre des forces à la maison avec plaisir, mon enfant. Mais ensuite tu remonteras en selle, je t'assure, et tu iras à Francfort à vive allure.

— Bien sûr. Sur mon violoncelle. Et l'orchestre de la radio m'accueillera avec tambour et trompette. »

Ne voulait-elle donc pas comprendre ? Que son enfant avait échoué ? Face à l'esprit étriqué des hommes et à leurs mains baladeuses ? Qu'elle en avait eu tout simplement assez ? De toute manière, elle ne pouvait être séparée plus longtemps d'Egon. Tant pis, elle ne ferait pas carrière dans la musique. Elle serait juste une femme comme les autres.

« C'est fini, maman. Je n'y retournerai plus jamais. »

Heureusement, les habitants du village avaient réagi à l'apparition soudaine de Margot avec un désintérêt discret. Si elle avait été assaillie par toutes sortes de questions, cela aurait été encore plus dur pour elle. Mais tout comme les voisins avaient simplement haussé les épaules, à l'époque, quand ils avaient appris son goût inhabituel pour le violoncelle, ils acceptaient le retour de Margot d'un air stoïque, comme cela était possible dans une communauté qui n'avait pas bougé depuis des générations. Elle était donc de nouveau là. Elle n'avait pas à se lancer dans de grandes explications, les raisons et les détails ne tarderaient pas à se répandre comme une traînée de poudre. Il suffisait d'attendre.

Les questions de son propre cœur ne laissaient en revanche aucun répit à Margot. Que voulait-elle vraiment ? Qu'attendait-elle de sa vie ?

« Tu as dit que, quand je rentrerais à l'école l'année prochaine, ce serait à Francfort. Ça tient toujours, hein ? » dit Egon avec cette détermination propre aux enfants, lorsqu'elle le coucha dans son lit.

Il dormait dans l'ancienne chambre de Margot, qu'elle avait partagée avec une de ses sœurs quand elle était petite. Depuis que tous les enfants Mikola avaient grandi et quitté le foyer familial, il y avait bien plus de place dans la ferme. La maison était si spacieuse que Margot elle-même s'était installée dans une des chambres des garçons. Ça ne poserait aucun problème si elle devait rester durablement chez ses parents.

« Tu préférerais ça à l'école du village ?

— Oh, oui. J'ai déjà tout imaginé. »

Elle sourit.

« Qu'est-ce que tu veux dire ? »

Une étincelle luisit dans les yeux sombres d'Egon, semblables à s'y méprendre à ceux de son père.

« Mamie a dit qu'il y avait un tramway à Francfort. Je veux le prendre tous les jours. On s'est déjà entraînés tous les deux. On monte, on achète un ticket au contrôleur et on reste tranquillement assis pendant le trajet. Sauf quand une dame entre et qu'elle n'a pas de place où s'asseoir. Dans ce cas, je me lève et je lui propose la mienne. C'est comme ça qu'on fait. »

Margot caressa les cheveux de son enfant. Durant ces quelques mois où elle s'était absentée, Egon avait changé, il avait grandi et était devenu plus raisonnable.

« C'est vrai.

— Et Paule et Elfriede habitent là-bas aussi. Je les connais de la fois où ils sont venus pour Noël. Paule a dit que, quand je viendrais à Francfort, il m'emmènerait dans un stade de foot vraiment énorme. Alors que je suis beaucoup plus jeune que lui.

— Tu aimerais habiter en ville ? Même si, avec nos moyens, on ne pourrait vivre que dans un minuscule appartement ? »

Egon passa ses bras autour du cou de sa mère et attira sa joue contre la sienne.

« Tu aurais beaucoup moins de ménage à faire, ce serait pratique. Mamie passe ses journées à nettoyer ici. »

Elle apprécia ce moment de tendresse avec son fils. Plus tard, une fois qu'il fut endormi, elle se promena pieds nus dans le verger et pensa à Friedrich. Il ferait certainement un bon père, Margot n'en doutait pas une seconde. Il lui manquait terriblement. Si un jour elle avait l'occasion de le revoir, elle lui dirait qu'elle regrettait de ne pas lui avoir laissé sa chance. Gesa et Inge aussi lui manquaient, jamais elle n'avait connu d'amitié aussi précieuse.

La lune trônait au-dessus d'elle et jetait une lueur pâle sur les arbres et les maisons que Margot connaissait depuis son enfance. L'astre lui dit qu'elle avait mis au rebut sa liberté si durement gagnée à cause d'une poignée d'imbéciles absolument insignifiants. « Tu as tout à fait raison », lui répondit-elle à voix haute. Et le village lui parut soudain si petit. Un nuage effaça la lumière de la lune et il commença à pleuvoir.

Le bus de la radio avançait lentement sur les nids-de-poule de la route du village. La pluie de ces deux derniers jours avait laissé de profondes flaques sur son passage et la boue éclaboussait le véhicule jusqu'aux vitres. Le panneau sur le toit invitant la foule à écouter Radio Francfort était si impressionnant que les quelques piétons qui passaient s'arrêtaient et suivaient du regard ce bus singulier.

Margot aussi le vit arriver de loin. La maison de ses parents se situait à l'écart du village, au bout de la rue principale menant à un petit bois. Elle était dans le verger pour récolter les premières pommes précoces. À l'aide d'un cueille-fruits qu'elle avait fabriqué elle-même, muni d'un petit sac collecteur accroché à une longue tige en bois, elle décrochait les pommes mûres de leurs branches avec délicatesse. Pour cela, elle se tenait tout en haut d'une échelle, d'où elle pouvait plus facilement atteindre les fruits mais aussi avoir une vue imprenable sur la route du village.

Elle n'en crut d'abord pas ses yeux, mais le véhicule de Friedrich Milanski était trop singulier pour qu'elle ne le reconnaisse pas aussitôt.

Le cœur battant et les genoux tremblants, elle descendit de l'échelle, vida le sac collecteur du cueille-fruits dans le panier déjà prêt et adossa l'outil contre le tronc de l'arbre.

Fritz voulait donc la voir ? Bien sûr qu'il le voulait, se corrigea-t-elle d'un air irrité. Pour quelle raison aurait-il fait le voyage de Francfort jusqu'à l'Eifel oriental ? Il durait environ deux heures.

Elle s'essuya les mains sur son ample jupe d'été. Afin de pouvoir monter plus facilement à l'échelle, elle en avait relevé le bord qu'elle avait coincé à sa ceinture. Elle remit à la hâte sa jupe en place pour qu'elle recouvre à nouveau ses jambes. Qu'allait-il penser en la voyant ainsi ? Habillée en paysanne, avec un foulard noué derrière la nuque. Elle détacha le tissu rouge éclatant et le chiffonna avant de l'enfouir dans une poche, puis elle passa ses doigts dans ses cheveux pour leur redonner du volume. En revanche, elle ne pouvait rien faire pour ses pieds nus et les taches laissées par la récolte sur son chemisier en lin clair.

Le bus de la radio s'engageait déjà dans l'allée de la ferme. Il détonnait dans la cour, paraissait presque exotique dans ce paysage de campagne.

En plus du verger, la maison familiale disposait d'un champ où l'on plantait des légumes ainsi que d'un enclos pour les lapins et les poules, et il y avait cinq moutons qui paissaient dans un pré. La petite exploitation n'était pas récente mais les parents l'entretenaient parfaitement. Margot avait toujours été heureuse ici. Hélas, les violoncellistes n'étaient pas d'une grande utilité à la ferme, c'est pourquoi elle accomplissait toutes sortes de tâches nécessaires depuis son retour. Ça n'empêchait pas ses pensées de s'agiter pour autant. Elles tournaient autour de Friedrich quand la jeune femme nourrissait les poules ou récoltait les pommes.

L'avait-elle appelé de ses vœux ? Margot retint son souffle lorsqu'il descendit de voiture, ferma la portière et se dirigea vers elle. Il ne semblait plus le même. Était-il possible de se débarrasser de sa timidité et de gagner en détermination en l'espace d'une semaine ? L'aura qui se dégageait de Friedrich agissait comme un aimant sur Margot. Elle alla à sa rencontre, et ils s'arrêtèrent tous les deux à quelques centimètres l'un de l'autre. Même de près, on ne percevait rien de la gêne qui l'avait souvent saisie en sa présence. Cette gêne qui la rendait elle-même hésitante car elle ne laissait rien deviner de ses sentiments réels.

« Salut, Margot, dit-il de sa voix mélodieuse. Je suis content de te voir. Tu m'as manqué. »

Un délicieux torrent d'émotions submergea Margot.

« Fritz ! » fut le seul mot qui sortit de sa bouche, puis elle se jeta dans ses bras et l'embrassa.

Il ne s'était certainement pas attendu à un accueil aussi chaleureux, mais il ne s'y opposa pas le moins du monde. Lorsque le souffle lui manqua, il éloigna Margot un bref instant, la regarda d'un air radieux, et la serra à nouveau contre lui.

« Je peux donc en conclure que je t'ai manqué aussi ? finit-il par demander avec un sourire taquin.

— Tu peux. Mais qu'est-ce que tu fais ici ?

— Je voudrais savoir si tu as déjà quelque chose de prévu ce week-end. »

Elle secoua la tête en riant.

Il sortit de la poche intérieure de sa veste deux billets.

« Ouf ! Je suis soulagé. J'aimerais t'inviter au Semperoper. »

Margot écarquilla les yeux.

« À Dresde ?

— Meta Seinemeyer donne un concert.

— Tu n'as pas oublié ?

— Allons l'écouter ensemble.

— Mais ça va prendre des heures de rouler jusqu'à Dresde. »

Le sourire en coin sur ses lèvres charma Margot.

« Tant mieux. Il faut qu'on parle d'une ou deux choses, on aura besoin de temps.

— Ah oui ?

— Oui. Par exemple, on doit évoquer ton retour à l'orchestre radiophonique. »

La porte d'entrée s'ouvrit et le fils de Margot sortit en courant.

« Waouh ! Elle est gigantesque, cette voiture ! s'écria le garçon avec enthousiasme.

— C'était un bus, avant. Il a appartenu au propriétaire d'un hôtel à Francfort, il s'en servait pour transporter ses clients au bord du Main où ils partaient faire un tour en bateau à vapeur. Le Main est une rivière plutôt grande qui traverse Francfort. Quand les gens avaient fini leur balade sur l'eau, l'autobus les ramenait à leur hôtel. Un jour, le propriétaire a acheté un nouveau bus, car celui-ci avait fait son temps. Je l'ai réaménagé moi-même.

— Il y a écrit quoi, sur le panneau ?

— Véhicule publicitaire de la radio, point d'exclamation, achetez votre poste, point d'exclamation.

— Pourquoi ? »

Fritz ne put s'empêcher de rire.

« C'est une bonne question. Parce que le bus appartient à présent à Radio Francfort. Je travaille là-bas et j'en ai besoin pour me déplacer partout et recueillir des histoires que je raconte ensuite à l'antenne.

— Je connais ta voix, dit le garçon. Je t'ai entendu à la radio. On en a une, maintenant. Ma maman l'allume tout le temps quand tu passes. Elle aussi, elle travaille là-bas.

— Je sais. Ta maman est la meilleure musicienne que nous ayons. »

L'enfant afficha un grand sourire.

« Je m'appelle Egon, et toi ?

— Je m'appelle Fritz.

— Je peux monter ?

— Bien sûr. »

Margot regarda Friedrich ouvrir la portière du conducteur et hisser Egon à l'intérieur. Lui-même s'installa sur le siège côté passager. Ils discutèrent tous les deux pendant de longues minutes, puis ils grimpèrent derrière, dans l'ancien compartiment des passagers, et le garçon se fit tout montrer et expliquer. Margot attendit patiemment qu'ils ressortent.

« Tu vas rejoindre mamie à l'intérieur ? demanda-t-elle à son fils. Fritz et moi arrivons tout de suite. Nous devons juste parler de quelque chose. »

Elle le regarda s'éloigner vers la maison. Il portait des culottes courtes en cuir avec des bretelles, dont l'une avait glissé de son épaule. Et comme toujours, il tenait dans sa main la petite auto en bois que son grand-père lui avait fabriquée. Egon avait la même couleur de cheveux que Margot. En temps normal, c'était un enfant timide qui n'allait pas vers les adultes. Le bus de la radio avait dû l'impressionner énormément pour qu'il sorte seul de la maison afin de le voir de plus près. Et le fait qu'il l'ait exploré avec Friedrich sans appeler sa mère à ses côtés ne cessait de surprendre Margot.

« Il te ressemble », dit Friedrich à voix basse.

Il s'était approché d'elle et glissa sa main dans la sienne. Ce petit geste d'affection était merveilleux.

« On ne peut pas faire l'aller-retour à Dresde en une journée, dit-elle.

— Je sais. C'est pourquoi je nous ai réservé un hôtel. Enfin, si ça te convient ? »

Elle le regarda, se noya dans ses yeux bleu-gris-vert, et se demanda comment elle avait pu se persuader qu'elle n'était pas amoureuse de Fritz.

« Je t'accompagnerai à Dresde avec joie. Mais à Francfort ? Je ne sais pas, Fritz. Bienefeld et ses sbires… »

Elle s'interrompit. Elle ne tolérerait en aucun cas que le souvenir des humiliations subies et l'aveu de sa capitulation troublent la joie que lui procurait cette visite de Friedrich. Il était ici. Pour Margot. C'était tout ce qui comptait. Les attouchements écœurants de collègues jaloux ne devaient pas l'atteindre.

« On en parlera pendant le trajet. Il y a une solution à tout.

— Pour Egon aussi ? »

Au cours des derniers jours passés ici, l'âme blessée de Margot s'était apaisée. Sa combativité s'était réveillée, ainsi que le souhait de ne pas laisser Bienefeld s'en tirer à si bon compte avec ses combines.

Mais qu'en était-il d'Egon ? Elle ne voulait pas imposer à son fils ni à elle-même une nouvelle séparation. Pourtant, ce serait la seule possibilité pour elle de revenir à la musique. Et à la radio, ce média qui était maintenant plus important pour Margot que n'importe quelle scène ou salle de concert. Ses amies, les répétitions, les défis d'une diffusion sur les ondes lui manquaient. Tout sauf Bienefeld et ses collègues.

« Qu'est-ce que tu veux dire ?

— Même dans l'hypothèse – et je dis bien l'hypothèse – où je reviendrais à la station, je ne peux pas éternellement laisser mon enfant ici. Il a besoin de moi, et moi, de lui, nous sommes une famille. »

Il posa son bras autour de ses épaules et la guida vers la maison.

« Tu ne voulais pas me présenter à tes parents ? Je crois que ça se fait, non ? Après tout, je suis le nouvel homme de ta vie. »

Margot s'arrêta.

« Ah oui, tu es ça, toi ?

— Je l'ai toujours été. » Il lui fit reprendre sa marche, sans rien laisser paraître. « Et pendant le trajet, nous aurons largement le temps d'aborder les détails. Tu sais, en tant que chef de département, j'ai maintenant les moyens de m'offrir un appartement plus grand, par exemple. Plus de chambre de célibataire, mais plutôt un logement familial. »

« Vous ne le lui avez pas dit ? » demanda Albert Bronnen.

Friedrich secoua la tête. C'était lundi, et Margot et lui venaient d'arriver dans le bureau du directeur.

Au secrétariat, ce n'était pas Inge qu'ils avaient vue taper à la machine mais une jeune demoiselle aux cheveux noirs, au maquillage clair et aux fines lèvres rouge cerise.

L'euphorie savoureuse du week-end avec Friedrich s'était envolée. De retour à Radio Francfort, tout avait changé, une atmosphère étrange régnait dans les bureaux. Et où était Inge ? Margot eut honte d'être partie brusquement, sans envoyer de nouvelles. Mais elle avait eu besoin de temps pour elle et Gesa avait promis de la tenir informée. D'ailleurs, elle non plus n'avait donné aucun signe de vie. À quelle vitesse le monde pouvait-il tourner ? Que pouvait-il se passer en l'espace de deux semaines ?

Le directeur, un homme d'ordinaire assez sérieux, semblait ne pas avoir fermé l'œil de la nuit. Le contour de ses pommettes était plus saillant que d'habitude, et les cernes sous ses yeux étaient impressionnants. Pourtant, il accueillit Margot avec le sourire, lui tendit la main et la serra avec une chaleur sincère.

« Ah, comme il est bon de vous voir de retour parmi nous, Fräulein Mikola. D'après ce que j'ai cru comprendre, le mérite en revient à notre Herr Milanski. Je vous en prie, prenez place tous les deux. »

Il alla jusqu'à la porte et dit, la tête tournée vers le secrétariat :

« Apportez trois cafés, je vous prie, Fräulein Uhrig. »

Pourquoi Fräulein Uhrig ? Où est Inge ? voulut crier Margot, mais elle se mordit la langue et se tut.

Le week-end à Dresde avait été un véritable rêve. Durant deux jours infiniment précieux qu'elle n'oublierait jamais, elle avait coupé le son de tous les soucis et les états d'âme qui la tourmentaient, comme Friedrich le faisait avec son microphone quand il avait fini de présenter les actualités. Elle s'était octroyé des heures inoubliables avec l'homme qui lui avait redonné goût au bonheur. Après ses débuts difficiles à la radio, après les intrigues et les agressions physiques, Friedrich apportait de l'insouciance à Margot. Et elle l'acceptait avec plaisir. La voix de Meta Steinemeyer sur la scène de l'opéra somptueux l'avait transportée dans un autre monde. Assis l'un à côté de l'autre, sa main dans la sienne, ils avaient profité de l'instant. Sans qu'ils aient jamais besoin d'en parler, il était clair que l'amour de la musique n'était que le point de départ de tout ce qui les unissait. Ils avaient passé une première nuit ensemble dans un hôtel à côté du Semperoper, tous deux bien trop excités pour manger quoi que ce fût avant, mais sans aucune pudeur l'un envers l'autre, emportés qu'ils étaient par leur passion dévorante.

Sur le chemin du retour, elle lui avait promis de revenir à Radio Francfort. En vérité, elle avait pris cette décision longtemps auparavant, avant même qu'il apparaisse avec son autobus, tel le légendaire chevalier dans son armure scintillante sur son destrier blanc. Avec Fritz et ses amies, ils réussiraient ensemble à s'imposer face à Ewald Bienefeld, Margot en était convaincue à présent.

Mais de quoi parlait Herr Bronnen ? Qu'est-ce que Friedrich ne lui avait pas dit ?

La nouvelle secrétaire apporta un plateau avec trois tasses de café fraîchement préparé, un sucrier et un petit pot de lait rempli à ras bord dont personne ne pouvait se servir sans en renverser à côté. Ils prirent tous leur café noir.

Margot tint sa tasse et sa sous-tasse en équilibre sur ses genoux et respecta religieusement le silence. Jusqu'à ce que la secrétaire sortît du bureau et refermât la porte derrière elle, seul le tic-tac de l'horloge sur le mur se fit entendre. Aucun d'eux ne prit la parole.

Qu'est-ce que Friedrich ne lui avait pas dit ?

Enfin, le directeur la libéra de ses hypothèses angoissantes.

« Tout d'abord, j'aimerais vous présenter mes regrets et mes excuses, Fräulein Mikola, pour ne pas être intervenu plus tôt dans le cas Bienefeld. C'était inacceptable, et si jamais vous décidiez de reprendre du service pour Radio Francfort, ce que j'espère de tout cœur, je vous donne ma parole que plus personne ne portera atteinte à votre dignité et qu'on vous traitera avec le même respect que vos collègues masculins. »

Cet aveu exigeait sans doute un effort énorme d'Albert Bronnen, le battant, qui aimait avoir le contrôle sur tout à la station. Mais le meilleur restait à venir.

« J'ai proposé à Herr Bienefeld de vous présenter ses excuses et de changer radicalement de comportement envers vous. Il a refusé de saisir cette opportunité. » Albert Bronnen respira profondément. Une manière de rester diplomate. « C'est pourquoi Herr Sachs reprend dès à présent la direction de l'orchestre. Herr Bienefeld nous a déjà quittés.

— Un instant. » Margot reposa la tasse de café sur le plateau dans un tintement maladroit. « Vous avez viré le chef d'orchestre à cause de moi ?

— J'ai mis fin à cette relation de travail car son comportement était en contradiction avec les principes moraux de Radio Francfort. »

La formulation était parfaite encore une fois. Comme tout son petit discours. Certainement préparé. Margot remarquait aussitôt quand quelque chose avait été répété, elle le devait à son oreille musicale. Le conseil d'administration attachait sans doute une importance toute particulière à de telles phrases. Se pouvait-il que son affaire fût remontée si haut ?

« Comme vous le savez, Horst Sachs était auparavant le seul chef d'orchestre. Il vous a presque découverte et vous a fait entrer à la station. Il avait dû se mettre en retrait pour des raisons de santé, c'est pourquoi Herr Bienefeld s'était vu proposer le poste de chef d'orchestre. Heureusement, Herr Sachs est tout à fait guéri, et il aimerait reprendre ses fonctions. »

Margot repensa à ce jour où Horst Sachs l'avait abordée dans la bijouterie. Un orfèvre sur la Zeil avait engagé la jeune violoncelliste pour le trentième anniversaire de son entreprise, et l'avait grassement rémunérée pour divertir sa clientèle en jouant de la musique. Jamais Margot n'avait eu de contrat aussi lucratif jusque-là. Ni aussi déterminant pour son avenir. L'homme de radio s'était montré enthousiaste et avait tout mis en œuvre pour le faire entrer dans son ensemble.

« Quel talent vous avez, Mademoiselle ! » s'était-il écrié en prenant sa main au creux de ses battoirs énormes et en la serrant avec exaltation.

Malgré sa taille considérable et sa corpulence imposante, il lui avait laissé l'image d'un homme agile ;

c'est pourquoi Margot avait été bouleversée d'apprendre qu'il n'occupait plus son poste à son arrivée à Radio Francfort. Il n'y aurait jamais eu de problème avec Herr Sachs. C'était un passionné de musique, voire un fanatique. Il ne se souciait pas de savoir qui jouait tant que cette personne était convaincante.

« Je fais tout de suite la différence à l'oreille entre un artisan et un musicien. Entre l'un qui apprend en répétant les mêmes choses laborieusement, et l'autre qui donne vie aux notes intuitivement, qui joue avec émotion, un artiste, en définitive. Tout comme vous, ma chère, qui êtes une violoncelliste exceptionnelle. Oh, comme je suis heureux d'être entré dans ce magasin aujourd'hui. »

Il n'avait pas eu à faire beaucoup d'efforts pour la convaincre de travailler à Radio Francfort. Un salaire régulier et une place en orchestre. Plus que ce que Margot avait jamais osé espérer. Finalement, l'ensemble s'était avéré de taille moyenne et dirigé par un esprit étriqué et non par Herr Sachs. Ce dernier point allait au moins changer à présent.

« Ce que je vais vous dire maintenant ne doit pas quitter cette pièce. » Le ton grave d'Albert Bronnen attira toute l'attention de Margot. « Herr Milanski est au courant, et nous avons décidé tous les deux de vous mettre dans la confidence afin que vous puissiez être assurée qu'il nous tient réellement à cœur d'éradiquer ces comportements indignes. J'ai appris par Fräulein Westhof que les attouchements que vous avez subis avaient été principalement le fait de deux violonistes. Ces messieurs ont également été licenciés. Herr Sachs tâchera de confier au moins un de ces deux postes à une musicienne pour que vous ne soyez plus la seule femme parmi ces hommes. Par ailleurs – il fit une petite pause étudiée –, j'ai des projets pour l'ensemble radiophonique. Je dis *ensemble* car, soyons honnête, il est exagéré d'appeler cette formation un orchestre : une poignée de musiciens dont le répertoire est déjà limité par leur nombre réduit. Je veux en faire un véritable orchestre radiophonique qui puisse absolument tout jouer. Nous diffuserons des symphonies que notre public ne pourrait écouter en temps normal qu'en se rendant dans des salles de concert. » L'excitation d'Albert Bronnen chassait les traces de fatigue de son visage. « Vous savez, nous n'en sommes toujours qu'aux balbutiements. La plupart des gens n'ont absolument aucune idée de ce dont la radio est capable. Nous allons émouvoir le public, le captiver, le fasciner et le distraire. Chez lui, dans son salon. Imaginez seulement le plaisir d'être assis dans son fauteuil confortable, un feu crépitant dans la cheminée, un verre de vin à la main, et une symphonie de Mahler qui s'élève dans l'appartement. Pas d'un disque qui gratte, joué sur un gramophone, non, mais d'un récepteur au son clair comme du cristal, enregistré par les meilleurs musiciens de Francfort. »

Ses paroles grisaient Margot. Elle voyait déjà ses parents s'installer chez eux à leur aise pour écouter jouer leur fille. En même temps que des milliers d'autres amateurs de musique qui savaient apprécier ces moments de plaisir que Radio Francfort livrait directement chez eux.

« Vous êtes partante ? » demanda le directeur.

Elle le regarda d'un air radieux.

« Bien entendu. Ce sera pour moi une joie de faire partie du grand orchestre radiophonique. »

Un sourire se dessina enfin sur son visage. Jusqu'à ce que Margot ajoute :

« Il ne reste plus qu'un léger problème, dont vous avez sans doute conscience autant que moi. »

Il soupira.

« Hmm, oui. La place. Pour l'instant, nous ne disposons ni d'une salle de répétition en mesure d'accueillir un orchestre entier, ni d'un studio adapté.

— Il nous faut une nouvelle maison de la radio, constata Friedrich, qui était resté en retrait jusqu'ici. C'est une évidence. »

Albert Bronnen hocha la tête. Un muscle tressaillit dans sa joue. Margot commençait à connaître son patron, elle savait que ce n'était pas un doux rêveur. Et qu'il n'évoquerait pas un grand orchestre radiophonique s'il n'était pas prêt depuis longtemps à tout mettre en œuvre pour que ses projets ambitieux deviennent réalité.

Était-ce pour cela qu'il paraissait si fatigué ? En perdait-il le sommeil ?

Après avoir pris congé du directeur, ils se rendirent ensemble à la station. Friedrich devait travailler. Et une Margot soulagée, qui se sentait presque pousser des ailes, voulait voir Gesa.

Elle trouva son amie en pleine discussion avec Annegret Meyer dans la salle de repos. Les deux femmes étaient assises autour d'une pile de bouts de papier qu'elles se répartissaient et remettaient sans cesse en ordre.

« Le nombre de réclames augmente à vue d'œil chaque jour. Mais ça fait entrer de l'argent », dit Gesa. Puis elle aperçut la nouvelle venue dans la pièce. « Margot ! Oh, comme je suis heureuse que tu sois de retour ! » Elle se précipita vers son amie et la serra fermement dans ses bras. « Je savais bien que Fritz y arriverait. Maintenant, tu ne t'enfuis plus comme ça, sans prévenir, d'accord ?

— Je n'en ai pas l'intention. Je te dérange ? Il faudrait que je te parle, Gesa. »

Annegret Meyer posa les feuilles sur un tas. Elle était vêtue aujourd'hui d'un chemisier vert vif assorti à une jupe de la même étoffe. Elle portait par-dessus un collier qui semblait sortir tout droit d'un tombeau égyptien. De nombreuses rangées de perles se superposaient, en lapis-lazuli et cornaline, et au milieu se balançait un lourd pendentif représentant un faucon, les ailes déployées. Un bijou clinquant qui pimentait sérieusement la tenue sobre choisie par Annegret aujourd'hui.

Elle replia ses lunettes et les glissa dans un étui.

« Je vais vous laisser. Nous avions fini, de toute façon. Gesa, je lis la première moitié des publicités quand Fritz a terminé les actualités, et je pourrai aussi faire l'autre plus tard. Et en échange, tu te charges de mon temps d'antenne demain matin. Comme ça, tu as fini ta journée et vous avez un peu plus de temps à passer ensemble, toutes les deux. » Elle leur adressa un clin d'œil bienveillant.

« C'est gentil, Annegret, merci, j'accepte avec plaisir. »

En sortant, l'actrice glissa à l'oreille de Margot :

« C'est bien que tu sois revenue. Ces derniers jours ont été compliqués pour Gesa, elle a besoin de toi maintenant. »

Margot remarqua alors à quel point son amie paraissait lessivée et blême.

« Qu'est-ce qui s'est passé ? »

Les larmes montèrent aux yeux de Gesa ; elle cligna des yeux mais ne put les retenir. Margot la prit de nouveau dans ses bras, essaya de la consoler, ce qui la fit pleurer davantage encore. Peter Nagel passa la tête dans l'entrebâillement de la porte et Margot le chassa d'un geste brusque de la main.

« C'est si terrible ? demanda-t-elle à voix basse. Alors pleure tout ton soûl avant de me raconter. Laisse sortir tes larmes, ne retiens rien. »

Il fallut en effet quelques minutes à Gesa avant qu'elle se fût suffisamment ressaisie pour pouvoir parler.

« Inge est à l'hôpital. Non, ce n'est pas vrai, je ne veux rien te cacher. Elle est dans un institut et doit se faire soigner car elle a pris trop de cocaïne. »

Margot lâcha les bras de son amie, frotta son visage des deux mains et secoua la tête. Cette introduction lui noua la gorge un moment. Comment était-ce possible ? Inge, la femme forte, sûre d'elle-même, s'était tournée vers la drogue ? Trop de cocaïne ? Avait-elle fait une tentative de suicide ? Pas ça, pitié, supplia Margot en silence.

Elle s'adressa à Gesa :

« Mais comment… Je ne comprends pas. Pourquoi ? »

Gesa lui raconta la triste histoire en quelques mots, en gardant toujours un œil sur la porte. À tout moment, un collègue pouvait surgir dans la pièce. Un sentiment de honte envahit Margot. Tandis qu'elle s'était énervée parce qu'une poignée d'imbéciles l'empêchaient de travailler en paix à l'orchestre, Inge était brisée physiquement et moralement de ne pas pouvoir vivre son rêve. Si elle ne s'était pas autant concentrée sur ses problèmes personnels, elle aurait peut-être senti la détresse d'Inge. Les vraies amies n'étaient-elles pas là aussi pour apporter leur aide même quand elle n'était pas requise ? Margot avait-elle laissé tomber Inge ? Elle allait arranger les choses, il n'était pas trop tard.

« On y va maintenant, décida-t-elle, on va rendre visite à Inge. Pourquoi ne m'as-tu pas prévenue tout de suite ? Je serais rentrée à Francfort aussitôt.

— Tu devais d'abord combattre tes propres démons. Et de toute façon, aucune de nous ne peut faire quoi que ce soit pour Inge, elle doit y parvenir toute seule. Il est important qu'elle décide elle-même de vivre autrement. C'était ce Curt Schäfer, le véritable poison. Imagine un peu que notre Herr Conrad va la voir presque tous les jours. J'ai l'impression qu'il lui fait du bien, aussi étonnant que cela puisse paraître. »

Perplexe, Margot s'interrompit en plein mouvement. Elle était sur le point de tendre son chapeau à Gesa.

« Theodor Conrad ? Comment ça ? C'est le nouveau soupirant d'Inge ? »

Son amie fit un geste de dénégation.

« Je suis certaine que ce n'est absolument pas la femme qui l'intéresse chez Inge, mais plutôt la personne. C'est presque touchant de voir comme il prend soin d'elle. Selon Inge, il voit des parallèles entre sa vie et la sienne et veut simplement l'aider.

— Ce serait une première qu'un homme fasse quelque chose de bien sans avoir d'idées derrière la tête. »

Elles sortirent du bâtiment du service des chèques postaux et tournèrent à droite en direction de l'Eschenheimer Turm. Cette tour bâtie à la fin du Moyen Âge côtoyait les rails modernes du tramway sur une place animée. Circulaire et élancée, avec quatre tourelles et un chemin de ronde à son sommet, elle semblait veiller sur l'agitation frénétique à ses pieds. Pendant ses pauses, Margot aimait s'asseoir à l'ombre du vénérable édifice, mais aujourd'hui elle ne gratifia d'aucun regard sa beauté historique, sa présence presque stoïque. Sur la large Bleichstrasse, les jeunes femmes attendirent un bus municipal en direction du nord. Lorsqu'il s'arrêta à leur niveau dans un crissement de freins, elles se retrouvèrent face à une affiche démesurée pour la dernière pièce de Carla Simonetti, qui s'étendait sur tout le côté du bus. Après l'énorme succès de *La Mégère apprivoisée*, elle jouait désormais dans une œuvre moderne.

« Et c'est reparti, remarqua Gesa avec ironie, en levant les yeux au ciel. Le bruit court que, si elle a obtenu un renouvellement de contrat, c'est grâce à son succès auprès du public dans notre pièce radiophonique. Et aussi auprès du directeur du théâtre de la ville. Premièrement, il dit être un amateur de radio, et deuxièmement, il compte bien exploiter la nouvelle popularité de Simonetti. Je me réjouis pour elle, en tout cas. Peut-être qu'elle sera un peu plus détendue si les affaires marchent bien. »

Les deux amies arrivèrent directement à l'asile psychiatrique municipal par l'Eschenheimer Landstrasse. Par chance, c'était encore l'heure des visites.

À vrai dire, Margot s'était attendue à voir Inge dans un triste état, mais ce fut tout le contraire. Elle était assise dans sa chambre, sans maquillage et les joues roses ; elle se réjouit de cette visite inattendue et proposa de faire une promenade dans le verger.

« Tu t'es déjà remise ? Tu as le droit d'aller dehors ?

— Bien sûr, ce n'est pas comme si j'étais dépendante à la drogue depuis des années. Mon médecin pense que j'ai simplement cherché un refuge pendant un moment mais que cela a suffi à avoir des conséquences funestes. Selon lui, je peux rapidement me débarrasser de mon addiction. Cela dépend uniquement de ma volonté. Vous n'imaginez pas le nombre de discussions qu'on a menées. Au fait, je peux rentrer après-demain. Le docteur Münster me l'a assuré. »

Les trois jeunes femmes sortirent par une aile latérale du bâtiment et goûtèrent la chaleur de cette belle journée d'été. Elles empruntèrent un chemin longeant une rangée de pommiers minuscules et Margot se sentit presque chez elle. L'herbe au pied des arbres était fraîchement coupée et diffusait son parfum sous les rayons du soleil. Pour un établissement de santé clos, le domaine paraissait adorable, et évoquait plutôt le parc d'un château de campagne. Au milieu de la ville.

« Donc, tu vas mieux ?

— À cette question, je peux répondre oui en toute sincérité. Je vais nettement mieux et j'ai beaucoup appris sur moi-même. Mon séjour ici, que je rechignais tant à faire, est salutaire et a été nécessaire, je m'en rends compte à présent. »

Inge portait une robe estivale simple en lin gris clair. Sa peau, d'ordinaire couverte d'un fond de teint pâle, était bronzée. Elle paraissait jeune. Bien sûr, Margot savait que les problèmes qui avaient conduit son amie ici n'allaient pas se résoudre en quelques semaines. Mais Inge y travaillait, et elle avait retrouvé sa confiance en elle que ce funeste Herr Schäfer avait tant dégradée.

Au bout de la pommeraie, le terrain en pente offrait une vue panoramique sur la ville. Les clochers, les toits pointus et les cheminées ponctuaient un paysage modelé au cours des siècles. Les amies s'assirent côte à côte sur un banc en bois et laissèrent leur regard se perdre au loin, tout en poursuivant chacune le fil de leurs pensées.

Inge fut la première à rompre le silence.

« Nous voilà donc rassemblées. Trois filles aux projets ambitieux. Et où en sommes-nous aujourd'hui ? On m'a jetée à l'asile et une autre femme m'a chipé mon poste au bureau. » Elle se tourna vers Margot pour l'inviter à poursuivre. « À toi.

— J'ai dû me faire insulter et peloter, et je ne sais toujours pas comment je vais me débrouiller pour travailler et vivre avec mon fils à Francfort. Gesa ? »

Comme elle ne répondit pas tout de suite, Margot lui donna un léger coup d'épaule. L'amie poussa un profond soupir.

« Et puis tant pis. Je ne voulais pas en parler parce que vous avez déjà assez de problèmes comme ça toutes les deux. Mais je ne peux pas garder ça pour moi plus longtemps. Albert ne m'adresse plus la parole depuis que Werner Krewis, un type de mon village, a refait surface et affirme être mon fiancé. Il n'arrête pas de suivre chacun de mes pas ; s'il s'écoutait, il me ramènerait chez mes parents en me traînant par les cheveux. »

Les deux amies furent sous le choc. Cela expliquait l'état pitoyable d'Albert Bronnen. Maintenant que Margot était au courant, l'apparence souffreteuse du directeur prenait tout son sens. Il ne dormait pas. Parce que son aimée lui avait été arrachée avec un coup de massue. Après ce séisme, il devait être désemparé, blessé et furieux. C'est du moins ce que Margot éprouverait si la fiancée de Friedrich se dressait soudain devant elle. Quelle horreur !

« Ça alors, Gesa, mais tu es une vraie tombe ! s'exclama Inge. Fiancée ! Ce n'est pas le genre de choses qu'on cache à ses meilleures amies.

— Ce n'est pas exactement la vérité non plus. Tante Cläre et ce Werner ont décidé il y a des années que je devrais l'épouser. Il me couvrait d'attentions et ma tante voulait se débarrasser de moi, de toute façon. En revanche, je devais surtout rester au village pour qu'elle garde son emprise sur moi et sur l'héritage de mes parents. Werner est joli garçon, comptable, il se montre toujours honnête et correct. Mais il a un tempérament épouvantable. Il a la main leste, vous comprenez ? Jamais je ne voudrais partager ma vie avec lui. Jamais je n'ai accepté ce mariage, mais il s'en moque autant que ma tante. Ils se sont toujours arrangés entre eux sans se soucier de mon avis. C'est une des raisons pour lesquelles j'ai voulu partir.

— Donc, tu t'es effectivement fait la malle. »

Inge hocha la tête d'un air furibond, et Margot ouvrit son sac à main pour en sortir une flasque. Elle en dévissa le bouchon et la tendit à Gesa. Celle-ci n'hésita pas longtemps et en avala une large rasade. Puis elle la lui rendit ; Margot but à son tour et en proposa à Inge en haussant les sourcils.

« De toute manière, ils ne vont pas me mettre dehors. Santé. »

Elle en prit une gorgée, elle aussi.

« Bon, dit Margot. Deuxième tournée. Et je ne parle pas d'alcool mais d'idées pour rattraper ces situations catastrophiques. Nous sommes les filles de la radio, et nous le resterons. Personne ne nous fera échouer, et sûrement pas nous-mêmes. Inge, on commence par toi ?

— Hmmm. » Tout en réfléchissant, elle coinça une mèche blonde derrière son oreille. « Alors, c'est fichu pour mon poste de secrétaire, j'ai tout fait foirer, et je ne vais pas non plus ramper aux pieds de Bronnen pour le récupérer. D'après Herr Conrad, je devrais de toute façon me concentrer sur ce que je veux vraiment. Depuis la clinique, j'ai eu le droit de téléphoner à Herr Paschke, qui s'est montré étonnamment compréhensif. Mon engagement au Palastcafé tient toujours. Si l'argent ne suffit pas, je pourrai aussi proposer mes services comme serveuse. » Elle haussa les épaules. « On verra. Herr Bronnen m'a fait savoir, en revanche, qu'il veut me voir dès que je serai sortie d'ici. Probablement pour me licencier de manière plus officielle. » Elle se tourna vers Margot avec un sourire. « Désolée, je n'ai rien de mieux à annoncer pour le moment.

— Si. Que tu ne vas plus toucher à la coke quoi qu'il arrive. »

Inge hocha la tête.

« Promis. Et toi alors ? Tu as des victoires à rapporter ?

— Oh que oui. »

Margot raconta sa conversation avec le directeur. Elle garda pour elle son projet de fonder un grand orchestre, comme il l'avait demandé. Mais la nouvelle du renvoi de Bienefeld ravit les amies au plus haut point.

« Et notre petit Fritz Milanski, alors ? » insista Inge.

Margot sentit le rouge lui monter aux joues.

« On est en couple à présent. Il veut que j'emménage chez lui. Et puis, il cherche un appartement plus grand pour que je puisse récupérer Egon. Fritz dit qu'ensemble, on s'en sortira sans doute très bien.

— Ce sont de merveilleuses nouvelles, Margot. » Gesa prit sa main et la serra. « Je suis tellement contente pour toi. Si vous vous apprêtez à vivre ensemble, il va sûrement bientôt te faire sa demande. Tel que je le connais, Fritz voudra vite officialiser sa relation.

— Pour toi aussi, ça va sûrement s'arranger. Ton Albert se reprendra quand tu lui auras expliqué toute l'histoire, ce n'est pas un idiot. »

Comme Gesa laissait retomber tristement sa tête en avant, ses deux amies lui prirent chacune le bras, de part et d'autre.

« Il refuse de m'écouter. C'est comme si une trappe s'était refermée en lui. Et puis il y a toujours Werner. Il m'espionne. Il commence vraiment à me faire peur.

— Tu sais ce que Herr Conrad m'a dit ? Il pense que mon problème est que je me sous-estime toujours, ce qui facilite la tâche aux hommes qui veulent me dominer. Et ça se confirme chez la plupart des femmes qu'il connaît. Si celles-ci hissaient leur estime d'elles-mêmes au même niveau que les hommes, certains s'aplatiraient devant elles. Je cite.

— Ah ah. » Gesa renifla. « Et qu'est-ce que ça veut dire pour moi ? »

Margot se leva et baissa les yeux vers son amie.

« Ça veut dire : aux grands maux, les grands remèdes, tu comprends ? » Elle lui prit les deux mains et la releva. « Et ça vaut aussi bien pour ce Werner que pour ton Albert. »

GESA

Nouvelles radiophoniques, 1927 :
« Cilli Aussem est éliminée dès le premier tour du tournoi de tennis de Wimbledon face à la Britannique Bettu Nuthall. »

Cäcilia « Cilli » Aussem avait dix-huit ans à l'époque et ne jouait pas depuis longtemps sur le circuit international. En 1923, sa mère l'inscrivit au club de tennis Rot-Weiss à Cologne. Poussée par cette mère dominante, Cilli gagna son premier tournoi en automne de la même année. En 1931, elle fut la première Allemande à remporter le titre à Wimbledon.

Un optimisme fragile avait germé en Gesa. Sa conversation avec ses amies lui avait fait du bien. Mais ce sentiment s'évanouit aussitôt qu'elle quitta Margot, une fois sortie du bus, et qu'elle commença à rentrer seule chez elle. Jamais de sa vie elle ne s'était sentie vide à ce point. L'absence d'Albert lui fit prendre conscience de tout ce qu'il représentait pour elle et de la nécessité absolue de le reconquérir. Mais comment ? Il refusait catégoriquement de la voir. À la station, il limitait les contacts avec elle au strict minimum professionnel.

Lorsqu'elle tourna dans la Ziegelgasse, Werner Krewis se tenait devant sa porte. Il ne la vit pas car il était en train de regarder dans l'autre direction ; Gesa revint alors aussitôt sur ses pas, marcha jusqu'à la station de tramway suivante et sauta sur le marchepied d'une voiture jaune de la ligne 6 dont le contrôleur venait de siffler le départ.

Elle descendit à la station de l'ancienne Garde principale. Le soleil brillait avec la douceur d'une fin d'après-midi sur les stores du café aux rayures rouges et blanches. À toutes les fenêtres de la mansarde étaient accrochées des jardinières chargées de géraniums éclatants, aux couleurs assorties, qui conféraient à l'édifice baroque un visage encore plus convivial. Il trônait sur sa place tel un coffret à bijoux exquis, et laissait les bus, les automobiles et les tramways, les bicyclettes, les charrettes à bras, les piétons et les quelques rares attelages tournoyer autour de lui. Un roc au milieu des habituels flots impétueux de Francfort. La porte d'entrée du café était maintenue ouverte par une cale en bois. La salle avait été pour ainsi dire désertée par les clients, à l'inverse de la terrasse qui était presque remplie. Des plantes vertes dans des bacs rectangulaires blancs en bois créaient des loges séparées sous les marquises, dans lesquelles les clients du café pouvaient bavarder en toute discrétion.

Gesa décida de s'installer dans la pénombre de la salle et de s'offrir une part de gâteau. Elle ne rentrerait chez elle en aucun cas, elle redoutait trop la confrontation avec Werner. Se promener en ville ne la tentait guère, pas plus que flâner dans un grand magasin. Elle n'avait pas la tête à la distraction pure et simple, mais préférait la réflexion et le calme.

Seules deux autres tables étaient occupées. À l'une d'elles, deux dames âgées buvaient dans de grands verres des milk-shakes à la menthe vert criard. Elles portaient de petits chapeaux de paille, des gants en dentelle et des robes à fleurs démodées. Elles semblaient être bien connues de la serveuse, une jeune fille mince avec une coiffure à la garçonne très moderne, car elles étaient toutes les trois engagées dans une conversation animée. La serveuse avait des traits expressifs, et elle bougeait la tête quand elle parlait, balançant ainsi ses courts cheveux rubis.

Gesa se retira contre le mur du fond, que même les rayons de lumière qui s'engouffraient à travers les fenêtres grandes ouvertes ne parvenaient pas à atteindre.

Dans le coin le plus faiblement éclairé du café, un homme seul était assis à sa table et fixait un verre de bière plein.

« Willi ? » laissa-t-elle échapper sous l'effet de la surprise. À peine ce mot prononcé, Gesa eut envie de se mordre la langue. Elle ne voulait pourtant parler à personne, encore moins à son ex-petit ami infidèle. Une fois encore, ils se croisaient ici.

« Salut, Gesa. » Il se leva poliment, apparemment content de la voir. « Tu es seule ici ? » Et il ajouta, sans attendre sa réponse : « Moi aussi. Tu veux t'asseoir avec moi ?

— Non, très franchement, non.

— Oh. D'accord. »

Comme toujours, il portait une tenue bien trop chère pour son budget. Un nouveau costume, probablement taillé sur mesure. Elle distingua des taches d'encre sur ses doigts.

« Je croyais que tu étais dans le sud de la France avec ta fiancée ? »

Il se tenait toujours debout, mais une certaine gêne se lisait maintenant sur son visage. Ses yeux bleu clair étaient perdus dans le vague, par-delà les épaules de Gesa, lorsqu'il répondit :

« Oui, tu sais, pour tout dire, je ne suis plus fiancé. Henriette et moi nous sommes mariés très vite. Car c'était ce qu'elle voulait. Mais, peu après, elle s'est rendu compte qu'elle devait être écrivaine, comme son père et son frère. Et qu'une union avec moi étouffait sa créativité. C'est pourquoi elle m'a quitté ; la procédure de divorce est déjà entamée. »

Gesa pressa sa main contre sa bouche. Il pouvait bien la croire effarée s'il le souhaitait, mais le principal était de ne pas laisser s'échapper le gloussement coincé dans sa gorge. Elle éprouvait le besoin de rire et devait absolument le réprimer. Non pas parce que cela pouvait être interprété comme un rire narquois qui se moquerait de son malheur, mais parce que Gesa craignait qu'il lui échappe et devienne hystérique à cause du désespoir contre lequel elle-même luttait. Et à cause de cette rencontre bizarre que le destin lui avait réservée à ce moment. Willi se tenait toujours devant elle, les bras ballants, visiblement encore stupéfait par ce qui lui était arrivé. Plaqué par une femme. Parce qu'il la freinait dans sa carrière artistique. Qui l'eût cru ? Il faisait de la peine à Gesa, mais elle n'en dit rien.

« Et qu'est-ce que tu as comme projets, maintenant ? »

Il frotta la tache d'encre sur son index.

« Je veux quand même aller au bord de la Méditerranée. Enfin, quand les prix auront un peu baissé, peut-être à la fin de l'été.

— Bon, eh bien, je te souhaite bonne continuation. »

Elle n'allait en aucun cas rester dans ce café, pas tant qu'il serait là, et décida plutôt de musarder dans le quartier.

« Merci. » Il ne ressemblait même plus à l'homme qu'elle avait connu. « Gesa ?

— Oui ?

— Je t'ai entendue à la radio, dans cette pièce policière. Et quand tu présentes la publicité. J'ai aussi vu ta photo dans le journal. On dirait bien que ta carrière à Radio Francfort est en train de décoller, non ? »

Elle lui envoya un sourire en partant.

« Tu as vu juste. »

Gesa avait envie de se faire du bien. Elle ne se sentait plus perdue, ni désemparée ou désespérée, au contraire. Elle se promena le long de la Zeil, le pied léger, en regardant toutes les devantures. Un bijoutier avait de jolies broches dans sa vitrine. Son choix se porta sur une pièce ovale recouverte de riches ornements et avec un cristal de Bohême en son centre, que l'on pouvait aussi porter en pendentif. Les matériaux, cuivre et laiton, étaient simplement dorés.

Il s'agissait d'un joli bijou qui n'avait rien de coûteux mais sortait de l'ordinaire. Il attirerait le regard sur des chemisiers sobres. Et rappellerait à Gesa le jour où elle avait décidé de se battre pour Albert. Sa rencontre avec Willi lui avait fait prendre conscience que, malgré quelques coups du sort, sa vie restait merveilleuse. Car elle exerçait un métier qu'elle adorait et pour lequel elle était douée. Car elle avait des amies sur lesquelles elle pouvait compter en toutes circonstances. Car elle aimait un homme auprès de qui elle voulait vivre pour toujours.

Ce fut une nouvelle Gesa, plus forte, qui rentra chez elle. Et au moment où elle insérait la clé dans la serrure, elle entendit la voix de Werner Krewis dans son dos.

« Gesa ! Tu ne peux pas me fuir éternellement. »

Elle n'en avait plus l'intention. Elle prit une profonde inspiration et se tourna vers lui.

« Je ne fuis devant personne.

— Alors, tu viens avec moi ?

— Non. Mais tu vas disparaître et me laisser tranquille, Werner. Nous ne sommes pas un couple et nous n'en serons jamais un. Quels que soient tes plans ou ceux de ma tante, je n'en fais pas partie, je mène ma propre vie. »

Le ton énergique de Werner s'étiola, devint plaintif.

« Tu ne peux pas me faire ça. Tu sais ce que j'éprouve pour toi. Nous aurons une belle vie, je prendrai soin de toi, tu ne manqueras de rien. Et tu n'auras plus à travailler une fois que je t'aurai épousée.

— Ce que tu peux mal me connaître. Je t'en prie, va-t'en maintenant.

— C'est à cause du type de l'autre fois ?

— Non, Werner. Je reste ici, à Francfort, parce que je l'ai décidé ainsi. Et je travaille à la radio parce que ça me plaît et que je suis bonne dans ce que je fais. »

Sa main jaillit en un éclair et attrapa Gesa à la gorge.

« Ne me parle pas comme ça. Tu te crois plus forte que les autres ? »

Pétri de haine, il serra les doigts jusqu'à la faire suffoquer.

Elle s'était pourtant donné beaucoup de mal pour lui parler avec calme, même si elle aurait préféré éviter de le faire. Cette nouvelle agression physique déclencha quelque chose dans la tête de Gesa. Une vague de fureur bouillonnante déferla en elle. De quel droit tante Cläre et Werner se permettaient-ils de décider de son sort comme si elle était une vache de concours ? Et comment osait-il porter la main sur elle ?

Du bout des doigts, elle tâta la porte derrière elle, retira la clé de la serrure, et en enfonça la pointe dans la cuisse de Werner avec toute sa rage. Il relâcha la pression de sa main en hurlant de douleur. Gesa put reprendre son souffle. Elle le repoussa, le faisant tituber en arrière dans la ruelle. Son pantalon exhibait à présent un trou dont le contour rougissait. Il saignait. Tant mieux.

« Tu disparais sur-le-champ ! » cria-t-elle, aussi fort qu'elle le pût. La première fenêtre s'ouvrait déjà en face. « Si je te revois encore une fois traîner autour de moi ou de ma maison, j'appelle tout de suite la police. Tu ne me touches plus jamais ! »

Le fils immense du propriétaire sortit de l'immeuble voisin. Il avait une vingtaine d'années, la famille habitait au rez-de-chaussée et était toujours à l'affût de tout ce qui se passait dehors. Il était accompagné de deux amis que Gesa connaissait de vue. Trois gaillards costauds. Apparemment, Rolf aussi avait entendu Gesa crier car il surgit de la cage d'escalier en courant.

« Ce type t'embête ? demanda le frère d'Inge en grondant d'une voix grave. Il fait des histoires ? »

Gesa tenait toujours en l'air son poing menaçant, refermé sur sa clé.

« Je ne sais pas. Est-ce qu'il fait des histoires ? »

Elle avait littéralement craché ces paroles en direction de Werner.

« Tu es complètement malade ! s'emporta-t-il. Regarde un peu ce que tu as fait ! »

Il toucha sa jambe et montra le sang sur ses doigts.

Elle fit un pas vers lui avec aplomb et il recula devant elle. Une vague de triomphe submergea Gesa, qui n'avait rien à voir avec les quatre hommes forts prêts à la soutenir derrière elle. Elle avait réussi à se défendre seule contre le violent Werner Krewis et à le remettre à sa place.

« Tu sais quoi ? De toute façon, je ne veux pas d'une folle comme toi pour épouse, Gesa Westhof ! Va au diable ! » cria-t-il avant de cracher par terre.

Puis il s'éloigna en boitillant.

« C'est exactement ce que j'allais te proposer ! » répliqua Gesa avec un sourire victorieux sur les lèvres.

Elle savait qu'elle ne le reverrait plus.

« Respect, ma petite dame. » Le fils du voisin lui tapa amicalement sur l'épaule. « Tu lui as montré, à la tête de pioche, qui était le chef. On ne le verra plus, pour sûr, la messe est dite. »

Rolf attrapa la main de Gesa et remonta avec elle. Même dans l'escalier, il ne la lâcha pas, comme s'il voulait s'assurer qu'elle était bien à ses côtés et en sécurité. Une fois dans l'appartement, il referma la porte avec soin et poussa également le verrou.

« Personne n'entre ici, j'y veille. » Il l'examina d'un air grave. « Je ne t'avais jamais vue comme ça, Gesa. Te voir t'imposer face à un gars baraqué comme celui qu'on vient de croiser, c'était extraordinaire. Tu n'as pas à m'expliquer qui c'était, ni ce qu'il voulait. Le plus important, c'est que tu te sentes en sécurité ici.

— Merci, Rolf, c'est le cas, et je vais bien. Ça ira encore mieux quand Inge reviendra d'ici peu. Alors tout redeviendra comme avant et… »

Elle s'interrompit, vacilla tout à coup. Rolf posa aussitôt un bras sur les épaules de la jeune femme qui tremblait et la conduisit dans sa chambre.

« D'abord, tu vas te reposer. Tu veux que je t'apporte un peu de la bouteille de secours d'Inge ?

— Tu es au courant ? »

Il sourit d'un air complice.

« Évidemment. Je l'ai déjà vidée plusieurs fois avec mes copains. Mais j'en remets toujours une nouvelle sur le placard. Pourquoi crois-tu qu'elle ne se vide jamais ? »

Sans qu'elle s'y attende, Gesa sombra dans un sommeil de plomb dès que Rolf eut quitté la pièce. Toute l'agitation de ces derniers jours exigeait enfin son tribut.

Le lendemain matin, elle était déjà réveillée à cinq heures et demie, reposée et soulagée d'un poids. Il avait plu dans la nuit. En ouvrant sa fenêtre et en jetant un coup d'œil dehors, Gesa vit que la chaussée était trempée.

Elle s'habilla et décida de faire une balade avant de se rendre au travail. Comme convenu avec Annegret Meyer, elle se chargerait des annonces publicitaires de la matinée. Elle avait encore deux bonnes heures devant elle d'ici là.

Elle se promena dans le dédale des ruelles de la vieille ville, passant devant des boulangeries qui ouvraient leurs rideaux et des balayeurs dont certains la saluaient d'un signe de tête. La rumeur de la ville ne s'était pas encore élevée, tout était paisible dans les rues désertes, et Gesa entendait les oiseaux gazouiller dans les arbres.

Elle s'arrêta un bref instant devant le fronton rouge du Römer, le très vieil hôtel de ville, rejeta la tête en arrière et apprécia la vue sur la façade majestueuse. Elle tourna ensuite au coin du Salzhaus, une imposante maison à colombages au toit pointu, ornée de gravures exubérantes. L'histoire des siècles vivait toujours en ces lieux, Gesa pouvait la sentir, l'effleurer et la voir partout autour d'elle. Elle emprunta l'étroite Rapunzelgässchen jusqu'aux échoppes couvertes typiques de la ville, où elle acheta un Haddekuche à un jeune vendeur ambulant. Ce marchand de bretzels était en train de remplir son panier de biscuits salés, de petits pains et de ces pains d'épices plats en forme de losange que Gesa aimait tant. Dès l'ouverture des tavernes à cidre, il entamerait ses tournées et écoulerait sa marchandise.

Elle s'assit sur le rebord d'une fontaine, mordit dans son Haddekuche, et ferma les yeux avec gourmandise. Après l'avoir savouré jusqu'à la dernière miette, Gesa descendit sur les bords du Main et posa son regard sur l'autre rive. Vers Sachsenhausen, où vivait Albert. Il était sans doute déjà levé. Peut-être même sur son vélo, en route pour le bureau ?

« Bonjour Gesa. Tu arrives tôt aujourd'hui, ça tombe bien. Est-ce que tu pourrais m'aider, s'il te plaît, pour la gymnastique matinale ? » Gesa fut accueillie dans les studios par la voix enjouée de Friedrich Milanski. « Tu as bonne mine, ça fait plaisir à voir.

— Merci, Fritz, j'ai fait une promenade, ça doit être pour ça. Bien sûr que je vais t'aider, avec plaisir. Qu'est-ce que je dois faire ? »

Visiblement soulagé, il lui fourra dans la main une corde à sauter qu'il venait de récupérer dans l'armoire à accessoires. Lui-même avait coincé un *medecine ball* sous son bras et portait une serviette pleine de papiers.

« Ton texte ? demanda Gesa tandis qu'ils entraient dans le plus petit studio.

— Oui, j'ai beaucoup à faire aujourd'hui. Ernst est malade et Peter est en congé, mais ça va aller. » Il vérifia l'heure sur l'horloge murale et ôta sa veste. « Bien. Nous allons commencer par la gymnastique. Il faudrait que tu me passes les accessoires de sport au fur et à mesure et que tu tournes les pages, sans les froisser, mais tu connais ça. » Il monta le microphone sur un pied haut et le plaça au centre de la pièce, puis il installa une chaise à côté. « Elle est pour toi. Je dois rester debout car je pratique les exercices en même temps.

— Pourquoi ? On ne te voit pas, de toute façon. Pourquoi tu ne dis pas simplement aux gens ce qui est écrit sur le plan ?

— Eh bien, pour que ce soit plus réaliste. »

Sur ces mots, il retroussa les manches de sa chemise, posa le *medecine ball* à sa droite et la corde à sauter à sa gauche, puis donna le programme de gymnastique à Gesa, lui-même ne gardant que la première feuille.

« J'ai fait un essai la semaine dernière avec Peter et lui ai fait présenter deux fois l'heure de gymnastique. Une première fois où il a lu les consignes comme d'habitude, et une autre où il a réalisé les exercices en même temps. Crois-moi, c'est le jour et la nuit entre les deux. Cela paraît beaucoup plus authentique quand je fais réellement les flexions avec la balle que lorsque je me contente de les compter à rebours. Les auditeurs adorent ça.

— Très bien. Alors, allons-y. »

Son enthousiasme était contagieux. Friedrich salua son public matinal et lui demanda de participer en y mettant toute son énergie, puis il commença par l'échauffement, à savoir le saut à la corde. À la fin de l'exercice, il était lui-même à bout de souffle.

« J'espère que c'est la même chose à la maison, devant vos postes de radio, dit-il, le cœur battant. Si vous le faites correctement, bien sûr. Par ailleurs, j'ai aujourd'hui dans notre émission une invitée surprise, rien que pour vous, Mesdames et Messieurs. Gesa Westhof, qui est ma collègue ici, à Radio Francfort, mais aussi une sportive passionnée, va pratiquer avec vous les exercices pour affiner la taille. Bonjour, Gesa. »

Elle fixa Friedrich avec des yeux ronds, et il la poussa sans attendre devant le microphone en lui tenant la feuille sur laquelle était expliqué l'exercice suivant. Gesa se reprit vite.

« Bonjour, Friedrich – et bonjour à vous, chers auditeurs. Je suis très heureuse de pouvoir être avec vous ce matin. Et nous continuons avec la balle. Nous la soulevons au-dessus de notre tête, les bras tendus, nous nous penchons à droite et nous revenons au milieu, puis à gauche, et au milieu. »

Elle répéta l'exercice aussi longtemps que Friedrich le lui demanda ; ensuite il reprit sa place. Plus tard, Gesa revint à l'antenne pour les flexions des genoux.

Elle commençait à y prendre goût, même si ces exercices lui donnaient particulièrement chaud en cette saison.

Une fois qu'ils eurent fini, Friedrich mit un disque de chansons populaires estivales pour qu'ils puissent reprendre leur souffle.

« Eh bien, ça a mieux marché que je ne l'espérais. »

L'air réjoui, il rassembla les accessoires de sport. Il s'alluma une cigarette, et Gesa déclina, en le remerciant, celle qu'il lui proposa.

« Tu aurais quand même pu me prévenir.

— Enfin, c'était juste une idée spontanée. C'est épatant que tu aies joué le jeu. Ça a sûrement fait plaisir aux auditeurs. »

Il écrasa la cigarette à moitié fumée dans un cendrier, dévissa le microphone de son pied et le reposa sur le bureau.

Gesa approcha une chaise et s'y assit.

« Tu fais cinq minutes de réclame dès que le disque est fini puis, après les informations du matin, tu refais cinq minutes de réclame. Ensuite on passe de la musique jusqu'à midi. »

Gesa ne balbutia pas et, de manière générale, tout se passa très bien. Pour finir, elle lut : « La beauté surprenante d'une femme soucieuse de sa toilette repose avant tout sur la vigueur de ses cheveux. N'oubliez donc pas de prodiguer le soin le plus adapté à la plus belle des parures d'une femme, et choisissez la lotion capillaire *Auxolin*. L'*Auxolin* original, dès maintenant dans un nouveau flacon, par Wolff et Fils. »

Elle salua Friedrich d'un signe de la main et se glissa sans un bruit hors du studio. Une fois dans le couloir, elle sursauta de frayeur en voyant Albert se dresser devant elle, comme surgi de nulle part. Que faisait-il ici ? N'était-il pas censé être dans le bâtiment administratif ?

« Je crois que je n'ai pas bien entendu, la sermonna-t-il. Qu'est-ce qui te prend d'intervenir à l'antenne pendant la gymnastique matinale ? »

Il était terriblement attirant, malgré sa colère indéniable. Ses sourcils noirs froncés, il attendait une réponse.

« Ce n'était pas mon idée. Friedrich a prévu ça spontanément.

— Ce genre de choses doit être décidé en amont avec les responsables de la diffusion. Herr Milanski le sait. Et toi aussi. »

Friedrich n'était-il donc pas le responsable de la diffusion de la gymnastique matinale ? En tant que chef du département ? Gesa haussa les épaules.

« Je suis désolée. Mais le studio est en sous-effectifs aujourd'hui, il manque deux collègues. Herr Milanski a donc dû changer ses plans au dernier moment pour tenter d'arranger les choses au mieux.

— Tu trouves que tu n'as pas assez de travail comme ça ? Ou alors dis-moi pourquoi tu prends plus de temps d'antenne ? Je croyais que c'était au tour de Frau Meyer de lire les publicités aujourd'hui ? »

Les joues de Gesa commençaient à chauffer.

« On a échangé. Je suis vraiment désolée, je ne pensais pas que ce serait un problème. Et je ne voulais pas non plus passer outre une autorité quelconque. Ça ne se reproduira plus. »

Elle porta brièvement une main à son visage pour vérifier s'il était aussi brûlant qu'il le paraissait de l'intérieur.

« Qu'est-ce que tu as au cou ? » Le ton d'Albert changea brusquement. « On dirait… des marques de strangulation. »

Mince. En se regardant dans le miroir ce matin, Gesa avait elle aussi remarqué ces traces sombres. On voyait nettement les empreintes des doigts de Werner. C'est pourquoi elle s'était noué autour du cou un foulard léger, blanc avec de petits points noirs. Il avait dû glisser pendant ses activités sportives. Elle le resserra à la hâte, en espérant qu'il réussirait à dissimuler les traces indiscrètes de son altercation.

« Ce n'est rien », murmura-t-elle. Puis elle prit son courage à deux mains. « S'il te plaît, Albert, on peut parler ? J'aimerais t'expliquer… »

Il lui coupa la parole.

« Pas la peine, merci. Contente-toi de tes tâches habituelles à la station, ce sera bien suffisant. Je dirai quelques mots à Herr Milanski plus tard. Il prend un peu trop de libertés à mon goût. Je n'ai rien d'autre à dire pour le moment. »

Puis il tourna les talons et s'éloigna.

Gesa resta comme pétrifiée sur place et le suivit du regard.

La porte du studio s'ouvrit et Friedrich passa la tête dans l'entrebâillement.

« Qu'est-ce que tu attends ? Rattrape-le et convaincs-le de t'écouter. Ça me fend le cœur de vous voir comme ça, tous les deux. »

Gesa sortit de sa torpeur et courut après Albert, mais elle ne le vit plus. Pour ne pas avoir à emprunter le paternoster très lent, elle dévala quatre à quatre les marches des cinq étages et arriva au rez-de-chaussée, tout essoufflée. Aucune trace d'Albert.

GESA

Nouvelles radiophoniques, 1927 :

« La pilote de renom Thea Rasche se trouve à bord du transatlantique *Leviathan*, en route vers New York. Elle emporte son avion démonté : un biplan de type Udet U 12 Flamingo. »

Le jour de son départ, Thea Rasche apprit que son ami et ancien professeur de voltige s'était écrasé avec son appareil. Aux États-Unis, la pionnière de la voltige aérienne connut un succès retentissant sous le nom de The Flying Fräulein. Elle fut la première femme allemande à obtenir un brevet de pilote de voltige.

« Tu crois vraiment que c'est une bonne idée de remonter sur scène si tôt après ta sortie de la clinique ? Tu ne devrais pas plutôt te ménager encore un peu ? »

Gesa se tenait debout derrière Inge dans la loge des artistes du Palastcafé, visiblement inquiète. Elle observa, par-dessus l'épaule de son amie, le visage de celle-ci qui se reflétait dans le miroir. Inge était resplendissante, il est vrai, mais ça ne voulait rien dire.

Elle seule savait si ses démons étaient sous contrôle. Gesa ne voulait même pas dire « vaincus ».

« Je viens de me ménager comme jamais je ne me suis ménagée de toute ma vie. » Inge se remit du rouge à lèvres, non pas de la couleur sombre qu'elle arborait d'ordinaire sur scène, mais d'une teinte claire, joyeuse, qui ne correspondait pas tout à fait à la mode actuelle. « On change », expliqua-t-elle, et elle tendit le tube à Gesa. « J'ai besoin d'un nouveau départ. Un nouveau rouge à lèvres, une nouvelle tête, de nouvelles chansons. J'y ai bien réfléchi, Gesa, crois-moi. Même le docteur Weber a promis de passer aujourd'hui pour m'entendre chanter. Tu n'as donc aucun souci à te faire. Mon psychiatre est d'accord pour que je recommence à faire ce que j'aime. Et je chante pour ainsi dire sous surveillance médicale. »

Elle fit un clin d'œil à son amie à travers le miroir.

Inge avait réellement changé. Elle ne jouait plus les femmes fatales, ne portait plus de petites tenues courtes en gaze de coton mais une longue et élégante robe de soirée. Elle ne chanterait plus de rengaines provocantes à double sens mais des chansons jazzy plus intimistes. Sa voix s'y prêtait bien mieux, selon Gesa. Elle souhaita bonne chance à son amie et retourna à sa table où Margot, Friedrich et Theodor Conrad étaient déjà installés. Il était hors de question pour l'acteur de ne pas être là quand le phénix renaîtrait de ses cendres sur la scène.

Et quel tour de chant grandiose elle livra ! Le grand amateur de jazz qu'était Herr Paschke avait engagé un trompettiste et un batteur en plus de l'accompagnateur au piano ; ainsi, pour célébrer son retour au

Palastcafé, Inge disposait d'un petit groupe de jazz spécialement pour elle.

« *Blackbird, blackbird, singing the Blues all day, right outside of my door…* », entonnait la voix d'Inge dans une version un peu plus soutenue de la célèbre chanson. Le public était fasciné. Elle entama ensuite une chanson écrite par l'Américain Percy Venable. En à peine un an, *Big Butter and Egg Man* était également devenu très populaire en Allemagne. Gesa estimait que l'interprétation d'Inge était nettement plus harmonieuse que celle de May Alix, qui rencontrait un franc succès en Amérique mais qui était davantage connue pour ses danses aux contorsions sauvages que pour ses qualités vocales. Herr Paschke bondit spontanément sur scène, attrapa le microphone et imita Louis Armstrong pour qui Percy Venable avait composé la chanson à l'origine. Le célèbre trompettiste chantait en duo avec May Alix sur le tout premier enregistrement de cette œuvre. L'anglais de Paschke n'était clairement pas aussi bon que celui d'Inge, mais il se rattrapait par la ferveur avec laquelle il interprétait sa partie. Ils livrèrent ensemble un duo absolument remarquable et, lorsque enfin ils saluèrent le public, les clients du café ne tenaient plus en place. Ils se levèrent tous d'un bond et applaudirent à tout rompre.

« Merci, merci beaucoup. » Herr Paschke attendit que le bruit diminue un peu dans la salle. « Mesdames et Messieurs, c'est pour moi une joie immense de pouvoir à nouveau accueillir ce soir Fräulein Inge Jacobs au Palastcafé. Comme vous avez pu le remarquer, c'est une chanteuse exceptionnelle qui ne se laisse même pas déconcentrer par des intrus dans mon genre qui viennent brailler sur sa chanson. Merci beaucoup, ma chère Inge, d'être de retour parmi nous. Messieurs Dames, nous continuons avec un charleston. Les danseurs dans la salle n'ont donc pas besoin de se rasseoir. »

Les invitant à poursuivre d'un geste affable, le propriétaire du café laissa la scène à Inge et aux musiciens, et se retira en direction de la vitrine de pâtisseries, à sa place attitrée d'où il avait vue sur l'ensemble de l'établissement.

Après sa représentation d'une heure, Inge rejoignit ses amis à leur table. Elle devait être épuisée mais, tout à son enthousiasme, elle n'en laissait rien paraître. Elle rayonnait littéralement.

« Félicitations pour votre tour de chant réussi », dit Herr Conrad avant de commander une bouteille de champagne.

Gesa repensa un bref instant à l'Erebos Bar. Tant de chemin avait été parcouru entre cette lointaine époque dans le bar crasseux et ce qu'Inge venait de livrer ici, au Palastcafé. Elle avait l'étoffe d'une grande chanteuse.

« Je suis contente que vous ayez pu venir aussi, dit Inge. Je sais que ce n'est pas toujours facile pour vous de sortir en public. Vous avez dû serrer beaucoup de mains ?

— Disons deux ou trois. » Il sourit avec malice. « Mais votre patron semble se réjouir de ma présence. Il m'a déjà fait servir une deuxième part de gâteau sans que je lui aie rien demandé.

— Alors ça, ça veut dire quelque chose. »

Theodor Conrad tendit le cou et regarda par-dessus l'épaule d'Inge vers la table voisine, où était assis un homme seul. Gesa le vit du coin de l'œil se lever et se diriger lentement vers eux.

« Ah, Fräulein Jacobs, ces derniers jours, nous avons beaucoup discuté tous les deux de nos métiers, du succès et de la vie en général », commença Theodor Conrad. L'acteur voulait-il faire un petit discours ? Il paraissait presque ému, en tout cas bizarre. « Et du fait que vous pouviez atteindre des sommets si vous croyez en vous. »

Inge hocha la tête.

« Et je vais suivre ce conseil, dorénavant.

— Bien. Car il est possible que votre vie professionnelle connaisse bientôt quelques changements. Puis-je vous présenter mon ami Ulrich Held ? » L'homme mystérieux avait maintenant atteint leur table. « Il travaille pour *Electrola.* Comme vous le savez peut-être, il s'agit d'une filiale du label anglais Gramophone Company, qui a obtenu sa licence il y a deux bonnes années, et qui produit des disques ici, en Allemagne, depuis un an. »

Herr Held prit le relais à cet instant. Il salua tout le monde à table d'un signe de tête et serra la main d'Inge.

« Ce qui ne veut pas dire grand-chose car nous sommes une société en plein essor et cherchons des talents lyriques originaux. Et j'en ai incontestablement entendu un ici ce soir.

— Merci beaucoup, dit Inge d'une petite voix.

— Je ne veux pas vous priver trop longtemps de faire la fête avec vos amis, mais si vous avez cinq minutes, j'aimerais vraiment vous soumettre une proposition. »

Il lui tendit sa carte de visite.

« Bien sûr, avec plaisir. Nous serons sans doute plus à l'aise dans la loge. »

Gesa les regarda s'éloigner tous les deux puis se tourna vers Margot, qui était restée bouche bée. Combien de fois s'étaient-elles imaginé exactement la même scène ? L'arrivée du producteur de disques qui dégainait sa carte de visite et qui souhaitait s'entretenir avec Inge. Personne ne dit un mot, pas même les deux messieurs.

Mais Margot ne put se retenir plus longtemps et s'écria :

« Inge va signer un contrat avec une maison de disques !

— Il est encore trop tôt pour ça, la freina Friedrich. Attendons de voir ce que Herr Held a à lui dire.

— Je suis sûre que Inge va avoir son contrat », répéta Margot, tout excitée.

Gesa sentit aussi sa respiration s'accélérer. Il fallait qu'elle se ressaisisse ou elle ne tarderait pas à avoir le tournis. Et rien ne serait plus embarrassant que de s'évanouir quand Inge annoncerait la bonne nouvelle.

« Non, non, Herr Milanski a parfaitement raison. Personne n'obtient un contrat tout de suite, sur place. Ça ne marche pas comme ça dans la vraie vie. Tout doit d'abord être négocié, réfléchi, il faut du temps. Cela se passe ainsi pour nous, les acteurs, et c'est la même chose pour les chanteurs.

— Vous avez fait ça pour Inge. Vous avez fait venir Herr Held ce soir pour qu'il puisse l'entendre chanter. Sans vous en vanter à l'avance ou demander une contrepartie. Herr Conrad... »

La gorge serrée, Gesa ne put finir sa phrase.

« Allons, Fräulein Westhof, ne devenez pas sentimentale. Tenez, buvez encore un verre. » Il la resservit ; le débordement d'émotions de Gesa le mettait visiblement mal à l'aise. « Et ensuite, attendons simplement que... Ah, vous voyez, c'est allé vite, ils reviennent déjà. »

Avant d'atteindre la table, Inge et Herr Held se serrèrent la main et prirent congé l'un de l'autre. En passant, le producteur salua le petit groupe d'une tape sur son chapeau et quitta le Palastcafé.

« Alors ? »

Margot était tellement dévorée par la curiosité qu'elle risquait d'éclater à tout moment.

Inge s'assit parmi eux et prit une profonde inspiration.

« Herr Held dit que cela l'intéresserait de travailler avec moi. Et il m'a invitée à passer des essais d'enregistrement vendredi prochain à l'Académie de chant de Berlin. »

Gesa et Margot poussèrent des cris de joie et tombèrent dans les bras d'Inge.

« Dans ce cas, il faut que je commande une nouvelle bouteille », commenta Herr Conrad avec un sourire enjoué.

Friedrich aussi débordait d'enthousiasme :

« Bon sang, Inge, c'est absolument renversant ! Je te le prédis ici et maintenant, dans moins d'un an je passerai tes disques à la station. J'espère que tu ne nous oublieras pas quand tu seras célèbre dans le monde entier. Tu pourras venir de temps en temps en invitée vedette à Radio Francfort, le berceau de ton succès, tu vois d'ici le tableau. »

Margot embrassa son petit ami.

« Ah, Fritz, tu es vraiment la figure de proue de la station. J'espère que notre directeur se rend compte de la chance qu'il a d'avoir un tel chef de département.

— Merci mille fois, Herr Conrad. Je n'oublierai jamais ce que vous avez fait pour moi. »

Inge déposa un baiser sur la joue de l'acteur.

« Ce n'est rien du tout. J'ai simplement demandé à un ami une heure de son temps, rien de plus. Tout repose entre vos mains à présent. »

La soirée se termina tard ce jour-là. Le groupe d'amis fit la fête sans retenue, et lorsque vint le moment de se séparer, à l'heure de la fermeture, Inge et Gesa se donnèrent le bras pour rentrer chez elles.

« Oh non, ce n'est pas vrai », murmura Gesa lorsqu'elles entrèrent dans la Ziegelgasse.

Elles aperçurent une silhouette assise sur le seuil de leur porte. Werner était-il revenu ? Son pouls commença à accélérer. Elle ravala bravement sa colère à l'idée qu'il ose gâcher aussi cette belle soirée. Elle lâcha le bras d'Inge et s'approcha d'un pas énergique.

L'homme se leva.

« Gesa ! Dieu merci, te voilà enfin.

— Albert ! »

Elle s'arrêta brusquement dans son mouvement. Inge, qui était pompette et avait toutes les raisons de l'être, se cogna brutalement contre elle.

« Oups ! » Elle portait toujours la robe de soirée. Le tissu couleur champagne s'empêtrait entre ses jambes, aussi, elle le remonta et le plissa pour pouvoir mieux marcher. « Désolée. Enfin, je veux dire : bonsoir, Herr Bronnen. » Elle attrapa la clé de la maison dans la main de Gesa et, sans faire de manières, poussa le directeur du seuil de la porte. « Vous êtes bien là pour Gesa, pas vrai ? Dans ce cas, je préfère monter retrouver mon plumard, et vous deux, vous clarifiez ce qu'il y a à clarifier. » Elle se retourna encore une fois vers son amie et agita les bras. « Mais pas devant la maison, hein ? Tu sais qui laisse traîner ses oreilles dans la ruelle. Tout le voisinage. À n'importe quelle heure. Bonne nuit. »

Sur ces mots, elle disparut à l'intérieur. Le silence revint.

Gesa fixa Albert, hébétée. Depuis quand l'attendait-il ici ? Et pour quelle raison ? Se rendait-il compte de l'heure qu'il était ? Elle n'osait lui poser aucune de ces questions. Elle était trop déroutée après qu'il l'eut laissée en plan à la station. En outre, elle craignait qu'il disparaisse à nouveau si elle disait un mot de travers.

« Liebfrauenberg ? » chuchota-t-il.

Elle approuva d'un signe de tête et le suivit, laissant la Ziegelgasse derrière elle. Comme ils pouvaient difficilement s'installer au centre de la grande place, ils s'assirent sur un banc devant une maison savamment décorée. *Chocolaterie des Frères de Giorgi*, pouvait-on lire sur la façade, à la lueur des réverbères. C'était une maison d'angle, avec des tourelles et des colonnes, des fenêtres rondes ou anguleuses ; certaines avaient des volets, d'autres, non. Un salmigondis de styles architecturaux qui s'entremêlaient vouait à l'échec toute tentative de dater cette bâtisse. Chaque fois que Gesa traversait la place, elle était fascinée par cette architecture étrange. Elle s'était déjà acheté d'innombrables sachets d'éclats de chocolat aux noisettes dans le magasin du rez-de-chaussée. Jamais elle n'aurait osé rêver se retrouver un jour avec Albert, à minuit et demi, assise sur un banc devant ce curieux bâtiment.

« Comment vas-tu ? » demanda-t-il, car il était clair qu'elle n'entamerait pas la conversation. Il désigna son cou. « Ce sont des marques de strangulation, et on les voit encore. »

Gesa maudit le réverbère qui se dressait à côté du banc.

« Mais elles s'estompent déjà.

— Hmm. Ton fiancé t'a fait du mal ?

— Pas autant que toi.

— Qu'est-ce que tu veux dire ?

— Tu ne me laisses même pas l'occasion de m'expliquer. Comment crois-tu que je me sente ? »

Il soupira, se pencha en avant et appuya ses coudes sur ses cuisses.

« C'est pour ça que je suis là. » Son regard fixait les pavés à ses pieds. « Ce n'était pas correct de ma part de te réprimander à la station. Herr Milanski a certifié que tu n'étais absolument pas responsable de cette irruption impromptue pendant la gymnastique matinale. Au contraire, je te remercie d'avoir joué le jeu et fait de cette émission un succès et non une débâcle. Il se trouve que le président du conseil d'administration et sa femme écoutaient par hasard la radio à cet instant, et ils ont été enchantés tous les deux. Herr Velbert m'a appelé exprès pour me féliciter de cette approche dynamique. » Il se racla la gorge. « Concernant ma sortie précipitée...

— Tu veux parler de ce moment où tu m'as simplement plantée sur place ?

— Hmm. Eh bien, c'était...

— Puéril ? »

Il tourna la tête vers elle. Ses yeux étincelaient à la lueur des réverbères.

« Ce n'est pas le mot que j'aurais choisi, mais c'est vrai. Mon comportement était puéril. Et le tien ? Je te faisais confiance, Gesa, je croyais qu'on était sincères l'un envers l'autre. Tu sais à quel point j'abomine les mensonges et l'hypocrisie. Et voilà qu'un type se dresse devant moi en affirmant être ton fiancé. Après tout ce qu'il y a eu entre nous.

— Mais il a menti ! Je n'ai jamais été fiancée à Werner. »

Le regard d'Albert soutint celui de Gesa.

« C'est aussi ce que m'a dit Herr Milanski lors de notre conversation aujourd'hui. De son propre chef, devrais-je préciser.

— Ça aurait été gentil de me laisser la possibilité d'expliquer la situation.

— C'est ce que je fais en ce moment même. »

Cet homme était incroyable ! Gesa bouillonnait d'indignation. Il venait ici et faisait mine d'exprimer des regrets pour son comportement stupide, et parvenait en quelques minutes à la mettre sur la défensive.

« Très bien. » Elle leva les mains d'un air faussement résigné. « Je viens d'un village non loin de Bielefeld. Mes parents sont morts tôt et j'ai grandi chez une tante qui ne m'aimait pas et me voyait comme un poids. Et aussi comme la poule aux œufs d'or tant qu'elle pouvait rogner sur mon héritage. Werner Krewis est un homme brutal qui n'a aucun respect pour les femmes. Mais c'est également un comptable estimé dans le village. Ironie du sort. Ma tante Cläre a fait sa connaissance en faisant appel à lui pour masquer un peu ce qu'elle prélevait sur mon argent. En contrepartie, ils se sont mis d'accord tous les deux pour que je l'épouse au plus vite. Werner cherchait une femme, elle voulait se débarrasser de moi, et ensemble ils auraient sans doute vite croqué le reste de mon héritage. » Ces mots avaient un goût amer quand Gesa les prononçait, et elle avait du mal à les formuler. C'était humiliant. « Bien entendu, je n'allais pas me marier contre ma volonté, je suis une adulte. Et je n'avais aucune envie de rester une seconde de plus à me défendre face à ces deux horribles personnages. C'est pour cette raison que je suis venue à Francfort. Pour être enfin libre. Je ne pensais pas devoir une explication à tante Cläre ou à Werner, et c'est toujours mon avis. Je n'ai rien à voir avec ces gens. » Elle respira profondément.

« Et ensuite, ce type t'a retrouvée et t'a suivie jusqu'ici.

— Oui. Mais je ne me suis pas cachée et je ne le ferai jamais.

— Où est-il maintenant ? »

Gesa eut un rictus furieux. Elle tâta les marques de strangulation sur son cou.

« La dernière fois que nous nous sommes rencontrés, il a tiré la paille la plus courte. Il ne m'embêtera plus à présent.

— J'aurais dû être à tes côtés. »

De son index, elle dégagea délicatement une mèche de cheveux du front d'Albert. Il la laissa faire.

« Non. Il fallait que je règle mon problème seule. » Tout comme Inge et Margot, ajouta-t-elle en silence. Elles étaient parfaitement capables d'assumer leurs actes sans l'aide de personne.

« Je suis désolé, Gesa. Quel sombre idiot j'ai été. J'aurais dû écouter ce que tu avais à me dire au lieu de croire les affirmations d'un parfait inconnu. Qui en plus n'avait pas la moindre preuve de ces prétendues fiançailles.

— Pourquoi ?

— Que veux-tu dire ?

— Pourquoi tu as réagi comme ça ? »

Il se redressa enfin et s'adossa contre le banc.

« J'étais blessé, je croyais que tu ne faisais que jouer avec moi. Alors que je t'aime. »

La dernière phrase alluma un feu de joie dans le cœur de Gesa. Voilà donc ce qu'on ressentait quand la bonne personne prononçait les bons mots. C'était mieux qu'une journée à la Nice, mieux qu'un succès d'acteur à la radio, mieux que n'importe quoi au monde.

Elle se leva lentement et se dressa devant Albert. Elle se pencha vers lui, prit son visage des deux mains et l'embrassa. Lorsqu'il l'attira sur ses genoux, intensifia son baiser et pressa fermement Gesa contre lui, elle se dit qu'une réconciliation après une dispute n'était pas désagréable non plus.

« On va chez toi ? Je sais qu'il est tard mais tout le monde peut nous voir ici », murmura-t-il.

Elle enfouit ses doigts dans ses cheveux. En vérité, elle aurait pu savourer éternellement ce moment de tendresse.

« Inge n'aime pas qu'on invite des hommes dans son appartement. »

Il rit discrètement.

« Voyez-vous ça ! Jamais je n'aurais cru Fräulein Jacobs aussi conservatrice. Mais soit ! Je ne voudrais pas te causer de problèmes avec ta vertueuse maîtresse de maison. » Encore amusé, il colla son front contre le sien. « Alors on va devoir traverser le Main pour aller à Sachsenhausen.

— Absolument, dit Gesa. Où est ton vélo ? Je m'assois à l'arrière. »

Les jours qui suivirent, l'atmosphère à la station était particulièrement détendue et joyeuse, et Gesa supposa que la troupe de *L'Inspecteur Feldman* ressentait la même chose.

Le directeur débordait d'énergie. Surtout ce mercredi matin lorsqu'il avait battu le rappel de tous les acteurs, le chœur et les musiciens dans la salle de répétition.

Même Inge était venue, à la demande expresse d'Albert, et s'appuyait, à côté de ses deux amies, contre la fenêtre donnant sur la terrasse du toit. Gesa savait qu'Inge appréhendait un peu ce qui l'attendait.

En outre, elle se retrouvait pour la première fois dans la même pièce que Curt Schäfer qui, puérilement, ne lui accorda aucun regard, retranché qu'il était derrière ses chanteurs, à l'autre bout de la pièce. Gesa ne put s'empêcher de lever les yeux au ciel.

Inge avait abandonné ses coquettes tenues de secrétaire et portait ce jour-là un pantalon en lin à la coupe ample, beige à rayures foncées, et un pull en tricot moulant à manches courtes, avec de petites fleurs brodées tout autour du col rond. Un habit qui correspondait à la vraie Inge. Moderne, sûre d'elle et pourtant féminine. C'était une telle joie de la voir revendiquer son style. Lorsqu'elle avait croisé Margot en entrant dans la cage d'escalier, son amie, enchantée, avait parfaitement décrit sa nature en quelques mots : « Formidable ! Ça, c'est la véritable Inge, un mélange détonnant de bohème, d'effronterie, d'originalité et d'élégance. Aussi riche et surprenante que les chansons que tu interprètes. »

Margot portait sa robe d'été préférée, vert pastel, qui lui allait si merveilleusement. Bien entendu, elle paraissait nettement plus détendue qu'Inge, et son aura de quiétude semblait rejaillir sur son amie. Lorsque Albert entra dans la salle de répétition, Margot prit le bras d'Inge d'un geste aussi léger qu'une plume, et celle-ci cessa aussitôt de taper le sol de la pointe des pieds.

« Mesdames et Messieurs, nous y sommes. L'inspecteur Feldmann va être appelé sur une nouvelle enquête. Son créateur, Herr Michaelis, m'a assuré qu'il aurait fini le script de l'épisode 1 de la deuxième affaire lundi prochain. Nous allons donc bientôt commencer les répétitions, c'est pourquoi j'ai pensé qu'il serait temps de vous informer de la façon dont nous allons procéder. En ce qui concerne le calendrier du programme en lui-même, nous avons convenu avec le conseil d'administration que la diffusion commencera fin septembre. Nous aurons ainsi suffisamment de temps pour entamer le battage publicitaire en amont, et la pièce radiophonique s'achèvera à la fin de l'automne.

— Quand il y a bien plus de gens chez eux devant leurs postes qu'en été, souligna Ernst Gehring.

— Tout à fait. Pour ce qui est de la conception musicale, elle prendra une place particulièrement importante par rapport à la première pièce car l'enquête se déroule dans le milieu du jazz. En chanteuse vedette nous pourrons, je l'espère, engager Fräulein Jacobs, que vous connaissez tous. » Il fit signe à Inge. « Si vous avez un peu de temps à la fin de cette réunion, nous pourrons régler ensemble les formalités. Cependant, Fräulein Jacobs ne travaillera pas avec le chœur : elle se produira en soliste et aura même un petit rôle à jouer dans la pièce. »

Un sourire éclatant se dessina sur le visage d'Inge. Elle hocha la tête, tout à sa joie, et tendit un pouce en l'air pour signaler son approbation à Albert. Gesa débordait de fierté. C'était le triomphe ultime d'Inge sur le chef de chœur Schäfer. Malheureusement, il restait toujours à son poste. Albert avait dit que ses amusements privés ne constituaient pas une raison suffisante pour justifier un renvoi. Mais il avait promis de se débarrasser de lui en lui proposant une autre place, et cela semblait avoir marché.

« Herr Schäfer nous quittera dès le mois prochain et poursuivra ses activités à la station locale de Cassel. Comme nous avons besoin de quelqu'un dans l'immédiat pour reprendre son poste, Frau Waldschmidt s'est déclarée prête à se charger de la direction du chœur. »

Un murmure parcourut la pièce, suivi d'applaudissements chaleureux. Dora Waldschmidt salua ses collègues à la ronde. L'expression de soulagement dans les yeux d'Inge réjouit Gesa. Albert lui avait raconté la veille que le conseil d'administration s'était moqué de Dora Waldschmidt en prétendant qu'elle était surpayée. Le directeur avait réussi à justifier son salaire grâce à sa promotion. En outre, la chanteuse à la formation classique était plus que qualifiée pour le poste.

En ce qui concernait Curt Schäfer, l'essentiel de son travail constituerait ces prochains temps à passer des disques, comme Albert l'avait confié à Gesa avec un malin plaisir. Créée deux ans auparavant dans l'unique but de renforcer le signal radio de Francfort qu'on captait mal dans la région de Cassel, la station intermédiaire diffusait un modeste programme local. Elle transmet en grande partie celui de Radio Francfort. La description de poste de Schäfer, « directeur général musical », était donc aussi prétentieuse que lui-même. Cela ne cachait qu'une coquille vide, mais le chef de chœur avait marché et projetait déjà de grandes choses.

Si Inge décrochait un contrat avec cette maison de disques à Berlin – et Gesa était très confiante à ce sujet –, obtenait un rôle dans la nouvelle pièce radiophonique et continuait de chanter au Palastcafé, elle n'aurait plus du tout de problèmes d'argent. Et ne regretterait certainement pas son poste de secrétaire. Gesa chercha la main d'Inge. Son amie pressa la sienne en retour. Elles auraient voulu toutes les trois pousser des hurlements de joie, mais se contentèrent de se regarder d'un air complice avec des sourires radieux.

« Il y a aussi du nouveau dans la distribution des rôles, poursuivit Albert. Il a été décidé de ne pas engager d'actrice extérieure pour le rôle principal féminin mais de l'attribuer en interne à Frau Annegret Meyer. »

Cette initiative déclencha de nouveaux applaudissements, et Annegret esquissa de petites révérences à la ronde en souriant, pour remercier ses collègues. Albert l'avait prévenue de l'heureuse nouvelle un peu plus tôt.

L'annonce suivante surprit totalement l'intéressée, en revanche :

« Comme nous projetons de faire une série de pièces radiophoniques sur le long terme avec l'inspecteur Feldmann, Herr Michaelis a pris le parti d'attribuer à son héros une partenaire qui l'épaulera dans ses affaires. Il s'agirait pour ainsi dire d'une sorte de duo d'enquêteurs mixte. Bien sûr, le premier rôle revient toujours à l'inspecteur, à savoir Herr Conrad, mais nous pensons que les auditeurs accueilleraient favorablement un peu de charme féminin. C'est pourquoi Herr Michaelis a développé le personnage d'Ellen Feldmann, la nièce de l'inspecteur. Ellen est une jeune femme avide de connaissances, qui n'a pas froid aux yeux et se mêle des enquêtes en cours. Son oncle s'y oppose dans un premier temps mais finit par apprécier son aide. Ce rôle va s'étoffer dans les affaires à venir, et nous apportons ainsi, en plus du personnage principal féminin, une autre femme forte. Ellen Feldmann sera interprétée par Gesa Westhof. Si elle le souhaite. »

Gesa regarda Albert d'un air perplexe. Il lui fit un hochement de tête pour lui demander sa réponse.

« Elle le souhaite. Et comment ! » lança-t-elle soudain avec enthousiasme.

Nettement moins calme qu'Annegret peu auparavant, Gesa dut d'abord prendre conscience de ce qu'elle venait d'entendre. Elle obtenait un rôle permanent ! Comme seul Theodor Conrad avant elle. Un rôle qui allait s'étoffer. C'était inimaginable. Un rêve se réalisait. Gesa s'inclina à son tour en riant devant l'assemblée. « Merci ! Merci beaucoup ! » cria-t-elle.

« J'ai de grandes ambitions pour Radio Francfort, reprit Albert. Qui impliquent que nous travaillions tous dans un esprit d'équipe. La SÜWRAG va dépasser Radio Berlin, j'en suis absolument certain. Ensemble, nous mettrons sur pied de merveilleuses émissions, et nos auditeurs seront toujours plus captivés et ravis à chaque fois. J'ai reçu les derniers chiffres aujourd'hui. Le grand favori est officiellement notre Herr Milanski, avec ses reportages en extérieur et bien sûr sa gymnastique matinale. On compte aujourd'hui largement plus de cent mille auditeurs dans la zone d'émission de la station. Un chiffre colossal ! Dont on ne peut que rêver dans la presse écrite.

Et pourtant, ça ne représente qu'une infime partie des gens que nous pouvons atteindre. Je vous prédis que, dans dix ans, on trouvera un poste récepteur dans presque tous les foyers allemands. Et imaginez un peu le nombre de personnes qui écouteront alors nos voix tous les jours. Qui feront de la gymnastique avec nous, participeront à nos concours, enverront des lettres, vibreront pendant nos reportages sportifs ou se laisseront simplement charmer par la musique et les pièces radiophoniques. Nous pouvons tous être fiers de nous. »

ÉPILOGUE
ALBERT ET GESA

Francfort, 1929

Nouvelles radiophoniques, 1929 :

« Amelia Earhart devient la première présidente du Club des 99 fraîchement créé. »

Les Ninety Nines furent fondées en novembre 1929 sur Long Island. Le club représentait les intérêts de quatre-vingt-dix-neuf femmes pilotes. À l'époque, il n'y avait en tout que cent dix-sept femmes pilotes enregistrées aux États-Unis. La popularité d'Amelia Earhart contribua beaucoup à leur attirer la considération et l'adhésion de l'opinion publique, et les Ninety Nines sont aujourd'hui la plus grande organisation de femmes pilotes du monde.

Albert Bronnen était heureux. Comme il l'avait prédit, le développement de la radio progressait de manière fulgurante. Deux ans seulement après le premier grand succès sur les ondes de *L'Inspecteur Feldmann*, l'Allemagne comptait déjà trois millions d'auditeurs. La radio était devenue un média de masse. La station de la capitale était toujours numéro un mais la concurrence la talonnait de très près. Particulièrement celle de Francfort. Albert obtint son nouveau bâtiment : le conseil d'administration de la SÜWRAG donna son accord pour un immeuble de bureaux ultramoderne dans l'Eschersheimer Landstrasse, dans lequel il était prévu d'aménager, en plus des bureaux administratifs et des studios, une grande salle avec un orgue fixe. À la mesure d'un orchestre radiophonique en pleine expansion.

Le jour du premier coup de pioche, en avril, Albert était venu en personne sur le chantier et y était resté des heures. Replié à l'écart, un léger sourire aux lèvres, l'homme en costume avait dérouté certains ouvriers qui l'avaient pris pour l'architecte. Il n'avait pourtant fait que suivre avec satisfaction l'avancée des travaux.

Toutefois, ce fut sur un autre plan qu'il remporta ce qui était pour lui la plus grande victoire de sa carrière. La cinquième pièce radiophonique, intitulée *L'Inspecteur Feldmann et le Mystère de Samarcande*, ne fut pas diffusée en direct sur les ondes, mais chaque épisode fut enregistré à l'avance.

Une poignée d'acteurs – Theodor Conrad, Annegret Meyer, Ernst Gehring, le directeur Albert et son épouse, Gesa – s'étaient retrouvés un soir d'automne dans les anciens locaux au-dessus du service des chèques postaux pour un premier essai d'enregistrement. Ils voulaient d'abord tout tester avant d'annoncer la nouvelle à leurs collègues.

« Et maintenant ? Comment ça fonctionne ? » demanda Ernst Gehring avec curiosité.

Tout comme il l'avait fait deux ans auparavant avec le magnétophone dans son bureau, Albert avait recouvert l'appareil d'une étoffe blanche qu'il tira d'un coup sec sur le côté, accompagnant son geste d'un « Ta-daaaaa ! » retentissant.

« Je vous présente le tout nouvel enregistreur à ruban d'acier. Une version plus aboutie du blattnerphone.

— Le… pardon ? demanda Annegret Meyer, dont la passion pour la technologie ne s'élevait pas vraiment au même niveau que celle de son collègue.

— Cela fait des années que je suis les progrès des magnétophones et autres appareils enregistreurs », expliqua Albert.

Après une correspondance nourrie avec Curt Stille, qui avait obtenu les premières avancées dans le domaine de l'enregistrement, en collaboration avec Ludwig Blattner, Albert s'était rendu à Londres pour voir le matériel utilisé par la British Broadcasting Company, matériel dont il avait fait l'acquisition par la suite pour Radio Francfort.

« C'est en ce moment le plus récent et le meilleur sur le marché. Certes, il n'est pas idéal pour des enregistrements musicaux mais, après tout, ce sont les pièces radiophoniques qui nous intéressent, pas les concerts, n'est-ce pas ? »

Une fois que toutes les personnes présentes eurent examiné l'appareil avec attention, les acteurs s'installèrent autour du microphone.

Albert leur fit lire certains passages en guise de test.

« Gesa, il faut que tu te rapproches plus, on ne t'entend pas bien. »

Sa femme effleura de la main la rondeur de plus en plus proéminente de son ventre. Dans quelques mois, elle mettrait au monde son premier enfant.

« J'ai peur de renverser le microphone avec mon ventre. C'est une bonne chose qu'on ne me voie pas à la radio. Je ne serais pas du tout crédible dans mon rôle de nièce dynamique qui court après les suspects avec l'inspecteur. Enfin, au moins, je n'ai pas à trop me forcer pour donner l'impression d'être à bout de souffle. »

Elle tendit la tête en avant et répéta son texte. Cette fois, cela marcha mieux.

Au bout d'une heure, il fut évident que la possibilité d'enregistrer leur travail allait tout changer. Elle allait catapulter Radio Francfort dans une nouvelle ère.

Une fois les collègues partis, Albert et Gesa restèrent tout seuls dans la salle. Ils réécoutèrent l'enregistrement au calme.

« Le son est vraiment bon, dit-elle, paraissant surprise elle-même. J'avoue que je m'attendais à ce que nous ayons des voix un peu métalliques, mais c'est bien nous, avec un son de première qualité.

— Et pourtant il ne s'agit que d'une solution transitoire.

— Albert, franchement, tu viens de nous vendre cet appareil qui est la crème de la crème. »

Il balança sa tête à gauche et à droite, caressa lui aussi le ventre de sa femme.

« Pour le moment, oui. Mais pas pour longtemps. Tu sais que je suis toujours en contact avec Fritz

Pfleumer. Sa bande magnétique est largement supérieure à ces appareils, à tous points de vue. L'année dernière, il a fabriqué le prototype d'un enregistreur, mais d'ici à ce qu'il soit fabriqué en série et qu'on puisse l'acheter, cela prendra un certain temps. »

Gesa embrassa tendrement Albert sur la bouche.

« Et tel que je te connais, tu as déjà inscrit Radio Francfort à la première place sur la liste d'attente.

— En quelque sorte. Dès que le fabricant sera prêt, nous recevrons un exemplaire. D'ici là… » Albert effleura l'appareil enregistreur aussi délicatement qu'il venait de caresser sa femme. « Nous travaillerons avec celui-ci. Et on prend des kilomètres d'avance sur la concurrence. Je pense à… » Il fit un geste de la main, comme pour souligner le titre d'un quotidien. « Sensation à Radio Francfort ! Écoutez la première de *L'Inspecteur Feldmann et le Mystère de Samarcande* vendredi soir à vingt heures. Et pour tous ceux qui auront raté ce programme, nous le rediffuserons dimanche après-midi ! » Il rayonnait littéralement. « Imagine un peu le bruit que ça va faire !

— Personnellement, l'avantage que j'y vois est que nous pourrions peut-être avancer un peu plus vite avec les enregistrements. Il ne faudrait pas que bébé Bronnen gâche le final.

— Très judicieux. Je vais en tenir compte dans le plan de travail, ma chérie. »

La diffusion du premier épisode fut la dernière émise depuis les anciens locaux au-dessus du service des chèques postaux.

« Tu es triste, Albert ? demanda Gesa.

— Étonnamment, oui. Pourtant, j'attends avec impatience le déménagement depuis que les travaux ont commencé. Mais maintenant que le moment est venu, je ressens une pointe de nostalgie. On ne s'embrassera plus jamais en secret dans le paternoster, plus de tendre tête-à-tête dans la cuisine minuscule. »

Il poussa un soupir théâtral.

« Je suis à peu près sûre que nous trouverons aussi des petits coins romantiques dans les nouveaux locaux. »

Tandis que *L'Inspecteur Feldmann et le Mystère de Samarcande* était diffusé depuis le studio – Ernst Gehring s'était porté volontaire pour rester afin de s'assurer que tout se passe bien –, les employés de Radio Francfort fêtaient l'événement avec un cocktail dans les locaux presque vides.

Peter Nagel se joignit à Gesa et Albert et trinqua avec eux. Les hommes portaient des smokings élégants, les dames, des robes de soirée, afin de célébrer dignement l'occasion. Gesa avait dû reprendre la sienne à bien des endroits pour pouvoir encore y entrer.

« Tu as de la chance d'être enceinte, plaisanta Peter Nagel, sinon tu aurais dû m'aider à ranger les accessoires. »

Gesa rit de bon cœur.

« Comme si je n'avais pas assez trimballé tous ces trucs comme ça.

— Ça aussi, ce sera bien mieux dans le nouveau studio, promit Albert. Nous aurons beaucoup plus de place et des espaces de rangement réservés à nos ustensiles de bruitage loufoques.

— Le rêve.

— Exactement, Herr Nagel. Et nous aurons d'ailleurs besoin d'un accessoiriste attitré. Est-ce un poste qui pourrait vous intéresser ? »

Gesa caressa le dos d'Albert, laissa les deux hommes à leur conversation, et se glissa discrètement vers Inge et Margot.

Les deux amies étaient en train de remplir leurs assiettes de feuilletés, de fromage, de raisins et de petits pâtés. Le conseil d'administration s'était encore une fois montré généreux côté buffet.

« Je suis jalouse que tu puisses manger pour deux, dit Inge en poussant un grain de raisin dans sa bouche.

— Hmm, oui, mais très vite plus rien ne peut rentrer. »

Gesa se présenta de profil pour que ses amies puissent bien se rendre compte de la dimension de son ventre.

« C'est pour bientôt, fit remarquer Margot qui avait l'œil, avant de boire une gorgée de champagne. Tout de même, les filles, vous auriez imaginé ça, il y a un an ? Pendant qu'on est en train de prendre du bon temps ici, on est aussi en studio à l'antenne. Et on est sûres que notre performance est absolument parfaite, pas le moindre couac. »

Inge leva son verre.

« Je trinque à ce progrès avec plaisir.

— Et à ton nouveau disque, ajouta Gesa. Sorti il y a un mois à peine et déjà en première place des demandes des auditeurs. Tu y es arrivée, Inge. C'est vraiment très gentil de ta part de continuer à faire des apparitions en vedette dans les *Inspecteur Feldmann.* »

Son amie sourit et refusa ce compliment d'un geste de la main.

« Bah, comme Fritz l'a dit avec justesse à l'époque au Palastcafé, je dois beaucoup à Radio Francfort, et c'est avec plaisir que je vous reste fidèle. Et puis, on n'est jamais vraiment arrivé, on peut toujours aller un peu plus loin. Mais je dois reconnaître que ma bonne étoile ne cesse de briller avec *Electrola* et ce renard de Herr Held. »

Elles trinquèrent toutes les trois.

« À nous, dit Margot.

— À la radio, dit Gesa.

— À l'avenir », dit Inge.

POSTFACE

Écouter de « vieilles » pièces policières radiophoniques de la BBC est une véritable passion pour moi, et de manière générale la radio est un sujet qui me fascine depuis longtemps. En particulier les transformations qu'elle a connues au fil des ans. Cela fait à peu près un siècle qu'on écoute la radio en Allemagne. Dès le début, la musique occupait une place très importante, mais elle en laissait aussi pour les informations, le sport, la culture et le divertissement. La radio est restée jusqu'à aujourd'hui une part de notre quotidien, et sa présence est toujours indéniable. Nous allumons tous la radio plus ou moins consciemment presque chaque jour, et nous nous laissons bercer par elle.

Des interviews de célèbres acteurs de pièces radiophoniques anglais et leurs anecdotes, vécues à une époque où la télévision n'existait pas, m'ont inspirée et donné envie de me pencher sur l'histoire de la radio en Allemagne. Et d'écrire ma propre histoire, dans laquelle je voulais surtout offrir une voix aux femmes. Malheureusement, aux premières heures de la radio, on ne trouvait aucune musicienne dans les orchestres radiophoniques – et cela n'évolua pas pendant de très nombreuses années.

Bien que les personnages et l'intrigue du roman soient fictifs, il était important pour moi d'ancrer l'histoire dans la réalité et de capter l'air du temps de la manière la plus authentique possible. C'est pourquoi de nombreux modèles et faits historiques se sont glissés dans le récit. Certains sont expliqués dans le glossaire.

J'ai été particulièrement fascinée par Francfort comme lieu de l'intrigue. Non seulement à cause de l'histoire intéressante de la SÜWRAG, mais parce que j'ai eu l'occasion de découvrir le vieux Francfort au cours de mes recherches. Une ville merveilleuse, qui a grandi au fil des siècles mais qui, hélas, a disparu sous les bombes pendant la Seconde Guerre mondiale. C'était très émouvant de voir de vieux clichés et d'imaginer ce qu'avait pu être le quotidien des habitants à l'époque.

Contrairement à Albert Bronnen, dont il est le modèle historique, le pionnier de la radio Hans Flesch a débuté à Francfort avant de poursuivre sa carrière à Berlin. Les premières années de la radiodiffusion en Allemagne ont dû être une période excitante, animée par des esprits novateurs. Malgré les défis techniques et autres difficultés rencontrées par les acteurs de cette aventure, cela a dû être un métier captivant et réjouissant. Avec l'arrivée des nazis au pouvoir et leur prise de contrôle immédiate de toutes les stations de radio, le ton a changé du tout au tout.

Ce fut un immense plaisir pour moi de raconter dans cette première partie l'entrée dans le monde de la radio de Gesa et de ses amies ; je poursuivrai le récit de leurs aventures avec enthousiasme dans la deuxième partie à venir.

GLOSSAIRE

Berliner Illustrierte Zeitung : Les magazines interrégionaux de divertissement se trouvaient en ce temps-là presque exclusivement dans la capitale. Le *Berliner Illustrierte* était un hebdomadaire, il coûtait vingt Pfennig et était rempli de ragots, de cancans, de publicités, de casse-tête et d'un roman-feuilleton. De nombreuses photos illustraient également l'actualité mondiale, commentée dans le langage familier de l'époque. Il parut aux éditions Ullstein de 1892 à 1945.

Blattner, Ludwig : Né en 1881 dans une famille juive, Ludwig Blattner était un touche-à-tout. Encore adolescent, il partit s'installer en Angleterre et devint chef d'entreprise, inventeur, propriétaire de studios de cinéma et producteur. Il développa avec Curt Stille le blattnerphone, qui fut utilisé par la BBC. Après des pertes financières et en raison de la pression des banques, Ludwig Blattner se pendit en 1935 dans le Country Club d'Estree.

Bronnen, Albert : Le personnage fictif d'Albert Bronnen est inspiré de **Hans Flesch**. Johannes Georg

Julius Jacob Flesch fut directeur artistique de la SÜWRAG à partir de 1924. La première pièce radiophonique allemande, *Magie sur la station*, diffusée en direct à Francfort en 1924, fut écrite de sa main. Hans Flesch n'avait alors que vingt-sept ans. Comme Albert, il chercha un moyen d'enregistrer les émissions. Il fut un des pionniers allemands de la radio les plus novateurs et un de ceux qui connurent le plus de succès. En 1929, on le nomma directeur de la Funk-Stunde Berlin, la première station de radio allemande.

Conrad, Theodor : Le modèle historique du personnage de Herr Conrad est **Theodor Loos**, un comédien très connu à l'époque sur les scènes de théâtre allemandes. Acteur au cinéma, il fut l'un des rares à passer avec succès du muet au film parlant. Grâce à sa voix sonore, Theodor Loos fut également très demandé sur les ondes dès les premières heures de la radio.

Deutsche Stadion : Le Deutsche Stadion dans le quartier de Grunewald à Berlin fut inauguré en 1913 et rasé en 1934 – pour bâtir le stade olympique. Pourtant, le Deutsche Stadion était lui aussi un bâtiment imposant. Il avait réellement été construit, comme décrit dans le roman, à l'intérieur d'un hippodrome, et n'était accessible que par un tunnel. On y trouvait beaucoup de structures sportives (vélodrome, terrain de football, piste d'athlétisme, cricket), notamment un bassin de natation de cent mètres bordé d'une tribune somptueuse ornée de nombreuses sculptures.

Dradag : À partir de 1923, dans la République de Weimar, le *Drahtloser Dienst AG* (service de renseignements sans fil) délivrait à toutes les stations de radio les informations politiques qu'elles n'avaient pas le droit de rédiger elles-mêmes. Il dépendait du ministère de l'Intérieur du Reich et établissait cinq bulletins d'informations par jour, dont trois seulement étaient diffusés par la plupart des stations. Et pas aux meilleures heures d'écoute, mais à midi ou après dix heures du soir.

Frankfurter Zeitung : Le *Frankfurter Zeitung* – à ne pas confondre avec le *Frankfurter Allgemeine Zeitung* – a existé entre 1866 et 1943. C'était un des rares quotidiens démocratiques durant la République de Weimar, célèbre avant tout pour ses pages culturelles.

Grand magasin Michael Schneider : La maison mère de la chaîne de magasins Michael Schneider était un des plus importants grands magasins de Francfort. La société était en expansion permanente et élargissait son offre à vue d'œil. Un grand établissement ouvrit sur la Zeil en 1907. Il a été bombardé, comme presque toute la vieille ville, lors des attaques aériennes de 1944. Il ne subsiste aujourd'hui qu'une maison de mode M. Schneider, à Offenbach-sur-le-Main, à l'est de Francfort.

Institut pour déments et épileptiques : Ce qui est appelé le « château des fous de Francfort » fut fondé en 1865 dans le quartier de Westend encore très peu urbanisé. Le premier directeur fut Heinrich

Hoffmann, l'auteur du livre pour enfants *Crasse-Tignasse.* L'hôpital psychiatrique était équipé d'installations extrêmement modernes pour l'époque, avec des W.-C., des espaces séparés pour les différentes pathologies, et pas de barreaux aux fenêtres. Pourtant, le magnifique édifice semblable à un château fut rasé en 1928. Sur le même site fut ensuite érigé le bâtiment administratif de I. G. Farben.

Lacroix, Eugen : Le cuisinier de Bade s'installa dans les années 1920 à Francfort et fonda un empire de produits d'épicerie fine qui lui valut le titre de « roi de la soupe ». Il fit fortune avec son commerce de conserves de produits fins. On peut encore lire son nom aujourd'hui sur des soupes de la société Continental Foods, car il est censé être gage de prestige. Lacroix était connu pendant la vague de famine des années 1950 pour sa soupe de tortue. Comme dans le roman, il n'était pas rare qu'une odeur de soupe se répande dans tout le quartier qui entourait son usine.

Librairie Auffarth : En se tournant vers la Zeil depuis l'ancienne Garde principale, on pouvait voir à l'époque la grande réclame en forme de globe sur le toit du *Grand magasin avec édition et librairie Franz Benjamin Auffarth.* Bâtie en 1902, la librairie s'élevait à l'emplacement de l'ancien célèbre Café Milani. Elle se trouvait en illustre compagnie avec, de l'autre côté de la rue, la maison de mode des frères Robinsohn et le magasin de tissus des frères Hoff et, à ses côtés, le grand magasin Zum Kaiser Karl, aussi appelé le Coin des Trombines en raison des nombreux bustes sur sa façade.

Massary, Fritzi : Friederike « Fritzi » Massary était une chanteuse et actrice autrichienne. Elle épousa en 1917 son partenaire sur les planches, Max Pallenberg. Tous deux formaient dans les années 1920 un couple de célébrités très populaire. Elle connut beaucoup de succès avec ses enregistrements de *Pourquoi une femme ne pourrait-elle avoir de liaison ?* ou encore *Josef, ah Josef, ne sois donc pas si prude.*

Milanski, Friedrich : Le personnage de Fritz est inspiré de **Paul Laven**, le pionnier du reportage radio par excellence, pour ne pas dire son inventeur. Le public l'appréciait beaucoup. Il commentait des manifestations sportives telles que des courses automobiles ou des matchs de football, ainsi que d'autres événements, et il menait des interviews. Il développa dans son métier une nouvelle forme de reportage, au langage plus libre, qu'on n'avait jamais connu auparavant.

Orchestre radiophonique : L'orchestre de Radio Francfort n'était guère plus grand, en 1927, qu'un orchestre de chambre. Bien sûr, des musiciens jouaient en direct à l'antenne dès 1924, mais l'orchestre symphonique radiophonique de Francfort ne fut fondé qu'en 1929. Il se nomme aujourd'hui le hr-Sinfonieorchester. Malheureusement, il n'y avait pas une seule femme parmi les membres de l'ensemble à l'époque, pas plus que dans l'orchestre suivant. Cela resta longtemps un milieu d'hommes. C'est pourquoi le personnage de Margot est sans doute le plus fictif de tous dans ce roman.

Sur les cent dix musiciens répertoriés sur le site web de l'orchestre actuel, on compte à peine une trentaine de femmes.

Palmeraie : Comme le prédit Friedrich Milanski dans le roman, la grande serre de la Palmeraie, autrefois magnifique, subit à la fin des années 1920 une modernisation qui lui ôta tout son charme. Le jardin public est encore aujourd'hui un lieu de promenade très prisé dans le Westend de Francfort. Si vous comparez des photos du pavillon du début du siècle avec l'actuel, vous risquez d'avoir le cœur serré, comme moi. Par chance, la somptueuse salle des fêtes à l'intérieur fut restaurée à l'identique.

Paternoster : Inventé au Royaume-Uni au XIXe siècle, le paternoster est un système d'ascenseur continu. Il se compose d'une chaîne de cabines qui tournent sans interruption, à faible vitesse, pour permettre aux usagers de monter et de descendre facilement. Son nom vient de la prière *Notre Père* que l'on récitait en égrenant un chapelet, le faisant tourner comme la chaîne de cabines tourne sans cesse. Peu répandu en France, il a eu beaucoup de succès en Europe centrale.

Pelikanol : La colle à papier à base d'amidon existe depuis 1904. Elle dégageait une odeur typique de pâte d'amande dont certains se souviennent encore.

La production fut stoppée dans les années 1990. Il est intéressant de noter que les tubes de colle modernes sont de nouveau composés d'amidon.

Pfleumer, Fritz : Fritz Pfleumer est issu d'une famille autrichienne d'inventeurs et a mis au point le premier support sonore magnétisable, autrement dit la bande magnétique. Ses qualités étaient bien supérieures au ruban d'acier utilisé jusque-là. Il vendit les droits de son invention à l'entreprise AEG qui présenta le magnétophone au salon de la radiodiffusion de Berlin en 1935.

Piscine Mosler : La piscine a dû être un véritable délice pendant les mois d'été. Comme décrit dans le roman, il y avait dans le Main des bassins délimités par des pontons, et un restaurant flottant. Plus tard, on ajouta à ces installations une piste de patin à roulettes. Les habitants qui s'y rendaient pouvaient se croire en vacances. Les visages heureux sur les nombreuses photographies d'archives disponibles semblent le prouver.

Salon de couture Marie Latz : Marie Latz fut une des rares femmes à diriger son salon de création de mode dans le Berlin des années 1920. À l'époque, les vêtements utilisés en Allemagne étaient presque intégralement produits dans le pays. Marie Latz et son salon faisaient partie des maisons de mode les plus renommées de la République.

Stille, Curt : Herr Stille inventa le magnétophone à ruban d'acier ainsi que le blattnerphone, qui doit son nom à son financeur bien que Curt Stille en fût le véritable père spirituel.

Stüwe, Hans : Hans Stüwe jouait le rôle-titre dans le film *Prince Louis Ferdinand* que l'équipe de la pièce radiophonique va voir à sa sortie, en 1927. Theodor Loos faisait également partie de la distribution : il interprétait l'écrivain Ernst Moritz Arndt. Stüwe avait des traits prononcés qui captaient très bien la lumière à l'écran. Plus tard, il fut aussi metteur en scène d'opéras.

SÜWRAG : La Südwestdeutsche Rundfunkdienst AG (Radiodiffusion du Sud-Ouest) fut fondée fin 1923, avec Hans Flesch comme premier directeur. La station commença à émettre le 1er avril 1924. Flesch diffusa la toute première pièce radiophonique dès octobre, ainsi que la première transmission d'un événement sportif – une régate d'aviron sur le Main – commenté en direct par Paul Laven. L'installation dans la nouvelle maison de la radio dans l'Eschersheimer Landstrasse eut lieu en 1930. La SÜWRAG fut officiellement dissoute en 1933 avec la nationalisation de la radiodiffusion.

Théâtre Schumann : Le Théâtre Albert Schumann était une véritable institution de la vie nocturne francfortoise. Construit dans le style Art nouveau, juste en face de la gare, il accueillait une grande variété de plaisirs et de distractions. Dans l'immense salle, sous son dôme élevé, se donnaient des spectacles de cirque mais aussi de cabaret. Presque tous les artistes de scène connus venaient jouer au Schumann, des acrobates aux danseurs en passant par les comiques, les chansonniers et les comédiens. En plus d'un café, d'un restaurant à vins et d'un bar à liqueurs, un tunnel à bière de cent cinquante mètres de long s'étendait sous l'ensemble du bâtiment pour les innombrables fêtards des Roaring Twenties. Le beau Théâtre Schumann fut lui aussi touché par les bombes en mars 1944 et dut céder la place en 1965 à un grand magasin à l'esthétique douteuse.

Tiller Girls : Les Tiller Girls, venues de Grande-Bretagne, étaient une troupe de danseuses très connue. Elles formaient un tout uni dans lequel aucune ne se distinguait des autres car elles faisaient les mêmes mouvements, portaient les mêmes costumes et avaient la même silhouette. Cela correspondait au goût de l'époque et forgeait un nouveau modèle féminin. Leur style, avec leur allure sportive, leur verdeur et leur coiffure à la garçonne, était un modèle pour de nombreuses jeunes femmes.

Träg, Heiner : Le footballeur nurembourgeois Heinrich « Heiner » Träg tira le deuxième but de la finale du championnat en 1927, comme le rapporte le roman. Il passait pour être le meilleur ailier gauche mais aussi une horrible tête brûlée.

Véhicule publicitaire de station radiophonique : Les véhicules publicitaires comme celui de Fritz existaient vraiment. Non seulement à Francfort mais aussi pour les autres chaînes de radio. La WERAG par exemple (Westdeutsche Rundfunk AG, l'actuelle WDR) possédait le même genre de véhicule et le même panneau *Achetez votre poste !* sur le toit. À Cologne, on tourna d'ailleurs en 1926 un film promotionnel ayant pour titre : *Attention ! Attention ! Les véhicules publicitaires de la radio arrivent !*

Waldoff, Claire : Chanteuse et cabarettiste extrêmement populaire dans les années 1920, Claire Waldoff chantait en dialecte berlinois. Avec sa compagne Olga von Roeder, c'était une figure incontournable de la scène culturelle lesbienne dans le Berlin des années 1920.

Zeil : Déjà célèbre pour ses hôtels et ses palais somptueux à l'époque baroque, la Zeil est devenue la plus grande rue commerçante d'Allemagne dès la fin du XIXe siècle, et le chiffre d'affaires généré sur ses centaines de mètres est toujours le plus important du pays.

Zu den drei Steubern : Taverne à cidre du quartier de Sachsenhausen, Zu den drei Steubern possède son propre pressoir. Ce petit bistro rustique ressemble assez à la description du roman. Selon les gens du cru, le cidre qui y est servi est un des meilleurs au monde.

REMERCIEMENTS

Beaucoup de personnes adorables m'ont été d'une grande aide pour l'écriture de *Sœurs des ondes.*

Je pense en premier lieu, bien évidemment, à ma famille qui me soutient toujours avec enthousiasme, patience et attention à chacun de mes projets de roman. Sans mon mari, mes parents et mes enfants, mes rêves ne pourraient devenir réalité. Vous me prêtez de la force, vous m'accordez du temps, et je vous aime profondément.

Je tiens ensuite à remercier chaleureusement ma formidable agente Eva Semitzidou, de l'agence littéraire Michael Gaeb. Elle a mis ce roman sur les rails et est mon phare dans la nuit, je suis sûre de toujours pouvoir compter sur elle. J'apprécie énormément sa bienveillance et sa confiance inébranlable.

Merci beaucoup à Magdalena Heer, des éditions Penguin, qui a suivi ce projet de roman dès le premier jour avec un engagement total, et qui m'a toujours prêté une oreille attentive. Je remercie en outre Magdalena Heer et Hanne Reinhardt pour leur collaboration productive et agréable de relecture et de rédaction, et pour le magnifique polissage du texte.

J'en profite pour adresser mes remerciements aux correcteurs pour leur travail de fourmi.

Je remercie également du fond du cœur l'équipe de graphistes et de maquettistes pour la fabuleuse couverture, les compositeurs, les imprimeurs et le service communication.

Travailler avec toutes ces personnes a été une expérience merveilleuse et chacune d'entre elles a contribué à faire d'une idée un roman.

Last but not least, je remercie les lecteurs et lectrices pour l'intérêt qu'ils ont porté à notre œuvre commune et je vous souhaite de belles heures de lecture avec les sœurs des ondes.

Ce livre existe grâce au travail de toute une équipe.

Communication : Caroline Babulle, Solveig de Plunkett, Sabrina Bendali, Inès Paulin, Adélaïde Yvert.

Coordination administrative : Martine Rivierre.

Studio : Pascaline Bressan, Barbara Cassouto-Lhenry, Joël Renaudat.

Fabrication : Muriel Le Ménez, Céline Ducournau, Bernadette Cristini, Sophia Paroussoglou, Isabelle Goulhot.

Commercial, relation libraires et marketing : Catherine Lauprêtre, Ombeline Ermeneux, Élise Iwasinta, Arthur Rossi, Joséphine Saint-Paul, Aurélie Scart.

Cessions de droits : Elisabeth Stempak, Benita Edzard, Lucile Besse, Sonia Guerreiro, Costanza Corri.

Gestion : Sophie Veisseyre, Chloé Hocquet, Isabelle Déxès, Pierre Ekel.

Services auteurs : Viviane Ouadenni, Jean-François Rechtman, Catherine Reimbold, Anita Sevenant.

Ressources humaines : Mylène Bourreau, Carine Duchampt.

Juridique : Laëtitia Doré, Anaïs Rebouh, Valérie Robe, Lucie Bergeras, Julia Crosnier.

Avec le soutien des équipes d'Interforum et d'Editis qui participent à la création, la diffusion et la distribution de ce livre.

Canoros Vehit Canentes

pca
cmb
édition pré-presse
livres numériques

44400 Rezé

Pour plus d'information :

#lisez! engagé

www.lisez.com

Imprimé sur du papier issu de forêts gérées durablement.

Cet ouvrage a été achevé d'imprimer en avril 2025
dans les presses de Normandie Roto Impression s.a.s.
61250 Lonrai
Dépôt légal : mai 2025
N° d'édition : 67210/01 - N°d'impression : 2501619

Imprimé en France